LETTRES PERSANES

Collection dirigée par Michel Zink et Michel Jarrety

MONTESQUIEU

Lettres persanes

ÉDITION DE PAUL VERNIÈRE

MISE À JOUR PAR CATHERINE VOLPILHAC-AUGER

LE LIVRE DE POCHE
Classiques

Professeur à la Sorbonne, Paul Vernière (1917-1997) a consacré
de nombreux travaux et éditions de textes à la littérature française
du XVIII^e siècle.
Professeur à l'École normale supérieure de lettres et sciences
humaines, Catherine Volpilhac-Auger a notamment fait paraître
Tacite en France de Montesquieu à Chateaubriand (Voltaire Foun-
dation, 1993) et *L'Atelier de Montesquieu. Manuscrits inédits de
La Brède* (Liguori-Voltaire Foundation, 2001).

PRÉFACE

Lorsque Louis XIV meurt, le 1er septembre 1715, Montesquieu a vingt-six ans. Il est marié depuis quatre mois, richement marié avec la calviniste Jeanne de Lartigue. Conseiller au Parlement, il s'est installé à Bordeaux, rue Margaux. La mort de son père, deux ans plus tôt, a fait de lui l'espoir d'un nom et le chef d'un clan. Le vieux Jean-Baptiste de Secondat, président à mortier, va mourir sept mois plus tard, assurant à son neveu la survivance de sa charge. Dans cette ville éminemment bourgeoise, ville hanséatique plus que capitale provinciale, éprise de paix, de commerce libre et d'argent, Montesquieu peut prétendre aux premiers rangs : la Jurade, sise au pied de la Grosse Cloche, garde encore le souvenir de Montaigne, mais depuis les luttes de la Fronde a perdu son prestige ; le parlement, avec la Régence, voit grandir le sien, dans le vieux palais de l'Ombrière où l'odeur du fleuve monte à l'heure des marées. Quant au gouverneur, même s'il s'appelait Berwick, quant à l'intendant, c'étaient des étrangers chargés par le roi de France de surveiller Bordeaux, du haut des tours de Blaye et des glacis du Château Trompette. Montesquieu, lui, était du cru. Si l'esprit général d'une ville a, dans ses limites, tout autant d'emprise que l'esprit général d'une nation, Montesquieu devait vivre et mourir comme les gens de sa caste. Il aurait été honoré et discrètement célèbre par ses discours au parlement, par ses communications à l'académie de Bordeaux et ses bons mots dans le salon de Mme Duplessy ; Paris peut-être l'eût estimé avec condescendance, comme de Brosses ou le

président Bouhier [1]. Mais c'est en termes de destin, comme dit Malraux, et non d'histoire, qu'allait se définir sa vie : le premier signe de ce destin fut le succès des *Lettres persanes*.

On ne saurait d'ailleurs parler de rupture. Tout au long de sa vie, Montesquieu joue admirablement le jeu du provincial. Il aime avoir, dit-il, « son argent sous les pieds ». Baron plus que président, il préfère le grand air de ses landes et l'odeur amère de ses vignes aux ruelles crasseuses de Bordeaux. La Brède est son donjon, Martillac son chai ; au-delà, ses îles lointaines, Clairac et Montesquieu. Il amasse les terres comme Voltaire les rentes. Au demeurant, rude en affaires : le docteur Eylaud l'a bien prouvé en exhumant les actes de ses notaires. Mais cet homme n'a donné à sa province, à sa terre, à sa famille, que la part la plus matérielle de son être. Rien en lui de cette tendresse un peu douloureuse qui consacre l'écrivain provincial, depuis Ronsard jusqu'à Mauriac. En dehors de cette légalité qui l'accroche au terroir et de cette sagesse qui l'y ramène lorsque l'argent fait défaut, Montesquieu est ailleurs. Ouvrez son *Spicilège* : il rêve aux hordes tartares, à une prise d'armes sur le Bosphore, à Charles XII tombé devant Fredrikshald, au petit Chinois Arcadio Wang qu'il visitait en 1713 rue Guénégaud ; avec Tavernier [2], il chemine sur les routes d'Ispahan à Smyrne ; avec Chardin, il visite les Trois Tombeaux et déchiffre l'hymne d'Ali sur les plinthes de stuc. Vous croyez qu'il arpente ses vignes et il écrit les *Lettres persanes*.

1. [Charles de Brosses (1709-1777), président du Parlement de Bourgogne, fut aussi un grand voyageur éclairé et un érudit ami de Buffon. Jean Bouhier (1673-1746), président à mortier au Parlement de Dijon, fut également jurisconsulte et écrivain. Il avait créé dans sa ville une petite académie que fréquenta de Brosses.] **2.** [Auteur de *Voyages* dont il sera question plus loin. Chardin, à la ligne suivante, est l'auteur de *Voyages en Perse*.]

La genèse

Nous aimerions déceler l'événement qui déclencha la rédaction des *Lettres persanes*, réduire le mystère irritant qui préside presque toujours aux origines d'une œuvre, fixer l'heure où la décision est prise. Ce serait oublier que cette décision est ordinairement préparée depuis longtemps et que la vraie genèse est un inaccessible cheminement intérieur. Montesquieu s'est refusé à toute confidence ; par pudeur et orgueil, il voulait que l'auteur restât dans l'ombre : « Si l'on savait qui je suis, on dirait : "Son livre jure avec son caractère ; il devrait employer son temps à quelque chose de mieux : cela n'est pas digne d'un homme grave." » Confondrait-il son caractère et son personnage ?

Nous ne sentons pas en fait de discordance entre l'auteur et l'œuvre. La vocation de moraliste politique est affaire de magistrat ; et lorsque ce magistrat est gascon, qu'il aime Paris sans s'y trouver chez soi, qu'il hait Versailles, la Cour, le despotisme et la dévotion sénile de Louis XIV, le moraliste se mue en observateur satirique ; si le Roi meurt et qu'une nation s'éveille à la critique, la place est libre pour un nouveau La Bruyère qui peindrait le passage entre le grand règne et la Régence. Que le magistrat rêve et s'ennuie, et c'est l'appel de l'exotisme ; non pas celui des découvreurs de terres, mais celui du sociologue en puissance qui dès 1713 interrogeait Wang sur sa Chine natale et résumait sur ses cahiers les ouvrages de Couplet et de Kircher [1]. En 1715-1716, Montesquieu avait à choisir entre un personnage – parlementaire, académicien ou vigneron, peu importe – et l'expression authentique de son génie.

1. Cf. Louis Desgraves, *Revue [historique] de Bordeaux*, 1958, p. 200 *sq.* [Le père Philippe Couplet est l'auteur d'*Histoire d'une dame chrétienne de la Chine* (1688) et Athanasius Kircher de *China monumentis qua sacris qua profanis...* (1667).]

Mais l'œuvre qui devait l'affranchir avait à concilier deux vocations en apparence contradictoires : l'observation critique du monde occidental et l'évocation des mœurs de l'Orient. Comment être à la fois La Bruyère et Fréret[1] ? Comment donner à cette conciliation hasardeuse le charme de la vie ? Il fallait un biais ; il suffisait même d'un procédé littéraire : *L'Espion turc* de Marana[2] lui en donnait l'exemple.

Or, grâce au *Catalogue de la bibliothèque de La Brède*[3], et sans exclure le fait qu'on peut lire un ouvrage sans le posséder, nous avons quelque chance de limiter dans le temps l'influence des modèles et des sources des *Lettres persanes*. Montesquieu possédait *L'Espion turc*, mais seulement dans l'édition de Cologne de 1717[4]. Les *Voyages* de Pitton de Tournefort paraissent en 1717, les *Mémoires* de Retz et l'*État présent de l'Espagne* de l'abbé de Vayrac en 1718[5]. Les *Voyages* de Tavernier, présents à La Brède dans l'édition de 1713 (Rouen, 6 vol.), sont rachetés dans l'édition de La Haye de 1718[6]. Ce sont là sources certaines. L'achat tardif de ces ouvrages ne prouverait-il pas que les *Lettres persanes* existaient peut-être en puissance en 1717, mais n'étaient pas encore en chantier ? Peut-on préciser davantage ? Si l'on exclut le séjour à Paris de 1709 à 1713, dont les souvenirs d'ailleurs sont vivants, nous pensons que l'idée des *Lettres persanes* a dû naître à Paris au cours des longues vacances que s'octroya le Président de décembre 1716 à avril 1717[7] : arrivée du tsar Pierre le Grand, réveil janséniste et appel au Concile général, chambre de justice,

1. [Érudit et janséniste, Nicolas Fréret (1688-1749) est l'auteur de *Réflexions sur les principes généraux de l'art d'écrire et en particulier sur les fondements de l'écriture chinoise* (1718).] **2.** [Jean-Paul Marana (1642-1693), écrivain italien, s'était réfugié en France après avoir été compromis dans une conspiration.] **3.** Voir Note liminaire, p. 31. **4.** *Op. cit.*, nº 2284. **5.** *Op. cit.*, nᵒˢ 2764, 3040, 3171. **6.** *Op. cit.*, nᵒˢ 2762 et 2763. **7.** Cf. Eylaud, *Montesquieu chez ses notaires de La Brède* (Delmas, 1955, p. 15, 23 et 57) : le 5 décembre 1716, Montesquieu est « sur

montée de Dubois [1], signature de la Triple-Alliance, le flux des événements l'encourageait à la chronique et laissera sa trace boueuse dans les *Lettres persanes*.

Un détail pourrait nous gêner. Montesquieu possède l'édition partielle de Chardin de 1687 et n'achètera l'édition complète des *Voyages en Perse* qu'après le 10 mai 1720, comme nous le prouve une note du libraire bordelais Lacourt [2]. Va-t-on en conclure que les nombreux emprunts à Chardin sont postérieurs à cette date et que les *Lettres* ont été écrites dans les six derniers mois de 1720 ? Nous accorderons volontiers à Robert Shackleton que Montesquieu a pris à Chardin l'orthographe des mois persans et que l'achat de 1720 prouve un besoin de vérification et de classement chronologique des lettres [3]. Mais on ne classe les lettres que lorsqu'elles sont écrites ; et dès le début du recueil, les traces sont évidentes et nombreuses de l'édition complète de Chardin [4].

Quant à l'achèvement du recueil, il suffit de le jalonner par les allusions historiques des dernières lettres : la débâcle de Law [5] dans les six premiers mois de 1720 (Lettres CXXXII, CXXXVIII, CXLII), l'abdication d'Ulrique de Suède du 24 mars (Lettre CXXXIX), l'exil du Parlement à Pontoise du 21 juillet (Lettre CXL), le bilan du « Système » dans la Lettre CXLVI datée du 11 novembre. Il

le point de partir à Paris ». Le 31 mars 1717, il est encore à Paris, domicilié rue Saint-Dominique.
 1. [En tant que diplomate, l'abbé Guillaume Dubois (1656-1723) conclut avec la Grande-Bretagne et les Provinces-Unies la Triple-Alliance contre l'Espagne (1717) et, devenu cardinal, fut nommé « principal ministre de l'État » en 1722.] **2.** *Catalogue, op. cit.*, nos 2738 et 2739. *Exposition de Bordeaux 1955* (deuxième centenaire de Montesquieu, Delmas, 1955, p. 80). **3.** « The Moslem Chronology of the *Lettres persanes* » (in *French Studies*, 1954, p. 26).
 4. Notamment sur le harem, la condition des femmes et des eunuques.
 5. [Le financier écossais John Law (1671-1729) préconisa la mise en circulation de papier-monnaie. Au début du siècle, la Régence lui accorda le droit d'émettre des billets, mais son « système » s'acheva par la banqueroute.]

nous semble donc légitime de conclure que les *Lettres
persanes*, dont l'idée cheminait peut-être obscurément dans
l'esprit de l'auteur depuis l'adolescence, ont été rédigées
en trois ans, de la fin de 1717 à la fin de 1720[1].

Les modèles

Trois ans de travail, voilà qui est un peu court s'il s'agit
de science et d'érudition ; mais voilà qui est trop long pour
un ouvrage de fantaisie. À première lecture, nous ne sau-
rions trancher : la dualité des décors, la variété des thèmes
et des tons, le rythme déroutant d'une correspondance nous
imposent l'idée d'une anarchie voulue et d'un désordre
concerté. Montesquieu cherche le naturel à grands frais.
C'est un jeu que les *Lettres persanes,* mais un jeu savam-
ment mené par un artiste qui ruse avec son lecteur et le
dépayse à son gré. Nous cherchons le fil : il nous échappe
sans cesse. Force nous est de lire l'ouvrage avec des yeux
neufs, sinon avec la fraîcheur d'âme de nos ancêtres.

Un grand seigneur persan, intelligent et désabusé, suivi
d'un jeune homme malléable et enthousiaste, s'exile de
son pays pour découvrir à Paris les secrets et l'art de vivre
du monde occidental. Les mœurs, les caractères, les types
sociaux, le décor, la vie quotidienne les étonnent et les
poussent au parallèle avec leur propre monde. Une fois
surmonté le premier désarroi, cette société nouvelle peu à
peu révèle ses fondements, ses lois et ses drames ;
l'étranger quelque peu ahuri fait place à l'observateur poli-
tique, le moraliste à courte vue au sociologue et au
philosophe. En neuf ans de séjour, nos Persans nous ont

1. Nous aimerions être renseignés sur le voyage probable à Paris
de l'automne 1720 (cf. Louis Vian, *Histoire de Montesquieu*, Didier,
1879, p. 55, et P. Barrière, *Montesquieu*, Delmas, 1946, p. XIII et 90).
Montesquieu était rentré à Bordeaux le 14 décembre puisqu'il signe
un acte ce jour-là (cf. Eylaud, *op. cit.*, p. 24).

pesés et jugés. Mais, par un choc en retour, leurs certitudes orientales se sont effondrées : l'islam et la Perse perdent leur prestige religieux et politique ; le sens même de la vie orientale, symbolisée par l'ordre voluptueux du harem, s'écroule. Lorsque Usbek, à l'annonce de la mort de Roxane, se décide au départ, ce n'est pas seulement un amant qui va chercher vengeance, c'est un philosophe déconcerté, réclamé par deux mondes « possibles » dont il ne sait plus discerner le meilleur.

Il est bien évident qu'un tel résumé, loin de déjouer toutes les ruses de Montesquieu, n'épuise pas tous ses desseins. Nous n'avons saisi qu'un cadre romanesque, l'enquête en Occident d'un observateur oriental. Or, c'est ce cadre même dont l'originalité a été contestée. Dès 1722, les *Mémoires historiques et critiques* de Camusat et Bruzen de la Martinière déclaraient : « *L'Espion turc* est l'original des *Lettres persanes*[1]. » Voltaire et D'Alembert ajoutaient à Marana les *Amusements sérieux et comiques* de Dufresny[2]. S'il nous faut résumer, après Robert Shackleton et A. S. Crisafulli[3], deux siècles de recherches érudites, six prédécesseurs ont été invoqués :

1. Jean-Paul Marana, *L'Espion du grand Seigneur* (Paris, 1684).
2. Charles Cotolendi, *Lettre écrite par un Sicilien à un de ses amis* (in *Saint-Évremoniana*, Paris, 1700, p. 374-415).
3. Charles Dufresny, *Amusements sérieux et comiques* (Paris, 1699 ; 2ᵉ édit. augmentée, 1707).
4. Jean-Frédéric Bernard, *Réflexions morales, satiriques et comiques sur les mœurs de notre siècle* (Cologne, 1711 ; 3ᵉ édit. augmentée, Amsterdam, 1716).

1. Amsterdam, J.-F. Bernard, 1722 (t. I, p. II, 15 janvier). **2.** *Le Siècle de Louis XIV*, édit. Moland, t. XIV, p. 106 ; *Éloge de Montesquieu*, t. V de l'*Encyclopédie*. **3.** « Montesquieu in 1948 », in *French Studies* (1949, p. 304), et « L'Observateur oriental avant les *Lettres persanes* », in *Lettres romanes* (1954, p. 91 *sq.*).

5. Joseph Addison, *The Spectator* (n° 50, 27 avril 1711 ;
 trad. française, 1716).
6. Joseph Bonnet, *Lettre écrite à Musala, sur les mœurs et
 la religion des Français* (Paris, 1716).

Tant de modèles inquiètent par leur abondance même.
Nouvelle inquiétude si l'on consulte le *Catalogue* de La
Brède : seul Marana s'y retrouve à la date des *Lettres
persanes*. Il n'est pas moins évident que le personnage de
l'observateur oriental existe avant Montesquieu. Deux pro-
blèmes fort différents se posent dès lors : la naissance et
l'évolution d'un type littéraire, mais aussi la recherche d'un
modèle probable des *Lettres persanes*.

Si nous délaissons les causes générales, comme la vogue
de l'Orient à la fin du XVIIᵉ siècle, et les curieux précédents
médiévaux exhumés par G. L. Van Roosbroek [1], nous sai-
sirons d'abord de simples suggestions. En 1682, dans les
Pensées sur la comète, Bayle [2] déplore la corruption occi-
dentale et en appelle au témoignage d'étrangers : « Si ceux
qui viennent à Paris avec les ambassadeurs osaient publier,
quand ils sont retournés chez eux, des relations aussi libres
que celles que les Français publient touchant les pays étran-
gers, je ne doute pas qu'ils n'eussent bien des choses à
dire [3]. » La Bruyère en 1691, dans la sixième édition des
Caractères, s'exclame à propos de la folie du jeu : « Si
l'on m'oppose que c'est la pratique de tout l'Occident, je
réponds que c'est aussi l'une de ces choses qui nous ren-
dent barbares à l'autre partie du monde et que les Orientaux
qui viennent jusqu'à nous remportent sur leurs tablettes [4]. »

1. *Persian Letters before Montesquieu* (New York, 1932, p. 22-
36). **2.** [Pierre Bayle (1647-1706) : écrivain et philosophe, il fit
paraître de 1684 à 1687 un mensuel, les *Nouvelles de la République
des Lettres*, et un monumental *Dictionnaire historique et critique*
(1695-1697) dont les articles offrent une mise au point souvent inci-
sive sur des questions qui touchent à la mythologie, à l'histoire et à
l'histoire des idées.] **3.** Droz, 1939, t. II, p. 28. **4.** *Carac-
tères*, VI, 71.

Bayle encore en 1702, dans l'article « Japon » du *Diction-naire historique et critique,* reprend son premier souhait : « Ce serait une chose assez curieuse qu'une relation de l'Occident composée par un Japonais ou un Chinois qui aurait vécu plusieurs années dans les grandes villes de l'Europe. On nous rendrait bien le change [1]. »

De telles invites n'allaient pas rester sans réponse. Coto-lendi, qui écrit en 1692, promène à Paris l'étonnement de son Sicilien. En 1699, même spectacle en douze tableaux dans les *Amusements* de Dufresny ; mais le conteur, qui a lu La Bruyère, décide de se déguiser : « Je vais prendre le génie d'un voyageur siamois : nous verrons un peu de quelle manière il sera frappé de certaines choses que les préjugés de l'habitude nous font paraître raisonnables et naturelles... Je suppose donc que mon Siamois tombe des nues [2]. » À ce Siamois parfaitement « abstrait » succèdent, en visite à Londres, les rois hindous d'Addison. Avec J.-F. Bernard, la fiction s'étoffe ; c'est un Persan qui veut juger l'Europe en fonction de ses propres croyances : « Quand je partis de notre commune patrie, je te commu-niquai mon dessein de voyager chez les Infidèles dans la pensée que je pourrais écarter de mon esprit les préjugés qui, comme autant de brouillards, obscurcissent notre juge-ment. J'étais persuadé qu'il faut apprendre à connaître pour devenir honnête homme... Tout prévenu que je suis dès mon enfance pour la sainteté de ma religion, je voulais en éprouver mieux la vérité par la réputation que les Nazariens pouvaient en faire. J'espérais aussi que leurs mœurs comparées aux nôtres me répondraient de la fausseté de leur croyance et de la vérité de la mienne [3]. » Même dessein encore en 1716, lorsque le philosophe persan de J. Bonnet écrit à Musala, son correspondant d'Ispahan, sur les mœurs et la religion des Français. Dans les trente ans qui précèdent

1. 2ᵉ édit., 1702, article *Japon*, note A. **2.** *Amusements...* (Bossard, 1921, p. 70). **3.** 3ᵉ édit., Amsterdam, J.-F. Bernard, 1716, p. 254-255.

les *Lettres persanes*, un type littéraire, celui de l'observateur oriental, et un genre littéraire, celui de la fausse relation à intentions morales et satiriques, se sont donc constitués et affirmés. Montesquieu, loin de créer une mode, l'a sagement suivie.

Mais s'il faut lui refuser l'originalité du cadre, s'ensuit-il que ses prédécesseurs soient ses modèles ? Cotolendi parle des bruits et des embarras de Paris, après Boileau et La Bruyère ; peint des alchimistes, des abbés galants et des maîtres de langues. Dufresny décrit le palais de justice et les salles de jeu. J.-F. Bernard dira quelques mots sur la mode, signalera l'arrivée de l'ambassade persane de 1715 et les troubles provoqués par la bulle *Unigenitus*[1]. Ces mêmes troubles constituent le fond de la *Lettre à Musala*. C'est là, comme disait Rabelais, « matière de bréviaire » pour l'observateur du temps. Nous ne saurions en conclure qu'une douzaine de points de contact, plus ou moins accidentels, sur des thèmes d'évidente banalité, constituent de lourdes dettes. Des six devanciers de Montesquieu, cinq n'ont aucun droit à la reconnaissance de l'auteur, sinon à la curiosité de la critique : leur maigre et banale information, leur plagiat évident de La Bruyère, le champ étroit de leur vision qui les limite, soit au pittoresque, soit aux questions religieuses, leur ignorance de l'Orient, le déguisement maladroit et l'abstraction de leur observateur ne font qu'accuser la profondeur de pensée et la géniale mise en scène des *Lettres persanes*.

Il en est tout autrement de *L'Espion turc*. Son premier mérite est de dater de 1684 et d'avoir été constamment réédité jusqu'au milieu du XVIIIᵉ siècle. Jean-Paul Marana et son successeur et traducteur Cotolendi[2] ont eu pour but

1. [C'est en 1713 que le pape Clément XI signa cette bulle qui condamnait cent une propositions tirées des *Réflexions morales* de Pasquier Quesnel (1634-1719), un oratorien devenu janséniste.]
2. Sur les nombreux problèmes que pose *L'Espion turc*, cf. les articles de J. E. Tucker (*Revue de littérature comparée*, janvier-mars 1958) et W. Mac Burney (*P. M. L. A.*, déc. 1957, p. 915).

de donner la chronique politique de la chrétienté de 1637 à 1682 et de la raconter avec l'objectivité d'un musulman. Les six volumes et les sept cents lettres de l'espion Méhémet, loin de se borner à l'histoire diplomatique et militaire de l'Europe, s'efforcent de déceler les ressorts d'un monde. Au-delà du pittoresque, la crise de la conscience occidentale, la mise en cause des fondements religieux et philosophiques révèlent l'intelligence et la liberté d'esprit des auteurs. Mais la vraisemblance de la fiction orientale est constamment sauvegardée. Méhémet, devenu à Paris Tite de Moldavie, vit intensément : il souffre, il aime ; il est assiégé de scrupules religieux, s'assimile à son corps défendant, cherche une sagesse commune entre l'Orient et l'Occident. Ses lettres sillonnent l'Europe et l'Asie, s'interrogent sur Venise, l'Espagne et la Moscovie. Nul doute que dans cet intelligent fouillis Montesquieu a trouvé un riche butin. Marana n'a pas seulement donné aux *Lettres persanes* le cadre commode du roman épistolaire et l'humour rusé de son observateur oriental, mais un esprit : celui du nouveau siècle, tolérant, avisé, sceptique et enthousiaste, l'esprit des « lumières » qui fait de Marana un précurseur et de La Bruyère un attardé.

Nous ne saurions cependant, comme le fit Pietro Toldo [1], exalter systématiquement Marana aux dépens de Montesquieu. Nous préférons les conclusions plus nuancées de Pierre Martino [2], de Marie-Louise Dufrénoy [3] et récemment d'Alessandro Crisafulli [4]. L'achat de *L'Espion turc* dans l'édition de 1717 a été un élément déterminant de la genèse des *Lettres persanes*, mais non de leur facture. Marana

1. « Dell'Espion di Marana e delle sue attinenze con *Les Lettres persanes* » (in *Giornale storico della letteratura italiana*, 1897, p. 51 *sq.*). 2. *L'Orient dans la littérature française* (Hachette, 1906, p. 284 et 292). 3. *L'Orient romanesque en France* (Montréal, 1946, t. I, p. 158 *sq.*). 4. « *L'Observateur oriental...* », art. cité, p. 107-111.

lisait Ricaut[1] ; Montesquieu, Tavernier et surtout Chardin. Le Paris de la Régence n'est plus celui de Richelieu et de Condé. Marana est un chroniqueur, Montesquieu se joue en virtuose de tous les sujets et prend le ton de tous ses correspondants. Il s'est donné, comme il le dit lui-même, « l'avantage de pouvoir joindre de la philosophie, de la politique et de la morale à un roman, et de lier le tout par une chaîne secrète et, en quelque façon, inconnue ». Au-delà de la pulsion génétique qui, en 1717, a mis les *Lettres persanes* en chantier, il faut découvrir maintenant cette « chaîne secrète ». Le désordre concerté dont nous parlions tout à l'heure ne saurait dissimuler plus longtemps la solide structure de l'œuvre et le dosage savant des thèmes.

L'organisation

Nulle œuvre en apparence plus fantaisiste et plus anar-chique que les *Lettres persanes* ; œuvre étrange qui participe du roman épistolaire, de la chronique politique, du journal de voyage, de l'essai moral, accueille le mono-logue tragique ou le dialogue de comédie, sans dédaigner la dissertation, l'apologue ou le conte ; œuvre déconcer-tante où l'intérêt risque de se disperser dangereusement dans la succession des lieux, la variété des décors et le mélange des thèmes.

Montesquieu a senti que l'harmonie et la vraisemblance du recueil dépendaient d'une solide armature chronolo-gique. Toutes les lettres persanes sont datées ; mais la conjonction des mois persans et des millésimes chrétiens paraît absurde, si l'on se souvient que les douze mois lunaires de l'année musulmane prennent à chaque cycle un retard de onze jours sur l'année solaire des Occidentaux. Faut-il donc, dans ce système composite, renoncer à toute

1. [Paul Ricaut, auteur de l'*Histoire de l'état présent de l'empire ottoman* (1670).]

exactitude ? Robert Shackleton a fait la lumière à ce sujet dans un article[1]. Montesquieu s'est contenté d'assimiler les mois lunaires persans aux mois solaires du calendrier grégorien, en faisant coïncider le premier mois *Maharram* et le mois de *mars* qui originellement ouvrait l'année romaine. On obtenait dès lors la table de concordance suivante :

Maharram = mars	Rhegeb = septembre
Saphar = avril	Chahban = octobre
Rebiab 1 = mai	Rhamazan = novembre
Rebiab 2 = juin	Chalval = décembre
Gemmadi 1 = juillet	Zilcadé = janvier
Gemmadi 2 = août	Zilhagé = février.

L'exotisme était sauf ; le millésime chrétien n'égarait pas le lecteur. Malgré quelques anachronismes qui prouvent que la table fut dressée tardivement[2], l'ensemble était cohérent et les dates d'une bonne exactitude[3].

Les trois parties du recueil s'organisaient dès lors avec une admirable rigueur :

I. *Le voyage d'Ispahan à Paris*, retracé par 23 lettres d'Usbek et de ses amis, dure treize mois et demi, du 19 mars 1711 au 4 mai 1712.

II. *Paris ou le monde occidental*, dont la chronique s'articule autour de la mort de Louis XIV :

a. *Le règne de Louis XIV* : 69 lettres et trois ans et demi, de mai 1712 à septembre 1715. La coupure est marquée

1. « The Moslem Chronology... », art. cité. 2. Cf. Shackleton, art. cité, p. 24 : la Lettre XXIV (4 juin 1712) signale la bulle *Unigenitus* comme promulguée en 1710 (en fait 1713). La Lettre XXXV datée de 1713 parle de la querelle d'Homère qui n'éclate qu'en 1714. La Lettre XXXII (7 novembre 1719) antidate d'un an la crise financière de Law. 3. Antoine Adam donne deux exemples caractéristiques : la mort de Louis XIV (1er septembre 1715) annoncée le 4 septembre (Lettre XCII) ; l'exil du parlement à Pontoise (21 juillet 1720) signalé le jour même (Lettre CXL).

par la Lettre XCII (4 septembre 1715) qui annonce la mort du Roi ; la Lettre XCI (31 août 1715) annonce le dernier événement parisien : le départ de l'ambassadeur persan Méhémet Riza Beg. Le thème qui domine est celui de l'observation morale et satirique.

b. *La Régence :* 54 lettres et cinq ans, de septembre 1715 à novembre 1720. Le jugement final sur le système de Law, donné dans la Lettre CXLVI datée du 11 novembre 1720, constitue la conclusion occidentale des *Lettres persanes*. Les réflexions philosophiques et l'enquête de sociologie politique l'emportent nettement sur la recherche du pittoresque.

III. *Le drame du sérail* (14 lettres). Annoncés par la Lettre CXLVII du 1er septembre 1717, les désordres du sérail durent trois ans, alors que le sujet semblait oublié depuis plus d'un an (Lettre XCVI du 8 février 1716). Le grand eunuque meurt le 5 juillet 1718, Solim reçoit les pleins pouvoirs le 4 octobre 1719. Le 8 mai 1720, Solim découvre les déportements de Roxane qui se tue le même jour. Mais les lettres de Solim et de Roxane ne peuvent atteindre Paris qu'en novembre, après l'envoi de la Lettre CXLVI : tout laisse prévoir le départ immédiat d'Usbek, après neuf ans d'absence.

*
* *

À la vraisemblance chronologique devait répondre le dosage harmonieux des thèmes. Bon nombre d'entre eux échappaient naturellement à la servitude des dates ; mais deux pôles, Paris et Ispahan, deux mondes, l'Orient et l'Occident, artificiellement liés par l'inquiète personnalité d'Usbek, devaient s'affronter dans le recueil. C'est la vraie ligne de clivage des *Lettres persanes*. Une quinzaine de lettres développent explicitement le parallèle (nos XXIII, XXXIII, XXXIV, XXXV, XXXVIII, LV, LX, LXIII, LXXV, LXXXV, LXXXVIII, etc.). Mais deux tableaux

pourraient peut-être réduire la part d'arbitraire dans le classement des thèmes [1] :

I – L'ORIENT

APOLOGUES ET CONTES		LE SÉRAIL		RELIGION		POLITIQUE	
11 à 14 (Troglodytes)		2-3-4-6-7-9-15-20-21-22-26-27-41-42-43-47-53-62-64-65-70-71-79		16-17-18 39		19	
67 (Aphéridon)		96		85-93		80-81-88	
141 (Anaïs)		114-115 147 à 161		125 143		103-123	
	6		40		8		6

Nous remarquons d'emblée le dosage savant des apologues et des contes, situés dans le recueil à égale distance : leur but est de divertir, mais une plus grande fréquence aurait détourné l'intérêt de l'intrigue centrale. Sur 60 lettres consacrées à l'Orient, 40 traitent du sérail ; mais l'enquête psychologique sur les désenchantés, l'eunuque et la femme de harem, recoupe ordinairement le roman particulier du sérail d'Usbek. Les religions exotiques, l'islam, mais aussi le zoroastrisme et le brahmanisme, la politique orientale enfin, sont traitées avec vigueur, mais rapidement.

1. Le chiffre en bas de colonne donne le nombre total de lettres consacrées au même sujet. Les numéros des lettres sont pour plus de commodité en chiffres arabes.

II – L'OCCIDENT

Mœurs et portraits	Philosophie	Religion	Politique	Nations étrangères
24-28-30-32-33-36-45-48-50-52-54-55-56-57-58-59-60-61-63-66-68-72-73-74-82-84-86-87-91-92-98-99-	69 76-77 83-94 97-105	29-35 46-49 57-60-61 75 101	24-37 44 80 88-90-92-94-95-	31 (Venise) 51 (Russie) 78 (Espagne)
107-108-109-110	106		100-102-103-104-107-111-112 à 122 (De la dépopulation)	104 (Angleterre)
128-130-132-133 à 137 (Des bibliothèques) 140-144-145	143		124-126-127-129-131-138-142-146	139 (Suède)
42	9	10	34	5

L'interprétation des thèmes occidentaux est plus délicate. Une centaine de lettres s'y consacrent, donnant une proportion de cinq à trois en faveur de l'Occident. Deux groupes l'emportent : l'étude des mœurs domine au début du recueil, les considérations politiques et sociologiques vers la fin. Les sujets dangereux, philosophie et religion, sont abordés courageusement, mais sans donner le ton à l'ensemble. Cinq lettres prolongent l'enquête vers d'autres nations européennes, mais sauf pour l'Angleterre, l'humour l'emportera sur l'objectivité sociologique. Deux étranges digressions alourdissent enfin le recueil, à l'heure où la verve de l'écrivain s'épuise : les onze lettres sur les

causes de la dépopulation viennent en effet d'une dissertation antérieure aux *Lettres persanes*, dissertation habilement débitée mais fort reconnaissable ; les cinq lettres sur les bibliothèques n'échappent guère à la monotonie d'un catalogue, malgré les commentaires désinvoltes de l'auteur.

En conclusion, malgré l'essoufflement sensible en fin de recueil et la brutalité dramatique du dénouement, le dosage des thèmes est d'une habileté consommée. Montesquieu joue en virtuose sur les motifs alternés de l'Orient et de l'Occident, entrelace questions et décors, varie les tons et fait accepter par la violence des contrastes ce que telle lettre sur la nature de Dieu aurait eu de trop austère, ou telle autre sur la condition de l'eunuque de trop violemment exotique. Le charme réel des *Lettres persanes*, qui leur permet d'échapper aux modes et à l'usure des siècles, n'est pas seulement dans le langage comme le croyait Stendhal ; il ne saurait être dans l'effort de vraisemblance chronologique qui se borne à satisfaire l'esprit, non plus que dans le lien romanesque, cette « chaîne secrète » qui, aux yeux de l'auteur, faisait le principal mérite de l'ouvrage. Lorsqu'on pense à l'ordre de La Bruyère, au classement scolaire des *Caractères*, il ne faut pas le chercher ailleurs que dans cette série continue de petits chocs qui traduisent l'étonnement du lecteur, dans cette attente ravie et jamais déçue de la surprise et, pour tout dire, dans cette esthétique du contraste qui fait des *Lettres persanes*, au sortir de l'ère classique, le premier témoignage littéraire de la renaissance baroque.

L'interprétation

Il n'est pas de chef-d'œuvre sans ambiguïté : il faut laisser quelque chose à penser au lecteur. Les *Lettres persanes* ne manquent pas à cette exigence.

La plupart des lecteurs du temps et nombre de critiques ont vu dans Montesquieu un libertin d'autant plus habile que l'ouvrage ne paraissait pas sérieux. Comme ce diable boiteux[1] venu d'Espagne, il soulevait le toit des maisons, révélait les tares et les ridicules, riait des vices, mais aussi des malheurs. « Le voile de révérence se déchirait, dit Paul Hazard ; et derrière le voile il n'y avait qu'illogisme et qu'absurdité. Ce travail, les Persans l'accomplissaient avec un mélange si savamment dosé d'habileté et de naturel, avec tant de gaieté et de gaminerie, avec une volonté de bravade si décidée, qu'on était pris au jeu et qu'on se mettait inconsciemment de la partie. Bien sot qui ne serait pas devenu leur complice... comme s'ils avaient si prestement, si joliment détruit la maison, que le propriétaire lui-même les eût félicités en leur disant merci[2]. » Alors que Marivaux se bornait à plaider l'imprudence, Paul Valéry engage Montesquieu dans l'entreprise de subversion : « Entrer chez les gens pour déconcerter leurs idées, leur faire la surprise d'être surpris de ce qu'ils font, de ce qu'ils pensent, et qu'ils n'ont jamais conçu différent, c'est, au moyen de l'ingénuité feinte ou réelle, donner à ressentir toute la relativité d'une civilisation, d'une confiance habituelle dans l'Ordre établi... C'est aussi prophétiser le retour à quelque désordre ; et même faire un peu plus que de le prédire[3]. »

Ce sont là des vues ingénieuses pour « sataniser » les *Lettres persanes* : elles ne sauraient historiquement nous convaincre. En 1721, Montesquieu ne veut pas « détruire la maison » : ses fondements sont ébranlés depuis vingt ans ; il n'appelle pas le désordre, car le désordre est solidement installé dans l'État et dans la nation : il ne prêche pas la corruption, mais la réprouve. Le monde de la Régence s'est reconnu dans les *Lettres persanes* et ne s'est

1. [Dans le roman de Lesage qui porte ce nom (1707).] **2.** *La Pensée européenne au XVIII[e] siècle*, Boivin, 1946, t. I, p. 5. **3.** *Variété II* [in *Œuvres*, « Pléiade », t. I, 1957, p. 515].

pas scandalisé, non plus qu'à la lecture de *Manon Lescaut*. La galanterie, le jeu, le règne du plaisir, de la faveur et de l'argent, la décadence de la noblesse, des parlements, du clergé, d'une bourgeoisie honnête, l'activité maniaque des poètes, des érudits ou des nouvellistes, ce sont tableaux dont la tristesse ne fait que s'accuser depuis La Bruyère. Si le moraliste est gai et le trait narquois, faut-il s'y laisser prendre ? Si Montesquieu crible de flèches une société qui se décompose, il ne croit pas à la vertu médicale de l'aigreur janséniste, aux doléances revêches de Boileau et de La Bruyère. Lisons la Lettre CXXXVIII, si haute de ton et de pensée, où sont exposées les conséquences morales et sociales du système de Law : au contraire des moralistes classiques, Montesquieu assume pleinement le monde où il vit, sans en être un instant la dupe.

Encore une fois, c'est l'insolence du ton qui nous trompe. S'il daube sur la Trinité et l'Eucharistie, Marana et Bayle, sans parler de Spinoza, l'ont fait avant lui. S'il rit du pape-magicien, comment pouvait-on prendre au sérieux l'homme qui allait donner la pourpre à l'abbé Dubois ? S'il critique le despotisme oriental de Louis XIV, qui ne pense de même dans les conseils ? On ne saurait exiger de Montesquieu le respect des idoles quand le Régent lui-même les détruit. Ce respect ne renaîtra qu'en 1726, avec le principat du cardinal Fleury [1].

Mais les véritables audaces de Montesquieu ne sont pas dans les coups de boutoir qu'il donne à un édifice moribond. Sa conception du monde n'est nullement négative et ne reflète pas, comme le voudrait l'abbé Dedieu, un « scepticisme élégant [2] ». Ce n'est pas du scepticisme que de croire que les querelles théologiques épuisent la France, que les ordres religieux thésaurisent, que le prosélytisme

1. [André Hercule de Fleury (1653-1743), ecclésiastique et précepteur de Louis XV, devint ministre d'État en 1726 et fut fait cardinal.] **2.** *Montesquieu, l'homme et l'œuvre*, Boivin, 1943, p. 110.

des missions échoue en Perse et en Chine. C'est aller plus loin que d'attaquer le célibat des prêtres et d'accepter le divorce. C'est aller trop loin que de suggérer le parallèle du merveilleux chrétien et des légendes de l'islam. Mais il y a une chaleur enthousiaste dans l'affirmation de son déisme fondé sur le sentiment intérieur du bien et du juste : « Ainsi, quand il n'y aurait pas de Dieu, nous devrions toujours aimer la justice ; c'est-à-dire faire nos efforts pour ressembler à cet être dont nous avons une si belle idée, et qui, s'il existait, serait nécessairement juste. Libres que nous serions du joug de la religion, nous ne devrions pas l'être de celui de l'équité » (Lettre LXXXIII). Manifestement c'est un ordre que recherche Montesquieu, quoi qu'en pense Valéry. Cet ordre, sur quoi compte-t-il le fonder ?

Nous nous permettrons sur ce point d'exclure la solution facile. Les historiens de la littérature ont trop souvent répété que les *Lettres persanes* sont « la préface spirituelle et hardie de *L'Esprit des lois* » ; pour découvrir la clef des *Lettres*, disent-ils, il suffit d'en retrouver la trace dans les ouvrages ultérieurs, de suivre au long d'une vie entière les lignes logiques d'une pensée impeccable. Nous ne nierons pas l'intérêt de telles recherches. Faut-il les résumer ? Nous dirons avec l'abbé Dedieu que les lettres « sur l'intolérance, sur l'esclavage, sur le caractère des nations, sur la nature des peines et leur proportion, sur la justice, sur la multiplicité des religions dans un même État, sur le point d'honneur dont les Français semblent faire le principe fondamental de leur morale, sur le droit public et le droit des gens, sur la conquête, sur l'esprit public, sur les lois françaises, sur le luxe, sur la dépopulation de l'Europe, les colonies, la liberté, le divorce, la polygamie, le célibat, le droit d'aînesse, nous semblent être tantôt l'amorce de plus sérieuses études et tantôt la synthèse vigoureuse de recherches originales[1] ». Tous ces thèmes seront repris et enserrés dans les mailles de *L'Esprit des lois*. Mais

1. *Op. cit.*, p. 114-115.

avons-nous le droit de projeter sur l'ouvrage de 1720 la
doctrine de 1740 ? Nulle part dans les *Lettres persanes*
n'apparaît la notion centrale de la loi, *rapport nécessaire
qui dérive de la nature des choses*. Le monde de 1740 est
régi par un puissant déterminisme : lois physiques et causes
morales reflètent l'emprise du climat, de la religion, des
mœurs, du passé, des maximes de gouvernement ; un esprit
général en résulte et le monde *tel qu'il va* en acquiert une
sorte de légitimité. Dans *L'Esprit des lois*, l'univers entier
est compris et par là même pardonné.

Cette vision olympienne, cette sérénité que donnent
l'âge et l'étude, nous les chercherions en vain dans les
Lettres persanes. On a voulu trouver la définition de la loi,
celle du livre I de l'*Esprit*, dans la Lettre LXXXIII[1] : « La
justice est un rapport de convenance, qui se trouve réelle-
ment entre deux choses ; ce rapport est toujours le même,
quelque être qui le considère, soit que ce soit Dieu, soit
que ce soit un ange, ou enfin que ce soit un homme. »
Montesquieu postule ici la loi morale, reprend les thèmes
de Leibniz dans la *Théodicée*, annonce Kant. Dans le pre-
mier cas, la loi est un rapport d'efficience ; dans le second,
la justice est un rapport d'espérance et de foi. Or, ce qui
fait le prix des *Lettres persanes*, explique leur accent de
jeunesse et leur enthousiasme, c'est que Montesquieu en
1720 n'a pas encore senti le heurt entre l'exigence idéaliste
de justice, cette loi naturelle inscrite au cœur de l'homme,
et le poids de l'univers ; entre la nature humaine et la nature
des choses.

Voilà pourquoi l'ordre que recherchent implicitement les
Lettres persanes est un ordre idéal, fondé sur la *justice*,
antérieure à toute révélation, et sur la *nature*, c'est-à-dire
sur les exigences fondamentales du cœur et de la raison.
Les deux mots coïncident d'ailleurs, la nature n'étant que
la justice perçue et accomplie. C'est une seule et même

1. Alan Boase, « The interpretation of *Les Lettres persanes* » (in
The French Mind, Oxford, 1952, p. 155).

sagesse qui se modulera sur tous les registres. L'idéal apparaît d'emblée dans l'apologue des Troglodytes, véritable préambule des *Lettres*. Mirza sait que les hommes sont « nés pour être vertueux » et que « la justice... leur est aussi propre que l'existence » (Lettre X) ; les Troglodytes vont au bonheur par la vertu, sans lois ni roi. Mais en dehors de leur pays de rêve, les mœurs ne traduisent qu'artifice et absurdité. En Orient, le harem symbolise l'anti-nature : l'eunuque mutilé se fait gardien féroce, la femme cloîtrée ment, conspire et trompe : « j'ai réformé tes lois sur celles de la nature », dira Roxane en mourant. L'islam est ridicule par ses contes grossiers, son rituel étrange et ses tabous alimentaires. Le Grand Mogol se pèse comme un bœuf sur sa balance, la femme hindoue se jette au bûcher, la Madécasse se fait avorter. Seule Anaïs est logique en exigeant justice du paradis d'Allah. Même l'horreur de l'inceste, qu'on croyait naturelle, n'empêche pas Aphéridon et Astarté de pratiquer la vertu et de mériter le bonheur. En Occident, l'anti-nature règne plus encore. L'Église est un monument d'artifice : un pape-magicien, des sacrements étranges, l'unité de Dieu contestée, des casuistes fous, des directeurs aux jupes des femmes, un mariage indissoluble, le célibat imposé aux prêtres, une théologie obscure qui déclenche des luttes civiles, un prosélytisme qui, sous couleur de charité, cache la volonté de puissance. « Nous troublons l'État », avouera un prêtre (Lettre LXI). Alors que la religion naturelle, accessible à tous, se borne à exercer envers les hommes « tous les devoirs de la charité et de l'humanité, ... en ne violant point les lois sous lesquelles ils vivent » (Lettre XLVI). Mais l'État lui-même corrompt ces lois fondamentales que notre Moyen Âge avait héritées des libres tribus franques. L'Espagne, pour avoir chassé les Maures et les Juifs, pour avoir pillé l'Amérique, se meurt dans l'orgueil, la paresse et l'idolâtrie de l'or (Lettre LXXVIII). La France, à peine échappée du despotisme oriental de Louis XIV, cède aux mirages

du Mississippi[1], séduite par les pirouettes de Law (Lettre CXLII). Le vrai critère de l'anti-nature, c'est la dépopulation du monde moderne ; toutes les causes y concourent : la tyrannie politique, le brassage des peuples, la polygamie musulmane comme le mariage chrétien, l'eunuque oriental comme le prêtre catholique, l'esclavage et la colonisation (Lettres CXII à CXXII). Or la politique naturelle donnerait force et prospérité ; il suffit pour cela que l'État se modèle sur son archétype naturel, la famille (Lettre XCIV) et que les rois agissent en pères (Lettre CII). Le meilleur État n'est-il pas « celui qui va à son but à moins de frais » (Lettre LXXX) ? Si la monarchie risque de dégénérer en despotisme (Lettre CII), la douceur du gouvernement mène à l'opulence : l'agriculture est protégée (Lettre CXXII), le luxe et les arts prospèrent (Lettre CVI), la population s'accroît comme en Hollande et en Suisse, républiques au sol pauvre (Lettre CXXII). Délaissons la fable des Troglodytes et le mythe des Guèbres, observons le nord de l'Europe : l'avenir du monde moderne se dessine chez ces peuples industrieux et libéraux. Liberté politique, tolérance religieuse, travail, commerce pacifique, voilà la leçon de sagesse qu'ils nous donnent.

Tel est l'ordre idéal, mais accessible, que vantent les *Lettres persanes*. Est-ce là prédire le désordre, comme le voulait Valéry ? Cette religion et cette politique naturelles ne sont pas une fuite vers l'utopie ou le primitivisme, mais le résultat d'une prise de conscience lucide des dangers d'une période d'anarchie et de transition.

Voilà pourquoi il nous semble imprudent et dangereux de tirer des *Lettres persanes* une leçon de scepticisme et de relativisme. « Dans tout cela, disait Marivaux, je ne vois

1. [En août 1717, John Law obtient le monopole du commerce avec la Louisiane et, l'année suivante, Moyne de Bienville fonde La Nouvelle-Orléans, ainsi nommée en l'honneur du Régent, le duc d'Orléans.]

qu'un homme d'esprit qui badine, mais qui ne songe pas assez qu'en se jouant il engage quelquefois un peu trop la gravité respectable de ces matières. » Montesquieu nous enseigne que l'impertinence est libératrice et le respect une attitude paresseuse, non pas une solution. « Nous cherchons toujours la nature dans nos coutumes simples et nos manières naïves », déclare Rica (Lettre LXXIII). Entre l'autorité de l'État qu'il accepte, à condition qu'elle ne dépasse pas son objet, et le sens social qu'il prêche, à condition qu'il n'obsède pas l'individu, Montesquieu abolit les conventions : l'homme a le droit d'être ce qu'il est. Sans honte, dans un monde libéré où ne se posera plus la question ridicule : « Comment peut-on être persan ? » Avec les *Lettres persanes* s'ouvre l'âge de la sincérité.

Mais pourquoi ces fadeurs orientales, diront les esprits positifs, pourquoi ces figures de ballet où, à intervalles calculés, réapparaissent en troupes gracieuses ou horribles eunuques et odalisques ? Qui donc est dupe de cette trame romanesque qui, comme à l'opéra, s'achève sur le tableau sanglant du sérail ? Si les *Lettres persanes* ont pour but de dénoncer l'artifice, n'est-ce pas la pire des conventions esthétiques ? Nous pourrions répondre que cet Orient n'est pas si faux qu'il ne puisse jouer son rôle dans la démystification du monde. Mais si l'exotisme rend la leçon moins dure à notre amour-propre en renvoyant dos à dos Paris et Ispahan, si le charme de la fable et du conte repose des problèmes sévères, si le style rit, poudroie et scintille, n'ayons pas le mauvais goût de nous en plaindre. Eugenio d'Ors naguère se demandait comment le XVIIIᵉ siècle, le siècle rationaliste par excellence, pouvait être en même temps le siècle baroque par définition [1]. Nul ouvrage ne saurait mieux que les *Lettres persanes* illustrer à la fois l'idéologie et l'esthétique des « lumières », dans un mélange unique de rationalisme incisif et de luxuriance baroque.

Paul VERNIÈRE, 1960.

1. *Du baroque* (Gallimard, 1935, p. 40).

Note liminaire

Pour des raisons qui se trouvent exposées dans l'« Histoire du texte », p. 411-420, le texte ici suivi est celui de l'édition de 1758, dont l'orthographe se trouve modernisée. Dans les notes, les sigles A, B et D désignent respectivement l'édition originale de 1721, la deuxième édition de 1721 et l'édition de 1758. Dans plusieurs de nos notes, nous renvoyons, par le sigle *OC*, suivi du numéro de tome, aux *Œuvres complètes* de Montesquieu en cours de publication à la Voltaire Foundation.

Les notes lexicales entre guillemets sont empruntées aux dictionnaires de l'époque, *Grand dictionnaire* de Furetière (1690 et 1694), et *Dictionnaire* de l'Académie française (édition de 1718).

Alors que Paul Vernière faisait référence au *Catalogue de la bibliothèque de Montesquieu* procuré par Louis Desgraves (Genève, Droz, 1954), nous renvoyons au *Catalogue de la bibliothèque de Montesquieu à La Brède*, édité par Louis Desgraves et Catherine Volpilhac-Auger, avec la collaboration de Françoise Weil, *Cahiers Montesquieu*, n° 4, Naples-Oxford, Liguori-Voltaire Foundation, 1999 : la numérotation donnée par le premier travail de 1954 a été conservée dans cette édition corrigée et enrichie [1].

<div align="right">C. V.-A.</div>

1. Dans les notes, les passages entre crochets correspondent aux ajouts ou aux rectifications de Catherine Volpilhac-Auger.

Lettres persanes

LETTRES
PERSANES.

SECONDE EDITION.
*Revuë, corrigée, diminuée & aug-
mentée par l'Auteur.*

TOME I.

A COLOGNE,
Chez PIERRE MARTEAU,

M DCC XXI.

Page de titre de la deuxième édition

QUELQUES RÉFLEXIONS
SUR
LES *LETTRES PERSANES* [1]

Rien n'a plu davantage, dans les Lettres persanes, *que d'y trouver, sans y penser, une espèce de roman. On en voit le commencement, le progrès, la fin. Les divers personnages sont placés dans une chaîne qui les lie. À mesure qu'ils font un plus long séjour en Europe, les mœurs de cette partie du monde prennent dans leur tête un air moins merveilleux et moins bizarre, et ils sont plus ou moins frappés de ce bizarre et de ce merveilleux, suivant la différence de leurs caractères. D'un autre côté, le désordre croît dans le sérail d'Asie à proportion de la longueur de l'absence d'Usbek, c'est-à-dire à mesure que la fureur augmente, et que l'amour diminue.*

D'ailleurs, ces sortes de romans réussissent ordinairement, parce que l'on rend compte soi-même de sa situation actuelle ; ce qui fait plus sentir les passions que tous les récits qu'on en pourrait faire. Et c'est une des causes du succès de quelques ouvrages charmants qui ont paru depuis les Lettres persanes.

Enfin, dans les romans ordinaires, les digressions ne peuvent être permises que lorsqu'elles forment elles-mêmes un nouveau roman. On n'y saurait mêler de raisonnements, parce que aucun des personnages n'y

1. [Ces réflexions ont été écrites après la lecture du pamphlet de l'abbé Gaultier, *Les* Lettres persannes [*sic*] *convaincues d'impiété* (s.l., 1751 ; voir ci-dessous, Histoire du texte, p. 414), et parurent pour la première fois en 1758 ; d'après les Cahiers de corrections, elles devraient sans doute servir en fait de postface.]

*ayant été assemblé pour raisonner, cela choquerait le
dessein et la nature de l'ouvrage. Mais dans la forme
de lettres, où les acteurs ne sont pas choisis, et où les
sujets qu'on traite ne sont dépendants d'aucun dessein
ou d'aucun plan déjà formé, l'auteur s'est donné l'avan-
tage de pouvoir joindre de la philosophie, de la politique
et de la morale à un roman* [1]*, et de lier le tout par une
chaîne secrète et, en quelque façon, inconnue.*

Les Lettres persanes *eurent d'abord un débit si pro-
digieux que les libraires mirent tout en usage pour en
avoir des suites. Ils allaient tirer par la manche tous
ceux qu'ils rencontraient : « Monsieur, disaient-ils, je
vous prie, faites-moi des* Lettres persanes. »

*Mais ce que je viens de dire suffit pour faire voir
qu'elles ne sont susceptibles d'aucune suite, encore
moins d'aucun mélange avec des lettres écrites d'une
autre main, quelque ingénieuses qu'elles puissent être.*

*Il y a quelques traits que bien des gens ont trouvés
trop hardis ; mais ils sont priés de faire attention à la
nature de cet ouvrage. Les Persans qui devaient y jouer
un si grand rôle se trouvaient tout à coup transplantés
en Europe, c'est-à-dire dans un autre univers. Il y avait
un temps où il fallait nécessairement les représenter
pleins d'ignorance et de préjugés : on n'était attentif
qu'à faire voir la génération et le progrès de leurs idées.
Leurs premières pensées devaient être singulières : il
semblait qu'on n'avait rien à faire qu'à leur donner
l'espèce de singularité qui peut compatir avec de
l'esprit ; on n'avait à peindre que le sentiment qu'ils
avaient eu à chaque chose qui leur avait paru extraor-
dinaire. Bien loin qu'on pensât à intéresser quelque
principe de notre religion, on ne soupçonnait pas même
d'imprudence. Ces traits se trouvent toujours liés avec
le sentiment de surprise et d'étonnement, et point avec*

1. C'est l'idée de Marana dans *L'Espion turc*.

l'idée d'examen, et encore moins avec celle de critique. En parlant de notre religion, ces Persans ne devaient pas paraître plus instruits que lorsqu'ils parlaient de nos coutumes et de nos usages ; et, s'ils trouvent quelquefois nos dogmes singuliers, cette singularité est toujours marquée au coin de la parfaite ignorance des liaisons qu'il y a entre ces dogmes et nos autres vérités[1].

On fait cette justification par amour pour ces grandes vérités, indépendamment du respect pour le genre humain, que l'on n'a pas certainement voulu frapper par l'endroit le plus tendre. On prie donc le lecteur[2] *de ne pas cesser un moment de regarder les traits dont je parle comme des effets de la surprise de gens qui devaient en avoir, ou comme des paradoxes faits par des hommes qui n'étaient pas même en état d'en faire. Il est prié de faire attention que tout l'agrément consistait dans le contraste éternel entre les choses réelles et la manière singulière, neuve ou bizarre, dont elles étaient aperçues. Certainement la nature et le dessein des* Lettres persanes *sont si à découvert qu'elles ne tromperont jamais que ceux qui voudront se tromper eux-mêmes.*

1. Même précaution dans Marana : « La philosophie de l'auteur ne sera peut-être pas du goût de nos philosophes chrétiens. Il raisonne souvent selon les principes des mahométans... on ne doit pas trouver mauvais qu'il soutienne les intérêts de la religion dans laquelle il a été élevé » (*op. cit.*, t. II, Préface). Mais l'abbé Gaultier ne saurait s'y laisser prendre : « Si le Persan avance quelque impiété, on dit : c'est un Persan qui raisonne selon ses principes et quelquefois aussi contre les principes de sa secte ; à quoi un chrétien paraît ne pas prendre beaucoup d'intérêt... mais ceux qui savent sous combien de formes l'impiété s'est masquée, depuis trente ans, pour pulluler et s'étendre, n'ont pas besoin qu'on leur dise que le Persan qui parle est un Français très connu qui met dans la bouche du Persan ce qu'il pense, lui Français, en matière de religion » (*op. cit.*, p. 11).
2. Réponse à l'abbé Gaultier (*op. cit.*, p. 1) : « Ce qu'il y a de bon dans les *Lettres persanes* est un piège pour une infinité de lecteurs. »

INTRODUCTION

Je ne fais point ici d'épître dédicatoire, et je ne demande point de protection[1] pour ce livre : on le lira, s'il est bon ; et, s'il est mauvais, je ne me soucie pas qu'on le lise.

J'ai détaché ces premières lettres pour essayer le goût du public ; j'en ai un grand nombre d'autres dans mon portefeuille, que je pourrai lui donner dans la suite.

Mais c'est à condition que je ne serai pas connu : car si l'on vient à savoir mon nom, dès ce moment je me tais[2]. Je connais une femme qui marche assez bien, mais qui boite dès qu'on la regarde[3]. C'est assez des défauts de l'ouvrage sans que je présente encore à la critique ceux de ma personne. Si l'on savait qui je suis, on dirait : « Son livre jure avec son caractère ; il devrait employer son temps à quelque chose de mieux : cela n'est pas digne d'un homme grave. » Les critiques ne manquent jamais ces sortes de réflexions, parce qu'on les peut faire sans essayer beaucoup son esprit.

Les Persans qui écrivent ici étaient logés avec moi ; nous passions notre vie ensemble. Comme ils me regardaient comme un homme d'un autre monde, ils ne me

1. [C'est ce que demande généralement, sous forme de rétribution, une épître dédicatoire.] **2.** [Le texte étant une fiction, il n'y a pas de raison de donner à cette phrase une application autobiographique.] **3.** [Une tradition, qu'aucune autorité n'est jamais venue appuyer, voyait là une allusion à l'épouse de Montesquieu. Comme de nombreuses explications « biographiques », qui nous ont paru inutiles ou peu adaptées, celle-ci nous a semblé devoir être supprimée sans nuire au travail de Paul Vernière.]

cachaient rien. En effet, des gens transplantés de si loin ne pouvaient plus avoir de secrets. Ils me communiquaient la plupart de leurs lettres ; je les copiai. J'en surpris même quelques-unes dont ils se seraient bien gardés de me faire confidence, tant elles étaient mortifiantes pour la vanité et la jalousie.

Je ne fais donc que l'office de traducteur : toute ma peine a été de mettre l'ouvrage à nos mœurs. J'ai soulagé le lecteur du langage asiatique autant que je l'ai pu, et l'ai sauvé d'une infinité d'expressions sublimes, qui l'auraient envoyé jusque dans les nues [1].

Mais ce n'est pas tout ce que j'ai fait pour lui. J'ai retranché les longs compliments, dont les Orientaux ne sont pas moins prodigues que nous, et j'ai passé un nombre infini de ces minuties qui ont tant de peine à soutenir le grand jour, et qui doivent toujours mourir entre deux amis.

Si la plupart de ceux qui nous ont donné des recueils de lettres avaient fait de même, ils auraient vu leurs ouvrages s'évanouir.

Il y a une chose qui m'a souvent étonné : c'est de voir ces Persans quelquefois aussi instruits que moi-

1. Cf. *L'Espion turc* (*op. cit.*, t. II, Préface) : « On trouvera presque partout un beau feu d'imagination et une manière de s'exprimer vivement, particulière aux Arabes... On trouvera plusieurs tours d'expression qui ont quelque chose de guindé et qui ne sont pas fort du génie de notre langue. On aurait pu les changer si on avait voulu ; mais, quoiqu'on n'ait pas regardé ces endroits comme des beautés, on a jugé néanmoins qu'ils étaient nécessaires pour la bienséance. On traduit un Arabe et un mahométan. » Mais Montesquieu suit plutôt J.-F. Bernard (*Réflexions morales, satiriques et comiques sur les mœurs de notre siècle*, Amsterdam, J.-F. Bernard, 3e édit., 1716, p. 86) : « Le Persan conçoit presque toujours les choses selon le génie des Orientaux ; mais je changerai le tour de son style quand je remarquerai qu'il s'éloigne trop de notre manière d'écrire. Par les expressions que je ne réformerai pas, on pourra toujours assez reconnaître que c'est un Persan qui parle. »

même des mœurs et des manières de la nation, jusqu'à en connaître les plus fines circonstances, et à remarquer des choses qui, je suis sûr, ont échappé à bien des Allemands qui ont voyagé en France. J'attribue cela au long séjour qu'ils y ont fait ; sans compter qu'il est plus facile à un Asiatique de s'instruire des mœurs des Français dans un an, qu'il ne l'est à un Français de s'instruire des mœurs des Asiatiques dans quatre, parce que les uns se livrent autant que les autres se communiquent peu.

L'usage a permis à tout traducteur, et même au plus barbare commentateur, d'orner la tête de sa version, ou de sa glose, du panégyrique de l'original, et d'en relever l'utilité, le mérite et l'excellence. Je ne l'ai point fait ; on en devinera facilement les raisons. Une des meilleures est que ce serait une chose très ennuyeuse, placée dans un lieu déjà très ennuyeux de lui-même : je veux dire une préface.

LETTRE PREMIÈRE

USBEK [1] À SON AMI RUSTAN, À ISPAHAN [2]

Nous n'avons séjourné qu'un jour à Com. Lorsque nous eûmes fait nos dévotions sur le tombeau de la Vierge qui a mis au monde douze prophètes, nous nous remîmes en chemin, et hier, vingt-cinquième jour de notre départ d'Ispahan, nous arrivâmes à Tauris.

Rica et moi sommes peut-être les premiers parmi les Persans que l'envie de savoir ait fait sortir de leur pays, et qui aient renoncé aux douceurs d'une vie tranquille pour aller chercher laborieusement la sagesse [3].

Nous sommes nés dans un royaume florissant ; mais nous n'avons pas cru que ces bornes fussent celles de nos connaissances, et que la lumière orientale dût seule nous éclairer.

Mande-moi ce que l'on dit de notre voyage ; ne me flatte point : je ne compte pas sur un grand nombre d'approbateurs. Adresse ta lettre à Erzeron, où je séjournerai quelque temps.

1. Usbek est le nom générique d'un peuple de race tartare qui résidait au nord-est de la Perse (Usbekistan). Selon Pierre Martino (*L'Orient dans la littérature française*, Hachette, 1906, p. 291), Montesquieu l'aurait emprunté à un personnage des *Mille et Un Jours* (*Histoire de Couloufe et de la belle Dilara*). Rien n'est moins sûr.
2. [Ispahan est alors la capitale de la Perse (Iran) ; Com est aujourd'hui Qum, au nord du pays ; Tauris est devenu Tabriz.]
3. Élie Carcassonne signale deux réflexions de Chardin : « Les Persans n'aiment ni la promenade ni les voyages... Pour ce qui est des voyages, ceux de simple curiosité sont encore plus inconcevables aux Persans que les promenades » (*op. cit.*, t. II, p. 39 et 40).

Adieu, mon cher Rustan ; sois assuré qu'en quelque lieu du monde où je sois tu as un ami fidèle.

De Tauris le 15 de la lune de Saphar, 1711[1].

LETTRE II

USBEK AU PREMIER EUNUQUE NOIR[2], À SON SÉRAIL D'ISPAHAN

Tu es le gardien fidèle des plus belles femmes de Perse ; je t'ai confié ce que j'avais dans le monde de plus cher ; tu tiens en tes mains les clefs de ces portes fatales qui ne s'ouvrent que pour moi. Tandis que tu veilles sur ce dépôt précieux de mon cœur, il se repose et jouit d'une sécurité entière. Tu fais la garde dans le silence de la nuit, comme dans le tumulte du jour ; tes soins infatigables soutiennent la vertu lorsqu'elle chancelle. Si les femmes que tu gardes voulaient sortir de leur devoir, tu leur en ferais perdre l'espérance. Tu es le fléau du vice et la colonne de la fidélité.

Tu leur commandes, et leur obéis ; tu exécutes aveuglément toutes leurs volontés et leur fais exécuter de

1. Si nous acceptons la démonstration de Robert Shackleton, Montesquieu adopte l'année solaire commençant au 1er mars en essayant de concilier l'ère chrétienne et la nomenclature musulmane des mois lunaires. Le 1er de la lune de Maharram est le 1er mars et Maharram aura trente et un jours. Dès lors, tout s'éclaire : arrivée à Tauris le 14 Saphar 1711, c'est-à-dire le 14 avril, la troupe d'Usbek avait donc quitté Ispahan le 19 de mars-Maharram. **2.** [Le « premier eunuque noir » est aussi appelé « Premier eunuque » ou « Grand eunuque » ; c'est lui le chef du sérail, les eunuques blancs n'étant pas autorisés à entrer dans les appartements et jouant un rôle subalterne, y compris leur propre chef.]

même les lois du sérail. Tu trouves de la gloire à leur
rendre les services les plus vils ; tu te soumets avec
respect et avec crainte à leurs ordres légitimes ; tu les
sers comme l'esclave de leurs esclaves. Mais, par un
retour d'empire, tu commandes en maître comme moi-
même, quand tu crains le relâchement des lois de la
pudeur et de la modestie[1].

Souviens-toi toujours du néant d'où je t'ai fait
sortir, lorsque tu étais le dernier de mes esclaves, pour te
mettre en cette place et te confier les délices de
mon cœur. Tiens-toi dans un profond abaissement
auprès de celles qui partagent mon amour ; mais fais-
leur en même temps sentir leur extrême dépendance.
Procure-leur tous les plaisirs qui peuvent être inno-
cents ; trompe leurs inquiétudes ; amuse-les par la
musique, les danses, les boissons délicieuses ; persuade-
leur de s'assembler souvent. Si elles veulent aller à la
campagne, tu peux les y mener ; mais fais faire main
basse[2] sur tous les hommes qui se présenteront devant
elles. Exhorte-les à la propreté[3], qui est l'image de
la netteté de l'âme[4]. Parle-leur quelquefois de moi. Je

1. Cette poésie monacale sur le harem vient de Chardin, qui
compare le quartier des femmes à un « couvent de nonnes » (I, 277).
Mais Chardin décrivait le sérail des rois de Perse, véritable ville
close. Celui d'Usbek est plus modeste ; cinq femmes, semble-t-il,
Fatmé, Roxane, Zachi, Zélis et Zéphis ; quatre eunuques noirs, le
Grand eunuque, Ismaël, Narsit et Solim ; et trois eunuques blancs,
Cosrou, Nadir et leur chef. Chardin précisait : « Le nombre des eunu-
ques dans les maisons des plus grands seigneurs est d'ordinaire de
six à huit » (II, 284). Il insistait sur l'ordre, l'obéissance et le silence
de ce monde étrange (II, 277), mais aussi sur ses crimes (II, 278).
Montesquieu, derrière le masque d'Usbek, feint de voir dans la vie
du harem une véritable ascèse religieuse et morale. 2. [« Traiter
sans pitié ».] 3. [« Manière honnête, convenable et bienséante
dans les habits, dans les meubles ».] 4. Cf. Chardin (II, 344) :
« Ils ont toujours à la bouche cet axiome de leur faux prophète : *la
religion est fondée sur la netteté et la moitié de la religion c'est*

voudrais les revoir dans ce lieu charmant qu'elles embellissent.

Adieu.

De Tauris, le 18 de la lune de Saphar, 1711.

LETTRE III

ZACHI À USBEK, À TAURIS

Nous avons ordonné au chef des eunuques de nous mener à la campagne ; il te dira qu'aucun accident ne nous est arrivé. Quand il fallut traverser la rivière et quitter nos litières, nous nous mîmes, selon la coutume, dans des boîtes [1] : deux esclaves nous portèrent sur leurs épaules, et nous échappâmes à tous les regards.

Comment aurais-je pu vivre, cher Usbek, dans ton sérail d'Ispahan, dans ces lieux qui, me rappelant sans cesse mes plaisirs passés, irritaient tous les jours mes désirs avec une nouvelle violence ? J'errais d'appartements en appartements, te cherchant toujours, et ne te

d'être bien net. Vous pouvez juger combien la netteté corporelle est considérée dans cette grossière religion, puisqu'elle doit précéder tous les actes de piété qu'on y pratique. »

1. Selon Chardin, Ispahan, bâtie sur le fleuve Zendéroud, qui est « aussi gros durant le printemps que la Seine l'est à Paris durant l'hiver » (*op. cit.*, t. III, p. 4), possédait trois ponts monumentaux dont deux sont décrits avec précision (*ibid.*, t. III, p. 59 et 73). Montesquieu choisit donc délibérément de s'écarter de sa source documentaire, à laquelle il revient avec ces « boîtes », portées à bras par des esclaves, que nous retrouverons dans la Lettre XLVII. Ce sont des « berceaux couverts et fermés » portés, non à bras, mais à dos de chameau, que Chardin, après tous les voyageurs en Perse, décrit deux fois (*ibid.*, t. II, p. 41, et t. III, p. 57). Mais on peut imaginer qu'on débâtait le chameau et que les « boîtes » devenaient des chaises à porteurs.

trouvant jamais ; mais rencontrant partout un cruel sou-
venir de ma félicité passée. Tantôt je me voyais en ce
lieu où, pour la première fois de ma vie, je te reçus dans
mes bras ; tantôt, dans celui où tu décidas cette fameuse
querelle entre tes femmes. Chacune de nous se pré-
tendait supérieure aux autres en beauté. Nous nous
présentâmes devant toi après avoir épuisé tout ce que
l'imagination peut fournir de parures et d'ornements. Tu
vis avec plaisir les miracles de notre art ; tu admiras
jusques où nous avait emportées l'ardeur de te plaire.
Mais tu fis bientôt céder ces charmes empruntés à des
grâces plus naturelles : tu détruisis tout notre ouvrage.
Il fallut nous dépouiller de ces ornements qui t'étaient
devenus incommodes ; il fallut paraître à ta vue dans la
simplicité de la nature. Je comptai pour rien la pudeur ;
je ne pensai qu'à ma gloire. Heureux Usbek, que de
charmes furent étalés à tes yeux ! Nous te vîmes long-
temps errer d'enchantements en enchantements : ton
âme incertaine demeura longtemps sans se fixer ; chaque
grâce nouvelle te demandait un tribut ; nous fûmes en
un moment toutes couvertes de tes baisers ; tu portas tes
curieux regards dans les lieux les plus secrets ; tu nous
fis passer en un instant dans mille situations différentes :
toujours de nouveaux commandements et une obéis-
sance toujours nouvelle. Je te l'avoue, Usbek : une
passion encore plus vive que l'ambition me fit souhaiter
de te plaire. Je me vis insensiblement devenir la maî-
tresse de ton cœur ; tu me pris ; tu me quittas ; tu revins
à moi, et je sus te retenir : le triomphe fut tout pour moi,
et le désespoir pour mes rivales. Il nous sembla que nous
fussions seuls dans le monde : tout ce qui nous entourait
ne fut plus digne de nous occuper. Plût au Ciel que mes
rivales eussent eu le courage de rester témoins de toutes
les marques d'amour que je reçus de toi ! Si elles avaient
bien vu mes transports, elles auraient senti la différence
qu'il y a de mon amour au leur ; elles auraient vu que,

si elles pouvaient disputer avec moi de charmes, elles ne pouvaient pas disputer de sensibilité [1]...

Mais où suis-je ! Où m'emmène ce vain récit ? C'est un malheur de n'être point aimée ; mais c'est un affront de ne l'être plus. Tu nous quittes, Usbek, pour aller errer dans des climats barbares. Quoi ! tu comptes pour rien l'avantage d'être aimé ? Hélas ! tu ne sais même pas ce que tu perds ! Je pousse des soupirs qui ne sont point entendus ; mes larmes coulent, et tu n'en jouis pas ; il semble que l'amour respire dans le sérail, et ton insensibilité t'en éloigne sans cesse ! Ah ! mon cher Usbek, si tu savais être heureux.

Du sérail de Fatmé,
le 21 de la lune de Maharram, 1711 [2].

LETTRE IV

ZÉPHIS À USBEK, À ERZERON [3]

Enfin ce monstre noir a résolu de me désespérer : il veut à toute force m'ôter mon esclave Zélide ; Zélide qui me sert avec tant d'affection, et dont les adroites mains portent partout les ornements et les grâces. Il ne lui suffit pas que cette séparation soit douloureuse : il veut encore qu'elle soit déshonorante. Le traître veut regarder comme criminels les motifs de ma confiance, et, parce qu'il s'ennuie derrière la porte, où je le renvoie

1. [Le mot renvoie explicitement à l'activité érotique.]
2. Lettre du 21 mars 1711, donc de peu postérieure au départ d'Ispahan (19 mars). Le remaniement de l'édition B expliquerait, selon Antoine Adam, cette date manifestement trop précoce.
3. [En Arménie, donc sous autorité turque : Usbek est désormais sorti de Perse, et libre.]

toujours, il ose supposer qu'il a entendu ou vu des choses que je ne sais pas même imaginer [1]. Je suis bien malheureuse ! Ma retraite ni ma vertu ne sauraient me mettre à l'abri de ses soupçons extravagants : un vil esclave vient m'attaquer jusque dans ton cœur, et il faut que je m'y défende ! Non, j'ai trop de respect pour moi-même pour descendre jusques à des justifications : je ne veux d'autre garant de ma conduite que toi-même, que ton amour, que le mien, et, s'il faut te le dire, cher Usbek, que mes larmes.

Du sérail de Fatmé,
le 29 de la lune de Maharram, 1711.

LETTRE V

RUSTAN À USBEK, À ERZERON

Tu es le sujet de toutes les conversations d'Ispahan : on ne parle que de ton départ. Les uns l'attribuent à une légèreté d'esprit ; les autres, à quelque chagrin. Tes amis seuls te défendent, et ils ne persuadent personne [2]. On ne peut comprendre que tu puisses quitter tes femmes, tes parents, tes amis, ta patrie pour aller dans des climats inconnus aux Persans. La mère de Rica est inconsolable ; elle te demande son fils que tu lui as,

1. Cf. Chardin (t. II, p. 280) : « On observe (les femmes) de fort près, de peur qu'elles ne fassent des intrigues et des complots contre leurs rivales ou qu'elles ne deviennent amoureuses les unes des autres. Les femmes orientales ont toujours passé pour tribades... On les empêche d'y satisfaire tant qu'on peut, parce qu'on prétend que cela diminue leurs appas et les rend moins sensibles à l'amour des hommes. » **2.** La lettre de Rustan, datée du 28 mai 1711, répond à la Lettre I : « Mande-moi ce que l'on dit de notre voyage... je ne compte pas sur un grand nombre d'approbateurs. »

dit-elle, enlevé. Pour moi, mon cher Usbek, je me sens naturellement porté à approuver tout ce que tu fais, mais je ne saurais te pardonner ton absence, et, quelques raisons que tu m'en puisses donner, mon cœur ne les goûtera jamais.

Adieu ; aime-moi toujours.

D'Ispahan, le 28 de la lune de Rebiab 1, 1711.

LETTRE VI

USBEK À SON AMI NESSIR, À ISPAHAN

À une journée d'Érivan, nous quittâmes la Perse pour entrer dans les terres de l'obéissance des Turcs. Douze jours après, nous arrivâmes à Erzeron[1], où nous séjournerons trois ou quatre mois.

Il faut que je te l'avoue, Nessir : j'ai senti une douleur secrète quand j'ai perdu la Perse de vue, et que je me suis trouvé au milieu des perfides Osmanlins. À mesure que j'entrais dans les pays de ces profanes, il me semblait que je devenais profane moi-même[2].

1. Chardin qui venait de Tiflis, capitale de la Géorgie, n'avait pas quitté le territoire persan pour atteindre Érivan, capitale de l'Arménie (*op. cit.*, t. I, p. 150 *sq.*). C'est donc l'itinéraire de Tavernier, inversé évidemment, que suit Usbek. Tavernier indique « dix journées de caravane » de Tauris à Érivan, et précise que d'Érivan à Erzeroum, capitale de l'Arménie turque, « la caravane est d'ordinaire douze jours en chemin » (*Voyages*, Paris, 1692, t. I, p. 27) : Montesquieu reprend exactement ce dernier détail. **2.** La rivalité politique des Persans et des Turcs trouvait un prétexte dans leur rivalité religieuse ; les Persans étaient *Chiites*, sectateurs d'Ali, gendre du Prophète, les Turcs *Sunnites*, fidèles d'Abou Bekr, beau-père de Mahomet, et d'Omar. « Ils se traitent réciproquement de chiens, déclare Chardin, d'infidèles pires que les Juifs et les Idolâtres. Il y a même des

Ma patrie, ma famille, mes amis se sont présentés à mon esprit ; ma tendresse s'est réveillée ; une certaine inquiétude a achevé de me troubler et m'a fait connaître que, pour mon repos, j'avais trop entrepris.

Mais ce qui afflige le plus mon cœur, ce sont mes femmes : je ne puis penser à elles que je ne sois dévoré de chagrins.

Ce n'est pas, Nessir, que je les aime : je me trouve à cet égard dans une insensibilité qui ne me laisse point de désirs. Dans le nombreux sérail où j'ai vécu, j'ai prévenu l'amour et l'ai détruit par lui-même ; mais, de ma froideur même, il sort une jalousie secrète, qui me dévore. Je vois une troupe de femmes laissées presque à elles-mêmes ; je n'ai que des âmes lâches qui m'en répondent. J'aurais peine à être en sûreté si mes esclaves étaient fidèles. Que sera-ce, s'ils ne le sont pas ? Quelles tristes nouvelles peuvent m'en venir dans les pays éloignés que je vais parcourir ! C'est un mal où mes amis ne peuvent porter de remède : c'est un lieu dont ils doivent ignorer les tristes secrets. Et qu'y pourraient-ils faire ? N'aimerais-je pas mille fois mieux une obscure impunité qu'une correction éclatante ? Je dépose en ton cœur tous mes chagrins, mon cher Nessir ; c'est la seule consolation qui me reste dans l'état où je suis.

D'Erzeron, le 10 de la lune de Rebiab 2, 1711[1].

docteurs persans qui tiennent que les Turcs ne sont pas musulmans, c'est-à-dire de vrais croyants, mais que ce sont des *Kafers* ou des infidèles » (*op. cit.*, t. III, p. 170).

1. Usbek était encore à Tauris le 18 avril (Lettre II) mais nous ignorons la date de son départ. Le 10 juin il est à Erzeron, depuis une semaine probablement, les deux villes étant distantes de vingt-deux jours de caravane.

LETTRE VII

FATMÉ À USBEK, À ERZERON

Il y a deux mois que tu es parti[1], mon cher Usbek, et, dans l'abattement où je suis, je ne puis pas me le persuader encore. Je cours tout le sérail, comme si tu y étais ; je ne suis point désabusée. Que veux-tu que devienne une femme qui t'aime ; qui était accoutumée à te tenir dans ses bras ; qui n'était occupée que du soin de te donner des preuves de sa tendresse : libre par l'avantage de sa naissance, esclave par la violence de son amour ?

Quand je t'épousai, mes yeux n'avaient point encore vu le visage d'un homme[2] ; tu es le seul encore dont la vue m'ait été permise[3] : car je ne mets pas au rang des hommes ces eunuques affreux dont la moindre imperfection est de n'être point hommes[4]. Quand je compare la beauté de ton visage avec la difformité du leur, je ne puis m'empêcher de m'estimer heureuse : mon imagi-

1. Lettre datée du 12 mai 1711, c'est-à-dire moins de deux mois après le départ d'Usbek. **2.** Cf. Chardin (*op. cit.*, t. II, p. 276) : « Pour ce qui est des femmes, on leur apprend à faire consister leur honneur et leur vertu non seulement à ne pas désirer le commerce des hommes, mais même à n'en avoir jamais vu et n'en avoir jamais été vues. » **3.** « Les femmes persanes sont beaucoup plus étroitement gardées que les femmes turques et les femmes indiennes » *(note de Montesquieu)*. Termes exactement repris de Chardin (*op. cit.*, t. II, p. 275) : « Les femmes sont plus étroitement gardées en Perse qu'en aucun endroit de la terre... J'en rapporte la cause à la luxure qui est naturelle au climat persan,... plus forte que dans les pays voisins, comme par exemple les pays de Turquie et des Indes. » **4.** Le mot peut venir de Ricaut, *Histoire de l'état présent de l'empire ottoman* (Amsterdam, Wolfgang, 1670, p. 96), qui se demande s'il reste encore aux eunuques « quelque chose de l'homme ». L'ouvrage n'est pas à La Brède, mais c'est une des sources certaines des *Lettres persanes*.

nation ne me fournit point d'idée plus ravissante que les
charmes enchanteurs de ta personne. Je te le jure,
Usbek : quand il me serait permis de sortir de ce lieu
où je suis enfermée par la nécessité de ma condition ;
quand je pourrais me dérober à la garde qui m'envi-
ronne ; quand il me serait permis de choisir parmi tous
les hommes qui vivent dans cette capitale des nations :
Usbek, je te le jure, je ne choisirais que toi. Il ne peut
y avoir que toi dans le monde qui mérite d'être aimé.

Ne pense pas que ton absence m'ait fait négliger une
beauté qui t'est chère. Quoique je ne doive être vue de
personne, et que les ornements dont je me pare soient
inutiles à ton bonheur, je cherche cependant à m'entre-
tenir dans l'habitude de plaire. Je ne me couche point
que je ne me sois parfumée des essences les plus déli-
cieuses. Je me rappelle ce temps heureux où tu venais
dans mes bras ; un songe flatteur, qui me séduit, me
montre ce cher objet de mon amour ; mon imagination
se perd dans ses désirs, comme elle se flatte dans ses
espérances. Je pense quelquefois que, dégoûté d'un
pénible voyage, tu vas revenir à nous ; la nuit se passe
dans des songes qui n'appartiennent ni à la veille ni au
sommeil ; je te cherche à mes côtés, et il me semble que
tu me fuis ; enfin le feu qui me dévore dissipe lui-même
ces enchantements et rappelle mes esprits. Je me trouve
pour lors si animée...

Tu ne le croirais pas, Usbek : il est impossible de
vivre dans cet état ; le feu coule dans mes veines. Que
ne puis-je t'exprimer ce que je sens si bien ! et comment
sens-je si bien ce que je ne puis t'exprimer ! Dans ces
moments, Usbek, je donnerais l'empire du monde pour
un seul de tes baisers. Qu'une femme est malheureuse
d'avoir des désirs si violents, lorsqu'elle est privée de
celui qui peut seul les satisfaire : que, livrée à elle-
même, n'ayant rien qui puisse la distraire, il faut qu'elle
vive dans l'habitude des soupirs et dans la fureur d'une

passion irritée ; que, bien loin d'être heureuse, elle n'a pas même l'avantage de servir à la félicité d'un autre : ornement inutile d'un sérail, gardée pour l'honneur, et non pas pour le bonheur de son époux !

Vous êtes bien cruels, vous autres hommes ! Vous êtes charmés que nous ayons des passions que nous ne puissions satisfaire ; vous nous traitez comme si nous étions insensibles, et vous seriez bien fâchés que nous le fussions ; vous croyez que nos désirs, si longtemps mortifiés, seront irrités à votre vue. Il y a de la peine à se faire aimer ; il est plus court d'obtenir du désespoir de nos sens ce que vous n'osez attendre de votre mérite.

Adieu, mon cher Usbek, adieu. Compte que je ne vis que pour t'adorer ; mon âme est toute pleine de toi ; et ton absence, bien loin de te faire oublier, animerait mon amour, s'il pouvait devenir plus violent.

Du sérail d'Ispahan,
le 12 de la lune de Rebiab 1, 1711.

LETTRE VIII

USBEK À SON AMI RUSTAN, À ISPAHAN

Ta lettre m'a été rendue à Erzeron, où je suis. Je m'étais bien douté que mon départ ferait du bruit ; je ne m'en suis point mis en peine[1]. Que veux-tu que je suive, la prudence de mes ennemis, ou la mienne ?

Je parus à la Cour dès ma plus tendre jeunesse. Je le puis dire : mon cœur ne s'y corrompit point ; je formai même un grand dessein : j'osai y être vertueux. Dès que

1. Datée du 20 août 1711, la Lettre VIII répond à celle de Rustan du 28 mai.

je connus le vice, je m'en éloignai ; mais je m'en appro-
chai ensuite pour le démasquer. Je portai la vérité jus-
ques au pied du trône : j'y parlai un langage jusqu'alors
inconnu[1] ; je déconcertai la flatterie, et j'étonnai en
même temps les adorateurs et l'idole.

Mais, quand je vis que ma sincérité m'avait fait des
ennemis ; que je m'étais attiré la jalousie des ministres,
sans avoir la faveur du prince ; que, dans une cour cor-
rompue, je ne me soutenais plus que par une faible
vertu : je résolus de la quitter. Je feignis un grand atta-
chement pour les sciences, et, à force de le feindre, il
me vint réellement. Je ne me mêlai plus d'aucunes
affaires, et je me retirai dans une maison de campagne.
Mais ce parti même avait ses inconvénients : je restais
toujours exposé à la malice de mes ennemis, et je m'étais
presque ôté les moyens de m'en garantir. Quelques avis
secrets me firent penser à moi sérieusement. Je résolus
de m'exiler de ma patrie, et ma retraite même de la Cour
m'en fournit un prétexte plausible. J'allai au roi ; je lui
marquai l'envie que j'avais de m'instruire dans les
sciences de l'Occident ; je lui insinuai qu'il pourrait tirer
de l'utilité de mes voyages. Je trouvai grâce devant ses
yeux ; je partis, et je dérobai une victime à mes ennemis.

Voilà, Rustan, le véritable motif de mon voyage.
Laisse parler Ispahan ; ne me défends que devant ceux
qui m'aiment ; laisse à mes ennemis leurs interprétations
malignes : je suis trop heureux que ce soit le seul mal
qu'ils me puissent faire.

On parle de moi à présent. Peut-être ne serai-je que
trop oublié, et que mes amis... Non, Rustan, je ne veux
point me livrer à cette triste pensée : je leur serai tou-

1. [Revendication de l'*Éloge de la sincérité*, discours sans doute
destiné à l'académie de Bordeaux (1717 ? ; *OC*, t. 8), s'opposant à
une éthique de la politesse et de la dissimulation.]

jours cher ; je compte sur leur fidélité, comme sur la tienne.

D'Erzeron, le 20 de la lune de Gemmadi 2, 1711.

LETTRE IX

LE PREMIER EUNUQUE À IBBI, À ERZERON

Tu suis ton ancien maître dans ses voyages ; tu parcours les provinces et les royaumes ; les chagrins ne sauraient faire d'impression sur toi ; chaque instant te montre des choses nouvelles ; tout ce que tu vois te récrée et te fait passer le temps sans le sentir.

Il n'en est pas de même de moi qui, enfermé dans une prison affreuse, suis toujours environné des mêmes objets et dévoré des mêmes chagrins. Je gémis accablé sous le poids des soins et des inquiétudes de cinquante années et, dans le cours d'une longue vie, je ne puis pas dire avoir eu un jour serein et un moment tranquille [1].

Lorsque mon premier maître eut formé le cruel projet de me confier ses femmes et m'eut obligé, par des séductions soutenues de mille menaces, de me séparer pour jamais de moi-même : las de servir dans les emplois les plus pénibles, je comptai sacrifier mes passions à mon

1. Toute cette lettre sur la condition de l'eunuque s'inspire fortement du chapitre XIV (« Des eunuques ») de la *Description du gouvernement des Persans* de Chardin (*op. cit.*, t. II, p. 283-285). [Montesquieu lui-même devait insister sur le caractère particulier des eunuques (« tristes, colères, capricieux, faibles, vindicatifs, bizarres, timides »), dû à des causes physiologiques selon l'*Essai sur les causes qui peuvent influer sur les esprits et les caractères* (vers 1736, *OC*, t. 9) ; il y reviendra à plusieurs reprises (dans un autre roman, *Histoire véritable*, mais aussi dans *L'Esprit des lois*, XV, 19).]

repos et à ma fortune. Malheureux que j'étais ! Mon esprit me faisait voir le dédommagement, et non pas la perte : j'espérais que je serais délivré des atteintes de l'amour par l'impuissance de le satisfaire[1]. Hélas ! on éteignit en moi l'effet des passions, sans en éteindre la cause et, bien loin d'en être soulagé, je me trouvai environné d'objets qui les irritaient sans cesse. J'entrai dans le sérail, où tout m'inspirait le regret de ce que j'avais perdu : je me sentais animé à chaque instant ; mille grâces naturelles semblaient ne se découvrir à ma vue que pour me désoler[2]. Pour comble de malheurs, j'avais toujours devant les yeux un homme heureux. Dans ce temps de trouble, je n'ai jamais conduit une femme dans le lit de mon maître, je ne l'ai jamais déshabillée, que je ne sois rentré chez moi la rage dans le cœur et un affreux désespoir dans l'âme.

Voilà comme j'ai passé ma misérable jeunesse. Je n'avais de confident que moi-même ; chargé d'ennuis et de chagrins, il me les fallait dévorer, et ces mêmes femmes, que j'étais tenté de regarder avec des yeux si tendres, je ne les envisageais qu'avec des regards sévères. J'étais perdu si elles m'avaient pénétré. Quel avantage n'en auraient-elles pas pris ?

Je me souviens qu'un jour que je mettais une femme dans le bain, je me sentis si transporté que je perdis entièrement la raison, et que j'osai porter ma main dans un lieu redoutable. Je crus, à la première réflexion, que ce jour était le dernier de mes jours. Je fus pourtant assez heureux pour échapper à mille morts. Mais la

1. [Les eunuques noirs ont subi une castration totale de l'appareil urogénital externe, les blancs seulement une ablation des testicules, ce qui est censé ne pas les rendre impropres au mariage (voir Lettres XX et LIII).] **2.** Chardin, *ibid.* (t. II, p. 279) : « Quelques gens assurent qu'il y a des eunuques qui ressentent les passions de l'amour et qui recherchent le commerce des femmes. »

beauté que j'avais fait confidente de ma faiblesse me vendit bien cher son silence : je perdis entièrement mon autorité sur elle, et elle m'a obligé depuis à des condescendances qui m'ont exposé mille fois à perdre la vie.

Enfin, les feux de la jeunesse ont passé : je suis vieux, et je me trouve à cet égard dans un état tranquille ; je regarde les femmes avec indifférence, et je leur rends bien tous leurs mépris et tous les tourments qu'elles m'ont fait souffrir. Je me souviens toujours que j'étais né pour les commander, et il me semble que je redeviens homme dans les occasions où je leur commande encore. Je les hais depuis que je les envisage de sens froid [1], et que ma raison me laisse voir toutes leurs faiblesses. Quoique je les garde pour un autre, le plaisir de me faire obéir me donne une joie secrète : quand je les prive de tout, il me semble que c'est pour moi, et il m'en revient toujours une satisfaction indirecte. Je me trouve dans le sérail comme dans un petit empire, et mon ambition, la seule passion qui me reste, se satisfait un peu. Je vois avec plaisir que tout roule sur moi, et qu'à tous les instants je suis nécessaire. Je me charge volontiers de la haine de toutes ces femmes, qui m'affermit dans le poste où je suis. Aussi n'ont-elles pas affaire à un ingrat : elles me trouvent au-devant de tous leurs plaisirs les plus innocents. Je me présente toujours à elles comme une barrière inébranlable : elles forment des projets, et je les arrête soudain. Je m'arme de refus ; je me hérisse de scrupules ; je n'ai jamais dans la bouche que les mots de devoir, de vertu, de pudeur, de modestie. Je les désespère en leur parlant sans cesse de la faiblesse de leur sexe et de l'autorité du maître. Je me plains ensuite d'être obligé à tant de sévérité et je semble vouloir leur

1. [L'expression s'écrivait aussi à l'époque (comme aujourd'hui) « de sang-froid ».]

faire entendre que je n'ai d'autre motif que leur propre intérêt et un grand attachement pour elles.

Ce n'est pas qu'à mon tour je n'aie un nombre infini de désagréments, et que tous les jours ces femmes vindicatives ne cherchent à renchérir sur ceux que je leur donne[1] : elles ont des revers terribles. Il y a entre nous comme un flux et un reflux d'empire et de soumission. Elles font toujours tomber sur moi les emplois les plus humiliants ; elles affectent un mépris qui n'a point d'exemple ; et, sans égard pour ma vieillesse, elles me font lever la nuit dix fois pour la moindre bagatelle. Je suis accablé sans cesse d'ordres, de commandements, d'emplois, de caprices : il semble qu'elles se relaient pour m'exercer, et que leurs fantaisies se succèdent. Souvent elles se plaisent à me faire redoubler de soins ; elles me font faire de fausses confidences : tantôt on vient me dire qu'il a paru un jeune homme autour de ces murs ; une autre fois, qu'on a entendu du bruit, ou bien qu'on doit rendre une lettre. Tout ceci me trouble, et elles rient de ce trouble : elles sont charmées de me voir ainsi me tourmenter moi-même. Une autre fois elles m'attachent derrière leur porte et m'y enchaînent nuit et jour ; elles savent feindre des maladies, des défaillances, des frayeurs ; elles ne manquent pas de prétexte pour me mener au point où elles veulent. Il faut, dans ces occasions, une obéissance aveugle et une complaisance sans bornes : un refus dans la bouche d'un homme comme moi serait une chose inouïe, et, si je balançais à leur obéir, elles seraient en droit de me châtier. J'aimerais autant perdre la vie, mon cher Ibbi, que de descendre à cette humiliation.

1. Chardin, *ibid.* (p. 285) : « Ce que je puis dire de certain, c'est qu'on assure généralement en Orient que les femmes haïssent les eunuques à la mort, comme des argus qui veillent sur toutes leurs actions. »

Ce n'est pas tout : je ne suis jamais sûr d'être un instant dans la faveur de mon maître[1] ; j'ai autant d'ennemis dans son cœur, qui ne songent qu'à me perdre. Elles ont des quarts d'heure où je ne suis point écouté, des quarts d'heure où l'on ne refuse rien, des quarts d'heure où j'ai toujours tort. Je mène dans le lit de mon maître des femmes irritées. Crois-tu que l'on y travaille pour moi, et que mon parti soit le plus fort ? J'ai tout à craindre de leurs larmes, de leurs soupirs, de leurs embrassements, et de leurs plaisirs mêmes : elles sont dans le lieu de leurs triomphes ; leurs charmes me deviennent terribles ; les services présents effacent dans un moment tous mes services passés, et rien ne peut me répondre d'un maître qui n'est plus à lui-même.

Combien de fois m'est-il arrivé de me coucher dans la faveur et de me lever dans la disgrâce ? Le jour que je fus fouetté si indignement autour du sérail, qu'avais-je fait ? Je laisse une femme dans les bras de mon maître. Dès qu'elle le vit enflammé, elle versa un torrent de larmes : elle se plaignit et ménagea si bien ses plaintes, qu'elles augmentaient à mesure de l'amour qu'elles faisaient naître. Comment aurais-je pu me soutenir dans un moment si critique ? Je fus perdu lorsque je m'y attendais le moins ; je fus la victime d'une négociation amoureuse et d'un traité que les soupirs avaient fait. Voilà, cher Ibbi, l'état cruel dans lequel j'ai toujours vécu.

Que tu es heureux ! Tes soins se bornent uniquement à la personne d'Usbek. Il t'est facile de lui plaire et de te maintenir dans sa faveur jusques au dernier de tes jours.

Du sérail d'Ispahan,
le dernier de la lune de Saphar, 1711.

1. Chardin insiste sur la fidélité des eunuques, esclaves étrangers et sans famille : « Tous leurs désirs, toute leur étude se rapportent uniquement à leur maître » *(ibid.)*.

LETTRE X

MIRZA À SON AMI USBEK, À ERZERON

Tu étais le seul qui pût me dédommager de l'absence de Rica, et il n'y avait que Rica qui pût me consoler de la tienne. Tu nous manques, Usbek : tu étais l'âme de notre société. Qu'il faut de violence pour rompre les engagements que le cœur et l'esprit ont formés !

Nous disputons ici beaucoup ; nos disputes roulent ordinairement sur la morale. Hier on mit en question si les hommes étaient heureux par les plaisirs et les satisfactions des sens, ou par la pratique de la vertu. Je t'ai souvent ouï dire que les hommes étaient nés pour être vertueux, et que la justice est une qualité qui leur est aussi propre que l'existence [1]. Explique-moi, je te prie, ce que tu veux dire.

J'ai parlé à des mollaks, qui me désespèrent avec leurs passages de l'Alcoran [2] : car je ne leur parle pas comme

1. L'idée est banale, depuis Cicéron (« nous sommes nés pour la justice, et le droit est fondé, non pas sur l'opinion, mais sur la nature », *De legibus*, I, 10). La parenté est certaine avec les *Recherches sur le mérite et la vertu* de Shaftesbury. Montesquieu possédait les *Characteristics* en anglais (édition de 1711 ; cf. La Brède, n° 696) ; mais il ne lisait pas l'anglais à cette date, et le livre a pu être acheté postérieurement aux *Lettres persanes*. **2.** [*Alcoran*, graphie fautive pour le Coran (*Al* est un article), restera utilisée jusqu'à la fin du XVIIIe siècle.] Derrière les mollaks (en réalité *mollah* par confusion du *h* et du *k*) qui sont, au dire de Tavernier (I, 664), « les docteurs de la loi » chargés de lire et d'interpréter le Coran tous les vendredis, ne faut-il pas voir les prêtres et directeurs de conscience de l'Église catholique ? Montesquieu suggère ici que la religion naturelle, par sa clarté, doit l'emporter sur la subtilité des casuistes, sinon sur la religion révélée.

vrai croyant, mais comme homme, comme citoyen, comme père de famille [1].

Adieu.

D'Ispahan, le dernier de la lune de Saphar, 1711.

LETTRE XI [2]

USBEK À MIRZA, À ISPAHAN

Tu renonces à ta raison pour essayer la mienne ; tu descends jusqu'à me consulter ; tu me crois capable de t'instruire. Mon cher Mirza, il y a une chose qui me flatte encore plus que la bonne opinion que tu as conçue de moi : c'est ton amitié qui me la procure.

Pour remplir ce que tu me prescris, je n'ai pas cru devoir employer des raisonnements fort abstraits : il y a certaines vérités qu'il ne suffit pas de persuader, mais qu'il faut encore faire sentir. Telles sont les vérités de morale. Peut-être que ce morceau d'histoire te touchera plus qu'une philosophie subtile.

Il y avait en Arabie un petit peuple appelé *Troglodyte*, qui descendait de ces anciens Troglodytes qui, si nous en croyons les historiens, ressemblaient plus à des bêtes qu'à des hommes. Ceux-ci n'étaient point si contrefaits : ils n'étaient point velus comme des ours ; ils ne sifflaient

1. Le souvenir du *De officiis* affleure ici. Montesquieu, depuis 1709 peut-être, avait été séduit par l'exposé stoïcien de Cicéron et le reprendra dans le *Traité des devoirs* lu à l'académie de Bordeaux le 1ᵉʳ mai 1725. La tripartition cicéronienne y apparaît : piété à l'égard de la société des hommes, à l'égard de la République, à l'égard de la famille (cf. Dimoff, « Cicéron, Hobbes et Montesquieu », in *Annales Univ. Saraviensis*, nº I, 1952). **2.** Datée du 3 août 1711, elle répond aux questions de Mirza dans la Lettre X.

point[1] ; ils avaient deux yeux ; mais ils étaient si méchants et si féroces qu'il n'y avait parmi eux aucun principe d'équité ni de justice.

Ils avaient un roi d'une origine étrangère, qui, voulant corriger la méchanceté de leur naturel, les traitait sévèrement. Mais ils conjurèrent contre lui, le tuèrent et exterminèrent toute la famille royale.

Le coup étant fait, ils s'assemblèrent pour choisir un gouvernement, et, après bien des dissensions, ils créèrent des magistrats. Mais, à peine les eurent-ils élus, qu'ils leur devinrent insupportables, et ils les massacrèrent encore.

Ce peuple, libre de ce nouveau joug, ne consulta plus que son naturel sauvage ; tous les particuliers convinrent qu'ils n'obéiraient plus à personne ; que chacun veillerait uniquement à ses intérêts, sans consulter ceux des autres.

Cette résolution unanime flattait extrêmement tous les particuliers. Ils disaient : « Qu'ai-je affaire d'aller me tuer à travailler pour des gens dont je ne me soucie point ? Je penserai uniquement à moi ; je vivrai heureux. Que m'importe que les autres le soient ? Je me procurerai tous mes besoins, et, pourvu que je les aie, je ne me soucie point que tous les autres Troglodytes soient misérables. »

On était dans le mois où l'on ensemence les terres. Chacun dit : « Je ne labourerai mon champ que pour qu'il me fournisse le blé qu'il me faut pour me nourrir :

1. Montesquieu a-t-il lu le *De orbis situ* de Pomponius Mela qu'il possédait à La Brède (Paris, 1540, n° 2629) ? Le géographe disait que les Troglodytes sifflent plutôt qu'ils ne parlent ; Hérodote leur faisait pousser des cris aigus comme des chauves-souris (*Histoires*, IV, 183). Tous deux localisaient les Troglodytes au sud de la Libye, non en Arabie.

une plus grande quantité me serait inutile ; je ne prendrai point de la peine pour rien. »

Les terres de ce petit royaume n'étaient pas de même nature : il y en avait d'arides et de montagneuses, et d'autres qui, dans un terrain bas, étaient arrosées de plusieurs ruisseaux. Cette année, la sécheresse fut très grande, de manière que les terres qui étaient dans les lieux élevés manquèrent absolument, tandis que celles qui purent être arrosées furent très fertiles. Ainsi les peuples des montagnes périrent presque tous de faim par la dureté des autres, qui leur refusèrent de partager la récolte.

L'année d'ensuite fut très pluvieuse ; les lieux élevés se trouvèrent d'une fertilité extraordinaire, et les terres basses furent submergées. La moitié du peuple cria une seconde fois famine ; mais ces misérables trouvèrent des gens aussi durs qu'ils l'avaient été eux-mêmes.

Un des principaux habitants avait une femme fort belle ; son voisin en devint amoureux et l'enleva. Il s'émut une grande querelle, et, après bien des injures et des coups, ils convinrent de s'en remettre à la décision d'un Troglodyte qui, pendant que la République subsistait, avait eu quelque crédit. Ils allèrent à lui et voulurent lui dire leurs raisons. « Que m'importe, dit cet homme, que cette femme soit à vous ou à vous ? J'ai mon champ à labourer ; je n'irai peut-être pas employer mon temps à terminer vos différends et à travailler à vos affaires, tandis que je négligerai les miennes. Je vous prie de me laisser en repos et de ne m'importuner plus de vos querelles. » Là-dessus il les quitta et s'en alla travailler sa terre. Le ravisseur, qui était le plus fort, jura qu'il mourrait plutôt que de rendre cette femme, et l'autre, pénétré de l'injustice de son voisin et de la dureté du juge, s'en retournait désespéré, lorsqu'il trouva dans son chemin une femme jeune et belle, qui revenait de la fontaine. Il n'avait plus de femme ; celle-là lui plut, et elle lui plut

bien davantage lorsqu'il apprit que c'était la femme de celui qu'il avait voulu prendre pour juge, et qui avait été si peu sensible à son malheur. Il l'enleva et l'emmena dans sa maison.

Il y avait un homme qui possédait un champ assez fertile, qu'il cultivait avec grand soin. Deux de ses voisins s'unirent ensemble, le chassèrent de sa maison, occupèrent son champ ; ils firent entre eux une union pour se défendre contre tous ceux qui voudraient l'usurper, et effectivement ils se soutinrent par là pendant plusieurs mois. Mais un des deux, ennuyé de partager ce qu'il pouvait avoir tout seul, tua l'autre et devint seul maître du champ. Son empire ne fut pas long : deux autres Troglodytes vinrent l'attaquer ; il se trouva trop faible pour se défendre, et il fut massacré.

Un Troglodyte presque tout nu vit de la laine qui était à vendre ; il en demanda le prix. Le marchand dit en lui-même : « Naturellement je ne devrais espérer de ma laine qu'autant d'argent qu'il en faut pour acheter deux mesures de blé ; mais je la vais vendre quatre fois davantage, afin d'avoir huit mesures. » Il fallut en passer par là et payer le prix demandé. « Je suis bien aise, dit le marchand ; j'aurai du blé à présent. – Que dites-vous ? reprit l'acheteur. Vous avez besoin de blé ? J'en ai à vendre. Il n'y a que le prix qui vous étonnera peut-être : car vous saurez que le blé est extrêmement cher, et que la famine règne presque partout. Mais rendez-moi mon argent, et je vous donnerai une mesure de blé : car je ne veux pas m'en défaire autrement, dussiez-vous crever de faim. »

Cependant une maladie cruelle ravageait la contrée. Un médecin habile y arriva du pays voisin et donna ses remèdes si à propos qu'il guérit tous ceux qui se mirent dans ses mains. Quand la maladie eut cessé, il alla chez tous ceux qu'il avait traités demander son salaire ; mais il ne trouva que des refus. Il retourna dans son pays, et

il y arriva accablé des fatigues d'un si long voyage. Mais bientôt après il apprit que la même maladie se faisait sentir de nouveau et affligeait plus que jamais cette terre ingrate. Ils allèrent à lui cette fois et n'attendirent pas qu'il vînt chez eux. « Allez, leur dit-il, hommes injustes ! Vous avez dans l'âme un poison plus mortel que celui dont vous voulez guérir ; vous ne méritez pas d'occuper une place sur la terre, parce que vous n'avez point d'humanité, et que les règles de l'équité vous sont inconnues. Je croirais offenser les dieux, qui vous punissent, si je m'opposais à la justice de leur colère. »

D'Erzeron, le 3 de la lune de Gemmadi 2, 1711.

LETTRE XII [1]

USBEK AU MÊME, À ISPAHAN

Tu as vu, mon cher Mirza, comment les Troglodytes périrent par leur méchanceté même et furent les victimes de leurs propres injustices. De tant de familles, il n'en resta que deux qui échappèrent aux malheurs de la nation.

1. Le souvenir de Fénelon demeure ici constant. C'est la Bétique du *Télémaque* (Wetstein, 1719, livre VIII, p. 170), avec tous les thèmes fabuleux de l'âge d'or. Les Troglodytes, vertueux comme le peuple de Bétique, sont des bergers : « L'innocence des mœurs, la bonne foi, l'obéissance et l'horreur du vice habitent dans cette heureuse terre » ; « Tous les biens sont communs ; les fruits des arbres, le lait des troupeaux sont des richesses si abondantes que des peuples si sobres et si modérés n'ont pas besoin de les partager. » Communisme et fraternité : « Ils s'aiment tous d'un amour fraternel que rien ne trouble. » Même idéal arcadien qui exclut l'argent, le commerce, la vie urbaine, les conquêtes et la guerre. Le style même de Montesquieu imite l'onction fénelonienne [, avec de nombreuses réminiscences bibliques.]

Il y avait dans ce pays deux hommes bien singuliers : ils avaient de l'humanité ; ils connaissaient la justice ; ils aimaient la vertu. Autant liés par la droiture de leur cœur que par la corruption de celui des autres, ils voyaient la désolation générale et ne la ressentaient que par la pitié ; c'était le motif d'une union nouvelle. Ils travaillaient avec une sollicitude commune pour l'intérêt commun ; ils n'avaient de différends que ceux qu'une douce et tendre amitié faisait naître ; et, dans l'endroit du pays le plus écarté, séparés de leurs compatriotes indignes de leur présence, ils menaient une vie heureuse et tranquille. La terre semblait produire d'elle-même, cultivée par ces vertueuses mains.

Ils aimaient leurs femmes, et ils en étaient tendrement chéris. Toute leur attention était d'élever leurs enfants à la vertu. Ils leur représentaient sans cesse les malheurs de leurs compatriotes et leur mettaient devant les yeux cet exemple si triste ; ils leur faisaient surtout sentir que l'intérêt des particuliers se trouve toujours dans l'intérêt commun ; que vouloir s'en séparer, c'est vouloir se perdre ; que la vertu n'est point une chose qui doive nous coûter ; qu'il ne faut point la regarder comme un exercice pénible ; et que la justice pour autrui est une charité pour nous.

Ils eurent bientôt la consolation des pères vertueux qui est d'avoir des enfants qui leur ressemblent. Le jeune peuple qui s'éleva sous leurs yeux s'accrut par d'heureux mariages : le nombre augmenta ; l'union fut toujours la même, et la vertu, bien loin de s'affaiblir dans la multitude, fut fortifiée, au contraire, par un plus grand nombre d'exemples.

Qui pourrait représenter ici le bonheur de ces Troglodytes ? Un peuple si juste devait être chéri des dieux. Dès qu'il ouvrit les yeux pour les connaître, il apprit à

les craindre, et la religion vint adoucir dans les mœurs
ce que la nature y avait laissé de trop rude[1].

Ils instituèrent des fêtes en l'honneur des dieux : les
jeunes filles, ornées de fleurs, et les jeunes garçons les
célébraient par leurs danses et par les accords d'une
musique champêtre. On faisait ensuite des festins où la
joie ne régnait pas moins que la frugalité. C'était dans
ces assemblées que parlait la nature naïve : c'est là
qu'on apprenait à donner le cœur et à le recevoir ; c'est
là que la pudeur virginale faisait en rougissant un aveu
surpris, mais bientôt confirmé par le consentement des
pères ; et c'est là que les tendres mères se plaisaient à
prévoir de loin une union douce et fidèle.

On allait au temple pour demander les faveurs des
dieux ; ce n'était pas les richesses et une onéreuse abon-
dance : de pareils souhaits étaient indignes des heureux
Troglodytes ; ils ne savaient les désirer que pour leurs
compatriotes. Ils n'étaient au pied des autels que pour
demander la santé de leurs pères, l'union de leurs frères,
la tendresse de leurs femmes, l'amour et l'obéissance
de leurs enfants. Les filles y venaient apporter le tendre
sacrifice de leur cœur et ne leur demandaient d'autre
grâce que celle de pouvoir rendre un Troglodyte heu-
reux.

Le soir, lorsque les troupeaux quittaient les prairies,
et que les bœufs fatigués avaient ramené la charrue, ils
s'assemblaient, et, dans un repas frugal, ils chantaient
les injustices des premiers Troglodytes et leurs mal-
heurs, la vertu renaissante avec un nouveau peuple et sa

1. La religion n'est pas révélée aux Troglodytes. Elle est naturelle
et dérive spontanément des cœurs vertueux. Montesquieu voudrait-il
prouver « la suffisance de la religion naturelle », du moins dans le
domaine social ? Sur la religion qui adoucit les mœurs, on pourrait
penser avec A. Crisafulli (*P.M.L.A.*, 1943) à l'influence de Polybe
(*Histoires*, IV, 19-21, Teubner, 1889, t. II, p. 29) décrivant la vie des
Arcadiens. Mais Polybe est une des sources de Fénelon.

félicité. Ils célébraient les grandeurs des dieux, leurs faveurs toujours présentes aux hommes qui les implorent, et leur colère inévitable à ceux qui ne les craignent pas ; ils décrivaient ensuite les délices de la vie champêtre et le bonheur d'une condition toujours parée de l'innocence. Bientôt ils s'abandonnaient à un sommeil que les soins et les chagrins n'interrompaient jamais.

La nature ne fournissait pas moins à leurs désirs qu'à leurs besoins. Dans ce pays heureux, la cupidité était étrangère : ils se faisaient des présents où celui qui donnait croyait toujours avoir l'avantage. Le peuple troglodyte se regardait comme une seule famille [1] ; les troupeaux étaient presque toujours confondus ; la seule peine qu'on s'épargnait ordinairement, c'était de les partager.

D'Erzeron, le 6 de la lune de Gemmadi 2, 1711.

LETTRE XIII

USBEK AU MÊME

Je ne saurais assez te parler de la vertu des Troglodytes.

Un d'eux disait un jour : « Mon père doit demain labourer son champ ; je me lèverai deux heures avant lui, et, quand il ira à son champ, il le trouvera tout labouré. »

Un autre disait en lui-même : « Il me semble que ma sœur a du goût pour un jeune Troglodyte de nos parents ;

1. [Sur cet idéal communautaire de frugalité vertueuse et la critique sociale qu'il implique, voir Jean Ehrard, *L'Idée de nature en France dans la première moitié du XVIIIᵉ siècle*, Paris, Albin Michel, 1994 (1ʳᵉ éd. 1963), p. 577-583.]

il faut que je parle à mon père, et que je le détermine à faire ce mariage. »

On vint dire à un autre que des voleurs avaient enlevé son troupeau : « J'en suis bien fâché, dit-il ; car il y avait une génisse toute blanche que je voulais offrir aux dieux. »

On entendait dire à un autre : « Il faut que j'aille au temple remercier les dieux : car mon frère que mon père aime tant, et que je chéris si fort, a recouvré la santé. »

Ou bien : « Il y a un champ qui touche celui de mon père, et ceux qui le cultivent sont tous les jours exposés aux ardeurs du soleil ; il faut que j'aille y planter deux arbres, afin que ces pauvres gens puissent aller quelquefois se reposer sous leur ombre. »

Un jour que plusieurs Troglodytes étaient assemblés, un vieillard parla d'un jeune homme qu'il soupçonnait d'avoir commis une mauvaise action, et lui en fit des reproches. « Nous ne croyons pas qu'il ait commis ce crime, dirent les jeunes Troglodytes, mais, s'il l'a fait, puisse-t-il mourir le dernier de sa famille [1] ! »

On vint dire à un Troglodyte que des étrangers avaient pillé sa maison et avaient tout emporté. « S'ils n'étaient pas injustes, répondit-il, je souhaiterais que les dieux leur en donnassent un plus long usage qu'à moi. »

Tant de prospérités ne furent pas regardées sans envie ; les peuples voisins s'assemblèrent, et, sous un vain prétexte, ils résolurent d'enlever leurs troupeaux. Dès que cette résolution fut connue, les Troglodytes envoyèrent au-devant d'eux des ambassadeurs, qui leur parlèrent ainsi :

« Que vous ont fait les Troglodytes ? Ont-ils enlevé vos femmes, dérobé vos bestiaux, ravagé vos campa-

1. [Traduction de l'imprécation romaine *Ultimus suorum moriatur* (« Qu'il meure le dernier de sa famille », c'est-à-dire sans descendant pour honorer sa mémoire : voir *Pensées*, n° 325).]

gnes ? Non : nous sommes justes, et nous craignons les dieux. Que demandez-vous donc de nous ? Voulez-vous de la laine pour vous faire des habits ? Voulez-vous du lait pour vos troupeaux ou des fruits de nos terres ? Mettez bas les armes ; venez au milieu de nous, et nous vous donnerons de tout cela. Mais nous jurons, par ce qu'il y a de plus sacré, que, si vous entrez dans nos terres comme ennemis, nous vous regarderons comme un peuple injuste, et que nous vous traiterons comme des bêtes farouches. »

Ces paroles furent renvoyées avec mépris : ces peuples sauvages entrèrent armés dans la terre des Troglodytes, qu'ils ne croyaient défendus que par leur innocence.

Mais ils étaient bien disposés à la défense[1] : ils avaient mis leurs femmes et leurs enfants au milieu d'eux. Ils furent étonnés de l'injustice de leurs ennemis, et non pas de leur nombre. Une ardeur nouvelle s'était emparée de leur cœur : l'un voulait mourir pour son père ; un autre, pour sa femme et ses enfants ; celui-ci, pour ses frères ; celui-là, pour ses amis ; tous, pour le peuple troglodyte. La place de celui qui expirait était d'abord prise par un autre, qui, outre la cause commune, avait encore une mort particulière à venger.

Tel fut le combat de l'injustice et de la vertu ; ces peuples lâches, qui ne cherchaient que le butin, n'eurent pas honte de fuir, et ils cédèrent à la vertu des Troglodytes, même sans en être touchés.

D'Erzeron, le 9 de la lune de Gemmadi 2, 1711.

1. Même attitude chez les habitants de la Bétique : « Ce peuple abandonnerait son pays ou se livrerait à la mort plutôt que d'accepter la servitude » (Wetstein, 1719, livre VIII, p. 174).

LETTRE XIV

USBEK AU MÊME

Comme le peuple grossissait tous les jours, les Troglodytes crurent qu'il était à propos de se choisir un roi. Ils convinrent qu'il fallait déférer la couronne à celui qui était le plus juste, et ils jetèrent tous les yeux sur un vieillard vénérable par son âge et par une longue vertu. Il n'avait pas voulu se trouver à cette assemblée ; il s'était retiré dans sa maison, le cœur serré de tristesse.

Lorsqu'on lui envoya des députés pour lui apprendre le choix qu'on avait fait de lui : « À Dieu ne plaise, dit-il, que je fasse ce tort aux Troglodytes, que l'on puisse croire qu'il n'y a personne parmi eux de plus juste que moi ! Vous me déférez la couronne, et, si vous le voulez absolument, il faudra bien que je la prenne. Mais comptez que je mourrai de douleur d'avoir vu en naissant les Troglodytes libres et de les voir aujourd'hui assujettis [1]. » À ces mots, il se mit à répandre un torrent de larmes. « Malheureux jour, disait-il ; et pourquoi ai-je tant vécu ? » Puis il s'écria d'une voix sévère : « Je vois bien ce que c'est, ô Troglodytes ! votre vertu commence à vous peser. Dans l'état où vous êtes, n'ayant point de chef, il faut que vous soyez vertueux malgré vous : sans cela vous ne sauriez subsister, et vous tomberiez dans le malheur de vos premiers pères. Mais ce joug vous paraît trop dur ; vous aimez mieux être soumis à un

1. Même son chez Fénelon. L'anarchisme vertueux de Montesquieu, car on ne saurait parler ici de démocratie, est un thème poétique, même s'il vise sans le dire les théories de Hobbes. Ne cédons pas à la tentation de faire d'un apologue un traité dogmatique et d'une aspiration morale un programme politique. Les 4 lettres de l'épisode sont datées des 3, 6, 9 et 10 août 1711.

prince et obéir à ses lois, moins rigides que vos mœurs. Vous savez que, pour lors, vous pourrez contenter votre ambition, acquérir des richesses et languir dans une lâche volupté, et que, pourvu que vous évitiez de tomber dans les grands crimes, vous n'aurez pas besoin de la vertu. » Il s'arrêta un moment, et ses larmes coulèrent plus que jamais. « Et que prétendez-vous que je fasse ? Comment se peut-il que je commande quelque chose à un Troglodyte ? Voulez-vous qu'il fasse une action ver- tueuse parce que je la lui commande, lui qui la ferait tout de même sans moi et par le seul penchant de la nature ? Ô Troglodytes ! je suis à la fin de mes jours ; mon sang est glacé dans mes veines ; je vais bientôt revoir vos sacrés aïeux. Pourquoi voulez-vous que je les afflige, et que je sois obligé de leur dire que je vous ai laissés sous un autre joug que celui de la vertu [1] ? »

D'Erzeron, le 10 de la lune de Gemmadi 2, 1711.

LETTRE XV

LE PREMIER EUNUQUE À JARON,
EUNUQUE NOIR, À ERZERON [2]

Je prie le Ciel qu'il te ramène dans ces lieux et te dérobe à tous les dangers.

Quoique je n'aie guère jamais connu cet engagement qu'on appelle *amitié* [3], et que je me sois enveloppé tout

1. [Dans les *Pensées*, n° 1616, se trouve une suite de l'histoire des Troglodytes, qui expose les dangers du commerce.] **2.** [Pre- mière des lettres supplémentaires ajoutées en 1758 ; celle-ci a connu une première rédaction dans les *Pensées* (n° 1617) et une première publication dans *Le Fantasque* (voir Histoire du texte, p. 411 et suiv.).] **3.** Montesquieu feuillette toujours le chapitre de Chardin (t. II, p. 284) : « On peut ajouter que les eunuques n'ont pas

entier dans moi-même, tu m'as cependant fait sentir que
j'avais encore un cœur, et pendant que j'étais de bronze
pour tous ces esclaves qui vivaient sous mes lois, je
voyais croître ton enfance avec plaisir.

Le temps vint où mon maître jeta sur toi les yeux. Il
s'en fallait bien que la nature eût encore parlé lorsque
le fer te sépara de la nature. Je ne te dirai point si je te
plaignis, ou si je sentis du plaisir à te voir élevé jusqu'à
moi. J'apaisai tes pleurs et tes cris. Je crus te voir
prendre une seconde naissance et sortir d'une servitude
où tu devais toujours obéir, pour entrer dans une servi-
tude où tu devais commander. Je pris soin de ton édu-
cation. La sévérité, toujours inséparable des instructions,
te fit longtemps ignorer que tu m'étais cher. Tu me
l'étais pourtant, et je te dirais que je t'aimais comme un
père aime son fils, si ces noms de père et de fils pou-
vaient convenir à notre destinée.

Tu vas parcourir les pays habités par les chrétiens,
qui n'ont jamais cru ; il est impossible que tu n'y
contractes bien des souillures[1]. Comment le Prophète
pourrait-il te regarder au milieu de tant de millions de
ses ennemis ? Je voudrais que mon maître fît, à son
retour, le pèlerinage de La Mecque : vous vous purifie-
riez tous dans la terre des anges.

Du sérail d'Ispahan,
le 10 de la lune de Gemmadi[2], 1711.

———

même les relations de l'amitié ; à cause que de la manière dont ils
vivent, ils ne trouvent guère ni les occasions ni le temps de faire des
amis. »

1. Cf. Chardin (t. II, p. 344) : « Les Persans superstitieux ne goû-
tent ni de nos aliments ni d'aucune chose que nous ayons apprêtée,
ou des gens d'une autre religion que la leur ; ni ne touchent à nos
ustensiles ou à nos meubles, tenant tout cela impur ; mais il faut
observer qu'il n'y a que les bigots qui poussent la chose si loin. »
2. Montesquieu n'a pas spécifié s'il s'agit de Gemmadi 1 ou 2,
c'est-à-dire de juillet ou d'août.

LETTRE XVI

USBEK AU MOLLAK MÉHÉMET-HALI
GARDIEN DES TROIS TOMBEAUX, À COM[1]

Pourquoi vis-tu dans les tombeaux, divin mollak ? Tu es bien plus fait pour le séjour des étoiles. Tu te caches sans doute de peur d'obscurcir le soleil. Tu n'as point de taches comme cet astre ; mais, comme lui, tu te couvres de nuages[2].

Ta science est un abîme plus profond que l'océan ; ton esprit est plus perçant que Zufagar[3], cette épée d'Hali qui avait deux pointes ; tu sais ce qui se passe dans les neuf chœurs des puissances célestes ; tu lis l'Alcoran sur la poitrine de notre divin prophète ; et, lorsque tu trouves quelque passage obscur, un ange, par

1. Usbek, qui avait fait ses dévotions au tombeau de Fathmé, dans la mosquée de Kom (cf. Lettre I), se souvient de son hôte. **2.** La couleur orientale de cette lettre [(qui évoque aussi le style biblique)] vient de l'*Éloge de Hali* du poète persan Hassan Casy (Al-Hasan ben al-Khasib, qui vivait au III^e siècle de l'Hégire), gravé sur la frise de la chapelle d'Abbas II ; Chardin en avait donné une traduction complète (t. I, p. 207 *sq.*). Montesquieu reporte l'éloge sur le gardien des tombeaux : « Grand astre de la justice et de la religion, infaillible expositeur des quatre livres... Qu'est-ce que la lumière du soleil, comparée à celle de ton esprit ?... Ta bouche est le trésor des sens sublimes... L'ange messager de la vérité, Gabriel, baise tous les jours le seuil de ta porte... Le soleil à l'ombre et sous les auspices de qui roule la nature n'est qu'un rayon de l'éclat de l'agrafe de ta ceinture. » **3.** C'est encore Chardin, dans l'*Éloge de Hali*, qui renseigne Montesquieu sur l'épée divine donnée au héros par l'ange Gabriel : « Il n'y a de brave qu'Aly. Il n'y a point d'épée semblable à *Zulfagar*, l'épée à deux pointes » (I, 208).

son ordre, déploie ses ailes rapides et descend du trône pour t'en révéler le secret.

Je pourrais par ton moyen avoir avec les séraphins une intime correspondance : car enfin, treizième iman [1], n'es-tu pas le centre où le Ciel et la Terre aboutissent, et le point de communication entre l'Abîme et l'Empyrée [2] ?

Je suis au milieu d'un peuple profane. Permets que je me purifie avec toi ; souffre que je tourne mon visage vers les lieux sacrés que tu habites ; distingue-moi des méchants, comme on distingue au lever de l'aurore le filet blanc d'avec le filet noir [3] ; aide-moi de tes conseils ; prends soin de mon âme ; enivre-la de l'esprit des prophètes ; nourris-la de la science du paradis, et permets que je mette ses plaies à tes pieds.

Adresse tes lettres sacrées à Erzeron, où je resterai quelques mois.

D'Erzeron, le 11 de la lune de Gemmadi 2, 1711.

1. Cf. Chardin (II, 339) : « Les douze imans sont Aly, cousin et gendre de Mahomet, et ses descendants à la onzième génération... La secte des Persans ne reconnaît que ces douze princes-là pour vrais successeurs de Mahammed à l'égard du droit. » Le dernier, *Mahammed Mehdi*, fut éliminé par les califes de Bagdad en l'an 296 de l'Hégire (918 après J.-C.). La dévotion d'Usbek va trop loin en faisant du gardien de Kom un « treizième iman ». Mais Montesquieu dans cette lettre ne recule devant aucune outrance. **2.** [*Empyrée* : la partie la plus élevée du ciel.] **3.** Chardin (II, 243) donnait la prescription pour le jeûne : « Buvez et mangez jusqu'au moment que vous pourrez discerner à l'horizon un fil blanc d'un fil noir. » De même Marana. Montesquieu s'est reporté au texte du Coran (chap. II, verset 183) dans la traduction Du Ryer qu'il possédait (La Haye, 1685, p. 22) : « Jusqu'à ce que vous distinguiez le filet blanc et le filet noir par la lumière de l'aurore. » Le mot *filet* au lieu de *fil* le prouve formellement.

LETTRE XVII

USBEK AU MÊME

Je ne puis, divin mollak, calmer mon impatience ; je ne saurais attendre ta sublime réponse. J'ai des doutes ; il faut les fixer. Je sens que ma raison s'égare ; ramène-la dans le droit chemin. Viens m'éclairer, source de lumière ; foudroie avec ta plume divine les difficultés que je vais te proposer ; fais-moi pitié de moi-même et rougir de la question que je vais te faire.

D'où vient que notre législateur nous prive de la chair de pourceau et de toutes les viandes qu'il appelle *immondes* [1] ? D'où vient qu'il nous défend de toucher un corps mort, et que, pour purifier notre âme, il nous ordonne de nous laver sans cesse le corps ? Il me semble que les choses ne sont en elles-mêmes ni pures ni impures : je ne puis concevoir aucune qualité inhérente au sujet qui puisse les rendre telles. La boue ne nous paraît sale que parce qu'elle blesse notre vue ou quelque autre de nos sens ; mais, en elle-même, elle ne l'est pas plus que l'or et les diamants. L'idée de souillure contractée par l'attouchement d'un cadavre ne nous est venue que d'une certaine répugnance naturelle que nous en avons. Si les corps de ceux qui ne se lavent point ne blessaient ni l'odorat ni la vue, comment aurait-on pu s'imaginer qu'ils fussent impurs ?

Les sens, divin mollak, doivent donc être les seuls juges de la pureté ou de l'impureté des choses. Mais,

1. [La question des interdits alimentaires, juifs ou musulmans, intrigue au XVIIIᵉ siècle, et elle restera importante pour Montesquieu lui-même : voir *L'Esprit des lois* (XIV, 10, et XXIV, 22) et les *Pensées*, nº 1677.]

comme les objets n'affectent point les hommes de la même manière, que ce qui donne une sensation agréable aux uns en produit une dégoûtante chez les autres, il suit que le témoignage des sens ne peut servir ici de règle, à moins qu'on ne dise que chacun peut, à sa fantaisie, décider ce point et distinguer, pour ce qui le concerne, les choses pures d'avec celles qui ne le sont pas.

Mais cela même, sacré mollak, ne renverserait-il pas les distinctions établies par notre divin Prophète et les points fondamentaux de la Loi, qui a été écrite de la main des anges [1] ?

D'Erzeron, le 20 de la lune de Gemmadi 2, 1711.

LETTRE XVIII

MÉHÉMET-HALI, SERVITEUR DES PROPHÈTES,
À USBEK, À ERZERON

Vous nous faites toujours des questions qu'on a faites mille fois à notre saint Prophète. Que ne lisez-vous les *Traditions* des docteurs [2] ? Que n'allez-vous à cette

1. Lettre, datée du 20 août 1711, sur le thème de la souillure et des purifications. Chardin donnait une traduction du *Traité des purifications* de Cheik Bahadin Mahammed (t. II, p. 346-384) qui distinguait le péché (emploi du vin ou de la viande de porc) de l'incapacité légale (attouchement d'un corps mort) ; le principe étant que « le corps se présente devant Dieu comme l'âme, il faut donc qu'il soit pur, tant pour parler à Dieu que pour entrer dans le lieu consacré à son culte » (II, 343). **2.** En dehors du Coran et des souvenirs des compagnons du Prophète, la *Sunna*, la théologie musulmane a développé une casuistique et des commentaires qui interprètent le livre sacré : ce sont les recueils de *Hadith*, « les traditions des docteurs ».

source pure de toute intelligence ? Vous trouveriez tous vos doutes résolus.

Malheureux, qui, toujours embarrassés des choses de la Terre, n'avez jamais regardé d'un œil fixe celles du Ciel, et qui révérez la condition des mollaks, sans oser ni l'embrasser ni la suivre !

Profanes, qui n'entrez jamais dans les secrets de l'Éternel, vos lumières ressemblent aux ténèbres de l'Abîme, et les raisonnements de votre esprit sont comme la poussière que vos pieds font élever lorsque le soleil est dans son midi, dans le mois ardent de Chahban[1].

Aussi le zénith de votre esprit ne va pas au nadir[2] de celui du moindre des immaums[3]. Votre vaine philosophie est cet éclair qui annonce l'orage et l'obscurité ; vous êtes au milieu de la tempête, et vous errez au gré des vents.

Il est bien facile de répondre à votre difficulté ; il ne faut pour cela que vous raconter ce qui arriva un jour à notre saint Prophète, lorsque, tenté par les chrétiens, éprouvé par les juifs, il confondit également les uns et les autres.

Le juif Abdias Ibcsalon lui demanda pourquoi Dieu avait défendu de manger de la chair de pourceau. « Ce n'est pas sans raison, répondit Mahomet : c'est un

1. Le mois lunaire de Chahban est le huitième de l'année musulmane. D'après le système artificiel de Montesquieu, ce serait octobre, qui n'est pas le mois le plus chaud. **2.** L'image, malgré sa couleur orientale, n'est pas très cohérente ; elle vient encore de l'*Éloge de Hali* déjà cité (Chardin, *op. cit.*, t. I, p. 210) : « C'est une petite louange pour ton ineffable pouvoir que de t'appeler le *zénith* de la puissance, vu que le zénith n'est pas davantage que le *nadir* du pouvoir de ton portier. » [*Nadir* : point le plus bas, par opposition au *zénith*.] **3.** « Ce mot est plus en usage chez les Turcs que chez les Persans » *(note de Montesquieu)*. Ce sont en Turquie les desservants des mosquées.

animal immonde, et je vais vous en convaincre. » Il fit
sur sa main, avec de la boue, la figure d'un homme ; il
la jeta à terre et lui cria : « Levez-vous ! » Sur-le-champ,
un homme se leva et dit : « Je suis Japhet, fils de Noé.
– Avais-tu les cheveux aussi blancs quand tu es mort ?
lui dit le saint Prophète. – Non, répondit-il ; mais, quand
tu m'as réveillé, j'ai cru que le jour du Jugement était
venu, et j'ai eu une si grande frayeur que mes cheveux
ont blanchi tout à coup. »

« Or çà, raconte-moi, lui dit l'Envoyé de Dieu, toute
l'histoire de l'arche de Noé. » Japhet obéit et détailla
exactement tout ce qui s'était passé les premiers mois.
Après quoi il parla ainsi :

« Nous mîmes les ordures de tous les animaux dans
un côté de l'Arche ; ce qui la fit si fort pencher, que
nous en eûmes une peur mortelle : surtout nos femmes,
qui se lamentaient de la belle manière. Notre père Noé
ayant été au conseil de Dieu, il lui commanda de prendre
l'éléphant et de lui faire tourner la tête vers le côté qui
penchait. Ce grand animal fit tant d'ordures qu'il en
naquit un cochon. »

Croyez-vous, Usbek, que, depuis ce temps-là, nous
nous en soyons abstenus, et que nous l'ayons regardé
comme un animal immonde ?

Mais, comme le cochon remuait tous les jours ces
ordures, il s'éleva une telle puanteur dans l'Arche, qu'il
ne put lui-même s'empêcher d'éternuer, et il sortit de
son nez un rat, qui allait rongeant tout ce qui se trouvait
devant lui : ce qui devint si insupportable à Noé, qu'il
crut qu'il était à propos de consulter Dieu encore. Il lui
ordonna de donner au lion un grand coup sur le front,
qui éternua aussi et fit sortir de son nez un chat. Croyez-
vous que ces animaux soient encore immondes ? Que
vous en semble ?

Quand donc vous n'apercevez pas la raison de l'im-
pureté de certaines choses, c'est que vous en ignorez

beaucoup d'autres, et que vous n'avez pas la connais-
sance de ce qui s'est passé entre Dieu, les anges et les
hommes. Vous ne savez pas l'histoire de l'éternité. Vous
n'avez point lu les livres qui sont écrits au Ciel : ce qui
vous en a été révélé n'est qu'une petite partie de la
bibliothèque divine ; et ceux qui, comme nous, en appro-
chent de plus près tandis qu'ils sont en cette vie, sont
encore dans l'obscurité et les ténèbres[1].

Adieu ; Mahomet soit dans votre cœur.

De Com, le dernier de la lune de Chahban, 1711.

LETTRE XIX

USBEK À SON AMI RUSTAN, À ISPAHAN

Nous n'avons séjourné que huit jours à Tocat ; après
trente-cinq jours de marche, nous sommes arrivés à
Smyrne[2].

De Tocat à Smyrne, on ne trouve pas une seule ville qui
mérite qu'on la nomme[3]. J'ai vu avec étonnement la fai-
blesse de l'empire des Osmanlins. Ce corps malade ne se

1. « Tradition mahométane » *(note de Montesquieu)*.
2. Cette lettre, datée du 2 novembre 1711, ne donne aucune indication
sur la durée du trajet d'Erzeron à Tocat, centre de caravanes de
Cappadoce. Comme l'a remarqué A. Adam (*op. cit.*, p. 55), Tavernier
ne fournissait pas explicitement le renseignement. Mais le voyageur
indiquait « à peu près trente-cinq journées de caravane » de Tocat à
Smyrne (*op. cit.*, I, p. 95). Si, d'après les sites d'étape, nous comptons
dix jours d'Erzeron à Tocat et huit jours d'arrêt dans cette dernière
ville, le voyage d'Usbek a demandé cinquante-trois jours : le départ
d'Erzeron est donc antérieur au 18 septembre. **3.** Tavernier
(*op. cit.*, I, p. 10) a longuement décrit les délices de Tocat, siège
d'une forte garnison turque, mais ne cite que des villages sur la piste
de Tocat à Smyrne (*ibid.*, p. 95-103).

soutient pas par un régime doux et tempéré, mais par des remèdes violents, qui l'épuisent et le minent sans cesse [1].

Les bachas, qui n'obtiennent leurs emplois qu'à force d'argent, entrent ruinés dans les provinces et les ravagent comme des pays de conquête [2]. Une milice insolente n'est soumise qu'à ses caprices. Les places sont démantelées ; les villes, désertes ; les campagnes, désolées ; la culture des terres et le commerce, entièrement abandonnés.

L'impunité règne dans ce gouvernement sévère : les chrétiens qui cultivent les terres, les juifs qui lèvent les tributs, sont exposés à mille violences.

La propriété des terres est incertaine, et, par conséquent, l'ardeur de les faire valoir, ralentie : il n'y a ni titre ni possession qui vaille contre le caprice de ceux qui gouvernent.

Ces barbares ont tellement abandonné les arts [3], qu'ils ont négligé jusques à l'art militaire. Pendant que les nations d'Europe se raffinent tous les jours, ils restent dans leur ancienne ignorance, et ils ne s'avisent de prendre leurs nouvelles inventions qu'après qu'elles s'en sont servies mille fois contre eux [4].

1. Tous les voyageurs s'accordent pour affirmer la décadence de l'Empire turc, depuis Thévenot (1665). [Les « remèdes violents » deviendront, dans *L'Esprit des lois*, caractéristiques du despotisme, miné par un « vice intérieur » : voir V, 14, et VIII, 10.] **2.** Cf. Ricaut, *op. cit.* (III, chap. I, p. 404) : « Les villages y sont abandonnés et des provinces aussi agréables et fertiles que Tempé ou la Thessalie sont désertes et sans être cultivées. Ces désolations viennent de la tyrannie et de l'avarice insatiable des bachas... qui traitent (les pauvres habitants) comme des ennemis et comme s'ils étaient en pays conquis. » **3.** Mêmes expressions dans Ricaut (I, chap. XVII, p. 196-197) : « Il est aisé de reconnaître pourquoi les *Arts* sont si fort négligés en Turquie, pourquoi les Turcs ont si peu de soin de *faire valoir les terres*... Cela vient de ce qu'ils n'ont point d'héritiers assurés, à qui ils puissent laisser le fruit de leur travail après leur mort. » **4.** *Ibid.* (III, chap. I, p. 402) : « Depuis quelque temps, leurs forces de terre sont diminuées, celles de mer ont été réduites

Ils n'ont aucune expérience sur la mer, point d'habileté dans la manœuvre[1]. On dit qu'une poignée de chrétiens sortis d'un rocher[2] font suer les Ottomans et fatiguent leur empire.

Incapables de faire le commerce, ils souffrent presque avec peine que les Européens, toujours laborieux et entreprenants, viennent le faire : ils croient faire grâce à ces étrangers de permettre qu'ils les enrichissent.

Dans toute cette vaste étendue de pays que j'ai traversée, je n'ai trouvé que Smyrne qu'on puisse regarder comme une ville riche et puissante. Ce sont les Européens qui la rendent telle, et il ne tient pas aux Turcs qu'elle ne ressemble à toutes les autres.

Voilà, cher Rustan, une juste idée de cet empire, qui, avant deux siècles, sera le théâtre des triomphes de quelque conquérant.

De Smyrne, le 2 de la lune de Rhamazan, 1711.

en un pitoyable état par le mauvais succès et par l'ignorance des gens de mer » ; (p. 407) : « Plusieurs officiers qui ont fait la guerre contre les Turcs disent qu'ils font plus de progrès par le grand nombre d'hommes que par leur courage et par la connaissance de l'art militaire. » Cette idée est générale en Europe depuis les combats du Raab (juillet-août 1664) à proximité de Vienne.

1. Accord de Thévenot (*Relation*, 1665, p. 139), Ricaut (III, chap. XII, *Des forces des Turcs par mer*) et Tournefort (II, p. 49). Mais Ricaut est le plus net : « Les Turcs ont été battus sur la mer par la petite république de Venise, pour n'avoir pas eu des gens qui sussent bien commander leurs flottes » (*op. cit.*, p. 491).　　**2.** « Ce sont apparemment les chevaliers de Malte » *(note de Montesquieu)*. Cf. Marana (I, p. 323, *Lettre 75 au Bassa de la mer*) : « L'isle de Malte n'est qu'un atome de terre... Il n'en est pas de même des chevaliers qui en sont les maîtres ; ils ne sont que cent en nombre, mais nous les voyons et sentons souvent... Quoiqu'ils n'ayent que peu de vaisseaux, ils font trembler les flottes des Ottomans. »

LETTRE XX[1]

USBEK À ZACHI, SA FEMME, AU SÉRAIL D'ISPAHAN

Vous m'avez offensé, Zachi, et je sens dans mon cœur des mouvements que vous devriez craindre, si mon éloignement ne vous laissait le temps de changer de conduite et d'apaiser la violente jalousie dont je suis tourmenté.

J'apprends qu'on vous a trouvée seule avec Nadir, eunuque blanc, qui paiera de sa tête son infidélité et sa perfidie. Comment vous êtes-vous oubliée jusqu'à ne pas sentir qu'il ne vous est pas permis de recevoir dans votre chambre un eunuque blanc, tandis que vous en avez de noirs destinés à vous servir[2] ? Vous avez beau me dire que des eunuques ne sont pas des hommes, et que votre vertu vous met au-dessus des pensées que pourrait faire naître en vous une ressemblance imparfaite. Cela ne suffit ni pour vous ni pour moi : pour vous, parce que vous faites une chose que les lois du sérail vous défendent ; pour moi, en ce que vous m'ôtez

1. Datée du 12 janvier 1712. A. Adam fait justement remarquer que si les éditions de 1721 portent 1711, c'est que Montesquieu savait que l'année musulmane commençait au 1er mars. 2. Toute cette science du harem vient de Chardin (*op. cit.*, II, 275) : « Les eunuques sont de deux espèces, les blancs et les noirs ; les blancs ne vont jamais parmi les femmes ou du moins fort rarement, au lieu que les noirs ne sortent jamais du palais » ; (II, 279) : « Les eunuques blancs gardent le dehors sans approcher des femmes... *on est jaloux d'eux malgré leur impuissance...* » Mais, d'après Chardin (II, 284), « le roi peut seul avoir des eunuques blancs ». Montesquieu peut se souvenir de Tavernier (*op. cit.*, V, p. 705) : « Il y a deux sortes d'eunuques pour la garde des sultanes et *des femmes des grands seigneurs*. Les uns sont blancs et ceux-cy n'approchent guère des femmes, mais sont commis à la garde des premières portes du harem ; les autres sont noirs, affreux de visage, et ce sont ces derniers qui gardent l'intérieur du harem. »

l'honneur, en vous exposant à des regards... Que dis-je,
à des regards ? Peut-être aux entreprises d'un perfide
qui vous aura souillée par ses crimes, et plus encore par
ses regrets et le désespoir de son impuissance.

Vous me direz peut-être que vous m'avez été toujours
fidèle. Eh ! pouviez-vous ne l'être pas ? Comment
auriez-vous trompé la vigilance des eunuques noirs qui
sont si surpris de la vie que vous menez ? Comment
auriez-vous pu briser ces verrous et ces portes qui vous
tiennent enfermée ? Vous vous vantez d'une vertu qui
n'est pas libre, et peut-être que vos désirs impurs vous ont
ôté mille fois le mérite et le prix de cette fidélité que vous
vantez tant.

Je veux que vous n'ayez point fait tout ce que j'ai lieu
de soupçonner ; que ce perfide n'ait point porté sur vous
ses mains sacrilèges ; que vous ayez refusé de prodiguer
à sa vue les délices de son maître ; que, couverte de vos
habits, vous ayez laissé cette faible barrière entre lui et
vous ; que, frappé lui-même d'un saint respect, il ait
baissé les yeux ; que, manquant à sa hardiesse, il ait
tremblé sur les châtiments qu'il se prépare. Quand tout
cela serait vrai, il ne l'est pas moins que vous avez fait
une chose qui est contre votre devoir. Et, si vous l'avez
violé gratuitement, sans remplir vos inclinations déré-
glées, qu'eussiez-vous fait pour les satisfaire ? Que
feriez-vous encore si vous pouviez sortir de ce lieu sacré,
qui est pour vous une dure prison, comme il est pour vos
compagnes un asile favorable contre les atteintes du vice,
un temple sacré, où votre sexe perd sa faiblesse et se
trouve invincible malgré tous les désavantages de la
nature ? Que feriez-vous, si, laissée à vous-même, vous
n'aviez pour vous défendre que votre amour pour moi,
qui est si grièvement offensé, et votre devoir que vous
avez si indignement trahi ? Que les mœurs du pays où
vous vivez sont saintes, qui vous arrachent aux attentats
des plus vils esclaves ! Vous devez me rendre grâce de

la gêne où je vous fais vivre, puisque ce n'est que par là que vous méritez encore de vivre.

Vous ne pouvez souffrir le chef des eunuques, parce qu'il a toujours les yeux sur votre conduite, et qu'il vous donne ses sages conseils. Sa laideur, dites-vous, est si grande que vous ne pouvez le voir sans peine ; comme si, dans ces sortes de postes, on mettait de plus beaux objets [1]. Ce qui vous afflige est de n'avoir pas à sa place l'eunuque blanc qui vous déshonore.

Mais que vous a fait votre première esclave ? Elle vous a dit que les familiarités que vous preniez avec la jeune Zélide étaient contre la bienséance [2]. Voilà la raison de votre haine.

Je devrais être, Zachi, un juge sévère ; je ne suis qu'un époux qui cherche à vous trouver innocente. L'amour que j'ai pour Roxane, ma nouvelle épouse, m'a laissé toute la tendresse que je dois avoir pour vous, qui n'êtes pas moins belle. Je partage mon amour entre vous deux, et Roxane n'a d'autre avantage que celui que la vertu peut ajouter à la beauté.

De Smyrne, le 12 de la lune de Zilcadé, 1711.

1. Cf. Tavernier (V, 705), Chardin (II, 277), mais aussi Ricaut (*op. cit.*, I, 96) : « Pour mortifier l'inclination naturelle que les femmes ont pour les hommes, on en choisit... qui soient si noirs et si laids qu'ils puissent donner de l'horreur, s'il leur venait dans l'esprit qu'il leur reste encore quelque chose de l'homme. » Chardin décrit ainsi le chef des eunuques noirs : « Un vieux esclave, difforme et fantasque, sous la conduite duquel vous pouvez penser à quel point de jeunes beautés vivent dans le martyre. » **2.** Cf. Chardin (II, 280) : « On observe (les femmes) de fort près, de peur... qu'elles ne deviennent amoureuses les unes des autres. Les femmes orientales ont toujours passé pour tribades. »

LETTRE XXI

USBEK AU PREMIER EUNUQUE BLANC

Vous devez trembler à l'ouverture de cette lettre, ou plutôt vous le deviez lorsque vous souffrîtes la perfidie de Nadir. Vous, qui, dans une vieillesse froide et languissante, ne pouvez sans crime lever les yeux sur les redoutables objets de mon amour ; vous, à qui il n'est jamais permis de mettre un pied sacrilège sur la porte du lieu terrible qui les dérobe à tous les regards : vous souffrez que ceux dont la conduite vous est confiée aient fait ce que vous n'auriez pas la témérité de faire, et vous n'apercevez pas la foudre toute prête à tomber sur eux et sur vous ?

Et qui êtes-vous, que de vils instruments que je puis briser à ma fantaisie ; qui n'existez qu'autant que vous savez obéir ; qui n'êtes dans le monde que pour vivre sous mes lois ou pour mourir dès que je l'ordonne ; qui ne respirez qu'autant que mon bonheur, mon amour, ma jalousie même, ont besoin de votre bassesse ; et enfin, qui ne pouvez avoir d'autre partage que la soumission, d'autre âme que mes volontés, d'autre espérance que ma félicité ?

Je sais que quelques-unes de mes femmes souffrent impatiemment les lois austères du devoir ; que la présence continuelle d'un eunuque noir les ennuie ; qu'elles sont fatiguées de ces objets affreux, qui leur sont donnés pour les ramener à leur époux ; je le sais. Mais vous, qui vous prêtez à ce désordre, vous serez puni d'une manière à faire trembler tous ceux qui abusent de ma confiance.

Je jure par tous les prophètes du Ciel, et par Hali, le plus grand de tous, que, si vous vous écartez de votre devoir, je regarderai votre vie comme celle des insectes que je trouve sous mes pieds.

De Smyrne, le 12 de la lune de Zilcadé, 1711.

LETTRE XXII [1]

JARON AU PREMIER EUNUQUE

À mesure qu'Usbek s'éloigne du sérail, il tourne sa tête vers ses femmes sacrées ; il soupire, il verse des larmes ; sa douleur s'aigrit, ses soupçons se fortifient. Il veut augmenter le nombre de leurs gardiens. Il va me renvoyer avec tous les noirs qui l'accompagnent. Il ne craint plus pour lui : il craint pour ce qui lui est mille fois plus cher que lui-même.

Je vais donc vivre sous tes lois et partager tes soins. Grand Dieu ! qu'il faut de choses pour rendre un seul homme heureux !

La nature semblait avoir mis les femmes dans la dépendance et les en avoir retirées. Le désordre naissait entre les deux sexes, parce que leurs droits étaient réciproques. Nous sommes entrés dans le plan d'une nouvelle harmonie : nous avons mis entre les femmes et nous la haine, et entre les hommes et les femmes l'amour.

Mon front va devenir sévère. Je laisserai tomber des regards sombres. La joie fuira de mes lèvres. Le dehors sera tranquille, et l'esprit, inquiet. Je n'attendrai point les rides de la vieillesse pour en montrer les chagrins.

J'aurais eu du plaisir à suivre mon maître dans

1. [Seconde des lettres ajoutées en 1758, greffée, comme toutes ces lettres supplémentaires, sur celles qui existaient déjà (et donc supposée partir par le même courrier que les Lettres XX et XXI) ; comme la première (Lettre XV), elle réutilise des éléments des *Pensées*, nº 1617. Si le calendrier musulman était strictement respecté, le millésime devrait changer en mars, ce qui n'est pas le cas.]

l'Occident ; mais ma volonté est son bien. Il veut que je garde ses femmes ; je les garderai avec fidélité. Je sais comment je dois me conduire avec ce sexe, qui, quand on ne lui permet pas d'être vain, commence à devenir superbe, et qu'il est moins aisé d'humilier que d'anéantir.

Je tombe sous tes regards.

De Smyrne, le 12 de la lune de Zilcadé, 1711.

LETTRE XXIII

USBEK À SON AMI IBBEN, À SMYRNE

Nous sommes arrivés à Livourne dans quarante jours de navigation. C'est une ville nouvelle ; elle est un témoignage du génie des ducs de Toscane, qui ont fait d'un village marécageux la ville d'Italie la plus florissante[1].

Les femmes y jouissent d'une grande liberté. Elles peuvent voir les hommes à travers certaines fenêtres qu'on nomme *jalousies* ; elles peuvent sortir tous les jours avec quelques vieilles qui les accompagnent ; elles n'ont qu'un voile[2]. Leurs beaux-frères, leurs oncles,

1. Lettre datée du 12 avril 1712. Nous ne savons depuis quand nos Persans résident à Livourne, le nouveau port toscan fondé par les ducs François et Ferdinand de Médicis. Tavernier avait fait le voyage inverse en 1664 (*op. cit.*, t. III, p. 288) : parti de « Ligourne » le 26 mars, il arrivait à Smyrne le 25 avril, ce qui faisait trente et un jours de traversée. Chardin, en plein hiver, mit trois mois (*op. cit.*, t. I, p. 2), du 10 novembre 1671 au 7 février 1672. Quarante jours représentent une durée moyenne. **2.** « Les Persanes en ont quatre » *(note de Montesquieu).* Cf. Chardin (*op. cit.*, t. II, p. 52) : « Les femmes portent quatre voiles en tout : deux qu'elles mettent dans le logis et deux qu'elles mettent de plus quand elles sortent. »

leurs neveux peuvent les voir sans que le mari s'en formalise presque jamais.

C'est un grand spectacle pour un mahométan de voir pour la première fois une ville chrétienne. Je ne parle pas des choses qui frappent d'abord tous les yeux, comme la différence des édifices, des habits, des principales coutumes. Il y a jusque dans les moindres bagatelles quelque chose de singulier que je sens, et que je ne sais pas dire.

Nous partirons demain pour Marseille ; notre séjour n'y sera pas long. Le dessein de Rica et le mien est de nous rendre incessamment à Paris, qui est le siège de l'empire d'Europe. Les voyageurs cherchent toujours les grandes villes, qui sont une espèce de patrie commune à tous les étrangers.

Adieu ; sois persuadé que je t'aimerai toujours.

De Livourne, le 12 de la lune de Saphar, 1712.

LETTRE XXIV

RICA À IBBEN, À SMYRNE

Nous sommes à Paris depuis un mois, et nous avons toujours été dans un mouvement continuel. Il faut bien des affaires avant qu'on soit logé, qu'on ait trouvé les gens à qui on est adressé, et qu'on se soit pourvu des choses nécessaires, qui manquent toutes à la fois.

Paris est aussi grand qu'Ispahan [1]. Les maisons y sont si hautes qu'on jugerait qu'elles ne sont habitées que

1. Même étonnement et mêmes comparaisons naïves dans une série de lettres de *L'Espion turc* (*op. cit.*, t. I, lettres 5 à 11 : *De sa manière de vivre et de la ville de Paris*). Sur la grandeur comparée des capitales, cf. *ibid.* (t. I, lettre 9, p. 31) : « Tout ce que je pourrais

par des astrologues[1]. Tu juges bien qu'une ville bâtie
en l'air, qui a six ou sept maisons les unes sur les autres,
est extrêmement peuplée[2], et que, quand tout le monde
est descendu dans la rue, il s'y fait un bel embarras[3].

　　Tu ne le croirais pas peut-être : depuis un mois que
je suis ici, je n'y ai encore vu marcher personne. Il n'y
a point de gens au monde qui tirent mieux parti de leur
machine que les Français : ils courent ; ils volent[4]. Les
voitures lentes d'Asie, le pas réglé de nos chameaux,
les feraient tomber en syncope. Pour moi, qui ne suis
point fait à ce train, et qui vais souvent à pied sans
changer d'allure, j'enrage quelquefois comme un chré-
tien : car encore passe qu'on m'éclabousse depuis les
pieds jusqu'à la tête ; mais je ne puis pardonner les
coups de coude que je reçois régulièrement et périodi-
quement[5]. Un homme qui vient après moi, et qui me
passe, me fait faire un demi-tour, et un autre, qui me
croise de l'autre côté, me remet soudain où le premier

te dire de l'étendue de Paris n'approcherait pas ce que tu en sais
déjà. Cette ville me paraît grande et peuplée, mais Constantinople
l'est plus encore. »
　1. [Confusion probable (et courante) avec les astronomes.]
2. Mêmes détails dans *L'Espion turc* (t. V, p. 187, lettre 43) : « On
peut appeler Paris un entassement de villes les unes sur les autres ;
puisque les maisons y sont divisées comme l'air en appartements
hauts, moyens et bas, et pour mieux dire, comme les cieux que les
astronomes font monter à neuf. ». 　　**3.** Cf. *L'Espion turc* (t. I,
p. 21, lettre 6) : « Je suis dans cette ville comme un homme perdu
dans la confusion... C'est un bruit et un tintamarre continuel » ; et
Lettre d'un Sicilien de Cotolendi (in *Saint-Évremoniana*, 1710,
p. 336) : « Cette grande ville est le siège du tumulte. » 　　**4.** Cf.
L'Espion turc (t. I, p. 37, lettre 2) : « S'ils vont à pied, ils courent ;
s'ils vont à cheval, ils volent » ; et Dufresny, *Amusements sérieux et
comiques* (Bossard, 1921, p. 71) dont le Siamois s'épouvante devant
les embarras de la rue Saint-Honoré. 　　**5.** Cf. Boileau, Satire VI
sur *Les embarras de Paris* : « L'un me heurte d'un ais dont je suis
tout froissé ; / Je vois d'un autre coup mon chapeau renversé. »

m'avait pris ; et je n'ai pas fait cent pas, que je suis plus brisé que si j'avais fait dix lieues.

Ne crois pas que je puisse, quant à présent, te parler à fond des mœurs et des coutumes européennes : je n'en ai moi-même qu'une légère idée, et je n'ai eu à peine que le temps de m'étonner.

Le roi de France est le plus puissant prince de l'Europe. Il n'a point de mines d'or comme le roi d'Espagne, son voisin ; mais il a plus de richesses que lui, parce qu'il les tire de la vanité de ses sujets, plus inépuisable que les mines. On lui a vu entreprendre ou soutenir de grandes guerres, n'ayant d'autres fonds que des titres d'honneur à vendre [1], et, par un prodige de l'orgueil humain, ses troupes se trouvaient payées, ses places, munies, et ses flottes, équipées.

D'ailleurs ce roi est un grand magicien : il exerce son empire sur l'esprit même de ses sujets ; il les fait penser comme il veut. S'il n'a qu'un million d'écus dans son trésor, et qu'il en ait besoin de deux, il n'a qu'à leur persuader qu'un écu en vaut deux, et ils le croient [2]. S'il a une guerre difficile à soutenir, et qu'il n'ait point d'argent, il n'a qu'à leur mettre dans la tête qu'un morceau de papier est de l'argent, et ils en sont aussitôt convaincus. Il va même jusqu'à leur faire croire qu'il les guérit de toutes sortes de maux en les touchant, tant est grande la force et la puissance qu'il a sur les esprits [3].

1. Allusion à la vente d'offices royaux, expédient fréquent des ministres de Louis XIV ; cf. Marana (*op. cit.*, t. V, p. 32) : « J'admire souvent les trésors de ce monarque qui paraissent inépuisables. Mais les voies des rois sont secrètes et celui de France est singulier dans les moyens mystérieux dont il se sert pour s'enrichir. » **2.** [Peut-être anticipation des fluctuations sur la monnaie, qui vont caractériser le système de Law (voir Lettre CXLVI).] **3.** Cf. Marana (*op. cit.*, t. V, p. 30-32, lettre 5 : *Du pouvoir qu'ont les rois de France de guérir les écrouelles*) : « Tout le prodige selon moi consiste dans la force de l'imagination qui, comme tu sais, guérit à demi grand

Ce que je te dis de ce prince ne doit pas t'étonner :
il y a un autre magicien, plus fort que lui, qui n'est pas
moins maître de son esprit qu'il l'est lui-même de celui
des autres. Ce magicien s'appelle *le Pape*. Tantôt il lui
fait croire que trois ne sont qu'un, que le pain qu'on
mange n'est pas du pain, ou que le vin qu'on boit n'est
pas du vin, et mille autres choses de cette espèce[1].

Et pour le tenir toujours en haleine et ne point lui
laisser perdre l'habitude de croire, il lui donne de temps
en temps, pour l'exercer, de certains articles de
croyance. Il y a deux ans qu'il lui envoya un grand
écrit, qu'il appela *Constitution*[2], et voulut obliger, sous
de grandes peines, ce prince et ses sujets de croire tout
ce qui y était contenu. Il réussit à l'égard du prince,
qui se soumit aussitôt et donna l'exemple à ses sujets.
Mais quelques-uns d'entre eux se révoltèrent et dirent
qu'ils ne voulaient rien croire de tout ce qui était dans
cet écrit. Ce sont les femmes qui ont été les motrices
de toute cette révolte, qui divise toute la Cour, tout le
royaume et toutes les familles. Cette Constitution leur
défend de lire un livre que tous les chrétiens disent
avoir été apporté du Ciel : c'est proprement leur
Alcoran. Les femmes, indignées de l'outrage fait à leur
sexe, soulèvent tout contre la Constitution : elles ont

nombre de maladies... Le sang des rois de France a peut-être quelque
teinture magique. »
 1. *Ibid.* (t. I, p. 41, lettre 12) : « Ils mangent d'un certain pain...
où ils s'imaginent que leur Messie est réellement présent... As-tu
jamais vu rien de si fou ? » [Seuls certains exemplaires de l'édition
B suppriment cette allusion à la Trinité, que les Cahiers de corrections
éliminent aussi – jusqu'à la dernière phase (voir Histoire du texte,
p. 416).] **2.** Barckhausen fait remarquer que la bulle *Unigenitus*
[(demandée par Louis XIV au pape pour venir à bout du jansénisme,
en condamnant « cent une propositions » de Pasquier Quesnel)] fut
promulguée le 8 septembre 1713. Notre lettre, datée du 4 juin 1712,
la recule jusqu'en 1710. Anachronisme ou remaniement chronolo-
gique des lettres ?

mis les hommes de leur parti, qui, dans cette occasion, ne veulent point avoir de privilège. On doit pourtant avouer que ce moufti ne raisonne pas mal, et, par le grand Hali, il faut qu'il ait été instruit des principes de notre sainte loi. Car, puisque les femmes sont d'une création inférieure à la nôtre, et que nos prophètes nous disent qu'elles n'entreront point dans le paradis [1], pourquoi faut-il qu'elles se mêlent de lire un livre qui n'est fait que pour apprendre le chemin du paradis ?

J'ai ouï raconter du roi des choses qui tiennent du prodige, et je ne doute pas que tu ne balances à les croire.

On dit que, pendant qu'il faisait la guerre à ses voisins, qui s'étaient tous ligués contre lui, il avait dans son royaume un nombre innombrable d'ennemis invisibles qui l'entouraient. On ajoute qu'il les a cherchés pendant plus de trente ans, et que, malgré les soins infatigables de certains dervis qui ont sa confiance, il n'en a pu trouver un seul. Ils vivent avec lui : ils sont à sa cour, dans sa capitale, dans ses troupes, dans ses tribunaux ; et cependant on dit qu'il aura le chagrin de mourir sans les avoir trouvés. On dirait qu'ils existent en général, et qu'ils ne sont plus rien en particulier : c'est un corps, mais point de membres. Sans doute que le Ciel veut punir ce prince de n'avoir pas été assez modéré envers les ennemis qu'il a vaincus, puisqu'il lui en donne d'invisibles, et dont le génie et le destin sont au-dessus du sien [2].

Je continuerai à t'écrire, et je t'apprendrai des choses

1. Cf. Chardin (*op. cit.*, t. II, p. 328) : « On dit communément que les mahométans excluent les femmes du paradis. Il est vrai qu'ils les en excluent, mais c'est seulement en ce sens qu'elles ne doivent pas être en même lieu avec les hommes. » 2. Les dervis de confiance sont les jésuites [(ses confesseurs)] et les ennemis invisibles, les jansénistes.

bien éloignées du caractère et du génie persan. C'est bien la même terre qui nous porte tous deux ; mais les hommes du pays où je vis, et ceux du pays où tu es, sont des hommes bien différents.

De Paris, le 4 de la lune de Rebiab 2, 1712.

LETTRE XXV

USBEK À IBBEN, À SMYRNE

J'ai reçu une lettre de ton neveu Rhédi : il me mande qu'il quitte Smyrne dans le dessein de voir l'Italie ; que l'unique but de son voyage est de s'instruire et de se rendre par là plus digne de toi. Je te félicite d'avoir un neveu qui sera quelque jour la consolation de ta vieillesse.

Rica t'écrit une longue lettre ; il m'a dit qu'il te parlait beaucoup de ce pays-ci. La vivacité de son esprit fait qu'il saisit tout avec promptitude. Pour moi, qui pense plus lentement, je ne suis en état de te rien dire.

Tu es le sujet de nos conversations les plus tendres : nous ne pouvons assez parler du bon accueil que tu nous as fait à Smyrne, et des services que ton amitié nous rend tous les jours.

Puisses-tu, généreux Ibben, trouver partout des amis aussi reconnaissants et aussi fidèles que nous ! Puissé-je te revoir bientôt et retrouver avec toi ces jours heureux qui coulent si doucement entre deux amis ! Adieu.

De Paris, le 4 de la lune de Rebiab 2, 1712.

LETTRE XXVI

USBEK À ROXANE, AU SÉRAIL D'ISPAHAN

Que vous êtes heureuse, Roxane, d'être dans le doux pays de Perse, et non pas dans ces climats empoisonnés où l'on ne connaît ni la pudeur ni la vertu ! Que vous êtes heureuse ! Vous vivez dans mon sérail comme dans le séjour de l'innocence, inaccessible aux attentats de tous les humains ; vous vous trouvez avec joie dans une heureuse impuissance de faillir : jamais homme ne vous a souillée de ses regards lascifs ; votre beau-père même, dans la liberté des festins, n'a jamais vu votre belle bouche : vous n'avez jamais manqué de vous attacher un bandeau sacré pour la couvrir. Heureuse Roxane ! Quand vous avez été à la campagne, vous avez toujours eu des eunuques qui ont marché devant vous pour donner la mort à tous les téméraires qui n'ont pas fui à votre vue. Moi-même, à qui le Ciel vous a donnée pour faire mon bonheur, quelle peine n'ai-je pas eue pour me rendre maître de ce trésor que vous défendiez avec tant de constance ! Quel chagrin pour moi, dans les premiers jours de notre mariage, de ne pas vous voir ! Et quelle impatience quand je vous eus vue ! Vous ne la satisfaisiez pourtant pas ; vous l'irritiez, au contraire, par les refus obstinés d'une pudeur alarmée : vous me confondiez avec tous ces hommes à qui vous vous cachez sans cesse. Vous souvient-il de ce jour où je vous perdis parmi vos esclaves qui me trahirent et vous dérobèrent à mes recherches ? Vous souvient-il de cet autre où, voyant vos larmes impuissantes, vous employâtes l'autorité de votre mère pour arrêter les fureurs de mon amour ? Vous souvient-il, lorsque toutes les ressources vous manquèrent, de celles que vous trouvâtes dans votre courage ? Vous prîtes un poignard et menaçâtes d'immoler un époux qui vous aimait, s'il continuait à exiger de vous ce que vous

chérissiez plus que votre époux même. Deux mois se passèrent dans ce combat de l'amour et de la vertu. Vous poussâtes trop loin vos chastes scrupules : vous ne vous rendîtes pas même après avoir été vaincue ; vous défendîtes jusques à la dernière extrémité une virginité mourante ; vous me regardâtes comme un ennemi qui vous avait fait un outrage, non pas comme un époux qui vous avait aimée ; vous fûtes plus de trois mois que vous n'osiez me regarder sans rougir : votre air confus semblait me reprocher l'avantage que j'avais pris. Je n'avais pas même une possession tranquille : vous me dérobiez tout ce que vous pouviez de ces charmes et de ces grâces, et j'étais enivré des plus grandes faveurs sans avoir obtenu les moindres [1].

Si vous aviez été élevée dans ce pays-ci, vous n'auriez pas été si troublée ; les femmes y ont perdu toute retenue ; elles se présentent devant les hommes à visage découvert, comme si elles voulaient demander leur défaite ; elles les cherchent de leurs regards ; elles les voient dans les mosquées, les promenades, chez elles-mêmes ; l'usage de se faire servir par des eunuques leur est inconnu. Au lieu de cette noble simplicité et de cette aimable pudeur qui règne parmi vous, on voit une

1. Comme l'a bien vu Élie Carcassonne, cette scène est inspirée de Chardin (t. I, p. 168) : « Un homme ne voit sa femme que quand il a consommé le mariage et souvent il ne le consomme que plusieurs jours après que son épouse est chez lui, la belle fuyant et se cachant parmi les femmes ou ne voulant pas laisser approcher le mari. Ces façons arrivent souvent entre les personnes de qualité, parce qu'à leur avis cela sent la débauchée de donner sitôt la dernière faveur. Les filles de sang royal en usent particulièrement de la façon ; il faut des mois pour les réduire et pour leur mettre en tête que leur mari est digne de les toucher. » Chardin raconte, pour illustrer ses dires, l'aventure d'un général persan marié à la fille du shah Abbas le Grand.

impudence brutale, à laquelle il est impossible de s'accoutumer.

Oui, Roxane, si vous étiez ici, vous vous sentiriez outragée dans l'affreuse ignominie où votre sexe est descendu ; vous fuiriez ces abominables lieux, et vous soupireriez pour cette douce retraite, où vous trouvez l'innocence, où vous êtes sûre de vous-même, où nul péril ne vous fait trembler, où enfin vous pouvez m'aimer sans craindre de perdre jamais l'amour que vous me devez.

Quand vous relevez l'éclat de votre teint par les plus belles couleurs ; quand vous vous parfumez tout le corps des essences les plus précieuses ; quand vous vous parez de vos plus beaux habits ; quand vous cherchez à vous distinguer de vos compagnes par les grâces de la danse et par la douceur de votre chant ; que vous combattez gracieusement avec elles de charmes, de douceur et d'enjouement : je ne puis m'imaginer que vous ayez d'autre objet que celui de me plaire ; et, quand je vous vois rougir modestement ; que vos regards cherchent les miens ; que vous vous insinuez dans mon cœur par des paroles douces et flatteuses : je ne saurais, Roxane, douter de votre amour.

Mais que puis-je penser des femmes d'Europe ? L'art de composer leur teint, les ornements dont elles se parent, les soins qu'elles prennent de leur personne, le désir continuel de plaire qui les occupe sont autant de taches faites à leur vertu et d'outrages à leurs époux.

Ce n'est pas, Roxane, que je pense qu'elles poussent l'attentat aussi loin qu'une pareille conduite devrait le faire croire, et qu'elles portent la débauche à cet excès horrible qui fait frémir, de violer absolument la foi conjugale. Il y a bien peu de femmes assez abandonnées pour aller jusque-là : elles portent toutes dans leur cœur un certain caractère de vertu qui y est gravé, que la naissance donne, et que l'éducation affaiblit, mais ne

détruit pas [1]. Elles peuvent bien se relâcher des devoirs extérieurs que la pudeur exige ; mais, quand il s'agit de faire les derniers pas, la nature se révolte. Aussi, quand nous vous enfermons si étroitement ; que nous vous faisons garder par tant d'esclaves, que nous gênons si fort vos désirs lorsqu'ils volent trop loin : ce n'est pas que nous craignions la dernière infidélité ; mais c'est que nous savons que la pureté ne saurait être trop grande, et que la moindre tache peut la corrompre.

Je vous plains, Roxane. Votre chasteté, si longtemps éprouvée, méritait un époux qui ne vous eût jamais quittée, et qui pût lui-même réprimer les désirs que votre seule vertu sait soumettre.

De Paris, le 7 de la lune de Rhegeb, 1712.

LETTRE XXVII

USBEK À NESSIR, À ISPAHAN

Nous sommes à présent à Paris, cette superbe rivale de la ville du soleil [2].

Lorsque je partis de Smyrne, je chargeai mon ami Ibben de te faire tenir une boîte où il y avait quelques présents pour toi ; tu recevras cette lettre par la même voie. Quoique éloigné de lui de cinq ou six cents lieues, je lui donne de mes nouvelles, et je reçois des siennes aussi facilement que s'il était à Ispahan, et moi, à Com. J'envoie mes lettres à Marseille, d'où il part

1. [Dans *L'Esprit des lois* (XIV, 2), Montesquieu soulignera que la « pudeur » est « naturelle », et que l'incontinence féminine est universellement réprouvée.] **2.** « Ispahan » *(note de Montesquieu).* Le soleil est avec le lion l'emblème de la monarchie persane (cf. Chardin, t. III, p. 107).

continuellement des vaisseaux pour Smyrne ; de là, il envoie celles qui sont pour la Perse par les caravanes d'Arméniens qui partent tous les jours pour Ispahan.

Rica jouit d'une santé parfaite : la force de sa constitution, sa jeunesse et sa gaieté naturelle le mettent au-dessus de toutes les épreuves.

Mais, pour moi, je ne me porte pas bien : mon corps et mon esprit sont abattus ; je me livre à des réflexions qui deviennent tous les jours plus tristes ; ma santé, qui s'affaiblit, me tourne vers ma patrie et me rend ce pays-ci plus étranger.

Mais, cher Nessir, je te conjure, fais en sorte que mes femmes ignorent l'état où je suis : si elles m'aiment, je veux épargner leurs larmes, et, si elles ne m'aiment pas, je ne veux point augmenter leur hardiesse.

Si mes eunuques me croyaient en danger, s'ils pouvaient espérer l'impunité d'une lâche complaisance, ils cesseraient bientôt d'être sourds à la voix flatteuse de ce sexe qui se fait entendre aux rochers et remue les choses inanimées.

Adieu, Nessir ; j'ai du plaisir à te donner des marques de ma confiance.

De Paris, le 5 de la lune de Chahban, 1712.

LETTRE XXVIII

RICA À ***

Je vis hier une chose assez singulière, quoiqu'elle se passe tous les jours à Paris.

Tout le peuple s'assemble sur la fin de l'après-dînée et va jouer une espèce de scène que j'ai entendu appeler

comédie[1]. Le grand mouvement est sur une estrade, qu'on nomme le *théâtre*. Aux deux côtés, on voit, dans de petits réduits qu'on nomme *loges*, des hommes et des femmes qui jouent ensemble des scènes muettes, à peu près comme celles qui sont en usage en notre Perse[2].

Ici, c'est une amante affligée qui exprime sa langueur ; une autre, plus animée, dévore des yeux son amant, qui la regarde de même : toutes les passions sont peintes sur les visages et exprimées avec une éloquence qui, pour être muette, n'en est que plus vive. Là, les actrices ne paraissent qu'à demi-corps et ont ordinairement un manchon, par modestie, pour cacher leurs bras. Il y a en bas une troupe de gens debout[3], qui se moquent de ceux qui sont en haut sur le théâtre, et ces derniers rient à leur tour de ceux qui sont en bas.

Mais ceux qui prennent le plus de peine sont quelques gens qu'on prend pour cet effet dans un âge peu avancé, pour soutenir la fatigue. Ils sont obligés d'être partout : ils passent par des endroits qu'eux seuls connaissent, montent avec une adresse surprenante d'étage en étage ; ils sont en haut, en bas, dans toutes les loges ; ils plongent, pour ainsi dire ; on les perd, ils reparaissent ; souvent ils quittent le lieu de la scène et vont jouer dans un autre. On en voit même qui, par un prodige qu'on n'aurait osé espérer de leurs béquilles[4], marchent et vont comme les autres. Enfin on se rend à des salles où l'on joue une comédie particulière : on commence par des révérences : on continue par des embrassades. On dit que la connaissance la plus légère met un homme en

1. [Les représentations à la Comédie-Française ont lieu en fin d'après-midi.] **2.** Rica observe, à la Comédie-Française, le public des loges plus que la scène elle-même. Chardin avait décrit les « scènes muettes » du théâtre persan (t. I, p. 161 ; t. II, p. 115) où les actrices miment en dansant toutes les passions de l'amour. **3.** Le parterre. **4.** [Des cannes, indispensables aux jeunes élégants ou « petits-maîtres ».]

droit d'en étouffer un autre. Il semble que le lieu inspire de la tendresse. En effet, on dit que les princesses qui y règnent ne sont point cruelles, et, si on excepte deux ou trois heures du jour, où elles sont assez sauvages, on peut dire que le reste du temps elles sont traitables, et que c'est une ivresse qui les quitte aisément.

Tout ce que je te dis ici se passe à peu près de même dans un autre endroit, qu'on nomme *l'Opéra* : toute la différence est qu'on parle à l'un, et que l'on chante à l'autre. Un de mes amis me mena l'autre jour dans la loge où se déshabillait une des principales actrices. Nous fîmes si bien connaissance, que le lendemain je reçus d'elle cette lettre :

MONSIEUR,

Je suis la plus malheureuse fille du monde ; j'ai toujours été la plus vertueuse actrice de l'Opéra. Il y a sept ou huit mois que j'étais dans la loge où vous me vîtes hier. Comme je m'habillais en prêtresse de Diane, un jeune abbé vint m'y trouver, et, sans respect pour mon habit blanc, mon voile et mon bandeau, il me ravit mon innocence. J'ai beau lui exagérer le sacrifice que je lui ai fait ; il se met à rire et me soutient qu'il m'a trouvée très profane. Cependant je suis si grosse que je n'ose plus me présenter sur le théâtre : car je suis, sur le chapitre de l'honneur, d'une délicatesse inconcevable, et je soutiens toujours qu'à une fille bien née il est plus facile de faire perdre la vertu que la modestie. Avec cette délicatesse, vous jugez bien que ce jeune abbé n'eût jamais réussi, s'il ne m'avait promis de se marier avec moi : un motif si légitime me fit passer sur les petites formalités ordinaires et commencer par où j'aurais dû finir. Mais, puisque son infidélité m'a déshonorée, je ne veux plus vivre à l'Opéra, où, entre vous et moi, l'on ne me donne guère de quoi vivre : car, à présent que

j'avance en âge, et que je perds du côté des charmes, ma pension, qui est toujours la même, semble diminuer tous les jours. J'ai appris, par un homme de votre suite, que l'on faisait un cas infini, dans votre pays, d'une danseuse, et que, si j'étais à Ispahan, ma fortune serait aussitôt faite [1]. Si vous vouliez m'accorder votre protection et m'emmener avec vous dans ce pays-là, vous auriez l'avantage de faire du bien à une fille qui, par sa vertu et sa conduite, ne se rendrait pas indigne de vos bontés. Je suis...

De Paris, le 2 de la lune de Chalval, 1712.

LETTRE XXIX

RICA À IBBEN, À SMYRNE

Le pape est le chef des chrétiens. C'est une vieille idole qu'on encense par habitude. Il était autrefois redoutable aux princes même : car il les déposait aussi facilement que nos magnifiques sultans déposent les rois d'Irimette et de Géorgie [2]. Mais on ne le craint plus [3]. Il

1. Chardin (t. I, p. 162) : « Je me souviens que je vis un soir à la Cour deux de ces danseuses qui avaient chacune pour plus de 10 000 écus de pierreries sur elles. » **2.** L'Imirette et la Géorgie étaient deux petits royaumes caucasiens, tributaires au XVII[e] siècle de la Couronne de Perse. La principale ville de l'Imirette était Koutaïs, sur le Phase. Chardin traverse le pays en décembre 1672 et le décrit avec beaucoup plus de précision qu'Olearius (t. I, p. 81). Rien n'explique la graphie *Irimette*, sauf peut-être une erreur d'impression. **3.** Cf. Marana (t. II, p. 108, lettre 28) : « Il est certain que les chrétiens ont, de l'heure qu'il est, beaucoup diminué de l'obéissance aveugle qu'ils rendaient autrefois au Pontife romain... Il y eut un temps que plusieurs rois furent forcés de tenir leurs couronnes à hommages du Prélat de Rome. »

se dit successeur d'un des premiers chrétiens, qu'on appelle *saint Pierre*, et c'est certainement une riche succession : car il a des trésors immenses et un grand pays sous sa domination.

Les évêques sont des gens de loi qui lui sont subordonnés et ont, sous son autorité, deux fonctions bien différentes : quand ils sont assemblés, ils font, comme lui, des articles de foi ; quand ils sont en particulier, ils n'ont guère d'autre fonction que de dispenser d'accomplir la Loi. Car tu sauras que la religion chrétienne est chargée d'une infinité de pratiques très difficiles, et, comme on a jugé qu'il est moins aisé de remplir ses devoirs que d'avoir des évêques qui en dispensent, on a pris ce dernier parti pour l'utilité publique. De sorte que si l'on ne veut pas faire le Rhamazan[1] ; si on ne veut pas s'assujettir aux formalités des mariages ; si on veut rompre ses vœux ; si on veut se marier contre les défenses de la Loi ; quelquefois même, si on veut revenir contre son serment : on va à l'évêque ou au pape, qui donne aussitôt la dispense.

Les évêques ne font pas des articles de foi de leur propre mouvement. Il y a un nombre infini de docteurs, la plupart dervis[2], qui soulèvent entre eux mille questions nouvelles sur la religion. On les laisse disputer longtemps et la guerre dure jusqu'à ce qu'une décision vienne la terminer.

Aussi puis-je t'assurer qu'il n'y a jamais eu de royaume où il y ait eu tant de guerres civiles que dans celui du Christ.

Ceux qui mettent au jour quelque proposition nouvelle sont d'abord appelés *hérétiques*. Chaque hérésie a son nom, qui est, pour ceux qui y sont engagés, comme le nom de ralliement. Mais n'est hérétique qui ne veut :

1. [Autre graphie de « Ramadan », désignant ici en fait le carême.]
2. Théologiens et casuistes.

il n'y a qu'à partager le différend par la moitié et donner une distinction à ceux qui accusent d'hérésie, et, quelle que soit la distinction, intelligible ou non, elle rend un homme blanc comme de la neige, et il peut se faire appeler *orthodoxe*.

Ce que je te dis est bon pour la France et l'Allemagne : car j'ai ouï dire qu'en Espagne et en Portugal il y a de certains dervis qui n'entendent point raillerie, et qui font brûler un homme comme de la paille [1]. Quand on tombe entre les mains de ces gens-là, heureux celui qui a toujours prié Dieu avec de petits grains de bois à la main, qui a porté sur lui deux morceaux de drap attachés à deux rubans [2], et qui a été quelquefois dans une province qu'on appelle *la Galice* [3] ! Sans cela un pauvre diable est bien embarrassé. Quand il jurerait comme un païen qu'il est orthodoxe, on pourrait bien ne pas demeurer d'accord des qualités et le brûler comme hérétique : il aurait beau donner sa distinction. Point de distinction [4] ! Il serait en cendres avant que l'on eût seulement pensé à l'écouter.

Les autres juges présument qu'un accusé est innocent ; ceux-ci le présument toujours coupable : dans le doute, ils tiennent pour règle de se déterminer du côté de la rigueur ; apparemment parce qu'ils croient les hommes mauvais. Mais, d'un autre côté, ils en ont si bonne opinion, qu'ils ne les jugent jamais capables de mentir : car ils reçoivent le témoignage des ennemis capitaux, des femmes de mauvaise vie, de ceux qui exercent une profession infâme. Ils font dans leur sen-

1. [Allusion à l'Inquisition, pourtant largement en recul depuis le XVIIe siècle ; mais tout au long du XVIIIe siècle elle focalisera les critiques anti-catholiques.] **2.** [Il s'agit d'un scapulaire : morceaux d'étoffe attachés par des rubans sur la poitrine, signe de dévotion à la Vierge.] **3.** Le pèlerinage de Saint-Jacques-de-Compostelle. **4.** [Terme de théologie : « Différente manière dont on comprend les choses » (*Dictionnaire de Trévoux*, 1704).]

tence un petit compliment à ceux qui sont revêtus d'une chemise de soufre, et leur disent qu'ils sont bien fâchés de les voir si mal habillés, qu'ils sont doux, qu'ils abhorrent le sang et sont au désespoir de les avoir condamnés. Mais, pour se consoler, ils confisquent tous les biens de ces malheureux à leur profit [1].

Heureuse la terre qui est habitée par les enfants des prophètes ! Ces tristes spectacles y sont inconnus [2]. La sainte religion que les anges y ont apportée se défend par sa vérité même : elle n'a point besoin de ces moyens violents pour se maintenir.

De Paris, le 4 de la lune de Chalval, 1712.

LETTRE XXX

RICA AU MÊME, À SMYRNE

Les habitants de Paris sont d'une curiosité qui va jusqu'à l'extravagance. Lorsque j'arrivai, je fus regardé comme si j'avais été envoyé du Ciel : vieillards, hommes, femmes, enfants, tous voulaient me voir. Si je sortais, tout le monde se mettait aux fenêtres ; si j'étais aux Tuileries, je voyais aussitôt un cercle se former autour de moi : les femmes mêmes faisaient un

1. Cf. Marana (t. II, p. 280, lettre 73) : « La première chose que font les saints inquisiteurs est de faire une exacte et dévote recherche des biens du prisonnier. S'ils trouvent qu'il soit riche, il n'en faut pas davantage pour le rendre criminel, et les bons Pères prennent pieusement le soin de disposer de ce qu'il a. » **2.** « Les Persans sont les plus tolérants de tous les mahométans » *(note de Montesquieu)*. Chardin, protestant lui-même, et qui souffrira de la politique religieuse de Louis XIV au point de s'expatrier, appréciait la tolérance des Persans (t. II, p. 306).

arc-en-ciel, nuancé de mille couleurs, qui m'entourait ;
si j'étais aux spectacles, je trouvais d'abord cent lor-
gnettes dressées contre ma figure : enfin jamais homme
n'a tant été vu que moi[1]. Je souriais quelquefois d'en-
tendre des gens qui n'étaient presque jamais sortis de
leur chambre, qui disaient entre eux : « Il faut avouer
qu'il a l'air bien persan. » Chose admirable ! je trouvais
de mes portraits partout ; je me voyais multiplié dans
toutes les boutiques, sur toutes les cheminées : tant on
craignait de ne m'avoir pas assez vu.

Tant d'honneurs ne laissent pas d'être à charge : je
ne me croyais pas un homme si curieux et si rare ; et,
quoique j'aie très bonne opinion de moi, je ne me serais
jamais imaginé que je dusse troubler le repos d'une
grande ville où je n'étais point connu. Cela me fit
résoudre à quitter l'habit persan et à en endosser un à
l'européenne, pour voir s'il resterait encore dans ma
physionomie quelque chose d'admirable. Cet essai me
fit connaître ce que je valais réellement : libre de tous
les ornements étrangers, je me vis apprécié au plus juste.
J'eus sujet de me plaindre de mon tailleur, qui m'avait
fait perdre en un instant l'attention et l'estime publique :
car j'entrai tout à coup dans un néant affreux. Je demeu-
rais quelquefois une heure dans une compagnie sans
qu'on m'eût regardé, et qu'on m'eût mis en occasion

1. Même scène dans Marana (t. I, p. 303, lettre 71) à propos d'un
envoyé de la Porte : « La populace a remarqué son habit, sa barbe et
sa démarche comme quelque chose d'extraordinaire... Non seulement
la populace accourt pour voir nos ambassadeurs à cause des habits
qu'ils portent, mais aussi les personnes de considération ont la même
curiosité. » Même accueil du Persan dans J.-F. Bernard : « Comme
ils trouvent singulier tout ce qui est nouveau à leurs yeux, mon
équipage, ma barbe, mes manières et le phlegme que j'ai pris dans
l'étude de la sublime philosophie, m'attirèrent une infinité de
curieux. » Même remarque dans la *Lettre d'un Sicilien* (*Saint-
Évremoniana*, p. 367) : « On aime les étrangers. »

d'ouvrir la bouche[1]. Mais, si quelqu'un, par hasard, apprenait à la compagnie que j'étais Persan, j'entendais aussitôt autour de moi un bourdonnement : « Ah ! ah ! Monsieur est Persan ? c'est une chose bien extraordinaire ! Comment peut-on être Persan ? »

De Paris, le 6 de la lune de Chalval, 1712.

LETTRE XXXI

RHÉDI À USBEK, À PARIS

Je suis à présent à Venise, mon cher Usbek. On peut avoir vu toutes les villes du monde et être surpris en arrivant à Venise : on sera toujours étonné de voir une ville, des tours et des mosquées sortir de dessous l'eau, et de trouver un peuple innombrable dans un endroit où il ne devrait y avoir que des poissons.

Mais cette ville profane manque du trésor le plus précieux qui soit au monde, c'est-à-dire d'eau vive ; il est impossible d'y accomplir une seule ablution légale[2].

1. L'aventure de Rica est celle du Persan de J.-F. Bernard (*Idée de l'amitié des Européens*, p. 117-120) : « J'avoue que je fus charmé de l'accueil de ceux à qui j'étais recommandé. Chacun s'empressait à me servir et je ne tardai guère à être environné d'amis... Pour mieux connaître le naturel de ces peuples infidèles, je crus devoir me contrefaire dans la suite. Je m'équipais pauvrement... Peu à peu on me fuyait, j'étais suspect de contagion et je crois qu'enfin on m'aurait chassé de la ville si je n'eusse repris mon air et mon équipage ordinaire. » Mais ici le critère est celui de la richesse plus que du costume. On sait de plus que Montesquieu avait rencontré en 1713 à Paris le Chinois Arcadio Wang (cf. A. Masson, *Revue des Deux Mondes*, 15 mai 1951), qui avait pris en 1712 l'habit européen. S'agirait-il d'une confidence de Wang ? 2. L'idée vient de Ricaut (*op. cit.*, III, 12, p. 497) : « J'ai ouï dire à une personne de grande qualité parmi les Turcs que, s'ils avaient conquis Venise, ils

Elle est en abomination à notre saint Prophète ; il ne la regarde jamais, du haut du Ciel, qu'avec colère.

Sans cela, mon cher Usbek, je serais charmé de vivre dans une ville où mon esprit se forme tous les jours. Je m'instruis des secrets du commerce, des intérêts des princes, de la forme de leur gouvernement ; je ne néglige pas même les superstitions européennes ; je m'applique à la médecine, à la physique, à l'astronomie ; j'étudie les arts ; enfin je sors des nuages qui couvraient mes yeux dans le pays de ma naissance.

De Venise, le 16 de la lune de Chalval, 1712.

LETTRE XXXII

RICA À ***

J'allai l'autre jour voir une maison où l'on entretient environ trois cents personnes assez pauvrement. J'eus bientôt fait : car l'église et les bâtiments ne méritent pas d'être regardés. Ceux qui sont dans cette maison étaient assez gais : plusieurs d'entre eux jouaient aux cartes ou à d'autres jeux que je ne connais point. Comme je sortais, un de ces hommes sortait aussi, et, m'ayant entendu demander le chemin du Marais, qui est le quartier le plus éloigné de Paris : « J'y vais, me dit-il, et je vous conduirai ; suivez-moi. » Il me mena à merveille, me tira de tous les embarras et me sauva adroitement des carrosses et des voitures. Nous étions près d'arriver, quand la curiosité me prit. « Mon

n'y demeureraient pas, parce qu'il n'y a point d'eau douce, dont ils ont besoin pour leurs mosquées et pour les lavements qu'ils font avant leurs prières. »

bon ami, lui dis-je, ne pourrais-je savoir qui vous êtes ?
– Je suis aveugle, monsieur, me répondit-il. –
Comment ! lui dis-je, vous êtes aveugle ! Et que ne
priiez-vous cet honnête homme qui jouait aux cartes
avec vous de nous conduire ? – Il est aveugle aussi,
me répondit-il. Il y a quatre cents ans que nous sommes
trois cents aveugles dans cette maison où vous m'avez
trouvé. Mais il faut que je vous quitte. Voilà la rue
que vous demandiez. Je vais me mettre dans la foule ;
j'entre dans cette église, où, je vous jure, j'embarras-
serai plus les gens qu'ils ne m'embarrasseront[1]. »

De Paris, le 17 de la lune de Chalval, 1712.

LETTRE XXXIII

USBEK À RHÉDI, À VENISE

Le vin est si cher à Paris, par les impôts que l'on y
met[2], qu'il semble qu'on ait entrepris d'y faire exécuter
les préceptes du divin Alcoran qui défend d'en boire.

Lorsque je pense aux funestes effets de cette liqueur,
je ne puis m'empêcher de la regarder comme le présent
le plus redoutable que la nature ait fait aux hommes. Si
quelque chose a flétri la vie et la réputation de nos
monarques, ç'a été leur intempérance : c'est la source
la plus empoisonnée de leurs injustices et de leurs
cruautés.

1. Les aveugles de Paris sont un des motifs de Cotolendi dans la
Lettre d'un Sicilien (*op. cit.*, p. 338-339). **2.** La remarque est
dans Cotolendi (*op. cit.*, p. 351-352) : « Une petite mesure vaut plus
à Paris qu'un baril à la campagne » ; mais Montesquieu, producteur
bordelais, est plus sensible qu'un autre aux taxes qui grèvent le
transport du vin à Paris.

Je le dirai, à la honte des hommes : la loi interdit à nos princes l'usage du vin, et ils en boivent avec un excès qui les dégrade de l'humanité même [1] ; cet usage, au contraire, est permis aux princes chrétiens, et on ne remarque pas qu'il leur fasse faire aucune faute. L'esprit humain est la contradiction même : dans une débauche licencieuse, on se révolte avec fureur contre les préceptes, et la loi, faite pour nous rendre plus justes, ne sert souvent qu'à nous rendre plus coupables.

Mais, quand je désapprouve l'usage de cette liqueur qui fait perdre la raison, je ne condamne pas de même ces boissons qui l'égaient. C'est la sagesse des Orientaux de chercher des remèdes contre la tristesse avec autant de soin que contre les maladies les plus dangereuses. Lorsqu'il arrive quelque malheur à un Européen, il n'a d'autre ressource que la lecture d'un philosophe qu'on appelle *Sénèque* ; mais les Asiatiques, plus sensés qu'eux, et meilleurs physiciens [2] en cela, prennent des breuvages capables de rendre l'homme gai et de charmer le souvenir de ses peines [3].

Il n'y a rien de si affligeant que les consolations tirées

1. Cf. Chardin (t. II, p. 344) : « J'ai vu le roi de Perse défunt... quelquefois ivre trois ou quatre jours de suite » (II, 212) ; « Le roi voulait obliger le premier ministre à boire du vin, lui disant : Pourquoi êtes-vous le seul à la Cour à refuser de boire avec moi ? » **2.** [Médecins.] **3.** S'agit-il du café ? Mais la Lettre XXXVI montrera qu'il est connu en Occident. Chardin (II, 69) signalait la décoction de la coque et de la graine de pavot « qu'on nomme *coquenar* dont il y a des cabarets dans toutes les villes... Une espèce d'assoupissement et de stupidité suit cette gaieté inégale et désordonnée. Mais les Persans l'appellent une extase et soutiennent qu'il y a quelque chose de surnaturel et de divin dans cet état-là. » [Il s'agit plutôt en fait, d'après l'*Essai sur les causes...* (*OC*, t. 9), d'une décoction de chanvre qui à la gaieté et la vivacité fait succéder la léthargie.] L'Espion turc, au contraire d'Usbek, ne dédaigne pas Sénèque qui est sa lecture favorite (I, 3 ; III, 313, etc.) et vante le vin dont il a pris l'habitude (IV, 397, lettre 86).

de la nécessité du mal, de l'inutilité des remèdes, de la fatalité du destin, de l'ordre de la Providence, et du malheur de la condition humaine. C'est se moquer de vouloir adoucir un mal par la considération que l'on est né misérable. Il vaut bien mieux enlever l'esprit hors de ses réflexions, et traiter l'homme comme sensible, au lieu de le traiter comme raisonnable.

L'âme, unie avec le corps, en est sans cesse tyrannisée. Si le mouvement du sang est trop lent ; si les esprits [1] ne sont pas assez épurés ; s'ils ne sont pas en quantité suffisante : nous tombons dans l'accablement et dans la tristesse. Mais, si nous prenons des breuvages qui puissent changer cette disposition de notre corps [2], notre âme redevient capable de recevoir des impressions qui l'égaient, et elle sent un plaisir secret de voir sa machine [3] reprendre, pour ainsi dire, son mouvement et sa vie.

De Paris, le 25 de la lune de Zilcadé, 1713.

LETTRE XXXIV

USBEK À IBBEN, À SMYRNE

Les femmes de Perse sont plus belles que celles de France ; mais celles de France sont plus jolies. Il est difficile de ne point aimer les premières, et de ne se point plaire avec les secondes : les unes sont plus tendres et plus modestes ; les autres sont plus gaies et plus enjouées.

1. [Esprits animaux, essentiels dans les théories médicales depuis Galien, et encore chez Descartes.] **2.** Marana, *ibid.* : « Nous ne subsisterions point, si nous ne donnions quelquefois à la nature un nouveau ferment pour la dégager de la matière grossière. » **3.** [Le corps.]

Ce qui rend le sang si beau en Perse, c'est la vie réglée que les femmes y mènent : elles ne jouent ni ne veillent ; elles ne boivent point de vin et ne s'exposent presque jamais à l'air[1]. Il faut avouer que le sérail est plutôt fait pour la santé que pour les plaisirs : c'est une vie unie, qui ne pique point ; tout s'y ressent de la subordination et du devoir ; les plaisirs mêmes y sont graves, et les joies, sévères ; et on ne les goûte presque jamais que comme des marques d'autorité et de dépendance.

Les hommes mêmes n'ont pas en Perse la gaieté qu'ont les Français : on ne leur voit point cette liberté d'esprit et cet air content que je trouve ici dans tous les états et dans toutes les conditions.

C'est bien pis en Turquie, où l'on pourrait trouver des familles où, de père en fils, personne n'a ri depuis la fondation de la monarchie.

Cette gravité des Asiatiques vient du peu de commerce qu'il y a entre eux : ils ne se voient que lorsqu'ils y sont forcés par la cérémonie[2]. L'amitié, ce doux engagement du cœur, qui fait ici la douceur de la vie, leur est presque inconnue. Ils se retirent dans leurs maisons, où ils trouvent toujours une compagnie qui les attend ; de manière que chaque famille est, pour ainsi dire, isolée.

1. A. Adam trouve la source de cette idée dans Tournefort (Lyon, Anisson, 1717, t. II, p. 369) : « Les femmes turques, sur le rapport de nos Françaises de Constantinople et de Smyrne qui les voient au bain avec beaucoup de liberté, sont en général belles et bien faites... D'ailleurs leur nourriture est beaucoup plus douce et plus uniforme que celle de nos femmes qui boivent du vin, des liqueurs et qui passent la plus grande partie des nuits à jouer. » **2.** Chardin dit pourtant (*op. cit.*, t. II, p. 37) : « Ils s'entrevisitent soigneusement dans toutes les occasions de joie et de tristesse et aux fêtes solennelles », mais insiste sur le cérémonial de leur civilité : « les pieds serrés l'un contre l'autre, les mains l'une sur l'autre à la ceinture, la tête un peu penchée devant soi, avec les yeux arrêtés dans une contenance grave et recueillie » (*ibid.*, p. 38).

Un jour que je m'entretenais là-dessus avec un homme de ce pays-ci, il me dit : « Ce qui me choque le plus de vos mœurs, c'est que vous êtes obligés de vivre avec des esclaves, dont le cœur et l'esprit se sentent toujours de la bassesse de leur condition. Ces gens lâches affaiblissent en vous les sentiments de la vertu que l'on tient de la nature, et ils les ruinent depuis l'enfance, qu'ils vous obsèdent[1]. Car, enfin, défaites-vous des préjugés. Que peut-on attendre de l'éducation qu'on reçoit d'un misérable qui fait consister son honneur à garder les femmes d'un autre et s'enorgueillit du plus vil emploi qui soit parmi les humains ; qui est méprisable par sa fidélité même (qui est la seule de ses vertus), parce qu'il y est porté par envie, par jalousie et par désespoir ; qui, brûlant de se venger des deux sexes dont il est le rebut, consent à être tyrannisé par le plus fort, pourvu qu'il puisse désoler le plus faible ; qui, tirant de son imperfection, de sa laideur et de sa difformité, tout l'éclat de sa condition, n'est estimé que parce qu'il est indigne de l'être ; qui, enfin, rivé pour jamais à la porte où il est attaché, plus dur que les gonds et les verrous qui la tiennent, se vante de cinquante ans de vie dans ce poste indigne, où, chargé de la jalousie de son maître, il a exercé toute sa bassesse ? »

De Paris, le 14 de la lune de Zilhagé, 1713.

1. Cf. Chardin (II, 226) : « Lorsque les princes parviennent (au trône), il arrive d'ordinaire que leurs femmes et les eunuques qui les ont élevés les *obsèdent* et les gouvernent toute leur vie. Ces personnes qui ne connaissent au monde que le sérail... arrachent promptement les sentiments de gloire qu'ils voient naître dans le cœur du prince » ; (II, 234) : « Les souverains mahométans, étant élevés dans des sérails avec des femmes et des eunuques, sont si peu capables de régner qu'il faut... qu'on mette quelqu'un sous eux pour gouverner à leur place. »

LETTRE XXXV

USBEK À GEMCHID [1], SON COUSIN,
DERVIS DU BRILLANT MONASTÈRE DE TAURIS [2]

Que penses-tu des chrétiens, sublime dervis ? Crois-tu qu'au jour du Jugement ils seront comme les infidèles turcs, qui serviront d'ânes aux juifs et les mèneront au grand trot en enfer [3] ? Je sais bien qu'ils n'iront point dans le séjour des prophètes, et que le grand Hali n'est point venu pour eux. Mais, parce qu'ils n'ont pas été assez heureux pour trouver des mosquées dans leur pays, crois-tu qu'ils soient condamnés à des châtiments éternels, et que Dieu les punisse pour n'avoir pas pratiqué une religion qu'il ne leur a pas fait connaître ? Je puis te le dire : j'ai souvent examiné ces chrétiens ; je les ai interrogés pour voir s'ils avaient quelque idée du grand Hali, qui était le plus beau de tous les hommes [4] : j'ai trouvé qu'ils n'en avaient jamais ouï parler.

1. La graphie *Gemchid* est prise directement à Chardin, d'après l'*Hymne de Hali* (*op. cit.*, t. I, p. 211), et non à l'*Historia religionis veterum Persarum* (Oxford, 1700, chap. IX, p. 164) de Thomas Hyde qui transcrit *Gjemshid*. C'est le nom d'un roi mythique de la Perse, dont Firdousi dans le *Livre des Rois* a conté les prouesses. **2.** Chardin décrivait Tauris et signalait (t. I, p. 184) « au bout de la ville, à l'occident, sur une petite montagne, un fort joli hermitage qu'on appelle *Ayn Ali*, c'est-à-dire les yeux d'Ali. Cet hermitage est une des dévotions et une des promenades des Taurisiens ». **3.** L'expression est courante chez les Orientaux. **4.** Cf. Chardin (t. I, p. 184) : « Les Persans disent que ce calife, que leur Prophète fit son gendre, a été le plus bel homme dont on ait jamais ouï parler. » Mais l'abbé Gaultier (*Lettres persanes convaincues d'impiété*, 1751, p. 61) [, toujours attentif,] déclare que Montesquieu, par malignité, applique à Ali ce que David disait du Messie.

Ils ne ressemblent point à ces infidèles que nos saints prophètes faisaient passer au fil de l'épée, parce qu'ils refusaient de croire aux miracles du Ciel : ils sont plutôt comme ces malheureux qui vivaient dans les ténèbres de l'idolâtrie avant que la divine lumière vînt éclairer le visage de notre grand Prophète.

D'ailleurs, si l'on examine de près leur religion, on y trouvera comme une semence de nos dogmes. J'ai souvent admiré les secrets de la Providence, qui semble les avoir voulu préparer par là à la conversion générale. J'ai ouï parler d'un livre de leurs docteurs, intitulé *La Polygamie triomphante*[1], dans lequel il est prouvé que la polygamie est ordonnée aux chrétiens. Leur baptême est l'image de nos ablutions légales, et les chrétiens n'errent[2] que dans l'efficacité qu'ils donnent à cette première ablution, qu'ils croient devoir suffire pour toutes les autres. Leurs prêtres et leurs moines prient comme nous sept fois[3] le jour. Ils espèrent de jouir d'un paradis où ils goûteront mille délices par le moyen de la résurrection des corps. Ils ont, comme nous, des jeûnes marqués, des mortifications avec lesquelles ils espèrent fléchir la miséricorde divine. Ils rendent un culte aux bons anges et se méfient des mauvais. Ils ont une sainte crédulité pour les miracles que Dieu opère par le ministère de ses serviteurs. Ils reconnaissent, comme nous, l'insuffisance de leurs mérites et le besoin qu'ils ont d'un intercesseur auprès de Dieu. Je vois partout le mahométisme, quoique je n'y trouve point

1. Cet ouvrage (1682) du luthérien Johann Leiser n'est pas à La Brède, mais Montesquieu a certainement lu à son sujet l'article humoristique de Bayle dans les *Nouvelles de la République des Lettres* (avril 1685, art. I et II, in *Œuvres diverses*, t. III, p. 256-260). 2. [Ne se trompent.] 3. Selon Mahomet, rapporté par Chardin (t. II, p. 389), « il suffisait aux mahométans de faire cinq prières par jour ». Montesquieu corrigera son erreur dans *L'Esprit des lois* (livre XXIV, chap. 11).

Mahomet. On a beau faire, la vérité s'échappe et perce toujours les ténèbres qui l'environnent. Il viendra un jour où l'Éternel ne verra sur la terre que des vrais croyants : le temps, qui consume tout, détruira les erreurs mêmes ; tous les hommes seront étonnés de se voir sous le même étendard ; tout, jusques à la Loi, sera consommé : les divins exemplaires seront enlevés de la terre et portés dans les célestes archives.

De Paris, le 20 de la lune de Zilhagé, 1713.

LETTRE XXXVI

USBEK À RHÉDI, À VENISE

Le café est très en usage à Paris : il y a un grand nombre de maisons publiques où on le distribue. Dans quelques-unes de ces maisons, on dit des nouvelles ; dans d'autres, on joue aux échecs[1]. Il y en a une, où l'on apprête le café de telle manière qu'il donne de l'esprit à ceux qui en prennent : au moins, de tous ceux qui en sortent, il n'y a personne qui ne croie qu'il en a quatre fois plus que lorsqu'il y est entré[2].

1. [Les cafés se sont multipliés à Paris dès la fin du XVII^e siècle ; ils sont mieux fréquentés et plus « intellectuels » que les tavernes, où l'on boit du vin (voir Marivaux, *L'Indigent philosophe*, 1727), et servent notamment de lieux de rendez-vous aux partisans des Modernes.] Cotolendi, dans la *Lettre d'un Sicilien* (*op. cit.*, p. 377), en disait quelques mots. J.-F. Bernard y consacre deux pages (*op. cit.*, p. 55-56). **2.** Le café qui donne de l'esprit à ses clients est le café Procope, que le Palermitain Procope Coltelli ouvrit rue des Fossés-Saint-Germain, en face du local où la Comédie-Française s'était établie en 1688. En 1713, date de la lettre d'Usbek, Nicolas Boindin y préludait à une redoutable carrière de discoureur. Fréret, ami de Montesquieu, était un habitué du Procope.

Mais ce qui me choque de ces beaux esprits, c'est qu'ils ne se rendent pas utiles à leur patrie, et qu'ils amusent leurs talents à des choses puériles. Par exemple, lorsque j'arrivai à Paris, je les trouvai échauffés sur une dispute, la plus mince qu'il se puisse imaginer : il s'agissait de la réputation d'un vieux poète grec dont, depuis deux mille ans, on ignore la patrie, aussi bien que le temps de sa mort[1]. Les deux partis avouaient que c'était un poète excellent ; il n'était question que du plus ou du moins de mérite qu'il fallait lui attribuer. Chacun en voulait donner le taux ; mais, parmi ces distributeurs de réputation, les uns faisaient meilleur poids que les autres. Voilà la querelle ! Elle était bien vive : car on se disait cordialement, de part et d'autre, des injures si grossières, on faisait des plaisanteries si amères, que je n'admirais pas moins la manière de disputer, que le sujet de la dispute. « Si quelqu'un, disais-je en moi-même, était assez étourdi pour aller devant un de ces défenseurs du poète grec attaquer la réputation de quelque honnête citoyen, il ne serait pas mal relevé, et je crois que ce zèle si délicat sur la réputation des morts s'embraserait bien pour défendre celle des vivants ! Mais, quoi qu'il en soit, ajoutais-je, Dieu me garde de m'attirer jamais l'inimitié des censeurs de ce poète, que le séjour de deux mille ans dans le tombeau n'a pu garantir d'une haine si implacable ! Ils frappent à présent des coups en l'air. Mais que serait-ce si leur fureur était animée par la présence d'un ennemi ? »

Ceux dont je te viens de parler disputent en langue

1. La traduction de l'_Iliade_ par M^me Dacier est de 1699, mais c'est à la fin de l'année 1713 qu'Houdar de la Motte donna son _Iliade en XII chants accommodée au goût du jour_. M^me Dacier devant ce sacrilège lança son traité _Des causes de la corruption du goût_ (1714). Ce fut la deuxième phase de la Querelle des Anciens et des Modernes.

vulgaire, et il faut les distinguer d'une autre sorte de disputeurs qui se servent d'une langue barbare qui semble ajouter quelque chose à la fureur et à l'opiniâtreté des combattants. Il y a des quartiers [1] où l'on voit comme une mêlée noire et épaisse de ces sortes de gens ; ils se nourrissent de distinctions ; ils vivent de raisonnements et de fausses conséquences. Ce métier, où l'on devrait mourir de faim, ne laisse pas de rendre : on a vu une nation entière, chassée de son pays, traverser les mers pour s'établir en France, n'emportant avec elle, pour parer aux nécessités de la vie, qu'un redoutable talent pour la dispute [2].

Adieu.

De Paris, le dernier de la lune de Zilhagé, 1713.

LETTRE XXXVII

USBEK À IBBEN, À SMYRNE

Le roi de France est vieux. Nous n'avons point d'exemple dans nos histoires d'un monarque qui ait si longtemps régné [3]. On dit qu'il possède à un très haut degré le talent de se faire obéir : il gouverne avec le même génie sa famille, sa cour, son État. On lui a

1. Le pays latin, dominé par le monastère de Sainte-Geneviève, qui groupait autour de la Sorbonne les principaux collèges universitaires ou religieux. **2.** [Allusion aux catholiques irlandais ou « hibernois », chassés de leur pays après la chute de Jacques II en 1688, et réputés grands disputeurs.] **3.** Louis XIV, né le 5 septembre 1638, avait en 1713, date de la lettre d'Usbek, soixante-quinze ans et régnait depuis soixante-dix ans. La seconde *Lettre à Musala* de Joseph Bonnet (in *Bulletin du bibliophile*, 1917, p. 248) commence un éloge de Louis XIV à peu près dans les mêmes termes : « L'histoire nous fournit peu d'exemples d'un si long règne. »

souvent entendu dire que, de tous les gouvernements du monde, celui des Turcs ou celui de notre auguste sultan lui plairait le mieux, tant il fait cas de la politique orientale.

J'ai étudié son caractère, et j'y ai trouvé des contradictions qu'il m'est impossible de résoudre. Par exemple : il a un ministre qui n'a que dix-huit ans, et une maîtresse qui en a quatre-vingts [1] ; il aime sa religion, et il ne peut souffrir ceux qui disent qu'il la faut observer à la rigueur [2] ; quoiqu'il fuie le tumulte des villes, et qu'il se communique peu, il n'est occupé, depuis le matin jusques au soir, qu'à faire parler de lui ; il aime les trophées et les victoires, mais il craint autant de voir un bon général à la tête de ses troupes, qu'il aurait sujet de le craindre à la tête d'une armée ennemie. Il n'est, je crois, jamais arrivé qu'à lui d'être, en même temps, comblé de plus de richesse qu'un prince n'en saurait espérer, et accablé d'une pauvreté qu'un particulier ne pourrait soutenir.

Il aime à gratifier ceux qui le servent ; mais il paie aussi libéralement les assiduités ou plutôt l'oisiveté de ses courtisans, que les campagnes laborieuses de ses capitaines. Souvent il préfère un homme qui le déshabille, ou qui lui donne la serviette lorsqu'il se met à table, à un autre qui lui prend des villes ou lui gagne des batailles. Il ne croit pas que la grandeur souveraine doive être dans la distribution des grâces, et, sans examiner si celui qu'il comble de biens est homme de mérite, il croit que son choix va le rendre tel : aussi lui

1. M^{me} de Maintenon, née en 1635, avait soixante-dix-huit ans. Quant au ministre, il s'agit pour Barckhausen du marquis de Barbézieux, fils de Louvois, nommé secrétaire d'État en 1685 à dix-sept ans. Antoine Adam y voit une allusion au marquis de Cany, fils de Chamillart, secrétaire d'État en 1708 à dix-huit ans. 2. [Avec rigueur.]

a-t-on vu donner une petite pension à un homme qui avait fui deux lieues, et un beau gouvernement à un autre qui en avait fui quatre.

Il est magnifique, surtout dans ses bâtiments : il y a plus de statues dans les jardins de son palais que de citoyens dans une grande ville. Sa garde est aussi forte que celle du prince devant qui les trônes se renversent[1]. Ses armées sont aussi nombreuses ; ses ressources, aussi grandes ; et ses finances, aussi inépuisables[2].

De Paris, le 7 de la lune de Maharram, 1713.

LETTRE XXXVIII

RICA À IBBEN, À SMYRNE

C'est une grande question, parmi les hommes, de savoir s'il est plus avantageux d'ôter aux femmes la liberté que de la leur laisser ; il me semble qu'il y a bien des raisons pour et contre. Si les Européens disent qu'il n'y a pas de générosité à rendre malheureuses les personnes que l'on aime, nos Asiatiques répondent qu'il y a de la bassesse aux hommes de renoncer à l'empire que la nature leur a donné sur les femmes. Si on leur dit que le grand nombre de femmes enfermées est embarrassant, ils répondent que dix femmes qui obéissent embarrassent moins qu'une qui n'obéit pas. Que s'ils objectent à leur tour que les Européens ne sauraient être heureux avec des femmes qui ne leur sont pas

1. [Le roi de Perse.] 2. [L'épuisement des finances à la fin du règne de Louis XIV n'est ignoré de personne : le Régent est obligé de recourir à des expédients et de solliciter de la nation des solutions nouvelles – appel auquel avait répondu Montesquieu avec un *Mémoire sur les finances de l'État* (1715), resté sans écho (*OC*, t. 8).]

fidèles, on leur répond que cette fidélité, qu'ils vantent tant, n'empêche point le dégoût qui suit toujours les passions satisfaites ; que nos femmes sont trop à nous ; qu'une possession si tranquille ne nous laisse rien à désirer ni à craindre ; qu'un peu de coquetterie est un sel qui pique et prévient la corruption. Peut-être qu'un homme plus sage que moi serait embarrassé de décider : car, si les Asiatiques font fort bien de chercher des moyens propres à calmer leurs inquiétudes, les Européens font fort bien aussi de n'en point avoir[1].

« Après tout, disent-ils, quand nous serions malheureux en qualité de maris, nous trouverions toujours moyen de nous dédommager en qualité d'amants. Pour qu'un homme pût se plaindre avec raison de l'infidélité de sa femme, il faudrait qu'il n'y eût que trois personnes dans le monde ; ils seront toujours à but[2] quand il y en aura quatre. »

C'est une autre question de savoir si la loi naturelle soumet les femmes aux hommes. « Non, me disait l'autre jour un philosophe très galant[3] : la nature n'a jamais dicté une telle loi. L'empire que nous avons sur elles est une véritable tyrannie ; elles ne nous l'ont laissé prendre que parce qu'elles ont plus de douceur que nous, et par conséquent, plus d'humanité et de raison. Ces avantages qui devaient sans doute leur donner la supé-

1. Marana, dans une longue lettre (*op. cit.*, t. I, lettre 113, p. 466), reprenait la querelle des femmes et opposait les points de vue de l'Orient et de l'Occident : « Malgré la sévérité de notre Orient, je ne saurais désapprouver tout à fait la galanterie des Occidentaux. Si nous devons regarder les femmes comme nos ennemies, il me semble qu'il y a de la lâcheté et de la bassesse à les désarmer de cette manière. Mais si elles méritent d'être appelées nos amies, il y a de l'inhumanité et de la tyrannie de les priver d'une ingénieuse éducation. » **2.** [Pour « but à but », c'est-à-dire « sans avantage ».] **3.** C'est Poullain de La Barre. Cf. Bernard Magné (*R. H. L.*, mai-août 1968, p. 407-414).

riorité, si nous avions été raisonnables, la leur ont fait perdre, parce que nous ne le sommes point. Or, s'il est vrai que nous n'avons sur les femmes qu'un pouvoir tyrannique, il ne l'est pas moins qu'elles ont sur nous un empire naturel : celui de la beauté, à qui rien ne résiste. Le nôtre n'est pas de tous les pays ; mais celui de la beauté est universel. Pourquoi aurions-nous donc un privilège ? Est-ce parce que nous sommes les plus forts ? Mais c'est une véritable injustice. Nous employons toutes sortes de moyens pour leur abattre le courage ; les forces seraient égales si l'éducation l'était aussi. Éprouvons-les dans les talents que l'éducation n'a point affaiblis, et nous verrons si nous sommes si forts [1]. »

Il faut l'avouer, quoique cela choque nos mœurs : chez les peuples les plus polis [2] les femmes ont toujours eu de l'autorité sur leurs maris. Elle fut établie par une loi chez les Égyptiens, en l'honneur d'Isis, et chez les Babyloniens, en l'honneur de Sémiramis. On disait des Romains qu'ils commandaient à toutes les nations, mais qu'ils obéissaient à leurs femmes. Je ne parle point des Sauromates [3], qui étaient véritablement dans la servitude de ce sexe ; ils étaient trop barbares pour que leur exemple puisse être cité.

1. Cf. Marana (*ibid.*, p. 467) : « Nous ne devons point appréhender de perdre l'empire que nous avons sur elles, en perfectionnant ainsi leurs avantages naturels, puisqu'on remarque que là où il y a plus de science, de sens et de connaissance, là il y a plus de modestie et de régularité de mœurs. Je ne vois donc aucune raison pourquoi nous devrions ainsi nous faire peur des femmes et ne pas leur donner une aussi bonne éducation qu'à nous-mêmes. » **2.** [*Poli* signifie à l'époque : « doux, civil, honnête, complaisant ».] **3.** Les *Sauromates* ou *Sarmates*, habitants des plaines du Tanaïs, nés du commerce des Scythes et des Amazones, étaient demeurés, au dire de Pomponius Mela, « *mulieribus obsequentes* ». Montesquieu possédait à La Brède le *De orbis situ*.

Tu vois, mon cher Ibben, que j'ai pris le goût de ce pays-ci, où l'on aime à soutenir des opinions extraordinaires et à réduire tout en paradoxe. Le Prophète a décidé la question et a réglé des droits de l'un et de l'autre sexe : « Les femmes, dit-il, doivent honorer leurs maris ; leurs maris les doivent honorer : mais ils ont l'avantage d'un degré sur elles [1]. »

De Paris, le 26 de la lune de Gemmadi 2, 1713.

LETTRE XXXIX

HAGI IBBI AU JUIF BEN JOSUÉ, PROSÉLYTE MAHOMÉTAN, À SMYRNE [2]

Il me semble, Ben Josué, qu'il y a toujours des signes éclatants qui préparent à la naissance des hommes extraordinaires, comme si la nature souffrait une espèce de crise, et que la puissance céleste ne produisît qu'avec effort [3].

Il n'y a rien de si merveilleux que la naissance de

1. Citation du Coran (II, 228), d'après la traduction d'André Du Ryer (La Haye, Moetjens, 1685, p. 27) : « Elles les doivent honorer et leurs maris les doivent aussi honorer, mais les maris ont l'avantage d'un degré sur elles. » **2.** « *Hagi* est un homme qui a fait le pèlerinage de La Mecque » *(note de Montesquieu)*. La lettre au juif prosélyte mahométan rappelle les lettres de l'Espion turc au juif Nathan Ben Saddi qui pense se convertir à l'islam *(op. cit.*, II, p. 403, et surtout IV, p. 250, *Abrégé de la vie et des miracles de Mahomet).* **3.** [Comme dans la Lettre XVIII, Montesquieu traduit l'ouvrage latin] d'Hermannus Dalmata, *Machumetis Saracenorum principis doctrina* et plus précisément le traité *De generatione Machumetis* (*ibid.*, p. 201 *sq.*) dont le latin rocailleux doit être la traduction d'une prose poétique, sinon de fragments poétiques arabes.

Mahomet. Dieu qui, par les décrets de la Providence, avait résolu, dès le commencement, d'envoyer aux hommes ce grand Prophète pour enchaîner Satan, créa une lumière deux mille ans avant Adam, qui, passant d'élu en élu, d'ancêtre en ancêtre de Mahomet, parvint enfin jusques à lui comme un témoignage authentique qu'il était descendu des Patriarches.

Ce fut aussi à cause de ce même Prophète que Dieu ne voulut pas qu'aucun enfant fût conçu que la femme ne cessât d'être immonde, et que l'homme ne fût livré à la circoncision.

Il vint au monde circoncis [1], et la joie parut sur son visage dès sa naissance [2]. La terre trembla trois fois, comme si elle eût enfanté elle-même ; toutes les idoles se prosternèrent ; les trônes des rois furent renversés. Lucifer fut jeté au fond de la mer, et ce ne fut qu'après avoir nagé pendant quarante jours qu'il sortit de l'Abîme et s'enfuit sur le mont Cabès, d'où, avec une voix terrible, il appela les anges.

Cette nuit, Dieu posa un terme entre l'homme et la femme, qu'aucun d'eux ne put passer. L'art des magiciens et nécromants se trouva sans vertu. On entendit une voix du Ciel, qui disait ces paroles : « J'ai envoyé au monde mon ami fidèle. »

Selon le témoignage d'Isben Aben, historien arabe [3], les générations des oiseaux, des nuées, des vents, et tous les escadrons des anges, se réunirent pour élever cet enfant et se disputèrent cet avantage. Les oiseaux disaient, dans leurs gazouillements, qu'il était plus

1. Le détail est traditionnel (cf. Marana, *op. cit.*, t. IV, p. 251 : « Il fut aussi circoncis naturellement »). 2. Détail ignoré des sources musulmanes. Il s'agit probablement d'une tradition iranienne sur la naissance de Zoroastre (cf. Bayle, *Dictionnaire historique et critique*, t. V, p. 620, article *Zoroastre*, citant Pline, *Histoire naturelle*, VII, 16). 3. [Sans doute Ibn Abbas, cousin de Mahomet, rapporteur oral de traditions où transparaît le goût du merveilleux.]

commode qu'ils l'élevassent, parce qu'ils pouvaient plus
facilement rassembler plusieurs fruits de divers lieux. Les
vents murmuraient et disaient : « C'est plutôt à nous,
parce que nous pouvons lui apporter de tous les endroits
les odeurs les plus agréables. » – « Non, non, disaient les
nuées, non : c'est à nos soins qu'il sera confié, parce que
nous lui ferons part à tous les instants de la fraîcheur des
eaux. » Là-dessus les anges indignés s'écriaient : « Que
nous restera-t-il donc à faire ? » Mais une voix du Ciel fut
entendue, et termina toutes les disputes : « Il ne sera point
ôté d'entre les mains des mortels ; parce que heureuses
les mamelles qui l'allaiteront, et les mains qui le touche-
ront, et la maison qu'il habitera, et le lit où il repo-
sera [1]. »

Après tant de témoignages si éclatants, mon cher
Josué, il faut avoir un cœur de fer pour ne pas croire sa
sainte loi. Que pouvait faire davantage le Ciel pour auto-
riser sa mission divine, à moins de renverser la nature
et de faire périr les hommes mêmes qu'il voulait
convaincre ?

De Paris, le 20 de la lune de Rhegeb, 1713.

LETTRE XL

USBEK À IBBEN, À SMYRNE

Dès qu'un grand est mort, on s'assemble dans une
mosquée, et l'on fait une oraison funèbre, qui est un

1. Montesquieu, séduit par la poésie de ce texte qui évoque l'Évan-
gile de l'Enfance (cf. éd. Paul Peeters, 1914, p. 44 et 124), suggère
de toute évidence le parallèle de Jésus et de Mahomet.

discours à sa louange, avec lequel on serait bien embarrassé de décider au juste du mérite du défunt.

Je voudrais bannir les pompes funèbres : il faut pleurer les hommes à leur naissance, et non pas à leur mort. À quoi servent les cérémonies, et tout l'attirail lugubre qu'on fait paraître à un mourant dans ses derniers moments, les larmes mêmes de sa famille et la douleur de ses amis, qu'à lui exagérer la perte qu'il va faire ?

Nous sommes si aveugles que nous ne savons quand nous devons nous affliger ou nous réjouir : nous n'avons presque jamais que de fausses tristesses ou de fausses joies.

Quand je vois le Mogol qui, toutes les années, va sottement se mettre dans une balance et se faire peser comme un bœuf : quand je vois les peuples se réjouir de ce que ce prince est devenu plus matériel, c'est-à-dire moins capable de les gouverner : j'ai pitié, Ibben, de l'extravagance humaine [1].

De Paris, le 20 de la lune de Rhegeb, 1713.

LETTRE XLI

LE PREMIER EUNUQUE NOIR À USBEK

Ismaël, un des eunuques noirs, vient de mourir, magnifique seigneur, et je ne puis m'empêcher de le remplacer. Comme les eunuques sont extrêmement rares à présent, j'avais pensé de me servir d'un esclave noir que tu as à la campagne ; mais je n'ai pu jusqu'ici le porter à souffrir

1. Deux sources pour cette anecdote, Bernier et Tavernier, qui furent présents aux fêtes anniversaires du Grand Mogol Aureng Zeb.

qu'on le consacrât à cet emploi. Comme je vois qu'au bout du compte c'est son avantage, je voulus l'autre jour user à son égard d'un peu de rigueur, et, de concert avec l'intendant de tes jardins, j'ordonnai que, malgré lui, on le mît en état de te rendre les services qui flattent le plus ton cœur, et de vivre comme moi dans ces redoutables lieux qu'il n'ose pas même regarder. Mais il se mit à hurler comme si on avait voulu l'écorcher, et fit tant qu'il échappa de nos mains et évita le fatal couteau. Je viens d'apprendre qu'il veut t'écrire pour te demander grâce, soutenant que je n'ai conçu ce dessein que par un désir insatiable de vengeance sur certaines railleries piquantes qu'il dit avoir faites de moi. Cependant je te jure par les cent mille prophètes que je n'ai agi que pour le bien de ton service, la seule chose qui me soit chère, et hors laquelle je ne regarde rien.

Je me prosterne à tes pieds.

Du sérail de Fatmé,
le 7 de la lune de Maharram, 1713.

LETTRE XLII

PHARAN À USBEK, SON SOUVERAIN SEIGNEUR

Si tu étais ici, magnifique seigneur, je paraîtrais à ta vue tout couvert de papier blanc, et il n'y en aurait pas assez pour écrire toutes les insultes que ton premier eunuque noir, le plus méchant de tous les hommes, m'a faites depuis ton départ.

Sous prétexte de quelques railleries qu'il prétend que j'ai faites sur le malheur de sa condition, il exerce sur ma tête une vengeance inépuisable : il a animé contre moi le cruel intendant de tes jardins, qui, depuis ton

départ, m'oblige à des travaux insurmontables, dans lesquels j'ai pensé mille fois laisser la vie, sans perdre un moment l'ardeur de te servir. Combien de fois ai-je dit en moi-même : « J'ai un maître rempli de douceur, et je suis le plus malheureux esclave qui soit sur la terre. »

Je te l'avoue, magnifique seigneur, je ne me croyais pas destiné à de plus grandes misères ; mais ce traître d'eunuque a voulu mettre le comble à sa méchanceté. Il y a quelques jours que, de son autorité privée, il me destina à la garde de tes femmes sacrées, c'est-à-dire à une exécution qui serait pour moi mille fois plus cruelle que la mort. Ceux qui, en naissant, ont eu le malheur de recevoir de leurs cruels parents un traitement pareil se consolent peut-être sur ce qu'ils n'ont jamais connu d'autre état que le leur [1] ; mais qu'on me fasse descendre de l'humanité, et qu'on m'en prive, je mourrais de douleur, si je ne mourais pas de cette barbarie.

J'embrasse tes pieds, sublime seigneur, dans une humilité profonde. Fais en sorte que je sente les effets de cette vertu si respectée, et qu'il ne soit pas dit que, par ton ordre, il y ait sur la terre un malheureux de plus.

Des jardins de Fatmé,
le 7 de la lune de Maharram, 1713.

LETTRE XLIII

USBEK À PHARAN, AUX JARDINS DE FATMÉ

Recevez la joie dans votre cœur, et reconnaissez ces

1. [Ce sont des enfants de moins de dix ans que l'on castre ; au-dessus de cet âge, les risques de mortalité sont énormes. La question des eunuques fera l'objet de débats passionnés, en un XVIII[e] siècle amateur d'opéras où les castrats jouent un grand rôle.]

sacrés caractères ; faites-les baiser au Grand eunuque et à l'intendant de mes jardins. Je leur défends de rien entreprendre contre vous. Dites-leur d'acheter l'eunuque qui me manque. Acquittez-vous de votre devoir comme si vous m'aviez toujours devant les yeux : car sachez que, plus mes bontés sont grandes, plus vous serez puni si vous en abusez.

De Paris, le 25 de la lune de Rhegeb, 1713.

LETTRE XLIV

USBEK À RHÉDI, À VENISE

Il y a en France trois sortes d'états [1] : l'Église, l'Épée et la Robe. Chacun a un mépris souverain pour les deux autres : tel, par exemple, que l'on devrait mépriser parce qu'il est un sot, ne l'est souvent que parce qu'il est homme de robe.

Il n'y a pas jusqu'aux plus vils artisans qui ne disputent sur l'excellence de l'art qu'ils ont choisi : chacun s'élève au-dessus de celui qui est d'une profession différente, à proportion de l'idée qu'il s'est faite de la supériorité de la sienne.

Les hommes ressemblent tous, plus ou moins, à cette femme de la province d'Érivan qui, ayant reçu quelque grâce d'un de nos monarques, lui souhaita mille fois, dans les bénédictions qu'elle lui donna, que le Ciel le fît gouverneur d'Érivan [2].

1. [Et non trois sortes d'« ordres » : le tiers état n'apparaît pas.]
2. Élie Carcassonne rapproche ce trait d'une anecdote racontée par M^me d'Aulnoy dans sa *Relation du voyage d'Espagne* (La Haye, 1715, t. II, p. 154) : « Il y a quelque temps qu'une Espagnole, nouvellement arrivée de Naples, fit prier le roi qu'elle le pût voir. Et

J'ai lu, dans une relation, qu'un vaisseau français ayant relâché à la côte de Guinée, quelques hommes de l'équipage voulurent aller à terre acheter quelques moutons. On les mena au roi, qui rendait la justice à ses sujets sous un arbre. Il était sur son trône, c'est-à-dire sur un morceau de bois ; aussi fier que s'il eût été sur celui du Grand Mogol ; il avait trois ou quatre gardes avec des piques de bois ; un parasol en forme de dais le couvrait de l'ardeur du soleil ; tous ses ornements et ceux de la reine, sa femme, consistaient en leur peau noire et quelques bagues. Ce prince, plus vain encore que misérable, demanda à ces étrangers si on parlait beaucoup de lui en France [1]. Il croyait que son nom devait être porté d'un pôle à l'autre ; et, à la différence de ce conquérant de qui on a dit qu'il avait fait taire toute la terre [2], il croyait, lui, qu'il devait faire parler tout l'univers.

Quand le Khan de Tartarie a dîné, un héraut crie que tous les princes de la terre peuvent aller dîner, si bon leur semble, et ce barbare, qui ne mange que du lait,

―――――――

quand elle l'eut assez regardé, transportée de son zèle, elle lui dit en joignant les mains : Je prie Dieu, Sire, qu'il vous fasse la grâce de devenir un jour vice-roi de Naples. »

1. [Voir les fragments des Cahiers de corrections, f. 8 : « J'y parle d'un roi d'Afrique : il était sur son trône, c'est-à-dire sur un morceau de bois, aussi fier que s'il eût été sur celui du Grand Mogol. Dans *L'Esprit des lois* sur la nature du terrain j'ai dit la même chose d'un roi des Natchez. » Allusion à *L'Esprit des lois*, XVIII, 18 : « Vous diriez que c'est le grand Sésostris. Ce chef est traité dans sa cabane avec les cérémonies qu'on ferait à un empereur du Japon ou de la Chine. » Quant à l'anecdote, elle est prise du livre de Froger, *Relation d'un voyage aux côtes d'Afrique* (Paris, Brunet, 1698). L'auteur décrit l'entrevue d'un officier français, M. de Gennes, en 1695, avec le roi nègre de Bar, sur la rivière de Gambie (*op. cit.*, p. 34-35). Montesquieu ajoute beaucoup de pittoresque à la scène. **2.** Cf. I Maccabées, I, 1-8, à propos d'Alexandre le Grand : « Il livra de grandes batailles... Il frappa les rois de la terre. Il atteignit jusqu'aux extrémités du monde et *la terre se tut en sa présence.* » [L'expression était devenue banale.]

qui n'a pas de maison, qui ne vit que de brigandage, regarde tous les rois du monde comme ses esclaves et les insulte régulièrement deux fois par jour[1].

De Paris, le 28 de la lune de Rhegeb, 1713.

LETTRE XLV

RICA À USBEK, À ***

Hier matin, comme j'étais au lit, j'entendis frapper rudement à ma porte, qui fut soudain ouverte ou enfoncée par un homme avec qui j'avais lié quelque société, et qui me parut tout hors de lui-même.

Son habillement était beaucoup plus que modeste ; sa perruque de travers n'avait pas même été peignée ; il n'avait pas eu le temps de faire recoudre son pourpoint noir, et il avait renoncé, pour ce jour-là, aux sages précautions avec lesquelles il avait coutume de déguiser le délabrement de son équipage[2].

« Levez-vous, me dit-il ; j'ai besoin de vous tout aujourd'hui : j'ai mille emplettes à faire, et je serai bien aise que ce soit avec vous. Il faut premièrement que nous allions, rue Saint-Honoré, parler à un notaire qui est chargé de vendre une terre de cinq cent mille livres ;

1. L'anecdote ne vient pas de Pétis de la Croix, mais, comme l'a découvert Antoine Adam, de Thomas Herbert, *Relation du voyage de Perse et des Indes* (Paris, Dupuis, 1663, p. 334) : « Le Cham de Tartarie ne laisse pas de prendre la qualité de soleil du très haut Dieu... et c'est de là que vient leur sotte coutume de faire proclamer par un hérault au sortir de son dîner et de faire savoir à tous les autres monarques et princes de la terre qu'il a dîné et qu'ils peuvent aller dîner, s'il leur plaît, comme s'ils attendaient après ses ordres pour dîner. » **2.** [Ici, « habit ». L'habit noir signale un personnage de petite condition.]

je veux qu'il m'en donne la préférence. En venant ici, je me suis arrêté un moment au faubourg Saint-Germain, où j'ai loué un hôtel de deux mille écus, et j'espère passer le contrat aujourd'hui. »

Dès que je fus habillé, ou peu s'en fallait, mon homme me fit précipitamment descendre. « Commençons, dit-il, par acheter un carrosse, et établissons l'équipage [1]. » En effet, nous achetâmes non seulement un carrosse, mais encore pour cent mille francs de marchandises en moins d'une heure. Tout cela se fit promptement, parce que mon homme ne marchanda rien et ne compta jamais ; aussi ne déplaça-t-il pas. Je rêvais [2] sur tout ceci, et, quand j'examinais cet homme, je trouvais en lui une complication singulière de richesses et de pauvreté ; de manière que je ne savais que croire. Mais enfin, je rompis le silence, et, le tirant à part, je lui dis : « Monsieur, qui est-ce qui paiera tout cela ? – Moi, dit-il. Venez dans ma chambre : je vous montrerai des trésors immenses et des richesses enviées des plus grands monarques ; mais elles ne le seront pas de vous, qui les partagerez toujours avec moi. » Je le suis. Nous grimpons à son cinquième étage, et, par une échelle, nous nous guindons [3] à un sixième, qui était un cabinet ouvert aux quatre vents, dans lequel il n'y avait que deux ou trois douzaines de bassins de terre remplis de diverses liqueurs. « Je me suis levé de grand matin, me dit-il, et j'ai fait d'abord ce que je fais depuis vingt-cinq ans, qui est d'aller visiter mon œuvre [4]. J'ai vu que le grand jour

 1. [L'expression désigne généralement un carrosse et des chevaux ; ici elle renvoie à « tout ce qui est nécessaire pour voyager, ou s'entretenir honorablement, soit de valets, chevaux, carrosses, habits, armes, etc. »] **2.** [*Déplaça* : sans doute « déplaça son capital », mais l'expression est obscure ; *rêvais* : réfléchissais.] **3.** [« Hausser, lever en haut par le moyen d'une machine. »] **4.** [Dans le vocabulaire de l'alchimie, le *grand œuvre* désigne la pierre philosophale, et l'*adepte* (ci-dessous) celui qui est parvenu à l'obtenir.]

était venu, qui devait me rendre plus riche qu'homme qui soit sur la terre. Voyez-vous cette liqueur vermeille ? Elle a à présent toutes les qualités que les philosophes demandent pour faire la transmutation des métaux. J'en ai tiré ces grains que vous voyez, qui sont de vrai or par leur couleur, quoiqu'un peu imparfaits par leur pesanteur. Ce secret, que Nicolas Flamel trouva, mais que Raymond Lulle et un million d'autres cherchèrent toujours, est venu jusques à moi, et je me trouve aujourd'hui un heureux adepte. Fasse le Ciel que je ne me serve de tant de trésors qu'il m'a communiqués, que pour sa gloire ! »

Je sortis, et je descendis, ou plutôt je me précipitai par cet escalier transporté de colère, et laissai cet homme si riche dans son hôpital [1].

Adieu, mon cher Usbek. J'irai te voir demain, et, si tu veux, nous reviendrons ensemble à Paris.

De Paris, le dernier de la lune de Rhegeb, 1713.

LETTRE XLVI

USBEK À RHÉDI, À VENISE

Je vois ici des gens qui disputent sans fin sur la religion ; mais il me semble qu'ils combattent en même temps à qui l'observera le moins.

1. Une longue lettre de Marana est consacrée aux alchimistes et à la recherche de la pierre philosophale (t. I, p. 411-421, lettre 99). Un capucin, ami de l'Espion turc, lui assurait « qu'il y avait dans Paris seul plusieurs milliers de gens qui s'appliquaient à cet exercice » (*ibid.*, p. 412). Marana citait Raymond Lulle, le fameux alchimiste de Majorque (1235-1315). Montesquieu lui ajoute Nicolas Flamel, écrivain juré de l'Université de Paris, mort le 22 mars 1418, dont les mystérieuses richesses firent croire à la découverte du fameux secret.

Non seulement ils ne sont pas meilleurs chrétiens, mais même meilleurs citoyens, et c'est ce qui me touche : car, dans quelque religion qu'on vive, l'observation des lois, l'amour pour les hommes, la piété envers les parents, sont toujours les premiers actes de religion [1].

En effet, le premier objet d'un homme religieux ne doit-il pas être de plaire à la Divinité, qui a établi la religion qu'il professe ? Mais le moyen le plus sûr pour y parvenir est sans doute d'observer les règles de la société et les devoirs de l'humanité ; car, en quelque religion qu'on vive, dès qu'on en suppose une, il faut bien que l'on suppose aussi que Dieu aime les hommes, puisqu'il établit une religion pour les rendre heureux ; que s'il aime les hommes, on est assuré de lui plaire en les aimant aussi, c'est-à-dire en exerçant envers eux tous les devoirs de la charité et de l'humanité, et en ne violant point les lois sous lesquelles ils vivent [2].

Par là, on est bien plus sûr de plaire à Dieu qu'en observant telle ou telle cérémonie : car les cérémonies n'ont point un degré de bonté par elles-mêmes ; elles ne sont bonnes qu'avec égards et dans la supposition que Dieu les a commandées. Mais c'est la matière d'une grande discussion ; on peut facilement s'y tromper ; car il faut choisir les cérémonies d'une religion entre celles de deux mille.

Un homme faisait tous les jours à Dieu cette prière : « Seigneur, je n'entends rien dans les disputes que l'on fait sans cesse à votre sujet. Je voudrais vous servir selon votre volonté ; mais chaque homme que je consulte veut que je vous serve à la sienne. Lorsque je veux vous faire

1. [Alors que le premier des dix commandements est d'aimer Dieu.] **2.** Marana disait déjà (*op. cit.*, I, p. 49, lettre 13) : « Ne crois-tu pas, toi qui es dervis et le plus éclairé de tous, que de quelque religion qu'on soit, pourvu qu'on soit honnête homme, l'on peut être heureux après sa mort ?... Cependant vivons en gens de bien. »

ma prière, je ne sais en quelle langue je dois vous parler. Je ne sais pas non plus en quelle posture je dois me mettre : l'un dit que je dois vous prier debout ; l'autre veut que je sois assis ; l'autre exige que mon corps porte sur mes genoux. Ce n'est pas tout : il y en a qui prétendent que je dois me laver tous les matins avec de l'eau froide ; d'autres soutiennent que vous me regarderez avec horreur si je ne me fais pas couper un petit morceau de chair. Il m'arriva l'autre jour de manger un lapin dans un caravansérail[1]. Trois hommes qui étaient auprès de là me firent trembler : ils me soutinrent tous trois que je vous avais grièvement offensé ; l'un[2], parce que cet animal était immonde ; l'autre[3], parce qu'il était étouffé ; l'autre[4] enfin, parce qu'il n'était pas poisson. Un brachmane[5] qui passait par là, et que je pris pour juge, me dit : "Ils ont tort : car apparemment vous n'avez pas tué vous-même cet animal. – Si fait, lui dis-je. – Ah ! vous avez commis une action abominable, et que Dieu ne vous pardonnera jamais, me dit-il d'une voix sévère. Que savez-vous si l'âme de votre père n'était pas passée dans cette bête[6] ?" Toutes ces choses, Seigneur, me jettent dans un embarras inconcevable : je ne puis remuer

1. [Auberge ou hôtellerie. La circoncision (*couper un petit morceau de chair*) est commune aux musulmans et aux juifs, mais l'interdiction de manger du lièvre (voir Lévitique XI) est propre aux seconds.] **2.** « Un juif » *(note de Montesquieu)*. **3.** « Un Turc » *(note de Montesquieu)*. Cf. Chardin (II, 61) : « Le cochon leur est défendu, le lièvre et tous les autres animaux qui sont interdits par la religion judaïque. » L'interdiction du sang était déjà dans le Lévitique. **4.** « Un Arménien » *(note de Montesquieu)*. Nous ne savons pas l'origine de ce détail. Nul auteur ne parle de l'interdiction des animaux terrestres dans le christianisme arménien (cf. Chardin, I, 56, et Tavernier, IV, 495). **5.** [« Prêtre ou philosophe indien ». Orthographe usuelle à l'époque.] **6.** Cf. Tavernier (livre III, chap. I, p. 193) : « D'après ce système de métempsycose, les Indiens ont horreur de tuer quelque animal que ce soit, de peur de troubler l'âme d'un de leurs parents qui y fait pénitence. »

la tête que je ne sois menacé de vous offenser ; cependant je voudrais vous plaire et employer à cela la vie que je tiens de vous. Je ne sais si je me trompe ; mais je crois que le meilleur moyen pour y parvenir est de vivre en bon citoyen dans la société où vous m'avez fait naître, et en bon père dans la famille que vous m'avez donnée [1]. »

De Paris, le 8 de la lune de Chahban, 1713.

LETTRE XLVII

ZACHI À USBEK, À PARIS

J'ai une grande nouvelle à t'apprendre : je me suis réconciliée avec Zéphis ; le sérail, partagé entre nous, s'est réuni. Il ne manque que toi dans ces lieux, où la paix règne. Viens, mon cher Usbek, viens y faire triompher l'amour.

Je donnai à Zéphis un grand festin, où ta mère, tes femmes et tes principales concubines furent invitées ; tes tantes et plusieurs de tes cousines s'y trouvèrent aussi ; elles étaient venues à cheval, couvertes du sombre nuage de leurs voiles et de leurs habits.

Le lendemain, nous partîmes pour la campagne, où nous espérions être plus libres. Nous montâmes sur nos chameaux, et nous nous mîmes quatre dans chaque loge [2]. Comme la partie avait été faite brusquement, nous n'eûmes pas le temps d'envoyer à la ronde annoncer le

1. C'est-à-dire, conclut fort justement l'abbé Gaultier (*Lettres persanes convaincues d'impiété, op. cit.*, p. 71) : « Toute religion est indifférente, pourvu que l'on y remplisse les devoirs de la société. »
2. Cf. Chardin (*op. cit.*, III, 57) : « Les femmes du sérail ne vont guère que la nuit. On les mène d'ordinaire dans des manières de

courouc[1] ; mais le Premier eunuque, toujours industrieux, prit une autre précaution : car il joignit à la toile qui nous empêchait d'être vues un rideau si épais que nous ne pouvions absolument voir personne.

Quand nous fûmes arrivées à cette rivière qu'il faut traverser, chacune de nous se mit, selon la coutume, dans une boîte[2] et se fit porter dans le bateau : car on nous dit que la rivière était pleine de monde. Un curieux, qui s'approcha trop près du lieu où nous étions enfermées, reçut un coup mortel, qui lui ôta pour jamais la lumière du jour ; un autre, qu'on trouva se baignant tout nu sur le rivage, eut le même sort ; et tes fidèles eunuques sacrifièrent à ton honneur et au nôtre ces deux infortunés.

Mais écoute le reste de nos aventures. Quand nous fûmes au milieu du fleuve, un vent si impétueux s'éleva, et un nuage si affreux couvrit les airs, que nos matelots commencèrent à désespérer[3]. Effrayées de ce péril, nous

eunes ou de berceaux qu'on appelle *Cajavé* qui est une machine large de deux pieds et profonde de trois, avec une haute impériale en arc couverte de drap. Un chameau porte deux de ces grands berceaux, un de chaque côté. Les eunuques aident aux dames à monter dedans et puis ils abattent les rideaux tout autour. » Olearius décrivait déjà (*op. cit.*, I, 457) « les caisses dont leurs femmes se servent aux voyages ». On ne saurait d'ailleurs placer quatre femmes dans chaque « loge », comme le prétend Montesquieu, mais une seulement. **1.** Chardin consacre un chapitre à cette coutume (II, chap. XIII, p. 281) : « Lorsque les femmes de qualité sortent du logis, un nombre de cavaliers marchent cent pas devant et un autre nombre cent pas derrière criant *courouc, courouc*, mot turquesque qui signifie défense, abstinence, et qui dans cet usage veut dire que le monde se retire et que personne n'approche. Cette voix fait peur en Perse et on ne se le fait pas dire deux fois. » **2.** Chardin disait pourtant expressément (II, 41) : « Il n'y a d'autres voitures en Perse que de grandes *cunes* ou manières de berceaux couverts et fermés où vont les femmes de qualité. On n'y a ni carrosses, ni chariots, ni litières, ni chaises » (cf. Lettre III). **3.** Montesquieu dramatise quelque peu l'épisode. La rivière de *Senderu* qui arrose Ispahan « ne porte point de

nous évanouîmes presque toutes. Je me souviens que j'entendis la voix et la dispute de nos eunuques, dont les uns disaient qu'il fallait nous avertir du péril et nous tirer de nos prisons ; mais leur chef soutint toujours qu'il mourrait plutôt que de souffrir que son maître fût ainsi déshonoré, et qu'il enfoncerait un poignard dans le sein de celui qui ferait des propositions si hardies. Une de mes esclaves, toute hors d'elle, courut vers moi déshabillée, pour me secourir, mais un eunuque noir la prit brutalement et la fit entrer dans l'endroit d'où elle était sortie. Pour lors je m'évanouis et ne revins à moi qu'après que le péril fut passé.

Que les voyages sont embarrassants pour les femmes ! Les hommes ne sont exposés qu'aux dangers qui menacent leur vie, et nous sommes, à tous les instants, dans la crainte de perdre notre vie ou notre vertu.

Adieu, mon cher Usbek. Je t'adorerai toujours.

Du sérail de Fatmé,
le 2 de la lune de Rhamazan, 1713.

LETTRE XLVIII

USBEK À RHÉDI, À VENISE

Ceux qui aiment à s'instruire ne sont jamais oisifs : quoique je ne sois chargé d'aucune affaire importante, je suis cependant dans une occupation continuelle. Je passe ma vie à examiner, j'écris le soir ce que j'ai

bateau... Elle a très peu d'eau et le plus souvent on la passe à gué plutôt que de passer sur les ponts » (Tavernier, *op. cit.*, livre IV, p. 454). Chardin prétend que le *Zendéroud* est aussi gros au printemps que la Seine à Paris l'hiver (III, 4) ; il décrit la curieuse architecture des ponts (III, 59 et 73), mais ne signale pas de batellerie.

remarqué, ce que j'ai vu, ce que j'ai entendu dans la journée. Tout m'intéresse, tout m'étonne : je suis comme un enfant, dont les organes encore tendres sont vivement frappés par les moindres objets.

Tu ne le croirais pas peut-être, nous sommes reçus agréablement dans toutes les compagnies et dans toutes les sociétés ; je crois devoir beaucoup à l'esprit vif et à la gaieté naturelle de Rica, qui fait qu'il recherche tout le monde, et qu'il en est également recherché. Notre air étranger n'offense plus personne ; nous jouissons même de la surprise où l'on est de nous trouver quelque politesse : car les Français n'imaginent pas que notre climat produise des hommes. Cependant, il faut l'avouer, ils valent la peine qu'on les détrompe.

J'ai passé quelques jours dans une maison de campagne auprès de Paris, chez un homme de considération, qui est ravi d'avoir de la compagnie chez lui. Il a une femme fort aimable, et qui joint à une grande modestie une gaieté que la vie retirée ôte toujours à nos dames de Perse.

Étranger que j'étais, je n'avais rien de mieux à faire que d'étudier cette foule de gens qui y abordait sans cesse, et qui me présentait toujours quelque chose de nouveau. Je remarquai d'abord un homme dont la simplicité me plut ; je m'attachai à lui, il s'attacha à moi ; de sorte que nous nous trouvions toujours l'un auprès de l'autre.

Un jour que, dans un grand cercle, nous nous entretenions en particulier, laissant les conversations générales à elles-mêmes : « Vous trouverez peut-être en moi, lui dis-je, plus de curiosité que de politesse ; mais je vous supplie d'agréer que je vous fasse quelques questions : car je m'ennuie de n'être au fait de rien et de vivre avec des gens que je ne saurais démêler. Mon esprit travaille depuis deux jours : il n'y a pas un seul de ces hommes qui ne m'a donné deux cents fois la torture, et

je ne les devinerais de mille ans : ils me sont plus invisibles que les femmes de notre grand monarque. – Vous n'avez qu'à dire, me répondit-il, je vous instruirai de tout ce que vous souhaiterez ; d'autant mieux que je vous crois homme discret, et que vous n'abuserez pas de ma confiance[1].

« Qui est cet homme, lui dis-je, qui nous a tant parlé des repas qu'il a donnés aux grands, qui est si familier avec vos ducs, et qui parle si souvent à vos ministres, qu'on me dit d'être d'un accès si difficile ? Il faut bien que ce soit un homme de qualité[2] ; mais il a la physionomie si basse qu'il ne fait guère honneur aux gens de qualité, et, d'ailleurs, je ne lui trouve point d'éducation. Je suis étranger ; mais il me semble qu'il y a en général une certaine politesse commune à toutes les nations ; je ne lui trouve point de celle-là. Est-ce que vos gens de qualité sont plus mal élevés que les autres ? – Cet homme, me répondit-il en riant, est un fermier[3]. Il est autant au-dessus des autres par ses richesses, qu'il est au-dessous de tout le monde par sa naissance. Il aurait la meilleure table de Paris, s'il pouvait se résoudre à ne manger jamais chez lui. Il est bien impertinent, comme

1. Dufresny avait de même, dans son *Amusement* XI (*op. cit.*, p. 68), placé son Siamois dans un coin de son *cercle bourgeois* « pour être spectateur de tout ce qui s'y passe ». Dans *Gil Blas*, paru en 1715 (IV, 8), le héros de Lesage se faisait décrire par André Molina les habitués du salon de la marquise de Chaves. **2.** [Cela suppose qu'il est noble (à la différence de l'« homme de considération », ci-dessus, qui peut ne pas l'être).] **3.** [Les partisans ou fermiers généraux sont chargés de recouvrer les impôts au nom du roi, ce qui est fort lucratif. Ils] sont depuis longtemps la cible préférée des moralistes et des auteurs satiriques (cf. La Bruyère, *Caractères*, VI, Lesage, *Turcaret*). On aime dauber sur leur naissance [; mais en fait il s'agit d'un cliché : voir Daniel Dessert, *Argent, pouvoir et société au Grand Siècle*, Paris, Fayard, 1984, et Yves Durand, *Les Fermiers généraux au XVIII[e] siècle*, Paris, Maisonneuve et Larose, 1996 (1[re] éd. 1971).]

vous le voyez ; mais il excelle par son cuisinier. Aussi
n'en est-il pas ingrat : car vous avez entendu qu'il l'a
loué tout aujourd'hui. »

« Et ce gros homme vêtu de noir, lui dis-je, que cette
dame a fait placer auprès d'elle, comment a-t-il un habit
si lugubre avec un air si gai et un teint si fleuri ? Il sourit
gracieusement dès qu'on lui parle ; sa parure est plus
modeste, mais plus arrangée que celle de vos femmes.
– C'est, me répondit-il, un prédicateur, et, qui pis est,
un directeur[1]. Tel que vous le voyez, il en sait plus que
les maris. Il connaît le faible des femmes ; elles savent
aussi qu'il a le sien. – Comment ? dis-je. Il parle tou-
jours de quelque chose qu'il appelle *la grâce*. – Non
pas toujours, me répondit-il. À l'oreille d'une jolie
femme il parle encore plus volontiers de sa chute. Il
foudroie en public ; mais il est doux comme un agneau
en particulier. – Il me semble, dis-je, qu'on le distingue
beaucoup, et qu'on a de grands égards pour lui.
– Comment ? si on le distingue ? C'est un homme néces-
saire, il fait la douceur de la vie retirée : petits conseils,
soins officieux, visites marquées ; il dissipe un mal de
tête mieux qu'homme du monde ; il est excellent. »

« Mais, si je ne vous importune pas, dites-moi qui est
celui qui est vis-à-vis de nous, qui est si mal habillé ;
qui fait quelquefois des grimaces et a un langage diffé-
rent des autres ; qui n'a pas d'esprit pour parler, mais
qui parle pour avoir de l'esprit ? – C'est, me répondit-il,
un poète, et le grotesque du genre humain[2]. Ces gens-là
disent qu'ils sont nés ce qu'ils sont. Cela est vrai, et

1. La Bruyère s'était élevé contre les directeurs et « le spé-
cieux... prétexte du soin des âmes » (III, 42) et l'évêque Fromentières
blâmait « leur indiscrétion à se mêler avec le sexe ». Mais avec
Cotolendi (*Lettre d'un Sicilien, op. cit.*, p. 360) et Montesquieu, le
directeur tourne à l'abbé galant. **2.** [Sur les poètes, voir la
Lettre CXXXVII.]

aussi ce qu'ils seront toute leur vie, c'est-à-dire presque toujours les plus ridicules de tous les hommes. Aussi ne les épargne-t-on point : on verse sur eux le mépris à pleines mains. La famine a fait entrer celui-ci dans cette maison, et il y est bien reçu du maître et de la maîtresse, dont la bonté et la politesse ne se démentent à l'égard de personne. Il fit leur épithalame [1], lorsqu'ils se marièrent. C'est ce qu'il a fait de mieux en sa vie ; car il s'est trouvé que le mariage a été aussi heureux qu'il l'a prédit. »

« Vous ne le croiriez pas peut-être, ajouta-t-il, entêté comme vous l'êtes des préjugés de l'Orient : il y a parmi nous des mariages heureux et des femmes dont la vertu est un gardien sévère. Les gens dont nous parlons goûtent entre eux une paix qui ne peut être troublée ; ils sont aimés et estimés de tout le monde. Il n'y a qu'une chose : c'est que leur bonté naturelle leur fait recevoir chez eux toute sorte de monde ; ce qui fait qu'ils ont quelquefois mauvaise compagnie. Ce n'est pas que je les désapprouve : il faut vivre avec les hommes tels qu'ils sont ; les gens qu'on dit être de si bonne compagnie ne sont souvent que ceux dont les vices sont plus raffinés et peut-être en est-il comme des poisons, dont les plus subtils sont aussi les plus dangereux. »

« Et ce vieux homme, lui dis-je tout bas, qui a l'air si chagrin ? Je l'ai pris d'abord pour un étranger : car, outre qu'il est habillé autrement que les autres, il censure tout ce qui se fait en France et n'approuve pas votre gouvernement. – C'est un vieux guerrier, me dit-il, qui se rend mémorable à tous ses auditeurs par la longueur de ses exploits. Il ne peut souffrir que la France ait gagné des batailles où il ne se soit pas trouvé, ou qu'on vante un siège où il n'ait pas monté à la tranchée. Il se croit si nécessaire à notre histoire, qu'il s'imagine qu'elle finit

1. [Poème destiné à célébrer des noces.]

où il a fini : il regarde quelques blessures qu'il a reçues, comme la dissolution de la monarchie, et, à la différence de ces philosophes qui disent qu'on ne jouit que du présent, et que le passé n'est rien, il ne jouit, au contraire, que du passé et n'existe que dans les campagnes qu'il a faites : il respire dans les temps qui se sont écoulés, comme les héros doivent vivre dans ceux qui passeront après eux. – Mais pourquoi, dis-je, a-t-il quitté le service ? – Il ne l'a point quitté, me répondit-il ; mais le service l'a quitté : on l'a employé dans une petite place, où il racontera ses aventures le reste de ses jours ; mais il n'ira jamais plus loin : le chemin des honneurs lui est fermé. – Et pourquoi ? lui dis-je. – Nous avons une maxime en France, me répondit-il : c'est de n'élever jamais les officiers dont la patience a langui dans les emplois subalternes. Nous les regardons comme des gens dont l'esprit s'est rétréci dans les détails, et qui, par l'habitude des petites choses, sont devenus incapables des plus grandes. Nous croyons qu'un homme qui n'a pas les qualités d'un général à trente ans ne les aura jamais ; que celui qui n'a pas ce coup d'œil qui montre tout d'un coup un terrain de plusieurs lieues dans toutes ses situations différentes, cette présence d'esprit qui fait que, dans une victoire, on se sert de tous ses avantages, et, dans un échec, de toutes ses ressources, n'acquerra jamais ces talents. C'est pour cela que nous avons des emplois brillants pour ces hommes grands et sublimes que le Ciel a partagés non seulement d'un cœur, mais aussi d'un génie héroïque, et des emplois subalternes pour ceux dont les talents le sont aussi. De ce nombre sont ces gens qui ont vieilli dans une guerre obscure : ils ne réussissent tout au plus qu'à faire ce qu'ils ont fait toute leur vie, il ne faut point commencer à les charger dans le temps qu'ils s'affaiblissent. »

Un moment après, la curiosité me reprit, et je lui dis : « Je m'engage à ne vous plus faire de questions, si vous voulez encore souffrir celle-ci. Qui est ce grand jeune

homme qui a des cheveux, peu d'esprit et tant d'impertinence ? D'où vient qu'il parle plus haut que les autres et se sait si bon gré d'être au monde ? – C'est un homme à bonnes fortunes », me répondit-il. À ces mots, des gens entrèrent, d'autres sortirent, on se leva ; quelqu'un vint parler à mon gentilhomme, et je restai aussi peu instruit qu'auparavant. Mais, un moment après, je ne sais par quel hasard, ce jeune homme se trouva auprès de moi, et, m'adressant la parole : « Il fait beau. Voudriez-vous, monsieur, faire un tour dans le parterre ? » Je lui répondis le plus civilement qu'il me fut possible, et nous sortîmes ensemble. « Je suis venu à la campagne, me dit-il, pour faire plaisir à la maîtresse de maison, avec laquelle je ne suis pas mal. Il y a bien certaine femme dans le monde qui ne sera pas de bonne humeur. Mais qu'y faire ? Je vois les plus jolies femmes de Paris ; mais je ne me fixe pas à une, et je leur en donne bien à garder : car entre vous et moi, je ne vaux pas grand-chose [1]. – Apparemment, monsieur, lui dis-je, que vous avez quelque charge ou quelque emploi qui vous empêche d'être plus assidu auprès d'elles. – Non, monsieur, je n'ai d'autre emploi que de faire enrager un mari ou désespérer un père ; j'aime à alarmer une femme qui croit me tenir, et la mettre à deux doigts de sa perte. Nous sommes quelques jeunes gens qui partageons ainsi tout Paris et l'intéressons à nos moindres démarches. – À ce que je comprends, lui dis-je, vous faites plus de bruit que le guerrier le plus valeureux, et vous êtes plus considéré qu'un grave magistrat. Si vous étiez en Perse, vous ne jouiriez pas de tous ces avantages :

1. Antoine Adam a raison de voir un sens scabreux dans cette expression sibylline. L'homme à bonnes fortunes poursuit une carrière qui est souvent fort au-dessus de ses moyens. Avant Casanova et le marquis de Sade, le jeune duc de Richelieu en avait fait l'expérience. Montesquieu vise-t-il ici ce dernier qui fut mis deux fois à la Bastille pour ses excès galants ?

vous deviendriez plus propre à garder nos dames qu'à leur plaire. » Le feu me monta au visage, et je crois que pour peu que j'eusse parlé, je n'aurais pu m'empêcher de le brusquer.

Que dis-tu d'un pays où l'on tolère de pareilles gens, et où l'on laisse vivre un homme qui fait un tel métier ? où l'infidélité, la trahison, le rapt, la perfidie et l'injustice conduisent à la considération ? où l'on estime un homme parce qu'il ôte une fille à son père, une femme à son mari, et trouble les sociétés les plus douces et les plus saintes ? Heureux les enfants d'Hali, qui défendent leurs familles de l'opprobre et de la séduction. La lumière du jour n'est pas plus pure que le feu qui brûle dans le cœur de nos femmes ; nos filles ne pensent qu'en tremblant au jour qui doit les priver de cette vertu qui les rend semblables aux anges et aux puissances incorporelles. Terre natale et chérie, sur qui le soleil jette ses premiers regards, tu n'es point souillée par les crimes horribles qui obligent cet astre à se cacher dès qu'il paraît dans le noir Occident !

De Paris, le 5 de la lune de Rhamazan, 1713.

LETTRE XLIX

RICA À USBEK, À ***

Étant l'autre jour dans ma chambre, je vis entrer un dervis extraordinairement habillé : sa barbe descendait jusques à sa ceinture de corde ; il avait les pieds nus ; son habit était gris, grossier et, en quelques endroits, pointu. Le tout me parut si bizarre que ma première idée fut d'envoyer chercher un peintre pour en faire une fantaisie.

Il me fit d'abord un grand compliment, dans lequel il m'apprit qu'il était homme de mérite, et de plus capucin. « On m'a dit, ajouta-t-il, monsieur, que vous retournez

bientôt à la cour de Perse, où vous tenez un rang distingué ; je viens vous demander votre protection et vous prier de nous obtenir du roi une petite habitation, auprès de Casbin, pour deux ou trois religieux. – Mon père, lui dis-je, vous voulez donc aller en Perse ? – Moi, monsieur ! me dit-il ; je m'en donnerai bien de garde. Je suis ici provincial, et je ne troquerais pas ma condition contre celle de tous les capucins du monde. – Et que diable me demandez-vous donc ? – C'est, me répondit-il, que, si nous avions cet hospice, nos pères d'Italie y enverraient deux ou trois de leurs religieux. – Vous les connaissez apparemment, lui dis-je, ces religieux ? – Non, monsieur, je ne les connais pas. – Eh morbleu ! que vous importe donc qu'ils aillent en Perse ? C'est un beau projet de faire respirer l'air de Casbin à deux capucins ; cela sera très utile et à l'Europe et à l'Asie ; il est fort nécessaire d'intéresser là-dedans les monarques. Voilà ce qui s'appelle de belles colonies ! Allez ! Vous et vos semblables n'êtes point faits pour être transplantés, et vous ferez bien de continuer à ramper dans les endroits où vous vous êtes engendrés [1]. »

De Paris, le 15 de la lune de Rhamazan, 1713.

1. Les capucins possédaient une maison à Ispahan. « Ils vinrent en Perse, déclare Chardin (*op. cit.*, III, 36), au commencement du règne de Séfi Ier. C'était durant le ministère de Richelieu. Le fameux père Joseph, capucin, obtint cette recommandation en faveur de son ordre qui fit les frais de l'établissement. » Mais aucune mission n'est signalée à Casbin. Le protestant Chardin croyait à l'inutilité des missionnaires qui ne se maintenaient que « pour l'honneur de l'Église romaine » *(ibid.)*. Montesquieu [, grand lecteur des *Lettres édifiantes* dans lesquelles les jésuites rendent compte des bienfaits de leurs missions d'évangélisation, souligne pourtant avec constance combien les conversions sont fallacieuses, nuisibles, ou, au mieux, inutiles : voir *Spicilège*, n° 302 ; *Considérations sur les ... Romains*, XX-XXIII ; *L'Esprit des lois*, XXIV ; voir aussi dans les *Pensées*, n° 1609, une lettre du « roi du Tibet » sur le même sujet].

LETTRE L

RICA À ***

J'ai vu des gens chez qui la vertu était si naturelle qu'elle ne se faisait pas même sentir : ils s'attachaient à leur devoir sans s'y plier et s'y portaient comme par instinct. Bien loin de relever par leurs discours leurs rares qualités, il semblait qu'elles n'avaient pas percé jusques à eux. Voilà les gens que j'aime ; non pas ces hommes vertueux qui semblent être étonnés de l'être et qui regardent une bonne action comme un prodige, dont le récit doit surprendre.

Si la modestie est une vertu nécessaire à ceux à qui le Ciel a donné de grands talents, que peut-on dire de ces insectes qui osent faire paraître un orgueil qui déshonorerait les plus grands hommes ?

Je vois de tous côtés des gens qui parlent sans cesse d'eux-mêmes : leurs conversations sont un miroir qui présente toujours leur impertinente figure. Ils vous parleront des moindres choses qui leur sont arrivées, et ils veulent que l'intérêt qu'ils y prennent les grossisse à vos yeux ; ils ont tout fait, tout vu, tout dit, tout pensé ; ils sont un modèle universel, un sujet de comparaison inépuisable, une source d'exemples qui ne tarit jamais. Oh ! que la louange est fade lorsqu'elle réfléchit vers le lieu d'où elle part !

Il y a quelques jours qu'un homme de ce caractère nous accabla pendant deux heures de lui, de son mérite et de ses talents. Mais, comme il n'y a point de mouvement perpétuel dans le monde, il cessa de parler ; la conversation nous revint donc, et nous la prîmes.

Un homme qui paraissait assez chagrin commença

par se plaindre de l'ennui répandu dans les conversations. « Quoi ! toujours des sots qui se peignent eux-mêmes, et qui ramènent tout à eux ? – Vous avez raison, reprit brusquement notre discoureur. Il n'y a qu'à faire comme moi : je ne me loue jamais ; j'ai du bien, de la naissance ; je fais de la dépense ; mes amis disent que j'ai quelque esprit ; mais je ne parle jamais de tout cela. Si j'ai quelques bonnes qualités, celle dont je fais le plus de cas, c'est ma modestie. »

J'admirais cet impertinent, et, pendant qu'il parlait tout haut, je disais tout bas : « Heureux celui qui a assez de vanité pour ne dire jamais de bien de lui, qui craint ceux qui l'écoutent, et ne compromet point son mérite avec l'orgueil des autres[1] ! »

De Paris, le 20 de la lune de Rhamazan, 1713.

LETTRE LI

NARGUM, ENVOYÉ DE PERSE
EN MOSCOVIE, À USBEK, À PARIS[2]

On m'a écrit d'Ispahan que tu avais quitté la Perse, et que tu étais actuellement à Paris. Pourquoi faut-il que j'apprenne de tes nouvelles par d'autres que par toi ?

Les ordres du roi des rois me retiennent depuis cinq

1. La Bruyère avait plusieurs fois traité ce thème dans les *Caractères* : mérite et modestie (II, 14-17), fausse modestie (III, 46 ; IX, 44 ; XI, 65), modestie dans la conversation (V, 21). **2.** Il semble, d'après la fin de cette lettre et malgré sa date (2 décembre 1713), que cet intermède russe ait sa source dans le voyage de Pierre le Grand à Paris en 1717. Mais l'Espion turc consacrait aussi deux lettres aux choses de Russie et y faisait voyager son cousin Fousi (*op. cit.*, t. III, lettre I ; t. V, lettre 3, p. 26).

ans dans ce pays-ci, où j'ai terminé plusieurs négocia-
tions importantes.

Tu sais que le czar est le seul des princes chrétiens
dont les intérêts soient mêlés avec ceux de la Perse,
parce qu'il est ennemi des Turcs comme nous.

Son empire est plus grand que le nôtre : car on compte
mille lieues depuis Moscou jusqu'à la dernière place de
ses États du côté de la Chine.

Il est le maître absolu de la vie et des biens de ses
sujets, qui sont tous esclaves, à la réserve de quatre
familles. Le lieutenant des prophètes, le roi des rois, qui
a le Ciel pour marchepied [1], ne fait pas un exercice plus
redoutable de sa puissance.

À voir le climat affreux de la Moscovie, on ne croirait
jamais que ce fût une peine d'en être exilé ; cependant,
dès qu'un grand est disgracié, on le relègue en Sibérie.

Comme la loi de notre prophète nous défend de boire
du vin, celle du prince le défend aux Moscovites.

Ils ont une manière de recevoir leurs hôtes qui n'est
point du tout persane. Dès qu'un étranger entre dans une
maison, le mari lui présente sa femme ; l'étranger la
baise ; et cela passe pour une politesse faite au mari.

Quoique les pères, au contrat de mariage de leurs
filles, stipulent ordinairement que le mari ne les fouet-
tera pas, cependant on ne saurait croire combien les
femmes moscovites aiment à être battues [2] : elles ne

1. Parmi les titres donnés au shah de Perse, Chardin relève
l'expression « chef des grands rois dont le trône est l'étrier du ciel ».
Mais l'expression « *sepeher recab* », traduite par Chardin : « à qui
le ciel sert de marchepied », est tirée d'une requête authentique au
shah, requête qui doit se conformer au style diplomatique (*ibid.*, I,
p. 256). *Recab* signifie proprement « étrier ». **2.** « Ces mœurs
sont changées » *(note de Montesquieu)*. La légende est ancienne et,
d'après Albert Lortholary (*Le Mirage russe en France au XVIIIᵉ siècle*,
Boivin, 1951, p. 288), remonterait aux *Rerum Moscovitarum
commentarii* de Sigmund von Herberstein (Bâle, 1549). On la

peuvent comprendre qu'elles possèdent le cœur de leur mari s'il ne les bat comme il faut : une conduite opposée, de sa part, est une marque d'indifférence impardonnable.

Voici une lettre qu'une d'elles écrivit dernièrement à sa mère :

MA CHÈRE MÈRE,

Je suis la plus malheureuse femme du monde ! Il n'y a rien que je n'aie fait pour me faire aimer de mon mari, et je n'ai jamais pu y réussir. Hier j'avais mille affaires dans la maison ; je sortis, et je demeurai tout le jour dehors. Je crus, à mon retour, qu'il me battrait bien fort ; mais il ne me dit pas un seul mot. Ma sœur est bien autrement traitée : son mari la bat tous les jours ; elle ne peut pas regarder un homme, qu'il ne l'assomme soudain. Ils s'aiment beaucoup aussi, et ils vivent de la meilleure intelligence du monde.

C'est ce qui la rend si fière. Mais je ne lui donnerai pas longtemps sujet de me mépriser. J'ai résolu de me faire aimer de mon mari, à quelque prix que ce soit ; je le ferai si bien enrager qu'il faudra bien qu'il me donne des marques d'amitié. Il ne sera pas dit que je ne serai pas battue, et que je vivrai dans la maison sans que l'on pense à moi. La moindre chiquenaude qu'il me

retrouve dans la *Satire Ménippée* : « C'est religion entre les femmes, comme en Moscovie, quand leurs maris les battent très bien, et s'estime celle-là mieux mariée qui a le plus de coups. » Même son dans *L'Espion turc* de Marana (t. III, p. 3). Montesquieu n'a pas su se refuser à cette antique plaisanterie. Son ami Barbot possédait le *Voyage d'Adam Olearius en Moscovie, Tartarie et Perse* (Paris, Dupuis, 1666 ; B. M. Bordeaux, H. 1987) ; il pouvait y trouver les premiers fauteurs de la légende, mais aussi la réfutation. La lecture d'Olearius a peut-être amené Montesquieu à rédiger sa note restrictive.

donnera, je crierai de toute ma force, afin qu'on s'ima-
gine qu'il y va tout de bon, et je crois que, si quelque
voisin venait au secours, je l'étranglerais. Je vous sup-
plie, ma chère mère, de vouloir bien représenter à mon
mari qu'il me traite d'une manière indigne. Mon père,
qui est un si honnête homme, n'agissait pas de même,
et il me souvient, lorsque j'étais petite fille, qu'il me
semblait quelquefois qu'il vous aimait trop.

Je vous embrasse, ma chère mère.

Les Moscovites ne peuvent point sortir de l'Empire,
fût-ce pour voyager[1]. Ainsi, séparés des autres nations
par les lois du pays, ils ont conservé leurs anciennes
coutumes avec d'autant plus d'attachement qu'ils ne
croyaient pas qu'il fût possible d'en avoir d'autres.

Mais le prince qui règne à présent[2] a voulu tout
changer : il a eu de grands démêlés avec eux au sujet
de leur barbe ; le clergé et les moines n'ont pas moins
combattu en faveur de leur ignorance[3].

1. [Le fait, donné par Olearius (t. I, p. 180), était confirmé par
des relations plus récentes.] **2.** Albert Lortholary a fort bien
décelé le rôle de Fontenelle dans l'édification du mythe de Pierre le
Grand (*op. cit.*, p. 22-25). Le voyage du Czar à Paris en mai-juin
1717 fut un échec ; le Régent ne tenait pas plus à sa visite que
Louis XIV vingt ans plus tôt (cf. Duclos, *Mémoires secrets*, I, 311).
Mais Montesquieu suit l'opinion de Fontenelle dans l'*Éloge de
Leibniz* de 1715 : « Le Czar... a conçu la plus grande et la plus noble
pensée qui puisse tomber dans l'esprit d'un souverain, celle de tirer
ses peuples de la barbarie et d'introduire chez eux les sciences et les
arts » (*Éloges*, édit. Garnier, p. 131). Dans *L'Esprit des lois* (XI, 2),
il raillera encore le scrupule religieux des Moscovites : « Certain
peuple a longtemps pris la liberté pour l'usage de porter une longue
barbe. » **3.** [Pierre le Grand n'est pas aveuglément admiré par
Montesquieu, loin de là : voir *Spicilège*, nos 239, 551 et 553 ; sur
l'image du monarque en Europe, voir Voltaire, *Histoire de l'empire
de Russie sous Pierre le Grand*, éd. Michel Mervaud, Oxford, Vol-
taire Foundation, 1999.]

Il s'attache à faire fleurir les arts et ne néglige rien pour porter dans l'Europe et l'Asie la gloire de sa nation, oubliée jusques ici et presque uniquement connue d'elle-même.

Inquiet et sans cesse agité, il erre dans ses vastes États, laissant partout des marques de sa sévérité naturelle.

Il les quitte, comme s'ils ne pouvaient le contenir, et va chercher dans l'Europe d'autres provinces et de nouveaux royaumes [1].

Je t'embrasse, mon cher Usbek. Donne-moi de tes nouvelles, je te conjure.

De Moscou, le 2 de la lune de Chalval, 1713.

LETTRE LII

RICA À USBEK, À ***

J'étais l'autre jour dans une société où je me divertis assez bien. Il y avait là des femmes de tous les âges : une de quatre-vingts ans, une de soixante, une de quarante, qui avait une nièce de vingt à vingt-deux. Un certain instinct me fit approcher de cette dernière, et elle me dit à l'oreille : « Que dites-vous de ma tante, qui, à son âge, veut avoir des amants et fait encore la jolie ? – Elle a tort, lui dis-je : c'est un dessein qui ne convient qu'à vous. » Un moment après, je me trouvai auprès de sa tante, qui me dit : « Que dites-vous de cette femme, qui a pour le moins soixante ans, qui a passé aujourd'hui plus d'une heure à sa toilette ? – C'est du temps perdu,

1. [En 1721, la guerre avec la Suède de Charles XII (voir Lettre CXXXIX) était en train de s'achever.]

lui dis-je, et il faut avoir vos charmes pour devoir y songer. » J'allai à cette malheureuse femme de soixante ans et la plaignais dans mon âme, lorsqu'elle me dit à l'oreille : « Y a-t-il rien de si ridicule ? Voyez cette femme qui a quatre-vingts ans, et qui met des rubans couleur de feu ; elle veut faire la jeune, et elle y réussit : car cela approche de l'enfance. » – « Ah ! bon Dieu, dis-je en moi-même, ne sentirons-nous jamais que le ridicule des autres ? – C'est peut-être un bonheur, disais-je ensuite, que nous trouvions de la consolation dans les faiblesses d'autrui. » Cependant j'étais en train de me divertir, et je dis : « Nous avons assez monté ; descendons à présent, et commençons par la vieille qui est au sommet. » – « Madame, vous vous ressemblez si fort, cette dame à qui je viens de parler et vous, qu'il me semble que vous soyez deux sœurs, et je vous crois à peu près du même âge. – Vraiment, monsieur, me dit-elle, lorsque l'une mourra, l'autre devra avoir grand-peur : je ne crois pas qu'il y ait d'elle à moi deux jours de différence. » Quand je tins cette femme décrépite, j'allai à celle de soixante ans. « Il faut, madame, que vous décidiez un pari que j'ai fait : j'ai gagé que cette dame et vous – lui montrant la femme de quarante ans – étiez de même âge. – Ma foi, dit-elle, je ne crois pas qu'il y ait six mois de différence. – Bon, m'y voilà ; continuons. » Je descendis encore, et j'allai à la femme de quarante ans. « Madame, faites-moi la grâce de me dire si c'est pour rire que vous appelez cette demoiselle, qui est à l'autre table, votre nièce ? Vous êtes aussi jeune qu'elle ; elle a même quelque chose dans le visage de passé, que vous n'avez certainement pas, et ces couleurs vives qui paraissent sur votre teint... – Attendez, me dit-elle : je suis sa tante ; mais sa mère avait pour le moins vingt-cinq ans de plus que moi : nous n'étions pas de même lit ; j'ai ouï dire à feu ma sœur que sa fille

et moi naquîmes la même année. – Je le disais bien, Madame, et je n'avais pas tort d'être étonné. »

Mon cher Usbek, les femmes qui se sentent finir d'avance par la perte de leurs agréments voudraient reculer vers la jeunesse [1]. Eh ! comment ne chercheraient-elles pas à tromper les autres ? Elles font tous leurs efforts pour se tromper elles-mêmes et se dérober à la plus affligeante de toutes les idées.

De Paris, le 3 de la lune de Chalval, 1713.

LETTRE LIII

ZÉLIS À USBEK, À PARIS

Jamais passion n'a été plus forte et plus vive que celle de Cosrou, eunuque blanc, pour mon esclave Zélide : il la demande en mariage avec tant de fureur que je ne puis la lui refuser. Et pourquoi ferais-je de la résistance, lorsque sa mère n'en fait pas, et que Zélide elle-même paraît satisfaite de l'idée de ce mariage imposteur et de l'ombre vaine qu'on lui présente ?

Que veut-elle faire de cet infortuné, qui n'aura d'un mari que la jalousie, qui ne sortira de sa froideur que pour entrer dans un désespoir inutile ; qui se rappellera toujours la mémoire de ce qu'il a été, pour la faire souvenir de ce qu'il n'est plus ; qui, toujours prêt à se donner, et ne se donnant jamais, se trompera, la trompera sans cesse et lui fera essuyer à chaque instant tous les malheurs de sa condition ?

Eh quoi ? être toujours dans les images et dans les

1. Montesquieu a certainement lu le portrait de Lise dans *La Bruyère* (*Caractères*, III, 8).

fantômes ! ne vivre que pour imaginer ! se trouver tou-
jours auprès des plaisirs, et jamais dans les plaisirs !
languissante dans les bras d'un malheureux, au lieu de
répondre à ses soupirs, ne répondre qu'à ses regrets !

Quel mépris ne doit-on pas avoir pour un homme
de cette espèce, fait uniquement pour garder, et jamais
pour posséder ? Je cherche l'amour, et je ne le vois pas [1].

Je te parle librement, parce que tu aimes ma naïveté,
et que tu préfères mon air libre et ma sensibilité pour
les plaisirs, à la pudeur feinte de mes compagnes.

Je t'ai ouï dire mille fois que les eunuques goûtent
avec les femmes une sorte de volupté qui nous est
inconnue [2] ; que la nature se dédommage de ses pertes ;
qu'elle a des ressources qui réparent le désavantage de
leur condition ; qu'on peut bien cesser d'être homme,
mais non pas d'être sensible ; et que, dans cet état, on
est comme dans un troisième sens, où l'on ne fait, pour
ainsi dire, que changer de plaisirs.

Si cela était, je trouverais Zélide moins à plaindre :

1. Montesquieu aborde trois fois le problème de l'eunuque et de
ses désirs (Lettres IX, LIII et LXVII). L'origine n'est pas tellement
dans Chardin (t. II, p. 279 et 284) que dans le *Traité des eunuques*
(1707) de Charles Ancillon, qu'il possédait à La Brède (*op. cit.*,
n° 1452). Il s'intéresse, en tant que juriste, au problème légal comme
au problème physiologique et utilise ici (cf. Ancillon, III, p. 158 *sq.*)
la réponse à l'objection : « Que la défense de se marier ne doit pas
être générale et commune à tous les eunuques, parce qu'il y en a qui
sont capables de satisfaire aux désirs d'une femme. » Il reprend les
mots mêmes d'Ancillon : « Les eunuques qui s'unissent avec une
femme *la trompent*. Ainsi on peut dire que ce n'est qu'un vain
phantôme ; ce n'est qu'un mariage feint et simulé et nullement un
mariage réel et véritable » (*ibid.*, II, 3, p. 115). Ancillon citait le père
Théophile Raynauld *(De eunuchis)* et proscrivait le mariage des
eunuques « parce qu'ils ne peuvent satisfaire qu'à des désirs impurs,
illégitimes, illicites » (*ibid.*, p. 164). Ni Zélis ni Montesquieu n'ont
de ces scrupules moraux.　　2. L'expression vient de Ricaut
(*op. cit.*, livre II, p. 369).

c'est quelque chose de vivre avec des gens moins malheureux.

Donne-moi tes ordres là-dessus, et fais-moi savoir si tu veux que le mariage s'accomplisse dans le sérail.

Adieu.

Du sérail d'Ispahan, le 5 de la lune de Chalval, 1713.

LETTRE LIV

RICA À USBEK, À ***

J'étais ce matin dans ma chambre, qui, comme tu sais, n'est séparée des autres que par une cloison fort mince et percée en plusieurs endroits ; de sorte qu'on entend tout ce qui se dit dans la chambre voisine. Un homme, qui se promenait à grands pas, disait à un autre : « Je ne sais ce que c'est, mais tout tourne contre moi : il y a plus de trois jours que je n'ai rien dit qui m'ait fait honneur, et je me suis trouvé confondu pêle-mêle dans toutes les conversations, sans qu'on ait fait la moindre attention à moi, et qu'on m'ait deux fois adressé la parole. J'avais préparé quelques saillies [1] pour relever mon discours ; jamais on n'a voulu souffrir que je les fisse venir. J'avais un conte fort joli à faire ; mais, à mesure que j'ai voulu l'approcher, on l'a esquivé comme si on l'avait fait exprès. J'ai quelques bons mots, qui, depuis quatre jours, vieillissent dans ma tête, sans que j'en aie pu faire le moindre usage. Si cela continue, je crois qu'à la fin je serai un sot : il semble que ce soit mon étoile, et que je ne puisse m'en dispenser. Hier,

1. [« Traits d'esprit brillants et surprenants, qui semblent échapper. »]

j'avais espéré de briller avec trois ou quatre vieilles femmes qui certainement ne m'en imposent point, et je devais dire les plus jolies choses du monde : je fus plus d'un quart d'heure à diriger ma conversation ; mais elles ne tinrent jamais un propos suivi, et elles coupè-rent, comme des Parques fatales, le fil de tous mes discours. Veux-tu que je te dise ? La réputation de bel esprit coûte bien à soutenir [1]. Je ne sais comment tu as fait pour y parvenir. – Il me vient une pensée, reprit l'autre : travaillons de concert à nous donner de l'esprit ; associons-nous pour cela. Chaque jour, nous nous dirons de quoi nous devons parler, et nous nous secourrons si bien que, si quelqu'un vient nous interrompre au milieu de nos idées, nous l'attirerons nous-mêmes, et, s'il ne veut pas venir de bon gré, nous lui ferons violence. Nous conviendrons des endroits où il faudra approuver, de ceux où il faudra sourire, des autres où il faudra rire tout à fait et à gorge déployée. Tu verras que nous donnerons le ton à toutes les conversations, et qu'on admirera la vivacité de notre esprit et le bonheur de nos reparties. Nous nous protégerons par des signes de tête mutuels. Tu brilleras aujourd'hui ; demain tu seras mon second. J'entrerai avec toi dans une maison, et je m'écrierai en te montrant : "Il faut que je vous dise une réponse bien plaisante que Monsieur vient de faire à un homme que nous avons trouvé dans la rue." Et je me tournerai vers toi : "Il ne s'y attendait pas ; il a été bien étonné." Je réciterai quelques-uns de mes vers, et tu diras : "J'y étais quand il les fit ; c'était dans un souper, et il ne rêva [2] pas un moment." Souvent même nous nous

1. « La réputation de bel esprit coûte bien à soutenir. » Le Cydias de La Bruyère (V, 75) pensait de même et s'était ménagé un ami « qui n'avait point d'autre fonction sur la terre que... de le présenter dans les maisons comme homme rare et d'une exquise conversa-tion ». **2.** [Réfléchit.]

raillerons, toi et moi, et l'on dira : "Voyez comme ils s'attaquent, comme ils se défendent ! Ils ne s'épargnent pas. Voyons comment il sortira de là. À merveille ! Quelle présence d'esprit ! Voilà une véritable bataille." Mais on ne dira pas que nous nous étions escarmouchés la veille. Il faudra acheter de certains livres qui sont des recueils de bons mots composés à l'usage de ceux qui n'ont point d'esprit, et qui en veulent contrefaire : tout dépend d'avoir des modèles. Je veux qu'avant six mois nous soyons en état de tenir une conversation d'une heure toute remplie de bons mots. Mais il faudra avoir une attention : c'est de soutenir leur fortune. Ce n'est pas assez de dire un bon mot ; il faut le répandre et le semer partout. Sans cela, autant de perdu ; et je t'avoue qu'il n'y a rien de si désolant que de voir une jolie chose qu'on a dite mourir dans l'oreille d'un sot qui l'entend. Il est vrai que souvent il y a une compensation, et que nous disons aussi bien des sottises qui passent *incognito* ; et c'est la seule chose qui peut nous consoler dans cette occasion. Voilà, mon cher, le parti qu'il nous faut prendre. Fais ce que je te dirai, et je te promets avant six mois une place à l'Académie. C'est pour te dire que le travail ne sera pas long : car pour lors tu pourras renoncer à ton art ; tu seras homme d'esprit malgré que tu en aies. On remarque en France que, dès qu'un homme entre dans une compagnie, il prend d'abord ce qu'on appelle *l'esprit du corps*. Tu seras de même, et je ne crains pour toi que l'embarras des applaudissements. »

De Paris, le 6 de la lune de Zilcadé, 1714.

LETTRE LV

Chez les peuples d'Europe, le premier quart d'heure du mariage aplanit toutes les difficultés : les dernières faveurs sont toujours de même date que la bénédiction nuptiale ; les femmes n'y font point comme nos Persanes, qui disputent le terrain quelquefois des mois entiers [1] ; il n'y a rien de si plénier : si elles ne perdent rien, c'est qu'elles n'ont rien à perdre ; mais on sait toujours, chose honteuse ! le moment de leur défaite, et, sans consulter les astres, on peut prédire au juste l'heure de la naissance de leurs enfants.

Les Français ne parlent presque jamais de leurs femmes ; c'est qu'ils ont peur d'en parler devant des gens qui les connaissent mieux qu'eux.

Il y a parmi eux des hommes très malheureux que personne ne console : ce sont les maris jaloux. Il y en a que tout le monde hait : ce sont les maris jaloux. Il y en a que tous les hommes méprisent : ce sont encore les maris jaloux.

Aussi n'y a-t-il point de pays où ils soient en si petit nombre que chez les Français. Leur tranquillité n'est pas fondée sur la confiance qu'ils ont en leurs femmes ; c'est, au contraire, sur la mauvaise opinion qu'ils en ont. Toutes les sages précautions des Asiatiques, les voiles qui les couvrent, les prisons où elles sont détenues, la vigilance des eunuques, leur paraissent des moyens plus propres à exercer l'industrie de ce sexe qu'à la lasser. Ici les maris prennent leur parti de bonne grâce et regardent les infidélités comme des coups d'une étoile inévitable. Un mari qui voudrait seul posséder sa

1. Reprise d'un thème développé dans la Lettre XXVI et issu de Chardin (I, p. 168).

femme serait regardé comme un perturbateur de la joie publique et comme un insensé qui voudrait jouir de la lumière du soleil à l'exclusion des autres hommes [1].

Ici un mari qui aime sa femme est un homme qui n'a pas assez de mérite pour se faire aimer d'une autre ; qui abuse de la nécessité de la loi pour suppléer aux agréments qui lui manquent ; qui se sert de tous ses avantages au préjudice d'une société entière ; qui s'approprie ce qui ne lui avait été donné qu'en engagement, et qui agit autant qu'il est en lui pour renverser une convention tacite qui fait le bonheur de l'un et de l'autre sexe. Ce titre de mari d'une jolie femme, qui se cache en Asie avec tant de soin, se porte ici sans inquiétude : on se sent en état de faire diversion partout. Un prince se console de la perte d'une place par la prise d'une autre. Dans le temps que le Turc nous prenait Bagdad, n'enlevions-nous pas au Mogol la forteresse de Candahar [2] ?

Un homme qui, en général, souffre les infidélités de sa femme n'est point désapprouvé ; au contraire, on le loue de sa prudence : il n'y a que les cas particuliers qui déshonorent.

1. C'est l'opinion de Cotolendi dans la *Lettre d'un Sicilien* : « C'est ici le pays du plaisir ; les amants n'y soupirent guère, la jalousie ne tourmente personne » (*op. cit.*, p. 362) ; « L'adultère y passe pour une galanterie dans l'esprit même des maris qui voyent tranquillement faire l'amour à leurs femmes » (*ibid.*, p. 366). On trouvait déjà dans La Bruyère (5e édition, 1690, XIV, 35) le regret de voir le mariage tombé en discrédit. On en rougira bientôt avec *Le Philosophe marié* de Destouches (1727), et *Le Préjugé à la mode* de Nivelle de La Chaussée (1735). **2.** *L'Espion turc* (t. I, p. 237) décrivait le siège de Bagdad par le sultan Amurat IV ; la ville défendue par les troupes de Séfi Ier fut prise le 15 août 1638. Quant à la ville de Kandahar, livrée au Grand Mogol par le Khan Ali Merdan, elle fut reprise par Abbas II, fils de Séfi Ier, en 1649 (cf. Tavernier, *op. cit.*, livre V, p. 574). La corrélation des deux événements est donc approximative.

Ce n'est pas qu'il n'y ait des dames vertueuses, et on peut dire qu'elles sont distinguées : mon conducteur me les faisait toujours remarquer. Mais elles étaient toutes si laides qu'il faut être un saint pour ne pas haïr la vertu.

Après ce que je t'ai dit des mœurs de ce pays-ci, tu t'imagines facilement que les Français ne s'y piquent guère de constance. Ils croient qu'il est aussi ridicule de jurer à une femme qu'on l'aimera toujours, que de soutenir qu'on se portera toujours bien, ou qu'on sera toujours heureux. Quand ils promettent à une femme qu'ils l'aimeront toujours, ils supposent qu'elle, de son côté, leur promet d'être toujours aimable, et, si elle manque à sa parole, ils ne se croient plus engagés à la leur.

De Paris, le 7 de la lune de Zilcadé, 1714.

LETTRE LVI

USBEK À IBBEN, À SMYRNE

Le jeu est très en usage en Europe : c'est un état que d'être joueur[1]. Ce seul titre tient lieu de naissance, de bien, de probité[2] : il met tout homme qui le porte au

1. Usbek répond au mot de La Bruyère sur la passion du jeu en Europe (*Caractères*, VI, 71) : « C'est peut-être l'une de ces choses qui nous rendent barbares à l'autre partie du monde et que les Orientaux qui viennent jusqu'à nous remportent sur leurs tablettes. » **2.** La Bruyère disait que le jeu « égale les conditions » (VI, 71). Dufresny dans son *Amusement* X (*op. cit.*, p. 47) reconnaissait dans le jeu de lansquenet « une espèce de république mal policée où tout le monde devient égal : le dernier de tous les hommes, l'argent à la main, vient prendre au-dessus d'un duc et pair le rang que sa carte lui donne ».

rang des honnêtes gens, sans examen, quoiqu'il n'y ait personne qui ne sache qu'en jugeant ainsi il s'est trompé très souvent ; mais on est convenu d'être incorrigible.

Les femmes y sont surtout très adonnées[1]. Il est vrai qu'elles ne s'y livrent guère dans leur jeunesse que pour favoriser une passion plus chère ; mais, à mesure qu'elles vieillissent, leur passion pour le jeu semble rajeunir, et cette passion remplit tout le vide des autres.

Elles veulent ruiner leurs maris, et, pour y parvenir, elles ont des moyens pour tous les âges, depuis la plus tendre jeunesse jusques à la vieillesse la plus décrépite : les habits et les équipages commencent le dérangement ; la coquetterie l'augmente ; le jeu l'achève.

J'ai vu souvent neuf ou dix femmes, ou plutôt neuf ou dix siècles rangées autour d'une table ; je les ai vues dans leurs espérances, dans leurs craintes, dans leurs joies, surtout dans leurs fureurs. Tu aurais dit qu'elles n'auraient jamais le temps de s'apaiser, et que la vie allait les quitter avant leur désespoir ; tu aurais été en doute si ceux qu'elles payaient étaient leurs créanciers ou leurs légataires.

Il semble que notre saint Prophète ait eu principalement en vue de nous priver de tout ce qui peut troubler notre raison : il nous a interdit l'usage du vin, qui la tient ensevelie ; il nous a, par un précepte exprès, défendu les jeux de hasard[2] ; et, quand il lui a été impossible d'ôter la cause des passions, il les a amorties. L'amour, parmi nous, ne porte ni trouble ni fureur ; c'est une passion languissante, qui laisse notre âme dans le

1. Dufresny avait donné *La Joueuse* en 1709. **2.** Cf. Coran, V, 92 : « Ô croyants, le vin, les jeux de hasard, les statues et le sort des flèches sont une abomination inventée par Satan. Abstenez-vous en » ; V, 93 : « Le démon se servirait du vin et du jeu pour allumer parmi vous le feu des dissensions et vous détourner du souvenir de Dieu et de la prière » (trad. Du Ryer, *op. cit.*, p. 94).

calme : la pluralité des femmes nous sauve de leur empire ; elle tempère la violence de nos désirs.

De Paris, le 10 de la lune de Zilhagé, 1714.

LETTRE LVII

USBEK À RHÉDI, À VENISE

Les libertins entretiennent ici un nombre infini de filles de joie, et les dévots, un nombre innombrable de dervis. Ces dervis font trois vœux : d'obéissance, de pauvreté et de chasteté. On dit que le premier est le mieux observé de tous ; quant au second, je te réponds qu'il ne l'est point ; je te laisse à juger du troisième [1].

Mais, quelque riches que soient ces dervis, ils ne quittent jamais la qualité de pauvres ; notre glorieux sultan renoncerait plutôt à ses magnifiques et sublimes titres. Ils ont raison : car ce titre de pauvre les empêche de l'être.

Les médecins et quelques-uns de ces dervis qu'on appelle *confesseurs* sont toujours ici ou trop estimés ou trop méprisés ; cependant on dit que les héritiers s'accommodent mieux des médecins que des confesseurs.

Je fus l'autre jour dans un couvent de ces dervis. Un

1. Antoine Adam donne la source de ce mot ; c'est Tournefort, à propos des dervis véritables : « Ces dervis font vœu de pauvreté, de chasteté et d'obéissance ; mais ils se dispensent aisément des deux premiers » (Lyon, Anisson, 1717, II, p. 113). Ricaut disait déjà d'eux (*op. cit.*, II, 13, p. 340) : « Ils font profession de pauvreté, de chasteté et d'obéissance, comme les Capucins et les autres religieux de l'ordre de Saint François. » L'assimilation des dervis et des moines est donc fort ancienne.

d'entre eux, vénérable par ses cheveux blancs, m'accueillit fort honnêtement ; il me fit voir toute la maison ; nous entrâmes dans le jardin, et nous nous mîmes à discourir. « Mon père, lui dis-je, quel emploi avez-vous dans la communauté ? – Monsieur, me répondit-il avec un air très content de ma question, je suis casuiste. – Casuiste ? repris-je : depuis que je suis en France, je n'ai pas ouï parler de cette charge. – Quoi ! vous ne savez pas ce que c'est qu'un casuiste ? Eh bien ! écoutez : je vais vous en donner une idée qui ne vous laissera rien à désirer. Il y a deux sortes de péchés : de mortels, qui excluent absolument du paradis ; et de véniels, qui offensent Dieu à la vérité, mais ne l'irritent pas au point de nous priver de la béatitude. Or tout notre art consiste à bien distinguer ces deux sortes de péchés : car, à la réserve de quelques libertins, tous les chrétiens veulent gagner le paradis ; mais il n'y a guère personne qui ne le veuille gagner à meilleur marché qu'il est possible. Quand on connaît bien les péchés mortels, on tâche de ne pas commettre de ceux-là, et l'on fait son affaire. Il y a des hommes qui n'aspirent pas à une si grande perfection, et, comme ils n'ont point d'ambition, ils ne se soucient pas des premières places. Aussi entrent-ils en paradis le plus juste qu'ils peuvent ; pourvu qu'ils y soient, cela leur suffit[1] : leur but est de n'en faire ni plus ni moins. Ce sont des gens qui ravissent le Ciel[2], plutôt qu'ils ne l'obtiennent, et qui disent à Dieu : "Seigneur, j'ai accompli les conditions à la rigueur ; vous ne pouvez vous empêcher de tenir vos promesses : comme je n'en ai pas fait plus que vous n'en avez demandé, je vous dispense de m'en accorder plus

1. Le souvenir de Pascal et des *Provinciales* affleure dans cette lettre. « Qu'importe, dit le Père de la IX^e lettre, par où nous entrions dans le paradis, moyennant que nous y entrions ? »
2. L'expression est de l'Écriture : « *Violenti rapiunt illud* » (Matthieu XI, 12).

que vous n'en avez promis." Nous sommes donc des gens nécessaires, monsieur. Ce n'est pas tout pourtant ; vous allez bien voir autre chose. L'action ne fait pas le crime, c'est la connaissance de celui qui la commet : celui qui fait un mal, tandis qu'il peut croire que ce n'en est pas un, est en sûreté de conscience [1] ; et comme il y a un nombre infini d'actions équivoques, un casuiste peut leur donner un degré de bonté qu'elles n'ont point, en les déclarant bonnes ; et, pourvu qu'il puisse persuader qu'elles n'ont pas de venin, il le leur ôte tout entier. Je vous dis ici le secret d'un métier où j'ai vieilli ; je vous en fais voir les raffinements [2] : il y a un tour à donner à tout, même aux choses qui en paraissent les moins susceptibles. – Mon père, lui dis-je, cela est fort bon ; mais comment vous accommodez-vous avec le Ciel ? Si le Sophi avait à sa cour un homme qui fît à son égard ce que vous faites contre votre Dieu, qui mît de la différence entre ses ordres, et qui apprît à ses sujets dans quel cas ils doivent les exécuter, et dans quel autre ils peuvent les violer, il le ferait empaler sur l'heure. » Je saluai mon dervis et le quittai sans attendre sa réponse.

De Paris, le 25 de la lune de Maharram, 1714.

1. Cf. *Provinciales*, XIII[e] lettre : « La spéculation est ce qui détermine à l'action. D'où il s'ensuit qu'on peut en *sûreté de conscience* suivre dans la pratique les opinions probables dans la spéculation. » À remarquer dans les *Pensées* de Montesquieu (n° 1059) un portrait moins noir du casuiste. **2.** Cf. Marana (*op. cit.*, V, p. 4, 1[re] lettre : « Allez-vous-en consulter ces gens sur quelques matières douteuses, ils vous accrocheront par des termes recherchés et des problèmes bizarres... Ils tâcheront de vous faire accroire qu'ils ont la clef du cabinet éternel... »

LETTRE LVIII

RICA À RHÉDI, À VENISE

À Paris, mon cher Rhédi, il y a bien des métiers. Là un homme obligeant vient, pour un peu d'argent, vous offrir le secret de faire de l'or.

Un autre vous promet de vous faire coucher avec les esprits aériens, pourvu que vous soyez seulement trente ans sans voir de femmes.

Vous trouverez encore des devins si habiles qu'ils vous diront toute votre vie, pourvu qu'ils aient seulement eu un quart d'heure de conversation avec vos domestiques.

Des femmes adroites font de la virginité une fleur qui fleurit et renaît tous les jours [1], et se cueille la centième fois plus douloureusement que la première.

Il y en a d'autres qui, réparant par la force de leur art toutes les injures du temps, savent rétablir sur un visage une beauté qui chancelle, et même rappeler une femme du sommet de la vieillesse pour la faire redescendre jusqu'à la jeunesse la plus tendre.

Tous ces gens-là vivent ou cherchent à vivre dans une ville qui est la mère de l'invention.

Les revenus des citoyens ne s'y afferment point : ils ne consistent qu'en esprit et en industrie [2] ; chacun a la sienne, qu'il fait valoir de son mieux.

Qui voudrait nombrer tous les gens de loi qui poursuivent le revenu de quelque mosquée, aurait aussi tôt compté les sables de la mer et les esclaves de notre monarque.

1. [On utilisait à cet effet des astringents ; voir Pierre Darmon, *Le Tribunal de l'impuissance*, Paris, Seuil, 1979, p. 173-178.]
2. [Parce que l'esprit et l'industrie (au sens d'*adresse*) ne sont pas des revenus sûrs comme ceux auxquels s'applique la Ferme royale (perception des impôts) : sens probable.]

Un nombre infini de maîtres de langues, d'arts et de sciences, enseignent ce qu'ils ne savent pas, et ce talent est bien considérable : car il ne faut pas beaucoup d'esprit pour montrer ce qu'on sait ; mais il en faut infiniment pour enseigner ce qu'on ignore.

On ne peut mourir ici que subitement ; la mort ne saurait autrement exercer son empire : car il y a dans tous les coins des gens qui ont des remèdes infaillibles contre toutes les maladies imaginables.

Toutes les boutiques sont tendues de fils invisibles où se vont prendre tous les acheteurs. L'on en sort pourtant quelquefois à bon marché : une jeune marchande cajole un homme une heure entière pour lui faire acheter un paquet de cure-dents [1].

Il n'y a personne qui ne sorte de cette ville plus précautionné qu'il n'y est entré ; à force de faire part de son bien aux autres, on apprend à le conserver ; seul avantage des étrangers dans cette ville enchanteresse.

De Paris, le 10 de la lune de Saphar, 1714.

LETTRE LIX

RICA À USBEK, À ***

J'étais l'autre jour dans une maison où il y avait un cercle de gens de toute espèce : je trouvai la conversation occupée par des vieilles femmes, qui avaient en vain

1. Cotolendi, dans sa *Lettre d'un Sicilien*, insistait sur les originaux de Paris. L'alchimiste obligeant y apparaissait (*op. cit.*, p. 364), de même que les maîtres de langues (*ibid.*, p. 368) et les jolies marchandes du palais de justice (*ibid.*, p. 352 et 373). À propos de ces dernières, Dufresny avait apprécié « leur voix argentine » (*Amusement* IV, *op. cit.*, p. 15).

travaillé tout le matin à se rajeunir. « Il faut avouer, disait une d'entre elles, que les hommes d'aujourd'hui sont bien différents de ceux que nous voyions dans notre jeunesse : ils étaient polis, gracieux, complaisants. Mais, à présent, je les trouve d'une brutalité insupportable. – Tout est changé, dit pour lors un homme qui paraissait accablé de goutte. Le temps n'est plus comme il était : il y a quarante ans, tout le monde se portait bien ; on marchait ; on était gai ; on ne demandait qu'à rire et à danser. À présent, tout le monde est d'une tristesse insupportable. » Un moment après, la conversation tourna du côté de la politique. « Morbleu ! dit un vieux seigneur, l'État n'est plus gouverné : trouvez-moi à présent un ministre comme M. Colbert [1]. Je le connaissais beaucoup, ce M. Colbert : il était de mes amis ; il me faisait toujours payer de mes pensions avant qui que ce fût. Le bel ordre qu'il y avait dans les finances ! Tout le monde était à son aise. Mais aujourd'hui je suis ruiné. – Monsieur, dit pour lors un ecclésiastique, vous parlez là du temps le plus miraculeux de notre invincible monarque. Y a-t-il rien de si grand que ce qu'il faisait alors pour détruire l'hérésie ? – Et comptez-vous pour rien l'abolition des duels ? dit, d'un air content, un autre homme qui n'avait point encore parlé. – La remarque est judicieuse, me dit quelqu'un à l'oreille : cet homme est charmé de l'édit, et il l'observe si bien qu'il y a six mois qu'il reçut cent coups de bâton pour ne le pas violer [2]. »

Il me semble, Usbek, que nous ne jugeons jamais des choses que par un retour secret que nous faisons sur nous-mêmes. Je ne suis pas surpris que les nègres peignent le diable d'une blancheur éblouissante et leurs dieux noirs comme du charbon ; que la Vénus de

1. [Colbert est mort en 1683.] **2.** [Le bâton est appliqué aux roturiers, l'épée étant réservée aux nobles.]

certains peuples ait des mamelles qui lui pendent jus-
ques aux cuisses ; et qu'enfin tous les idolâtres aient
représenté leurs dieux avec une figure humaine et leur
aient fait part de toutes leurs inclinations. On a dit fort
bien que, si les triangles faisaient un dieu, ils lui don-
neraient trois côtés[1].

Mon cher Usbek, quand je vois des hommes qui ram-
pent sur un atome, c'est-à-dire la terre, qui n'est qu'un
point de l'univers, se proposer directement pour modèles
de la Providence, je ne sais comment accorder tant
d'extravagance avec tant de petitesse.

De Paris, le 14 de la lune de Saphar, 1714.

LETTRE LX

USBEK À IBBEN, À SMYRNE

Tu me demandes s'il y a des juifs en France ? Sache
que, partout où il y a de l'argent, il y a des juifs. Tu me
demandes ce qu'ils y font ? Précisément ce qu'ils font
en Perse[2] : rien ne ressemble plus à un juif d'Asie qu'un
juif européen.

Ils font paraître chez les chrétiens, comme parmi

1. [Souvenir de Spinoza, *Traité théologico-politique*, dans
Œuvres, « Pléiade », 1954, p. 1302 : « Je crois que le triangle, s'il
était doué de parole, dirait ... que Dieu est éminemment triangulaire,
et le cercle, que la nature de Dieu est éminemment circulaire. » Cette
remarque se trouve aussi dans des notes inscrites en marge d'un
ouvrage de Cicéron (aujourd'hui perdu), ce qui prouve incontesta-
blement l'emprunt.] **2.** Cf. Chardin (*op. cit.*, II, 306) : « Les
juifs étaient les grands usuriers du pays avant la venue des gentils
indiens. »

nous, une obstination invincible pour leur religion, qui va jusques à la folie.

La religion juive est un vieux tronc qui a produit deux branches qui ont couvert toute la terre : je veux dire le mahométisme et le christianisme ; ou plutôt c'est une mère qui a engendré deux filles, qui l'ont accablée de mille plaies[1] : car, en fait de religion, les plus proches sont les plus grandes ennemies. Mais, quelque mauvais traitements qu'elle en ait reçus, elle ne laisse pas de se glorifier de les avoir mises au monde ; elle se sert de l'une et de l'autre pour embrasser le monde entier, tandis que, d'un autre côté, sa vieillesse vénérable embrasse tous les temps.

Les juifs se regardent donc comme la source de toute sainteté et l'origine de toute religion. Ils nous regardent, au contraire, comme des hérétiques, qui ont changé la loi, ou plutôt comme des juifs rebelles.

Si le changement s'était fait insensiblement, ils croient qu'ils auraient été facilement séduits ; mais, comme il s'est fait tout à coup et d'une manière violente, comme ils peuvent marquer le jour et l'heure de l'une et de l'autre naissance, ils se scandalisent de trouver en nous des âges et se tiennent fermes à une religion que le monde même n'a pas précédée.

Ils n'ont jamais eu dans l'Europe un calme pareil à celui dont ils jouissent. On commence à se défaire parmi les chrétiens de cet esprit d'intolérance qui les animait. On s'est mal trouvé, en Espagne, de les avoir chassés, et, en France, d'avoir fatigué des chrétiens dont la croyance différait un peu de celle du prince. On s'est aperçu que le zèle pour les progrès de la religion est différent de l'attachement qu'on doit avoir pour elle, et

1. Voltaire reprendra l'idée dans son *Sottisier* (Garnier, s. d., p. 141) : « La religion juive, mère du christianisme, grand-mère du mahométisme, battue par son fils et par son petit-fils. »

que, pour l'aimer et l'observer, il n'est pas nécessaire de haïr et de persécuter ceux qui ne l'observent pas.

Il serait à souhaiter que nos musulmans pensassent aussi sensément sur cet article que les chrétiens ; que l'on pût, une bonne fois, faire la paix entre Hali et Abubeker [1] et laisser à Dieu le soin de décider des mérites de ces saints prophètes. Je voudrais qu'on les honorât par des actes de vénération et de respect, et non pas par de vaines préférences ; et qu'on cherchât à mériter leur faveur, quelque place que Dieu leur ait marquée, soit à sa droite, ou bien sous le marchepied de son trône.

De Paris, le 18 de la lune de Saphar, 1714.

LETTRE LXI

USBEK À RHÉDI, À VENISE

J'entrai l'autre jour dans une église fameuse qu'on appelle *Notre-Dame*. Pendant que j'admirais ce superbe édifice, j'eus occasion de m'entretenir avec un ecclésiastique que la curiosité y avait attiré comme moi. La conversation tomba sur la tranquillité de sa profession.

« La plupart des gens, me dit-il, envient le bonheur de notre état, et ils ont raison. Cependant, il a ses

1. *L'Espion turc* déplorait de même le schisme musulman (*op. cit.*, t. II, lettre 2, p. 43) : « Il faut que les Persans ou nous ayons tort. Rien ne m'assure que nous ayons raison, si ce n'est nos docteurs, partisans d'Osman et d'Ebubeker qui le soutiennent et qui, autant que j'en puis juger, ne sont pas plus infaillibles que les disciples d'Haly. Chacun se vante d'avoir le vrai sens des divins oracles et anathématise l'autre comme hérétique. La vérité ne se contredit point. »

désagréments. Nous ne sommes points si séparés du monde que nous n'y soyons appelés en mille occasions ; là, nous avons un rôle très difficile à soutenir.

« Les gens du monde sont étonnants : ils ne peuvent souffrir notre approbation, ni nos censures : si nous les voulons corriger, ils nous trouvent ridicules ; si nous les approuvons, ils nous regardent comme des gens au-dessous de notre caractère. Il n'y a rien de si humiliant que de penser qu'on a scandalisé les impies mêmes. Nous sommes donc obligés de tenir une conduite équivoque et d'en imposer aux libertins, non pas par un caractère décidé, mais par l'incertitude où nous les mettons de la manière dont nous recevons leurs discours. Il faut avoir beaucoup d'esprit pour cela : cet état de neutralité est difficile. Les gens du monde, qui hasardent tout, qui se livrent à toutes leurs saillies, qui, selon le succès, les poussent ou les abandonnent, réussissent bien mieux [1].

Ce n'est pas tout : cet état si heureux et si tranquille, que l'on vante tant, nous ne le conservons pas dans le monde. Dès que nous y paraissons, on nous fait disputer : on nous fait entreprendre, par exemple, de prouver l'utilité de la prière à un homme qui ne croit pas en Dieu, la nécessité du jeûne à un autre qui a nié toute sa vie l'immortalité de l'âme : l'entreprise est laborieuse, et les rieurs ne sont pas pour nous. Il y a plus : une certaine envie d'attirer les autres dans nos opinions nous tourmente sans cesse et est, pour ainsi dire, attachée à notre profession. Cela est aussi ridicule que si on voyait les Européens travailler, en faveur de la nature humaine [2], à

1. Nulle page ne marque mieux l'anticléricalisme de Montesquieu : la condition du prêtre est ambiguë dans le monde et son intervention trouble l'État. Dans les *Pensées*, il donnera cette formule : « S'ils sont de bons religieux, ils entendent mal les affaires du siècle. S'ils entendent les affaires du siècle, ils sont de mauvais religieux [(n° 430)]. » 2. [Synonyme de « genre humain ».]

blanchir le visage des Africains. Nous troublons l'État, nous nous tourmentons nous-mêmes pour faire recevoir des points de religion qui ne sont point fondamentaux, et nous ressemblons à ce conquérant de la Chine qui poussa ses sujets à une révolte générale pour les avoir voulu obliger à se rogner les cheveux ou les ongles.

Le zèle même que nous avons pour faire remplir à ceux dont nous sommes chargés les devoirs de notre sainte religion, est souvent dangereux, et il ne saurait être accompagné de trop de prudence. Un empereur nommé *Théodose* fit passer au fil de l'épée tous les habitants d'une ville [1], même les femmes et les enfants ; s'étant ensuite présenté pour entrer dans une église, un évêque nommé *Ambroise* lui fit fermer les portes, comme à un meurtrier et un sacrilège ; et, en cela, il fit une action héroïque. Cet empereur, ayant ensuite fait la pénitence qu'un tel crime exigeait, étant admis dans l'église, alla se placer parmi les prêtres ; le même évêque l'en fit sortir, et, en cela, il fit l'action d'un fanatique : tant il est vrai que l'on doit se défier de son zèle. Qu'importait à la religion ou à l'État que ce prince eût ou n'eût pas une place parmi les prêtres ? »

De Paris, le premier de la lune de Rebiab 1, 1714.

1. Cette allusion au massacre de Thessalonique en 390 et à la pénitence imposée par saint Ambroise viendrait, selon l'abbé Gaultier (*op. cit.*, p. 101), du *Tractatus theologico-politicus* de Spinoza (Garnier, chap. XIX, p. 360) : « En traitant un saint Ambroise de fanatique et de fou, ce n'est pas nuire à la réputation de saint Ambroise…, mais c'est se décrier gratuitement et s'afficher dans tous les siècles pour un impie et un forcené. » Montesquieu tint compte de cette sortie de l'abbé Gaultier et supprima l'épithète de « fou ». L'influence de Spinoza est possible : Montesquieu possédait l'ouvrage dans sa bibliothèque parisienne (*op. cit.*, p. 243, n° 47). Mais les détails sur l'expulsion de Théodose, absents du *Tractatus*, viennent du récit de Théodoret (*Histoire ecclésiastique*, V, 17) [, qui loue les deux personnages.]

LETTRE LXII

ZÉLIS À USBEK, À PARIS

Ta fille ayant atteint sa septième année [1], j'ai cru qu'il était temps de la faire passer dans les appartements intérieurs du sérail et de ne point attendre qu'elle ait dix ans pour la confier aux eunuques noirs. On ne saurait de trop bonne heure priver une jeune personne des libertés de l'enfance et lui donner une éducation sainte dans les sacrés murs où la pudeur habite.

Car je ne puis être de l'avis de ces mères qui ne renferment leurs filles que lorsqu'elles sont sur le point de leur donner un époux ; qui, les condamnant au sérail plutôt qu'elles ne les y consacrent, leur font embrasser violemment une manière de vie qu'elles auraient dû leur inspirer. Faut-il tout attendre de la force de la raison, et rien de la douceur de l'habitude ?

C'est en vain que l'on nous parle de la subordination où la nature nous a mises. Ce n'est pas assez de nous la faire sentir : il faut nous la faire pratiquer, afin qu'elle nous soutienne dans ce temps critique où les passions commencent à naître et à nous encourager à l'indépendance.

Si nous n'étions attachées à vous que par le devoir, nous pourrions quelquefois l'oublier. Si nous n'y étions entraînées que par le penchant, peut-être un penchant plus fort pourrait l'affaiblir. Mais, quand les lois nous

1. Cf. Chardin, *op. cit.* (t. II, p. 52) : « On ne renferme les filles en Perse qu'à l'âge de six ou sept ans ; et avant cet âge-là, elles sortent quelquefois du serrail avec leur père en sorte qu'on peut les voir. »

donnent à un homme, elles nous dérobent à tous les autres et nous mettent aussi loin d'eux que si nous en étions à cent mille lieues.

La nature, industrieuse en faveur des hommes, ne s'est pas bornée à leur donner des désirs : elle a voulu que nous en eussions nous-mêmes, et que nous fussions des instruments animés de leur félicité ; elle nous a mises dans le feu des passions, pour les faire vivre tranquilles ; s'ils sortent de leur insensibilité, elle nous a destinées à les y faire rentrer, sans que nous puissions jamais goûter cet heureux état où nous les mettons.

Cependant, Usbek, ne t'imagine pas que ta situation soit plus heureuse que la mienne : j'ai goûté ici mille plaisirs que tu ne connais pas ; mon imagination a travaillé sans cesse à m'en faire connaître le prix ; j'ai vécu, et tu n'as fait que languir.

Dans la prison même où tu me retiens, je suis plus libre que toi : tu ne saurais redoubler tes attentions pour me faire garder, que je ne jouisse de tes inquiétudes ; et tes soupçons, ta jalousie, tes chagrins sont autant de marques de ta dépendance.

Continue, cher Usbek : fais veiller sur moi nuit et jour ; ne te fie pas même aux précautions ordinaires ; augmente mon bonheur en assurant le tien ; et sache que je ne redoute rien que ton indifférence.

Du sérail d'Ispahan,
le 2 de la lune de Rebiab 1, 1714.

LETTRE LXIII

RICA À USBEK, À ***

Je crois que tu veux passer ta vie à la campagne : je ne te perdais au commencement que pour deux ou trois jours, et en voilà quinze que je ne t'ai vu. Il est vrai que tu es dans une maison charmante, que tu y trouves une société qui te convient, que tu y raisonnes tout à ton aise : il n'en faut pas davantage pour te faire oublier tout l'univers.

Pour moi, je mène à peu près la même vie que tu m'as vu mener : je me répands dans le monde, et je cherche à le connaître. Mon esprit perd insensiblement tout ce qui lui reste d'asiatique, et se plie sans effort aux mœurs européennes. Je ne suis plus si étonné de voir dans une maison cinq ou six femmes avec cinq ou six hommes, et je trouve que cela n'est pas mal imaginé.

Je le puis dire : je ne connais les femmes que depuis que je suis ici ; j'en ai plus appris dans un mois que je n'aurais fait en trente ans dans un sérail.

Chez nous, les caractères sont tous uniformes, parce qu'ils sont forcés : on ne voit point les gens tels qu'ils sont, mais tels qu'on les oblige d'être. Dans cette servitude du cœur et de l'esprit, on n'entend parler que la crainte, qui n'a qu'un langage, et non pas la nature, qui s'exprime si différemment, et qui paraît sous tant de formes.

La dissimulation, cet art parmi nous si pratiqué et si nécessaire, est ici inconnue : tout parle, tout se voit, tout s'entend ; le cœur se montre comme le visage ; dans les mœurs, dans la vertu, dans le vice même, on aperçoit toujours quelque chose de naïf.

Il faut, pour plaire aux femmes, un certain talent différent de celui qui leur plaît encore davantage : il

consiste dans une espèce de badinage dans l'esprit qui les amuse en ce qu'il semble leur promettre à chaque instant ce qu'on ne peut tenir que dans de trop longs intervalles.

Ce badinage, naturellement fait pour les toilettes[1], semble être parvenu à former le caractère général de la nation : on badine au Conseil ; on badine à la tête d'une armée ; on badine avec un ambassadeur. Les professions ne paraissent ridicules qu'à proportion du sérieux qu'on y met ; un médecin ne le serait plus si ses habits étaient moins lugubres, et s'il tuait ses malades en badinant.

De Paris, le 10 de la lune de Rebiab 1, 1714.

LETTRE LXIV

LE CHEF DES EUNUQUES NOIRS À USBEK, À PARIS

Je suis dans un embarras que je ne saurais t'exprimer, magnifique seigneur : le sérail est dans un désordre et une confusion épouvantables ; la guerre règne entre tes femmes ; tes eunuques sont partagés ; on n'entend que plaintes, que murmures, que reproches ; mes remontrances sont méprisées : tout semble permis dans ce temps de licence, et je n'ai plus qu'un vain titre dans le sérail.

Il n'y a aucune de tes femmes qui ne se juge au-dessus des autres par sa naissance, par sa beauté, par ses richesses, par son esprit, par ton amour, et qui ne fasse valoir quelques-uns de ces titres pour avoir toutes les préférences[2]. – Je perds à chaque instant cette longue

1. [Moment où l'on s'habille ou se déshabille et où l'on reçoit des visites.] **2.** Chardin consacre plusieurs pages aux désordres du sérail d'Ispahan (*op. cit.*, II, 280) : « Les femmes qui ont été dans

patience avec laquelle, néanmoins, j'ai eu le malheur de les mécontenter toutes : ma prudence, ma complaisance même (vertu si rare et si étrangère dans le poste que j'occupe), ont été inutiles.

Veux-tu que je te découvre, magnifique seigneur, la cause de tous ces désordres ? Elle est toute dans ton cœur et dans les tendres égards que tu as pour elles. Si tu ne me retenais pas la main ; si, au lieu de la voie des remontrances, tu me laissais celle des châtiments ; si, sans te laisser attendrir à leurs plaintes et à leurs larmes, tu les envoyais pleurer devant moi, qui ne m'attendris jamais : je les façonnerais bientôt au joug qu'elles doivent porter, et je lasserais leur humeur impérieuse et indépendante.

Enlevé dès l'âge de quinze ans au fond de l'Afrique, ma patrie [1], je fus d'abord vendu à un maître qui avait plus de vingt femmes ou concubines. Ayant jugé à mon air grave et taciturne que j'étais propre au sérail, il ordonna que l'on achevât de me rendre tel, et me fit faire une opération pénible dans les commencements, mais qui me fut heureuse dans la suite, parce qu'elle m'approcha de l'oreille et de la confiance de mes maîtres. J'entrai dans ce sérail, qui fut pour moi un nouveau monde. Le premier eunuque, l'homme le plus sévère que j'aie vu de ma vie, y gouvernait avec un empire absolu. On n'y entendait parler de divisions ni de querelles : un silence profond régnait partout [2] ; toutes ces femmes étaient couchées à la même heure, d'un bout de

le sérail rapportent des choses surprenantes de la passion avec laquelle les filles se font l'amour, de la jalousie qui y entre, comme aussi de celle que les favorites ont l'une contre l'autre jusqu'à la fureur, de leurs haines, de leurs trahisons, de leurs méchants tours. »

1. Chardin dit cependant que les eunuques noirs d'Ispahan ne viennent pas d'« Abissinie et d'Éthiopie, mais de la côte de Malabar où le teint est gris-brun plutôt que noir » (*op. cit.*, II, 279 et 284).

2. Antoine Adam indique la source directe, Chardin encore (*op. cit.*,

l'année à l'autre, et levées à la même heure ; elles entraient dans le bain tour à tour ; elles en sortaient au moindre signe que nous leur en faisions ; le reste du temps, elles étaient presque toujours enfermées dans leurs chambres. Il avait une règle, qui était de les faire tenir dans une grande propreté, et il avait pour cela des attentions inexprimables : le moindre refus d'obéir était puni sans miséricorde. « Je suis, disait-il, esclave ; mais je le suis d'un homme qui est votre maître et le mien, et j'use du pouvoir qu'il m'a donné sur vous : c'est lui qui vous châtie, et non pas moi, qui ne fais que prêter ma main. » Ces femmes n'entraient jamais dans la chambre de mon maître qu'elles n'y fussent appelées ; elles recevaient cette grâce avec joie et s'en voyaient privées sans se plaindre. Enfin, moi, qui étais le dernier des noirs dans ce sérail tranquille, j'étais mille fois plus respecté que je ne le suis dans le tien, où je les commande tous.

Dès que ce grand eunuque eut connu mon génie, il tourna les yeux de mon côté ; il parla de moi à mon maître, comme d'un homme capable de travailler selon ses vues et de lui succéder dans le poste qu'il remplissait. Il ne fut point étonné de ma grande jeunesse : il crut que mon attention me tiendrait lieu d'expérience. Que te dirai-je ? Je fis tant de progrès dans sa confiance

II, 277) : « On dit que l'ordre, le silence et l'obéissance du Haram est incompréhensible. » Sur l'étrange fidélité des eunuques, cf. Chardin (III, 113) : « Ils sont communément rudes, intraitables, vindicatifs ; de vrais ennemis du genre humain. Comme ils sont incapables d'aimer et d'être aimés et que d'ailleurs ce sont tous des hommes de néant, transportés dans un autre monde, sans avoir de relation qu'avec le maître qui les achète, ils n'ont ni tendresse ni pitié ; mais par cette même raison ils ont un attachement incomparable à leur maître et font pour lui ce qu'on ne pourrait faire pour son meilleur ami, pour ses parents, pour ses enfants, pour sa femme et pour sa patrie, parce que ce maître leur tient lieu de tout cela. »

qu'il ne faisait plus difficulté de mettre dans mes mains les clefs des lieux terribles qu'il gardait depuis si longtemps. C'est sous ce grand maître que j'appris l'art difficile de commander, et que je me formai aux maximes d'un gouvernement inflexible. J'étudiai sous lui le cœur des femmes ; il m'apprit à profiter de leurs faiblesses et à ne point m'étonner de leurs hauteurs. Souvent il se plaisait à me les voir conduire jusqu'au dernier retranchement de l'obéissance ; il les faisait ensuite revenir insensiblement et voulait que je parusse pour quelque temps plier moi-même. Mais il fallait le voir dans ces moments où il les trouvait tout près du désespoir, entre les prières et les reproches : il soutenait leurs larmes sans s'émouvoir et se sentait flatté de cette espèce de triomphe. « Voilà, disait-il d'un air content, comment il faut gouverner les femmes. Leur nombre ne m'embarrasse pas : je conduirais de même toutes celles de notre grand monarque. Comment un homme peut-il espérer de captiver leur cœur si ses fidèles eunuques n'ont commencé par soumettre leur esprit ? »

Il avait non seulement de la fermeté, mais aussi de la pénétration : il lisait leurs pensées et leurs dissimulations ; leurs gestes étudiés, leur visage feint, ne lui dérobaient rien ; il savait toutes leurs actions les plus cachées et leurs paroles les plus secrètes ; il se servait des unes pour connaître les autres, et il se plaisait à récompenser la moindre confidence. Comme elles n'abordaient leur mari que lorsqu'elles étaient averties, l'eunuque y appelait qui il voulait, et tournait les yeux de son maître sur celle qu'il avait en vue ; et cette distinction était la récompense de quelque secret révélé. Il avait persuadé son maître qu'il était du bon ordre qu'il lui laissât ce choix, afin de lui donner une autorité plus grande. Voilà comme on gouvernait, magnifique seigneur, dans un sérail qui était, je crois, le mieux réglé qu'il y eût en Perse.

Laisse-moi les mains libres ; permets que je me fasse obéir. Huit jours remettront l'ordre dans le sein de la confusion. C'est ce que ta gloire demande, et que ta sûreté exige.

De ton sérail d'Ispahan,
le 9 de la lune de Rebiab 1, 1714.

LETTRE LXV

USBEK À SES FEMMES, AU SÉRAIL D'ISPAHAN

J'apprends que le sérail est dans le désordre, et qu'il est rempli de querelles et de divisions intestines. Que vous recommandai-je en partant, que la paix et la bonne intelligence ? Vous me le promîtes. Était-ce pour me tromper ?

C'est vous qui seriez trompées si je voulais suivre les conseils que me donne le Grand eunuque, si je voulais employer mon autorité pour vous faire vivre comme mes exhortations le demandaient de vous.

Je ne sais me servir de ces moyens violents que lorsque j'ai tenté tous les autres. Faites donc en votre considération ce que vous n'avez pas voulu faire à la mienne.

Le Premier eunuque a grand sujet de se plaindre : il dit que vous n'avez aucun égard pour lui. Comment pouvez-vous accorder cette conduite avec la modestie de votre état ? N'est-ce pas à lui que, pendant mon absence, votre vertu est confiée ? C'est un trésor sacré, dont il est le dépositaire. Mais ces mépris que vous lui témoignez font voir que ceux qui sont chargés de vous faire vivre dans les lois de l'honneur vous sont à charge.

Changez donc de conduite, je vous prie, et faites en sorte que je puisse, une autre fois, rejeter les propo-

sitions que l'on me fait contre votre liberté et votre repos.

Car je voudrais vous faire oublier que je suis votre maître, pour me souvenir seulement que je suis votre époux.

De Paris, le 5 de la lune de Chahban, 1714.

LETTRE LXVI

RICA À ***

On s'attache ici beaucoup aux sciences ; mais je ne sais si on est fort savant. Celui qui doute de tout comme philosophe n'ose rien nier comme théologien[1]. Cet homme contradictoire est toujours content de lui, pourvu qu'on convienne des qualités.

La fureur de la plupart des Français, c'est d'avoir de l'esprit, et la fureur de ceux qui veulent avoir de l'esprit, c'est de faire des livres.

Cependant il n'y a rien de si mal imaginé : la nature semblait avoir sagement pourvu à ce que les sottises des hommes fussent passagères, et les livres les immortalisent. Un sot devrait être content d'avoir ennuyé tous ceux qui ont vécu avec lui : il veut encore tourmenter les races futures, il veut que sa sottise triomphe de l'oubli, dont il aurait pu jouir comme du tombeau ; il veut que la postérité soit informée qu'il a vécu, et qu'elle sache à jamais qu'il a été un sot.

De tous les auteurs, il n'y en a point que je méprise plus que les compilateurs, qui vont, de tous côtés, chercher des lambeaux des ouvrages des autres, qu'ils pla-

1. Serait-ce Descartes ?

quent dans les leurs, comme des pièces de gazon dans un parterre[1]. Ils ne sont point au-dessus de ces ouvriers d'imprimerie qui rangent des caractères qui, combinés ensemble, font un livre où ils n'ont fourni que la main. Je voudrais qu'on respectât les livres originaux, et il me semble que c'est une espèce de profanation de tirer les pièces qui les composent du sanctuaire où elles sont, pour les exposer à un mépris qu'elles ne méritent point.

Quand un homme n'a rien à dire de nouveau, que ne se tait-il ? Qu'a-t-on affaire de ces doubles emplois ? « Mais je veux donner un nouvel ordre. – Vous êtes un habile homme : vous venez dans ma bibliothèque, et vous mettez en bas les livres qui sont en haut, et en haut ceux qui sont en bas. C'est un beau chef-d'œuvre ! »

Je t'écris sur ce sujet, ***, parce que je suis outré d'un livre que je viens de quitter, qui est si gros qu'il semblait contenir la science universelle ; mais il m'a rompu la tête sans m'avoir rien appris.

Adieu.

De Paris, le 8 de la lune de Chahban, 1714.

LETTRE LXVII

IBBEN À USBEK, À PARIS

Trois vaisseaux sont arrivés ici sans m'avoir apporté de tes nouvelles. Es-tu malade ? ou te plais-tu à m'inquiéter ?

Si tu ne m'aimes pas dans un pays où tu n'es lié à

1. Reprise de La Bruyère (I, « Des ouvrages de l'esprit », 62) : « Il y a des esprits inférieurs et subalternes qui ne semblent faits que pour être le recueil, le registre ou le magasin de toutes les productions des autres génies : ils sont plagiaires, traducteurs, compilateurs... »

rien, que sera-ce au milieu de la Perse et dans le sein de ta famille ? Mais peut-être que je me trompe : tu es assez aimable pour trouver partout des amis. Le cœur est citoyen de tous les pays. Comment une âme bien faite peut-elle s'empêcher de former des engagements ? Je te l'avoue : je respecte les anciennes amitiés ; mais je ne suis pas fâché d'en faire partout de nouvelles.

En quelque pays que j'aie été, j'y ai vécu comme si j'avais dû y passer ma vie [1] : j'ai eu le même empressement pour les gens vertueux, la même compassion ou plutôt la même tendresse pour les malheureux, la même estime pour ceux que la prospérité n'a point aveuglés. C'est mon caractère, Usbek : partout où je trouverai des hommes, je me choisirai des amis.

Il y a ici un Guèbre [2] qui, après toi, a, je crois, la première place dans mon cœur : c'est l'âme de la probité même. Des raisons particulières l'ont obligé de se retirer dans cette ville où il vit tranquillement du produit d'un trafic honnête, avec une femme qu'il aime. Sa vie est toute marquée d'actions généreuses, et, quoiqu'il cherche la vie obscure, il y a plus d'héroïsme dans son cœur que dans celui des plus grands monarques.

Je lui ai parlé mille fois de toi ; je lui montre toutes tes lettres ; je remarque que cela lui fait plaisir ; et je vois déjà que tu as un ami qui t'est inconnu.

Tu trouveras ici ses principales aventures : quelque

1. Montesquieu a repris le mot dans les *Pensées* [(n° 213)] : « Quand j'ai voyagé dans les pays étrangers, je m'y suis attaché comme au mien propre. » **2.** Montesquieu est renseigné sur les Guèbres par Tavernier (*op. cit.*, IV, 8, p. 480-494 : *De la religion des Gaures qui sont les descendants des anciens Persans adorateurs du feu*) et par Chardin (*op. cit.*, III, p. 127-132). Mais il dit *Guèbres* comme Chardin et non *Gaures*. L'essentiel de son information vient cependant de l'orientaliste anglais Thomas Hyde, *Historia religionis veterum Persarum* (Oxford, 1700).

répugnance qu'il eût à les écrire, il n'a pu les refuser à mon amitié, et je les confie à la tienne.

HISTOIRE D'APHÉRIDON ET D'ASTARTÉ[1]

Je suis né parmi les Guèbres, d'une religion qui est peut-être la plus ancienne qui soit au monde[2]. Je fus si malheureux que l'amour me vint avant la raison : j'avais à peine six ans, que je ne pouvais vivre qu'avec ma sœur ; mes yeux s'attachaient toujours sur elle, et, lorsqu'elle me quittait un moment, elle les retrouvait baignés de larmes ; chaque jour n'augmentait pas plus mon âge que mon amour. Mon père, étonné d'une si forte sympathie, aurait bien souhaité de nous marier ensemble, selon l'ancien usage des Guèbres, introduit par Cambyse[3] ; mais la crainte des mahométans, sous le joug desquels nous vivons, empêche ceux de notre nation de penser à ces alliances saintes, que notre religion ordonne plutôt qu'elle ne permet, et qui sont des images si naïves de l'union déjà formée par la nature.

Mon père, voyant donc qu'il aurait été dangereux de

1. La source de Montesquieu est très probablement Hyde (*op. cit.*, XXIV, p. 317 et 417) : dans le palais construit à Balkh par Zoroastre pour le roi Gushtasp, se trouvaient les statues des ancêtres Gemshid et Aphridûn. Montesquieu a déjà utilisé le premier nom dans la Lettre XXXV. Mais l'*Hymne d'Ali* dans Chardin (*op. cit.*, t. I, p. 211) lui fournissait ces vers : « La couronne de *Gemchid* est sombre et ternie / devant l'aigrette de ton turban. / Le trône de *Fereydon* est un banc de bois / en comparaison de ton siège. » 2. [Hyde la faisait remonter à l'époque du Déluge.] 3. D'après Hérodote (*Histoires*, III, 31), Cambyse aurait épousé sa sœur Méroé et aurait fait entériner son acte auprès des juges royaux de Perse. Mais avant Cambyse (529-522 av. J.-C.), nous dit-il, « les Perses n'avaient nullement l'habitude de prendre leurs sœurs pour femmes ». Au contraire, les historiens arabes utilisés par Hyde (*op. cit.*, XXIV, p. 313) accusent Zoroastre d'avoir légalisé l'inceste. Montesquieu n'a pas suivi sur ce point les récits de voyage qui ne tarissent pas sur les bonnes mœurs des Guèbres.

suivre mon inclination et la sienne, résolut d'éteindre
une flamme qu'il croyait naissante, mais qui était déjà
à son dernier période[1]. Il prétexta un voyage et
m'emmena avec lui, laissant ma sœur entre les mains
d'une de ses parentes : car ma mère était morte depuis
deux ans. Je ne vous dirai point quel fut le désespoir de
cette séparation : j'embrassai ma sœur toute baignée de
larmes ; mais je n'en versai point : car la douleur m'avait
rendu comme insensible. Nous arrivâmes à Tefflis[2], et
mon père, ayant confié mon éducation à un de nos
parents, m'y laissa et s'en retourna chez lui.

Quelque temps après, j'appris que, par le crédit d'un
de ses amis, il avait fait entrer ma sœur dans le beiram[3]
du roi, où elle était au service d'une sultane. Si l'on
m'avait appris sa mort, je n'en aurais pas été plus
frappé : car, outre que je n'espérais plus de la revoir,
son entrée dans le beiram l'avait rendue mahométane,
et elle ne pouvait plus, suivant le préjugé de cette reli-
gion, me regarder qu'avec horreur. Cependant, ne
pouvant plus vivre à Tefflis, las de moi-même et de la
vie, je retournai à Ispahan. Mes premières paroles furent
amères à mon père : je lui reprochai d'avoir mis sa fille
en un lieu où l'on ne peut entrer qu'en changeant de
religion : « Vous avez attiré sur votre famille, lui dis-je,
la colère de dieu et du soleil, qui vous éclaire ; vous

1. [Point culminant.] **2.** Chardin orthographie *Tifflis* et
Tavernier *Teflis* (*op. cit.*, III, p. 9) [le nom de] la capitale du royaume
de Géorgie, alors vassal de la Perse. La meilleure description est
celle de Chardin (*op. cit.*, I, p. 131-134) qui y a séjourné tout un
mois (février 1673). **3.** Confusion inexplicable et trois fois
répétée de Montesquieu. Chardin décrit longuement le *haram*, pro-
prement le lieu sacré et interdit, réservé aux femmes (II, p. 275). Le
bairam ou *beiram* est le nom donné au Moyen-Orient aux deux plus
grandes fêtes de l'islam, l'une qui clôt le ramadan et l'autre
soixante-dix jours plus tard (cf. Ricaut, *op. cit.*, II, p. 24, et Chardin,
II, p. 450).

avez plus fait que si vous aviez souillé les éléments, puisque vous avez souillé l'âme de votre fille, qui n'est pas moins pure : j'en mourrai de douleur et d'amour ; mais puisse ma mort être la seule peine que Dieu vous fasse sentir ! » À ces mots, je sortis, et, pendant deux ans, je passai ma vie à aller regarder les murailles du beiram et considérer le lieu où ma sœur pouvait être, m'exposant tous les jours mille fois à être égorgé par les eunuques qui font la ronde autour de ces redoutables lieux.

Enfin, mon père mourut, et la sultane que ma sœur servait, la voyant tous les jours croître en beauté, en devint jalouse et la maria avec un eunuque qui la souhaitait avec passion. Par ce moyen, ma sœur sortit du sérail et prit avec son eunuque une maison à Ispahan.

Je fus plus de trois mois sans pouvoir lui parler : l'eunuque, le plus jaloux de tous les hommes, me remettant toujours, sous divers prétextes. Enfin j'entrai dans son beiram, et il me lui fit parler au travers d'une jalousie. Des yeux de lynx ne l'auraient pas pu découvrir, tant elle était enveloppée d'habits et de voiles, et je ne pus la reconnaître qu'au son de sa voix. Quelle fut mon émotion quand je me vis si près et si éloigné d'elle ! Je me contraignis : car j'étais examiné. Quant à elle, il me parut qu'elle versa quelques larmes. Son mari voulut me faire quelques mauvaises excuses ; mais je le traitai comme le dernier des esclaves. Il fut bien embarrassé quand il vit que je parlai à ma sœur une langue qui lui était inconnue : c'était l'ancien persan, qui est notre langue sacrée [1]. « Quoi ! ma sœur, lui dis-je, est-il vrai que vous avez quitté la religion de vos pères ? Je sais

1. Pour Chardin (t. II, p. 105), l'ancien persan est une langue perdue, mais les Guèbres qu'il a interrogés connaissent encore le *pehlvi*, idiome des Sassanides, dernière dynastie autochtone avant la conquête musulmane.

qu'en entrant au beiram vous avez dû faire profession du mahométisme. Mais, dites-moi, votre cœur a-t-il pu consentir, comme votre bouche, à quitter une religion qui me permet de vous aimer ? Et pour qui la quittez-vous, cette religion, qui nous doit être si chère ? Pour un misérable encore flétri des fers qu'il a portés ; qui, s'il était homme, serait le dernier de tous ! – Mon frère, dit-elle, cet homme dont vous parlez est mon mari ; il faut que je l'honore, tout indigne qu'il vous paraît ; et je serais aussi la dernière des femmes si... – Ah ! ma sœur, lui dis-je, vous êtes guèbre ; il n'est ni votre époux, ni ne peut l'être. Si vous êtes fidèle comme vos pères, vous ne devez le regarder que comme un monstre. – Hélas ! dit-elle, que cette religion se montre à moi de loin ! À peine en savais-je les préceptes qu'il les fallut oublier. Vous voyez que cette langue que je vous parle ne m'est plus familière, et que j'ai toutes les peines du monde à m'exprimer. Mais comptez que le souvenir de notre enfance me charme toujours ; que, depuis ce temps-là, je n'ai eu que de fausses joies ; qu'il ne s'est pas passé de jour que je n'aie pensé à vous ; que vous avez eu plus de part que vous ne croyez à mon mariage ; et que je n'y ai été déterminée que par l'espérance de vous revoir. Mais que ce jour, qui m'a tant coûté, va me coûter encore ! Je vous vois tout hors de vous-même ; mon mari frémit de rage et de jalousie. Je ne vous verrai plus ; je vous parle sans doute pour la dernière fois de ma vie. Si cela était, mon frère, elle ne serait pas longue. » À ces mots, elle s'attendrit, et se voyant hors d'état de tenir la conversation, elle me quitta le plus désolé des hommes.

Trois ou quatre jours après, je demandai à voir ma sœur. Le barbare eunuque aurait bien voulu m'en empêcher ; mais, outre que ces sortes de maris n'ont pas sur leurs femmes la même autorité que les autres, il aimait si éperdument ma sœur qu'il ne savait rien lui refuser.

Je la vis encore dans le même lieu et sous les mêmes voiles, accompagnée de deux esclaves ; ce qui me fit avoir recours à notre langue particulière : « Ma sœur, lui dis-je, d'où vient que je ne puis vous voir sans me trouver dans une situation affreuse ? Les murailles qui vous tiennent enfermée, ces verrous et ces grilles, ces misérables gardiens qui vous observent, me mettent en fureur. Comment avez-vous perdu la douce liberté dont jouissaient vos ancêtres ? Votre mère, qui était si chaste, ne donnait à son mari, pour garant de sa vertu, que sa vertu même. Ils vivaient heureux, l'un et l'autre, dans une confiance mutuelle, et la simplicité de leurs mœurs était pour eux une richesse plus précieuse mille fois que le faux éclat dont vous semblez jouir dans cette maison somptueuse. En perdant votre religion, vous avez perdu votre liberté, votre bonheur et cette précieuse égalité qui fait l'honneur de votre sexe. Mais ce qu'il y a de pis encore, c'est que vous êtes, non pas la femme (car vous ne pouvez l'être), mais l'esclave d'un esclave qui a été dégradé de l'humanité. – Ah ! mon frère, dit-elle, respectez mon époux, respectez la religion que j'ai embrassée. Selon cette religion, je n'ai pu vous entendre ni vous parler sans crime. – Quoi ! ma sœur, lui dis-je tout transporté, vous la croyez donc véritable, cette religion ? – Ah ! dit-elle, qu'il me serait avantageux qu'elle ne le fût pas ! Je fais pour elle un trop grand sacrifice pour que je puisse ne la pas croire ; et si mes doutes... » À ces mots, elle se tut. « Oui, vos doutes, ma sœur, sont bien fondés, quels qu'ils soient. Qu'attendez-vous d'une religion qui vous rend malheureuse pour ce monde-ci et ne vous laisse point d'espérance pour l'autre ? Songez que la nôtre est la plus ancienne qui soit au monde ; qu'elle a toujours fleuri dans la Perse et n'a pas d'autre origine que cet empire, dont les commencements ne sont point connus ; que ce n'est que le hasard qui y a introduit le mahométisme ; que cette

secte y a été établie, non par la voie de la persuasion, mais de la conquête [1]. Si nos princes naturels n'avaient pas été faibles, vous verriez régner encore le culte de ces anciens mages. Transportez-vous dans ces siècles reculés : tout vous parlera du magisme et rien de la secte mahométane, qui, plusieurs milliers d'années après, n'était pas même dans son enfance [2]. – Mais, dit-elle, quand ma religion serait plus moderne que la vôtre, elle est au moins plus pure, puisqu'elle n'adore que Dieu ; au lieu que vous adorez encore le soleil, les étoiles, le feu, et même les éléments. – Je vois, ma sœur, que vous avez appris parmi les musulmans à calomnier notre sainte religion. Nous n'adorons ni les astres ni les éléments, et nos pères ne les ont jamais adorés : jamais ils ne leur ont élevé des temples ; jamais ils ne leur ont offert des sacrifices ; ils leur ont seulement rendu un culte religieux, mais inférieur, comme à des ouvrages et des manifestations de la Divinité [3]. Mais, ma sœur, au nom de Dieu, qui nous éclaire, recevez ce livre sacré que je vous porte ; c'est le livre de notre législateur Zoroastre [4] ; lisez-le sans prévention ; recevez dans votre cœur les rayons de lumière qui vous éclaireront en le lisant ; souvenez-vous de vos pères qui ont si longtemps honoré le soleil dans la ville sainte de Balk [5] ; et, enfin, souvenez-vous de moi, qui n'espère de repos, de fortune,

1. C'est en 651 après Jésus-Christ que le dernier souverain sassanide, Yazdjird III, mourut tragiquement, après avoir été repoussé jusqu'au fond du Khorassan par les armées musulmanes des lieutenants d'Omar. 2. [Tiré de] Hyde (*op. cit.*, IX, p. 161, et X, p. 170). 3. [Tiré de] Hyde (IV, p. 108). Le monothéisme des Guèbres ne fait aucun doute pour l'orientaliste d'Oxford. 4. [Tiré de] Hyde (*op. cit.*, XXII, p. 299). 5. D'après la chronique arabe de Bundari, rapportée par Hyde (XXIV, p. 315), c'est à Balkh que Zoroastre convertit le roi Gushtasp. L'ancienne Bactres est actuellement une petite ville des confins nord de l'Afghanistan, à une cinquantaine de kilomètres au sud de l'Amou-Daria.

de vie, que de votre changement. » Je la quittai tout
transporté et la laissai seule décider la plus grande
affaire que je pusse avoir de ma vie.

J'y retournai deux jours après ; je ne lui parlai point :
j'attendis dans le silence l'arrêt de ma vie ou de ma
mort. « Vous êtes aimé, mon frère, me dit-elle, et par
une Guèbre. J'ai longtemps combattu. Mais, dieux ! que
l'amour lève de difficultés ! que je suis soulagée ! Je ne
crains plus de vous trop aimer ; je puis ne mettre point
de bornes à mon amour ; l'excès même en est légitime.
Ah ! que ceci convient bien à l'état de mon cœur ! Mais
vous, qui avez su rompre les chaînes que mon esprit
s'était forgées, quand romprez-vous celles qui me lient
les mains ? Dès ce moment, je me donne à vous. Faites
voir, par la promptitude avec laquelle vous m'accep-
terez, combien ce présent vous est cher. Mon frère, la
première fois que je pourrai vous embrasser, je crois que
je mourrai dans vos bras. » Je n'exprimerais jamais bien
la joie que je sentis à ces paroles : je me crus et je me
vis, en effet, en un instant, le plus heureux de tous les
hommes ; je vis presque accomplir tous les désirs que
j'avais formés en vingt-cinq ans de vie, et évanouir tous
les chagrins qui me l'avaient rendue si laborieuse. Mais,
quand je me fus un peu accoutumé à ces douces idées,
je trouvai que je n'étais pas si près de mon bonheur que
je me l'étais figuré tout à coup, quoique j'eusse sur-
monté le plus grand de tous les obstacles. Il fallait
surprendre la vigilance de ses gardiens. Je n'osais
confier à personne le secret de ma vie. Je n'avais que
ma sœur ; elle n'avait que moi. Si je manquais mon
coup, je courais le risque d'être empalé ; mais je ne
voyais pas de peine plus cruelle que de le manquer.
Nous convînmes qu'elle m'enverrait demander une hor-
loge que son père lui avait laissée, et que j'y mettrais
dedans une lime pour scier les jalousies d'une fenêtre
qui donnait sur la rue, et une corde nouée pour des-

cendre ; que je ne la verrais plus dorénavant ; mais que
j'irais toutes les nuits sous cette fenêtre attendre qu'elle
pût exécuter son dessein. Je passai quinze nuits entières
sans voir personne, parce qu'elle n'avait pas trouvé le
temps favorable. Enfin la seizième, j'entendis une scie
qui travaillait. De temps en temps, l'ouvrage était inter-
rompu, et, dans ces intervalles, ma frayeur était inex-
primable. Après une heure de travail, je la vis qui
attachait la corde ; elle se laissa aller et glissa dans mes
bras. Je ne connus plus le danger, et je restai longtemps
sans bouger de là. Je la conduisis hors de la ville, où
j'avais un cheval tout prêt ; je la mis en croupe derrière
moi et m'éloignai, avec toute la promptitude imaginable,
d'un lieu qui pouvait nous être si funeste. Nous arri-
vâmes avant le jour chez un Guèbre, dans un lieu désert
où il était retiré, vivant frugalement du travail de ses
mains ; nous ne jugeâmes pas à propos de rester chez
lui, et, par son conseil, nous entrâmes dans une épaisse
forêt, et nous nous mîmes dans le creux d'un vieux
chêne, jusques à ce que le bruit de notre évasion se fût
dissipé. Nous vivions tous deux dans ce séjour écarté,
sans témoins, nous répétant sans cesse que nous nous
aimerions toujours, attendant l'occasion que quelque
prêtre guèbre pût faire la cérémonie du mariage prescrite
par nos livres sacrés. « Ma sœur, lui dis-je, que cette
union est sainte ! La nature nous avait unis ; notre sainte
loi va nous unir encore. » Enfin un prêtre vint calmer
notre impatience amoureuse. Il fit, dans la maison du
paysan, toutes les cérémonies du mariage ; il nous bénit
et nous souhaita mille fois toute la vigueur de Gustaspe
et la sainteté de l'Hohoraspe[1]. Bientôt après, nous

1. Montesquieu n'a pu connaître le *Livre des Rois* qui s'étend
longuement sur les règnes de Lohrasp et de Gushtasp (cf. édit. Mohl,
Imprimerie nationale, 1855, t. IV, p. 279-730). La source est encore
Hyde qui consacre un chapitre au roi Gushtasp (ancien persan *Vis-*

quittâmes la Perse, où nous n'étions pas en sûreté, et nous nous retirâmes en Géorgie. Nous y vécûmes un an, tous les jours plus charmés l'un de l'autre ; mais, comme mon argent allait finir, et que je craignais la misère pour ma sœur, non pas pour moi, je la quittai pour aller chercher quelque secours chez nos parents. Jamais adieu ne fut plus tendre. Mais mon voyage me fut non seulement inutile, mais funeste : car, ayant trouvé, d'un côté, tous nos biens confisqués, de l'autre, mes parents presque dans l'impuissance de me secourir, je ne rapportai d'argent précisément que ce qu'il fallait pour mon retour. Mais quel fut mon désespoir ! Je ne trouvai plus ma sœur. Quelques jours avant mon arrivée, des Tartares [1] avaient fait une incursion dans la ville où elle était, et, comme ils la trouvèrent belle, ils la prirent, et la vendirent à des juifs qui allaient en Turquie, et ne laissèrent qu'une petite fille dont elle était accouchée quelques mois auparavant. Je suivis ces juifs et les joignis à trois lieues de là. Mes prières, mes larmes, furent vaines : ils me demandèrent toujours trente tomans [2] et ne se relâchèrent jamais d'un seul. Après m'être adressé à tout le monde, avoir imploré la protection des prêtres turcs et chrétiens, je m'adressai à un marchand arménien, je lui vendis ma fille, et me vendis aussi pour trente-cinq tomans. J'allai aux juifs, je leur donnai trente tomans et portai les cinq autres à ma sœur, que je n'avais pas encore vue : « Vous êtes libre, lui dis-je, ma sœur, et je puis vous embrasser. Voilà cinq tomans que je vous

taspa) converti par Zoroastre (*op. cit.*, XXIII, p. 301-307) et signale son père *Lohrasp* (ancien persan *Aurvat aspa*), transcrit bizarrement par Montesquieu (*ibid.*, XXIV, p. 315). Hyde est le seul à transcrire le rituel zoroastrien des mariages.

1. [Appellation générale des peuples musulmans du nord de l'Asie.] **2.** Monnaie de compte, utilisée en Perse, qui vaut 10 000 dinars ou 50 abassis de dix-huit sous. Chardin fixe sa valeur à quinze écus ou quarante-cinq livres de France (*op. cit.*, II, p. 92).

porte. J'ai du regret qu'on ne m'ait pas acheté davantage.
– Quoi ! dit-elle, vous vous êtes vendu ? – Oui, lui dis-je.
– Ah ! malheureux ; qu'avez-vous fait ? N'étais-je pas
assez infortunée, sans que vous travaillassiez à me le
rendre davantage ? Votre liberté me consolait, et votre
esclavage va me mettre au tombeau. Ah ! mon frère, que
votre amour est cruel ! Et ma fille ? Je ne la vois point.
– Je l'ai vendue aussi », lui dis-je. Nous fondîmes tous
deux en larmes et n'eûmes pas la force de nous rien
dire. Enfin j'allai trouver mon maître, et ma sœur y
arriva presque aussitôt que moi. Elle se jeta à ses
genoux. « Je vous demande, dit-elle, la servitude,
comme les autres vous demandent la liberté. Prenez-
moi. Vous me vendrez plus cher que mon mari. » Ce fut
alors qu'il se fit un combat qui arracha les larmes des
yeux de mon maître. « Malheureux ! dit-elle, as-tu pensé
que je pusse accepter ma liberté aux dépens de la
tienne ? Seigneur, vous voyez deux infortunés qui mour-
ront si vous nous séparez. Je me donne à vous. Payez-
moi. Peut-être que cet argent et mes services pourront
quelque jour obtenir de vous ce que je n'ose vous
demander. Il est de votre intérêt de ne nous point
séparer : comptez que je dispose de ma vie. » L'Armé-
nien était un homme doux, qui fut touché de nos mal-
heurs. « Servez-moi, l'un et l'autre, avec fidélité et avec
zèle, et je vous promets que, dans un an, je vous donnerai
votre liberté. Je vois que vous ne méritez, ni l'un ni
l'autre, les malheurs de votre condition. Si, lorsque vous
serez libres, vous êtes aussi heureux que vous le méritez,
si la fortune vous rit, je suis certain que vous me satis-
ferez de la perte que je souffrirai. » Nous embrassâmes
tous deux ses genoux et le suivîmes dans son voyage.
Nous nous soulagions, l'un et l'autre, dans les travaux
de la servitude, et j'étais charmé lorsque j'avais pu faire
l'ouvrage qui était tombé à ma sœur.

 La fin de l'année arriva ; notre maître tint sa parole

et nous délivra. Nous retournâmes à Tefflis. Là je trouvai un ancien ami de mon père, qui exerçait avec succès la médecine dans cette ville ; il me prêta quelque argent avec lequel je fis quelque négoce. Quelques affaires m'appelèrent ensuite à Smyrne, où je m'établis. J'y vis depuis six ans, et j'y jouis de la plus aimable et de la plus douce société du monde : l'union règne dans ma famille, et je ne changerais pas ma condition pour celle de tous les rois du monde. J'ai été assez heureux pour retrouver le marchand arménien à qui je dois tout, et je lui ai rendu des services signalés.

De Smyrne, le 27 de la lune de Gemmadi 2, 1714.

LETTRE LXVIII

RICA À USBEK, À ***

J'allai l'autre jour dîner chez un homme de robe, qui m'en avait prié plusieurs fois. Après avoir parlé de bien des choses, je lui dis : « Monsieur, il me paraît que votre métier est bien pénible. – Pas tant que vous vous l'imaginez, répondit-il : de la manière dont nous le faisons, ce n'est qu'un amusement. – Mais quoi ? n'avez-vous pas toujours la tête remplie des affaires d'autrui ? N'êtes-vous pas toujours occupé de choses qui ne sont point intéressantes ? – Vous avez raison ; ces choses ne sont point intéressantes : car nous nous y intéressons si peu que rien, et cela même fait que le métier n'est pas si fatigant que vous dites. » Quand je vis qu'il prenait la chose d'une manière si dégagée, je continuai et lui dis : « Monsieur, je n'ai point vu votre cabinet. – Je le crois : car je n'en ai point. Quand je pris cette charge, j'eus besoin d'argent pour la payer ; je vendis ma bibliothèque, et le

libraire qui la prit, d'un nombre prodigieux de volumes, ne me laissa que mon livre de raison[1]. Ce n'est pas que je les regrette : nous autres juges ne nous enflons point d'une vaine science. Qu'avons-nous à faire de tous ces volumes de lois ? Presque tous les cas sont hypothétiques et sortent de la règle générale[2]. – Mais ne serait-ce pas, monsieur, lui dis-je, parce que vous les en faites sortir ? Car, enfin, pourquoi chez tous les peuples du monde y aurait-il des lois si elles n'avaient pas leur application ? et comment peut-on les appliquer si on ne les sait pas ? – Si vous connaissiez le palais[3], reprit le magistrat, vous ne parleriez pas comme vous faites : nous avons des livres vivants, qui sont les avocats ; ils travaillent pour nous et se chargent de nous instruire. – Et ne se chargent-ils pas aussi quelquefois de vous tromper ? lui repartis-je. Vous ne feriez donc pas mal de vous garantir de leurs embûches : ils ont des armes avec lesquelles ils attaquent votre équité ; il serait bon que vous en eussiez aussi pour la défendre, et que vous n'allassiez pas vous mettre dans la mêlée, habillés à la légère, parmi des gens cuirassés jusques aux dents. »

De Paris, le 13 de la lune de Chahban, 1714.

LETTRE LXIX

USBEK À RHÉDI, À VENISE

Tu ne te serais jamais imaginé que je fusse devenu plus métaphysicien que je ne l'étais : cela est pourtant,

1. Registre où un négociant ou un particulier marque ses gains et ses dépenses. Mais chez bon nombre de bourgeois d'autrefois, le livre de raison sert à consigner la chronique familiale. **2.** L'idée se retrouve dans les *Pensées* [(n° 549)]. **3.** [Appellation courante pour « palais de justice » (voir Lettre LXXXVI).]

et tu en seras convaincu quand tu auras essuyé ce débordement de ma philosophie[1].

Les philosophes les plus sensés qui ont réfléchi sur la nature de Dieu ont dit qu'il était un être souverainement parfait ; mais ils ont extrêmement abusé de cette idée : ils ont fait une énumération de toutes les perfections différentes que l'homme est capable d'avoir et d'imaginer, et en ont chargé l'idée de la Divinité, sans songer que souvent ces attributs s'entr'empêchent, et qu'ils ne peuvent subsister dans un même sujet sans se détruire[2].

Les poètes d'Occident disent qu'un peintre, ayant voulu faire le portrait de la déesse de la beauté, assembla les plus belles Grecques et prit de chacune ce qu'elle avait de plus agréable, dont il fit un tout pour ressembler à la plus belle de toutes les déesses[3]. Si un homme en avait conclu qu'elle était blonde et brune, qu'elle avait les yeux noirs et bleus, qu'elle était douce et fière, il aurait passé pour ridicule.

Souvent Dieu manque d'une perfection qui pourrait lui donner une grande imperfection ; mais il n'est jamais limité que par lui-même : il est lui-même sa nécessité. Ainsi, quoique Dieu soit tout-puissant, il ne peut pas violer ses promesses, ni tromper les hommes[4]. Souvent

1. [Montesquieu s'inspire ici de Bayle : voir Paul Hoffmann, « Usbek métaphysicien » (*Revue d'histoire littéraire de la France*, n° 92, 1992, p. 779-800).] **2.** C'est probablement Descartes qui est visé par cette exégèse insinuante, très proche de celle de Bayle : si Dieu, à qui Descartes donne intelligence et volonté infinies, est aussi toute perfection et toute bonté, comment ne pas le rendre responsable du mal sur la terre ? N'y a-t-il pas incompatibilité des attributs ? **3.** Cinq jeunes filles de Crotone posèrent pour le portrait d'Hélène par Zeuxis. **4.** Cf. Descartes (*Méditations*, IV) : « Je reconnais qu'il est impossible que jamais [Dieu] me trompe, puisqu'en toute fraude et tromperie il se rencontre quelque sorte d'imperfection. »

même l'impuissance n'est pas dans lui, mais dans les choses relatives ; et c'est la raison pourquoi il ne peut pas changer l'essence des choses [1].

Ainsi il n'y a pas sujet de s'étonner que quelques-uns de nos docteurs [2] aient osé nier la prescience infinie de Dieu sur ce fondement qu'elle est incompatible avec sa justice.

Quelque hardie que soit cette idée, la métaphysique s'y prête merveilleusement. Selon ses principes, il n'est pas possible que Dieu prévoie les choses qui dépendent de la détermination des causes libres, parce que ce qui n'est point arrivé n'est point et, par conséquent, ne peut être connu : car le rien, qui n'a point de propriétés, ne peut être aperçu. Dieu ne peut pas lire dans une volonté qui n'est point, et voir dans l'âme une chose qui n'existe point en elle : car, jusques à ce qu'elle soit déterminée, cette action qui la détermine n'est point en elle.

L'âme est l'ouvrière de sa détermination ; mais il y a des occasions où elle est tellement indéterminée qu'elle ne sait pas même de quel côté se déterminer [3]. Souvent même elle ne le fait que pour faire usage de sa liberté ; de manière que Dieu ne peut voir cette détermination par avance, ni dans l'action de l'âme, ni dans l'action que les objets font sur elle.

Comment Dieu pourrait-il prévoir les choses qui dépendent de la détermination des causes libres ? Il ne pourrait les voir que de deux manières : par conjecture ; ce qui est contradictoire avec la prescience infinie ; ou bien il les verrait comme des effets nécessaires qui

1. Raisonnement que Montesquieu reprendra à son compte dans le *Spicilège* [(n° 390)]. **2.** *Nos* docteurs ? Est-ce Montesquieu ou Usbek qui parle ? S'agit-il des docteurs musulmans ou des sociniens attaqués par Leibniz dans la *Théodicée* ? **3.** Cf. Descartes (*Méditations*, IV) : « Cette indifférence que je sens, lorsque je ne suis point emporté vers un côté plutôt que vers un autre par le poids d'aucune raison, est le plus bas degré de la liberté. »

suivraient infailliblement d'une cause qui les produirait de même ; ce qui est encore plus contradictoire : car l'âme serait libre par la supposition, et, dans le fait, elle ne le serait pas plus qu'une boule de billard n'est libre de se remuer, lorsqu'elle est poussée par une autre.

Ne crois pas pourtant que je veuille borner la science de Dieu. Comme il fait agir les créatures à sa fantaisie [1], il connaît tout ce qu'il veut connaître. Mais, quoiqu'il puisse voir tout, il ne se sert pas toujours de cette faculté : il laisse ordinairement à la créature la faculté d'agir ou de ne pas agir, pour lui laisser celle de mériter ou de démériter ; c'est pour lors qu'il renonce au droit qu'il a d'agir sur elle et de la déterminer. Mais, quand il veut savoir quelque chose, il le sait toujours, parce qu'il n'a qu'à vouloir qu'elle arrive comme il la voit, et déterminer les créatures conformément à sa volonté. C'est ainsi qu'il tire ce qui doit arriver du nombre des choses purement possibles, en fixant par ses décrets les déterminations futures des esprits, et les privant de la puissance qu'il leur a donnée, d'agir ou de ne pas agir [2].

Si l'on peut se servir d'une comparaison dans une chose qui est au-dessus des comparaisons : un monarque ignore ce que son ambassadeur fera dans une affaire importante ; s'il le veut savoir, il n'a qu'à lui ordonner de se comporter d'une telle manière, et il pourra assurer que la chose arrivera comme il la projette.

L'Alcoran et les livres des juifs s'élèvent sans cesse contre le dogme de la prescience absolue [3] : Dieu y paraît partout ignorer la détermination future des esprits ; et il

1. L'abbé Gaultier s'exclame (*op. cit.*, p. 16) : « En Dieu des fantaisies ? Cet homme ne peut ouvrir la bouche qu'il ne blasphème ! » **2.** C'est la conclusion de Leibniz dans la première partie de la *Théodicée* : par une doctrine de la nécessité hypothétique, il préserve les avantages philosophiques de la liberté et du déterminisme. **3.** Oui peut-être pour le Coran, non pour l'Ancien Testament, répond l'abbé Gaultier (*op. cit.*, p. 21) qui cite

semble que ce soit la première vérité que Moïse ait
enseignée aux hommes.

Dieu met Adam[1] dans le paradis terrestre, à condition
qu'il ne mangera point d'un certain fruit : précepte
absurde dans un être qui connaîtrait les déterminations
futures des âmes ; car enfin un tel être peut-il mettre des
conditions à ses grâces sans les rendre dérisoires ? C'est
comme si un homme qui aurait su la prise de Bagdad
disait à un autre : « Je vous donne cent tomans si Bagdad
n'est pas pris. » Ne ferait-il pas là une bien mauvaise
plaisanterie ?

Mon cher Rhédi, pourquoi tant de philosophie ? Dieu
est si haut que nous n'apercevons pas même ses nuages.
Nous ne le connaissons bien que dans ses préceptes. Il
est immense, spirituel, infini. Que sa grandeur nous
ramène à notre faiblesse. S'humilier toujours, c'est
l'adorer toujours.

De Paris, le dernier de la lune de Chahban, 1714.

Isaïe XLII, 25 (« Je vous découvre les événements avant qu'ils arri-
vent ») et Deutéronome XXXI, 16 (« Je connais leurs pensées et ce
qu'ils doivent faire »).

1. L'exemple d'Adam est l'objet en 1664-1665 d'une longue dis-
cussion entre Spinoza et Guillaume de Blyenberg (*Correspondance*,
Garnier, 1929, p. 177-181). Bayle le reprend dans son *Dictionnaire*
à l'article *Jansenius* : « Tout se réduit enfin à ceci. Adam a-t-il péché
librement ? Si vous répondez que oui, donc, vous dira-t-on, sa chute
n'a pas été prévue. Si vous répondez que non, donc, vous dira-t-on,
il n'est pas coupable. » Leibniz essaie de rompre l'antinomie bay-
lienne dans la troisième partie de la *Théodicée*. Mais la conclusion
fidéiste de Montesquieu est d'un disciple de Bayle plus que d'un
disciple de Leibniz : « Il vaut mieux croire et se taire... Il faut captiver
son entendement sous l'obéissance de la foi et ne disputer jamais sur
certaines choses... Il faut humblement reconnaître que toute la phi-
losophie est ici à bout » (article *Pauliciens*).

LETTRE LXX

ZÉLIS À USBEK, À PARIS

Soliman, que tu aimes, est désespéré d'un affront qu'il vient de recevoir. Un jeune étourdi, nommé *Suphis*, recherchait depuis trois mois sa fille en mariage ; il paraissait content de la figure de la fille, sur le rapport et la peinture que lui en avaient faits les femmes qui l'avaient vue dans son enfance ; on était convenu de la dot, et tout s'était passé sans aucun incident. Hier, après les premières cérémonies, la fille sortit à cheval, accompagnée de son eunuque et couverte, selon la coutume, depuis la tête jusques aux pieds[1]. Mais, dès qu'elle fut arrivée devant la maison de son mari prétendu, il lui fit fermer la porte, et il jura qu'il ne la recevrait jamais si on n'augmentait la dot. Les parents accoururent, de côté et d'autre, pour accommoder l'affaire, et, après bien de la résistance, Soliman convint de faire un petit présent à son gendre[2]. Les cérémonies du mariage s'accomplirent, et l'on conduisit la fillette dans le lit avec assez de violence ; mais, une heure après, cet étourdi se leva furieux, lui coupa le visage en plusieurs endroits, sou-

1. Montesquieu a pris les détails de cérémonial du mariage persan chez Tavernier (*op. cit.*, t. V, 18, p. 718-720) et Chardin (t. I, p. 165-619). Mais Chardin est plus précis : « Si la fille est de médiocre condition, on la mène à cheval... Elle est voilée du haut jusques en bas... Quand elle est à cheval, un eunuque la mène par la bride » (p. 167). **2.** Cf. Chardin (*op. cit.*, p. 168) : « Il arrive dans les mariages des petites gens quelque chose de fort contraire, car si l'homme a été obligé de promettre un douaire qui excède son bien pour faire consentir les parents de la femme, il ferme la porte du logis lorsqu'on la lui amène et dit qu'il n'en veut point à si haut prix. Il se fait alors un débat entre les parents des deux côtés, et ceux de la femme sont obligés de rabattre quelque chose pour la lui faire prendre parce que ce serait le dernier déshonneur pour eux et pour elle de la ramener à la maison. »

tenant qu'elle n'était pas vierge, et la renvoya à son père. On ne peut pas être plus frappé qu'il l'est de cette injure. Il y a des personnes qui soutiennent que cette fille est innocente. Les pères sont bien malheureux d'être exposés à de tels affronts. Si ma fille recevait un pareil traitement, je crois que j'en mourrais de douleur.

Adieu.

Du sérail de Fatmé,
le 9 de la lune de Gemmadi 1, 1714.

LETTRE LXXI

USBEK À ZÉLIS

Je plains Soliman, d'autant plus que le mal est sans remède, et que son gendre n'a fait que se servir de la liberté de la loi. Je trouve cette loi bien dure d'exposer ainsi l'honneur d'une famille aux caprices d'un fou. On a beau dire que l'on a des indices certains pour connaître la vérité, c'est une vieille erreur dont on est aujourd'hui revenu parmi nous ; et nos médecins donnent des raisons invincibles de l'incertitude de ces preuves. Il n'y a pas jusqu'aux chrétiens qui ne les regardent comme chimériques, quoiqu'elles soient clairement établies par leurs livres sacrés et que leur ancien législateur en ait fait dépendre l'innocence ou la condamnation de toutes les filles [1].

1. Deutéronome XXII, 13-21 : « Si un homme qui a pris une femme éprouve ensuite de l'aversion pour sa personne, s'il lui impute des choses criminelles et porte atteinte à sa réputation en disant : "J'ai pris cette femme, je me suis approché d'elle et je ne l'ai pas trouvée vierge", alors le père et la mère de la jeune femme prendront

J'apprends avec plaisir le soin que tu te donnes de l'éducation de la tienne. Dieu veuille que son mari la trouve aussi belle et aussi pure que Fatima. Qu'elle ait dix eunuques pour la garder ; qu'elle soit l'honneur et l'ornement du sérail où elle est destinée ; qu'elle n'ait sur sa tête que des lambris dorés et ne marche que sur des tapis superbes ; et, pour comble de souhaits, puissent mes yeux la voir dans toute sa gloire !

De Paris, le 5 de la lune de Chalval, 1714.

LETTRE LXXII

RICA À IBBEN, À ***

Je me trouvai l'autre jour dans une compagnie où je vis un homme bien content de lui. Dans un quart d'heure, il décida trois questions de morale, quatre problèmes historiques et cinq points de physique. Je n'ai jamais vu un décisionnaire si universel[1] : son esprit ne fut jamais suspendu par le moindre doute. On laissa les sciences ; on parla des nouvelles du temps : il décida sur les nouvelles du temps. Je voulus l'attraper, et je dis en moi-même : « Il faut que je me mette dans mon fort ; je vais me réfugier dans mon pays. » Je lui parlai

les signes de sa virginité et les produiront devant les anciens de la ville. »

1. Dufresny a peint un décisionnaire dans ses *Amusements* (XI, *op. cit.*, p. 82) : « À peine est-il assis qu'il s'empare de la conversation, parle en même temps à quatre personnes de quatre affaires différentes, interroge l'un, sans attendre la réponse de l'autre, propose une question, la traite et la résout tout seul ; il ne se lasse point de parler, on se lasse de l'entendre. » Mais le modèle commun est l'Arrias de La Bruyère (*Caractères*, V, 9).

de la Perse. Mais, à peine lui eus-je dit quatre mots, qu'il me donna deux démentis, fondés sur l'autorité de MM. Tavernier et Chardin. « Ah ! bon Dieu ! dis-je en moi-même, quel homme est-ce là ? Il connaîtra tout à l'heure les rues d'Ispahan mieux que moi ! » Mon parti fut bientôt pris : je me tus, je le laissai parler, et il décide encore.

De Paris, le 8 de la lune de Zilcadé, 1715.

LETTRE LXXIII

RICA À ***

J'ai ouï parler d'une espèce de tribunal qu'on appelle l'*Académie française*. Il n'y en a point de moins respecté dans le monde : car on dit qu'aussitôt qu'il a décidé, le peuple casse ses arrêts et lui impose des lois qu'il est obligé de suivre.

Il y a quelque temps que, pour fixer son autorité, il donna un code de ses jugements. Cet enfant de tant de pères était presque vieux quand il naquit, et, quoiqu'il fût légitime, un bâtard, qui avait déjà paru, l'avait presque étouffé dans sa naissance[1].

Ceux qui le composent n'ont d'autres fonctions que de jaser sans cesse ; l'éloge va se placer comme de lui-même dans leur babil éternel, et, sitôt qu'ils sont

1. L'impression du *Dictionnaire* de l'Académie française, commencée en 1678, fut arrêtée en 1692. Ce n'est qu'en 1694 que la 1re édition parut. Malgré le privilège de l'Académie, Furetière avait été autorisé en 1684 à publier le sien. L'Académie l'attaqua, fit annuler l'autorisation et l'exclut le 22 janvier 1685. Le « bâtard » parut en 1690 à La Haye, deux ans après la mort de l'auteur. Montesquieu le possédait.

initiés dans ses mystères, la fureur du panégyrique vient les saisir et ne les quitte plus[1].

Ce corps a quarante têtes toutes remplies de figures, de métaphores et d'antithèses ; tant de bouches ne parlent que par exclamation ; ses oreilles veulent toujours être frappées par la cadence et l'harmonie. Pour les yeux, il n'en est pas question : il semble qu'il soit fait pour parler, et non pas pour voir. Il n'est point ferme sur ses pieds : car le temps, qui est son fléau, l'ébranle à tous les instants et détruit tout ce qu'il a fait. On a dit autrefois que ses mains étaient avides. Je ne t'en dirai rien, et je laisse décider à ceux qui le savent mieux que moi.

Voilà des bizarreries, ***, que l'on ne voit point dans notre Perse. Nous n'avons point l'esprit porté à ces établissements singuliers et bizarres ; nous cherchons toujours la nature dans nos coutumes simples et nos manières naïves.

De Paris, le 27 de la lune de Zilhagé, 1715.

LETTRE LXXIV

USBEK À RICA, À ***

Il y a quelques jours qu'un homme de ma connaissance me dit : « Je vous ai promis de vous produire dans les bonnes maisons de Paris : je vous mène à

1. Allusion aux discours de réception, mais aussi aux *Éloges* des académiciens morts, genre dans lequel devait se distinguer Fontenelle.

présent chez un grand seigneur qui est un des hommes du royaume qui représente le mieux. »

« Que veut dire cela, monsieur ? Est-ce qu'il est plus poli, plus affable que les autres ? – Non, me dit-il. – Ah ! j'entends ! il fait sentir à tous les instants la supériorité qu'il a sur tous ceux qui l'approchent. Si cela est, je n'ai que faire d'y aller : je la lui passe tout entière et je prends condamnation[1]. »

Il fallut pourtant marcher, et je vis un petit homme si fier, il prit une prise de tabac avec tant de hauteur, il se moucha si impitoyablement, il cracha avec tant de flegme, il caressa ses chiens d'une manière si offensante pour les hommes, que je ne pouvais me lasser de l'admirer. « Ah ! bon Dieu ! dis-je en moi-même, si, lorsque j'étais à la cour de Perse, je représentais ainsi, je représentais un grand sot ! » Il aurait fallu, Rica, que nous eussions eu un bien mauvais naturel pour aller faire cent petites insultes à des gens qui venaient tous les jours chez nous nous témoigner leur bienveillance : ils savaient bien que nous étions au-dessus d'eux, et, s'ils l'avaient ignoré, nos bienfaits le leur auraient appris chaque jour. N'ayant rien à faire pour nous faire respecter, nous faisions tout pour nous rendre aimables : nous nous communiquions aux plus petits ; au milieu des grandeurs, qui endurcissent toujours, ils nous trouvaient sensibles ; ils ne voyaient que notre cœur au-dessus d'eux : nous descendions jusqu'à leurs besoins. Mais, lorsqu'il fallait soutenir la majesté du prince dans les cérémonies publiques ; lorsqu'il fallait faire respecter la nation aux étrangers ; lorsque, enfin, dans les occasions périlleuses, il fallait animer les soldats, nous remontions cent fois plus haut que nous n'étions descendus : nous ramenions la fierté sur

1. [Sens probable : « je reconnais que j'ai tort ».]

notre visage, et l'on trouvait quelquefois que nous représentions assez bien.

De Paris, le 10 de la lune de Saphar, 1715.

LETTRE LXXV

USBEK À RHÉDI, À VENISE

Il faut que je te l'avoue : je n'ai point remarqué chez les chrétiens cette persuasion vive de leur religion qui se trouve parmi les musulmans [1]. Il y a bien loin chez eux de la profession à la croyance, de la croyance à la conviction, de la conviction à la pratique. La religion est moins un sujet de sanctification qu'un sujet de disputes qui appartient à tout le monde : les gens de cour, les gens de guerre, les femmes mêmes s'élèvent contre les ecclésiastiques, et leur demandent de leur prouver ce qu'ils sont résolus de ne pas croire. Ce n'est pas qu'ils se soient déterminés par raison et qu'ils aient pris la peine d'examiner la vérité ou la fausseté de cette religion qu'ils rejettent : ce sont des rebelles qui ont senti le joug et l'ont secoué avant de l'avoir connu. Aussi ne sont-ils pas plus fermes dans leur incrédulité que dans leur foi ; ils vivent dans un flux et reflux qui les porte sans cesse de l'un à l'autre. Un d'eux me disait un jour : « Je crois l'immortalité de l'âme par semestre ; mes opinions dépendent absolument de la constitution de mon corps : selon que j'ai plus ou moins d'esprits animaux, que mon estomac digère bien ou mal, que

1. Chardin remarquait « la dévotion incomparable » des Persans « à laquelle on ne voit assurément rien de pareil ni parmi les chrétiens, ni dans les autres religions » (*op. cit.*, II, p. 448).

l'air que je respire est subtil ou grossier, que les viandes
dont je me nourris sont légères ou solides, je suis spi-
noziste, socinien, catholique, impie ou dévot. Quand le
médecin est auprès de mon lit, le confesseur me trouve
à mon avantage. Je sais bien empêcher la religion de
m'affliger quand je me porte bien ; mais je lui permets
de me consoler quand je suis malade : lorsque je n'ai
plus rien à espérer d'un côté, la religion se présente et
me gagne par ses promesses ; je veux bien m'y livrer
et mourir du côté de l'espérance. »

Il y a longtemps que les princes chrétiens affranchirent
tous les esclaves de leurs états, parce que, disaient-ils, le
christianisme rend tous les hommes égaux. Il est vrai que
cet acte de religion leur était très utile : ils abaissaient par
là les seigneurs, de la puissance desquels ils retiraient le
bas peuple. Ils ont ensuite fait des conquêtes dans des
pays où ils ont vu qu'il leur était avantageux d'avoir des
esclaves ; ils ont permis d'en acheter et d'en vendre,
oubliant ce principe de religion qui les touchait tant [1]. Que
veux-tu que je te dise ? Vérité dans un temps, erreur dans
un autre. Que ne faisons-nous comme les chrétiens ?
Nous sommes bien simples de refuser des établissements
et des conquêtes faciles dans des climats heureux [2], parce
que l'eau n'y est pas assez pure pour nous laver selon les
principes du saint Alcoran !

Je rends grâces au Dieu tout-puissant, qui a envoyé

1. Montesquieu remarque dans les *Pensées* [(n° 175)] : « On voit,
dans la *Nouvelle Relation des îles françaises de l'Amérique*, que
Louis XIII eut bien de la peine d'établir les lois de l'esclavage pour
les nègres d'Amérique, et que ce ne fut que sur l'espérance qu'on
lui donna de leur conversion qu'il y consentit. » S'il s'agit de
l'ouvrage du père Labat, il parut en 1722 [(*Catalogue*, n° 2746).]
2. « Les mahométans ne se soucient point de prendre Venise, parce
qu'ils n'y trouveraient point d'eau pour leurs purifications » (*note
de Montesquieu*). Même allusion dans la Lettre XXXI. La source est
Ricaut (*op. cit.*, III, 12, p. 497).

Hali, son grand prophète, de ce que je professe une religion qui se fait préférer à tous les intérêts humains, et qui est pure comme le Ciel, dont elle est descendue.

De Paris, le 13 de la lune de Saphar, 1715.

LETTRE LXXVI

USBEK À SON AMI IBBEN, À SMYRNE

Les lois sont furieuses [1] en Europe contre ceux qui se tuent eux-mêmes : on les fait mourir, pour ainsi dire, une seconde fois ; ils sont traînés indignement par les rues ; on les note d'infamie ; on confisque leurs biens.

Il me paraît, Ibben, que ces lois sont bien injustes. Quand je suis accablé de douleur, de misère, de mépris, pourquoi veut-on m'empêcher de mettre fin à mes peines, et me priver cruellement d'un remède qui est en mes mains ?

Pourquoi veut-on que je travaille pour une société, dont je consens de n'être plus ? que je tienne, malgré moi, une convention qui s'est faite sans moi ? La société est fondée sur un avantage mutuel. Mais lorsqu'elle me devient onéreuse, qui m'empêche de renoncer ? La vie m'a été donnée comme une faveur ; je puis donc la rendre lorsqu'elle ne l'est plus : la cause cesse ; l'effet doit donc cesser aussi.

Le prince veut-il que je sois son sujet quand je ne retire point les avantages de la sujétion ? Mes concitoyens peuvent-ils demander ce partage inique de leur utilité et de mon désespoir ? Dieu, différent de tous les bienfaiteurs, veut-il me condamner à recevoir des grâces qui m'accablent ?

1. [Excessives, violentes.]

Je suis obligé de suivre les lois, quand je vis sous les lois. Mais, quand je n'y vis plus, peuvent-elles me lier encore ?

Mais, dira-t-on, vous troublez l'ordre de la Providence. Dieu a uni votre âme avec votre corps, et vous l'en séparez. Vous vous opposez donc à ses desseins, et vous lui résistez.

Que veut dire cela ? Troublé-je l'ordre de la Providence, lorsque je change les modifications de la matière et que je rends carrée une boule que les premières lois du mouvement, c'est-à-dire les lois de la création et de la conservation, avaient faite ronde ? Non, sans doute : je ne fais qu'user du droit qui m'a été donné, et, en ce sens, je puis troubler à ma fantaisie toute la nature, sans que l'on puisse dire que je m'oppose à la Providence.

Lorsque mon âme sera séparée de mon corps, y aura-t-il moins d'ordre et moins d'arrangement dans l'univers ? Croyez-vous que cette nouvelle combinaison soit moins parfaite et moins dépendante des lois générales ? que le monde y ait perdu quelque chose ? et que les ouvrages de Dieu soient moins grands, ou plutôt moins immenses [1] ?

Pensez-vous que mon corps, devenu un épi de blé, un ver, un gazon, soit changé en un ouvrage de la nature moins digne d'elle ? et que mon âme, dégagée de tout ce qu'elle avait de terrestre, soit devenue moins sublime ?

Toutes ces idées, mon cher Ibben, n'ont d'autre source que notre orgueil : nous ne sentons point notre petitesse, et, malgré qu'on en ait, nous voulons être comptés dans l'univers, y figurer et y être un objet important. Nous nous imaginons que l'anéantissement d'un être aussi parfait que nous dégraderait toute la nature, et nous ne convenons pas qu'un homme de plus ou de moins dans le monde – que dis-je ? – tous les hommes ensemble,

1. Dans cette apologie du suicide, qui n'est pas sans sincérité,

cent millions de têtes [1] comme la nôtre, ne sont qu'un atome subtil et délié, que Dieu n'aperçoit qu'à cause de l'immensité de ses connaissances.

De Paris, le 15 de la lune de Saphar, 1715.

LETTRE LXXVII [2]

IBBEN À USBEK, À PARIS

Mon cher Usbek, il me semble que, pour un vrai musulman, les malheurs sont moins des châtiments que

puisque nous en trouverons des traces dans la première édition des *Considérations* (note du chapitre XII) et dans *L'Esprit des lois* (XIV, 12), Montesquieu se souvient, semble-t-il, de Spinoza. Dans le fragment du *Traité des devoirs* (*Pensées* [n° 1266]), Spinoza est « le grand génie » qui promet à l'homme de mourir « comme un insecte » : « Il cherche à me flatter que je ne suis qu'une modification de la matière. » C'est le vocabulaire même de la Lettre LXXVI : « modifications... arrangement, combinaison..., lois générales ». Mais le *Traité des devoirs*, lu à l'académie de Bordeaux le 1er mai 1725, s'opposera à cet anéantissement de l'individu dans l'univers : « Je ne sais plus où retrouver ce moi auquel je m'intéressais tant. Je suis plus perdu dans l'étendue qu'une particule d'eau n'est perdue dans la mer ». À remarquer que Spinoza défendait cet amour de soi qui ne fait que traduire « la tendance de l'être à persévérer dans l'être » (*Éthique*, livre IV, théorème 20, scholie).

1. [Coquille manifeste : le texte de l'édition A (cent millions de terres), confirmé par un Cahier de corrections, est préférable.]
2. [Cette lettre, publiée seulement en 1758, est visiblement destinée à répondre aux nombreux censeurs de la Lettre LXXVI qui constituait une véritable provocation pour les autorités civiles et religieuses, qui interdisaient absolument le suicide. Mais elle est loin d'être une rétractation ou un affaiblissement de la pensée. Elle a peut-être été écrite par Montesquieu sur son lit de mort pour se soustraire aux pressions des jésuites (voir Histoire du texte, p. 411, et l'introduction à l'édition Voltaire Foundation des *Lettres persanes*), et constitue l'aboutissement d'un long travail de rédaction, dont les Cahiers de corrections ont conservé cinq étapes.]

des menaces. Ce sont des jours bien précieux que ceux qui nous portent à expier les offenses. C'est le temps des prospérités qu'il faudrait abréger. Que servent toutes ces impatiences, qu'à faire voir que nous voudrions être heureux indépendamment de celui qui donne les félicités, parce qu'il est la félicité même ?

Si un être est composé de deux êtres, et que la nécessité de conserver l'union marque plus la soumission aux ordres du Créateur, on en a pu faire une loi religieuse. Si cette nécessité de conserver l'union est un meilleur garant des actions des hommes, on en a pu faire une loi civile.

De Smyrne,
le dernier jour de la lune de Saphar, 1715.

LETTRE LXXVIII

RICA À USBEK, À ***

Je t'envoie la copie d'une lettre qu'un Français qui est en Espagne a écrite ici : je crois que tu seras bien aise de la voir [1].

Je parcours depuis six mois l'Espagne et le Portugal et je vis parmi des peuples qui, méprisant tous les autres, font aux seuls Français l'honneur de les haïr [2].

―――――――

1. Cette Espagne fantaisiste, comme l'a remarqué Élie Carcassonne, vient de M^me d'Aulnoy (*Relation du voyage d'Espagne*, Paris, Barbin, 1681 ; 2^e édit., 1699). L'ouvrage n'est pas à La Brède et Montesquieu le corrige ou atténue ses foucades par l'*État présent de l'Espagne* de l'abbé de Vayrac (Paris, Des Hayes, 1718, 4 vol. ; La Brède, *op. cit.*, n^o 3171). **2.** Depuis Brantôme et La Mothe Le Vayer (*Discours sur la contrariété d'humeurs entre la nation*

La gravité est le caractère brillant des deux nations ; elle se manifeste principalement de deux manières : par les lunettes et par la moustache.

Les lunettes font voir démonstrativement que celui qui les porte est un homme consommé dans les sciences et enseveli dans de profondes lectures, à un tel point que sa vue en est affaiblie ; et tout nez qui en est orné ou chargé peut passer, sans contredit, pour le nez d'un savant [1].

Quant à la moustache, elle est respectable par elle-même, et indépendamment des conséquences ; quoiqu'on ne laisse pas quelquefois d'en tirer de grandes utilités pour le service du prince et l'honneur de la nation, comme le fit bien voir un fameux général portugais dans les Indes [2] : car, se trouvant avoir besoin d'argent, il coupa une de ses moustaches et envoya demander aux habitants de Goa vingt mille pistoles sur ce gage ; elles lui furent prêtées d'abord, et, dans la suite, il retira sa moustache avec honneur.

On conçoit aisément que des peuples graves et fleg-

française et l'espagnole, 1636), les rodomontades espagnoles sont devenues un thème littéraire. *L'Espion turc* y fait allusion (*op. cit.*, t. II, p. 243 *sq.*, lettre 64). **1.** Marana (*op. cit.*, t. V, p. 199) remarquait que « les jeunes et les vieux mettent des lunettes pour la mode, durant même les repas ; et cela pour paraître graves et réguliers ». On apprend à Mme d'Aulnoy (*op. cit.*, t. II, p. 266) que « c'était pour la gravité et qu'on ne les mettait pas par besoin, mais seulement pour s'attirer du respect ». **2.** « Jean de Castro » *(note de Montesquieu)*. Camoëns a chanté les exploits de Joao de Castro (*Lusiades*, chant X) et surtout son héroïque défense de Diu en 1547. Né à Lisbonne en 1500, gouverneur, puis vice-roi des Indes orientales, il mourut à Goa dans les bras de saint François Xavier en 1548. Le détail des moustaches semble venir de la très complète *Vida de Joam de Castro* de Freire de Andrada (Lisbonne, 1651 ; 2e éd., 1671, in-folio) où il s'agit d'ailleurs, non de moustaches, mais de « *cabellos de la barba* » (*op. cit.*, p. 245-250).

matiques comme ceux-là peuvent avoir de l'orgueil :
aussi en ont-ils. Ils le fondent ordinairement sur deux
choses bien considérables. Ceux qui vivent dans le
continent de l'Espagne et du Portugal se sentent le cœur
extrêmement élevé, lorsqu'ils sont ce qu'ils appellent
de vieux chrétiens, c'est-à-dire qu'ils ne sont pas origi-
naires de ceux à qui l'Inquisition a persuadé dans ces
derniers siècles d'embrasser la religion chrétienne [1].
Ceux qui sont dans les Indes ne sont pas moins flattés
lorsqu'ils considèrent qu'ils ont le sublime mérite d'être,
comme ils disent, *hommes de chair blanche* [2]. Il n'y a
jamais eu, dans le sérail du Grand Seigneur, de sultane
si orgueilleuse de sa beauté que le plus vieux et le plus
vilain mâtin ne l'est de la blancheur olivâtre de son teint,
lorsqu'il est dans une ville du Mexique, assis sur sa
porte, les bras croisés. Un homme de cette conséquence,
une créature si parfaite, ne travaillerait pas pour tous les
trésors du monde et ne se résoudrait jamais, par une vile
et mécanique industrie, de compromettre l'honneur et
la dignité de sa peau.

Car il faut savoir que, lorsqu'un homme a un certain
mérite en Espagne, comme, par exemple, quand il peut
ajouter aux qualités dont je viens de parler celle d'être
le propriétaire d'une grande épée, ou d'avoir appris de

1. Cf. Mme d'Aulnoy (*op. cit.*, t. III, p. 128) : « Il faut ici, en faisant
ses preuves de noblesse, prouver que l'on descend du côté de père
et de mère de *viejos christianos*, c'est-à-dire d'anciens chrétiens. La
tache que l'on doit craindre est qu'il ne soit entré dans une famille
des juifs ou des Maures. » **2.** Ce détail sur les créoles espagnols
vient directement d'Amédée Frézier, *Relation du voyage de la mer
du Sud* (Paris, Nyon, 1716 ; La Brède, *op. cit.*, n° 2742 ; Amsterdam,
Humbert, t. II, p. 476) : « Les Indiens sont robustes et infiniment
plus durs au travail que les Espagnols, qui regardent les travaux du
corps comme quelque chose de honteux à un homme blanc. Être
umbre (sic) *de cara blanca* est une dignité qui dispense les Européens
du travail des mains. »

son père l'art de faire jouer une discordante guitare, il ne travaille plus [1] : son honneur s'intéresse au repos de ses membres. Celui qui reste assis dix heures par jour obtient précisément la moitié plus de considération qu'un autre qui n'en reste que cinq, parce que c'est sur les chaises que la noblesse s'acquiert.

Mais, quoique ces invincibles ennemis du travail fassent parade d'une tranquillité philosophique, ils ne l'ont pourtant pas dans le cœur : car ils sont toujours amoureux. Ils sont les premiers hommes du monde pour mourir de langueur sous la fenêtre de leurs maîtresses, et tout Espagnol qui n'est pas enrhumé ne saurait passer pour galant [2].

Ils sont premièrement dévots, et secondement jaloux. Ils se garderont bien d'exposer leurs femmes aux entreprises d'un soldat criblé de coups ou d'un magistrat décrépit ; mais ils les enfermeront avec un novice fervent, qui baisse les yeux, ou un robuste franciscain, qui les élève.

Ils permettent à leurs femmes de paraître avec le sein découvert ; mais ils ne veulent pas qu'on leur voie le talon, et qu'on les surprenne par le bout des pieds [3].

On dit partout que les rigueurs de l'amour sont

1. Cf. M^me d'Aulnoy (*op. cit.*, t. III, p. 204) : « On ne voit pas un menuisier, un sellier ou quelqu'autre homme de boutique qui ne soit habillé de velours ou de satin, comme le roi, ayant la *grande épée*, le poignard et la *guitarre* attachée dans sa boutique. Ils ne travaillent que le moins qu'ils peuvent... Il n'y a que l'extrême nécessité qui les oblige de faire quelque chose. » Tableau concordant dans l'abbé de Vayrac (*op. cit.*, t. I, p. 71) : « N'est-ce pas une chose digne de pitié de voir un paysan *demeurer assis devant sa porte*, dans une place ou au coin d'une rue, *les bras croisés*, ou bien occupé à toucher une *dissonante guitare*, tandis que des étrangers labourent sa terre... » Par contamination, Montesquieu a appliqué les mots de Vayrac aux créoles du paragraphe précédent. **2.** Souvenir de la fable de La Fontaine « L'âne et le petit chien » (IV, 4), nous signale Pierre Clarac.
3. C'est le mot d'une Espagnole à M^me d'Aulnoy (*op. cit.*, t. II,

cruelles. Elles le sont encore plus pour les Espagnols : les femmes les guérissent de leurs peines ; mais elles ne font que leur en faire changer, et il leur reste souvent un long et fâcheux souvenir d'une passion éteinte [1].

Ils ont de petites politesses qui, en France, paraîtraient mal placées : par exemple, un capitaine ne bat jamais son soldat sans lui en demander la permission, et l'Inquisition ne fait jamais brûler un juif sans lui faire ses excuses.

Les Espagnols qu'on ne brûle pas paraissent si attachés à l'Inquisition, qu'il y aurait de la mauvaise humeur de la leur ôter. Je voudrais seulement qu'on en établît une autre, non pas contre les hérétiques, mais contre les hérésiarques qui attribuent à de petites pratiques monacales la même efficacité qu'aux sept sacrements, qui adorent tout ce qu'ils vénèrent, et qui sont si dévots qu'ils sont à peine chrétiens.

Vous pourrez trouver de l'esprit et du bon sens chez les Espagnols ; mais n'en cherchez point dans leurs livres. Voyez une de leurs bibliothèques : les romans, d'un côté, et les scolastiques, de l'autre. Vous diriez que les parties en ont été faites, et le tout rassemblé, par quelque ennemi secret de la raison humaine.

Le seul de leurs livres qui soit bon est celui qui a fait voir le ridicule de tous les autres [2].

Ils ont fait des découvertes immenses dans le Nouveau Monde, et ils ne connaissent pas encore leur

p. 190) : « Elle me dit qu'elle savait qu'il y avait des gentilshommes avec moi et qu'elle aimerait mieux avoir perdu la vie qu'ils eussent vu ses pieds. »
1. *Ibid.* (t. III, p. 152-153) : « Les femmes que l'on peut voir sont si dangereuses pour la santé qu'il faut avoir une grande curiosité pour se résoudre de la satisfaire avec de pareils risques... Ce qu'il y a d'effroyable, c'est qu'il y a peu de personnes en ce pays... qui soient exemptes de cette maligne influence. » **2.** Le *Don Quichotte* évidemment.

propre continent : il y a sur leurs rivières tel pont qui n'a pas encore été découvert, et dans leurs montagnes des nations qui leur sont inconnues[1].

Ils disent que le soleil se lève et se couche dans leur pays[2] ; mais il faut dire aussi qu'en faisant sa course, il ne rencontre que des campagnes ruinées et des contrées désertes.

Je ne serais pas fâché, Usbek, de voir une lettre écrite à Madrid par un Espagnol qui voyagerait en France : je crois qu'il vengerait bien sa nation. Quel vaste champ pour un homme flegmatique et pensif ! Je m'imagine qu'il commencerait ainsi la description de Paris :

Il y a ici une maison où l'on met les fous. On croirait d'abord qu'elle est la plus grande de la ville. Non ! Le remède est bien petit pour le mal. Sans doute que les Français, extrêmement décriés chez leurs voisins, enferment quelques fous dans une maison, pour persuader que ceux qui sont dehors ne le sont pas.

Je laisse là mon Espagnol.
Adieu, mon cher Usbek.

De Paris, le 17 de la lune de Saphar, 1715.

1. « Las Batuecas » *(note de Montesquieu ajoutée en 1758 et confirmée par les Cahiers de corrections).* Les Batuecas sont des gorges sauvages entourées de hautes montagnes où coule l'Alagon, affluent du Tage (province de Salamanque). Selon la légende, elles demeurèrent ignorées pendant des siècles et les démons seuls y vivaient. **2.** Le mot, fort banal, se retrouve dans *L'Espion turc* (*op. cit.*, t. II, p. 243) et dans M^me d'Aulnoy (*op. cit.*, t. II, p. 97).

LETTRE LXXIX

LE GRAND EUNUQUE NOIR À USBEK, À PARIS

Hier des Arméniens menèrent au sérail une jeune esclave de Circassie, qu'ils voulaient vendre[1]. Je la fis entrer dans les appartements secrets, je la déshabillai, je l'examinai avec les regards d'un juge, et plus je l'examinai, plus je lui trouvai de grâces. Une pudeur virginale semblait vouloir les dérober à ma vue : je vis tout ce qu'il lui en coûtait pour obéir : elle rougissait de se voir nue, même devant moi, qui, exempt des passions qui peuvent alarmer la pudeur, suis inanimé sous l'empire de ce sexe, et qui, ministre de la modestie, dans les actions les plus libres, ne porte que de chastes regards et ne puis inspirer que l'innocence.

Dès que je l'eus jugée digne de toi, je baissai les yeux ; je lui jetai un manteau d'écarlate ; je lui mis au doigt un anneau d'or ; je me prosternai à ses pieds ; je l'adorai comme la reine de ton cœur ; je payai les Arméniens ; je la dérobai à tous les yeux. Heureux Usbek ! tu possèdes plus de beautés que n'en enferment tous les palais d'Orient. Quel plaisir pour toi de trouver, à ton retour, tout ce que la Perse a de plus ravissant, et de voir dans ton sérail renaître les grâces, à mesure que le temps et la possession travaillent à les détruire !

Du sérail de Fatmé,
le premier de la lune de Rebiab 1, 1715.

1. Chardin avait assisté, sur les rives de la mer Noire, à l'achat d'esclaves circassiennes et avait admiré leur beauté (*op. cit.*, t. I, p. 86) : « Le prix qu'on donne pour ces femmes les peut faire passer raisonnablement pour des vraies Toisons d'or. »

LETTRE LXXX

USBEK À RHÉDI, À VENISE

Depuis que je suis en Europe, mon cher Rhédi, j'ai vu bien des gouvernements : ce n'est pas comme en Asie, où les règles de la politique se trouvent partout les mêmes.

J'ai souvent recherché quel était le gouvernement le plus conforme à la raison. Il m'a semblé que le plus parfait est celui qui va à son but à moins de frais ; de sorte que celui qui conduit les hommes de la manière qui convient le plus à leur penchant et à leur inclination est le plus parfait [1].

Si, dans un gouvernement doux, le peuple est aussi soumis que dans un gouvernement sévère, le premier est préférable, puisqu'il est plus conforme à la raison, et que la sévérité est un motif étranger.

Compte, mon cher Rhédi, que dans un état, les peines plus ou moins cruelles ne font pas que l'on obéisse plus aux lois. Dans les pays où les châtiments sont modérés, on les craint comme dans ceux où ils sont tyranniques et affreux [2].

Soit que le gouvernement soit doux, soit qu'il soit

1. [Raison fondée sur la « nature des choses », comme le développera *L'Esprit des lois* (voir J. Ehrard, *L'Idée de nature en France dans la première moitié du XVIIIᵉ siècle*, p. 723-736). Le meilleur gouvernement est conforme à « l'esprit général » d'une nation, issu de la combinaison de plusieurs facteurs qui « gouvernent les hommes » : « le climat, la religion, les lois, les maximes du gouvernement, les exemples des choses passées, les mœurs, les manières » (*L'Esprit des lois*, XIX, 4).] **2.** [L'idée sera développée dans *L'Esprit des lois* (livres XII et XVI, notamment XVI, 12, « De la juste proportion des peines avec le crime »), et reprise dans un ouvrage dont l'influence sera considérable pour l'évolution du droit européen : *Des délits et des peines* (1764) de l'Italien Beccaria.]

cruel, on punit toujours par degrés : on inflige un châtiment plus ou moins grand à un crime plus ou moins grand. L'imagination se plie d'elle-même aux mœurs du pays où l'on est : huit jours de prison ou une légère amende frappent autant l'esprit d'un Européen, nourri dans un pays de douceur, que la perte d'un bras intimide un Asiatique. Ils attachent un certain degré de crainte à un certain degré de peine, et chacun le partage à sa façon : le désespoir de l'infamie vient désoler un Français condamné à une peine qui n'ôterait pas un quart d'heure de sommeil à un Turc.

D'ailleurs je ne vois pas que la police, la justice et l'équité soient mieux observées en Turquie, en Perse, chez le Mogol, que dans les républiques de Hollande, de Venise, et dans l'Angleterre même ; je ne vois pas qu'on y commette moins de crimes, et que les hommes, intimidés par la grandeur des châtiments, y soient plus soumis aux lois.

Je remarque, au contraire, une source d'injustice et de vexations au milieu de ces mêmes états.

Je trouve même le prince, qui est la loi même, moins maître que partout ailleurs.

Je vois que, dans ces moments rigoureux, il y a toujours des mouvements tumultueux, où personne n'est le chef, et que, quand une fois l'autorité violente est méprisée, il n'en reste plus assez à personne pour la faire revenir ;

Que le désespoir même de l'impunité confirme le désordre et le rend plus grand ;

Que, dans ces états, il ne se forme point de petite révolte, et qu'il n'y a jamais d'intervalle entre le murmure et la sédition ;

Qu'il ne faut point que les grands événements y soient préparés par de grandes causes ; au contraire, le moindre accident produit une grande révolution,

souvent aussi imprévue de ceux qui la font, que de ceux qui la souffrent.

Lorsque Osman, empereur des Turcs, fut déposé, aucun de ceux qui commirent cet attentat ne songeait à le commettre : ils demandaient seulement en suppliant qu'on leur fît justice sur quelque grief ; une voix, qu'on n'a jamais connue, sortit de la foule par hasard, le nom de Mustapha fut prononcé, et soudain Mustapha fut empereur [1].

De Paris, le 2 de la lune de Rebiab 1, 1715.

LETTRE LXXXI

NARGUM, ENVOYÉ DE PERSE EN MOSCOVIE, À USBEK, À PARIS

De toutes les nations du monde, mon cher Usbek, il n'y en a pas qui ait surpassé celle des Tartares par la gloire ou par la grandeur des conquêtes. Ce peuple est le vrai dominateur de l'univers : tous les autres semblent être faits pour le servir ; il est également le fondateur et le destructeur des empires ; dans tous les temps, il a donné sur la terre des marques de sa puissance ; dans tous les âges, il a été le fléau des nations.

1. Le sultan Osman II fut déposé le 20 mai 1622, après quatre ans de règne. D'après *L'Espion turc* (t. I, p. 27), les janissaires l'étranglèrent sur le soupçon « de vouloir abolir cette milice et changer les constitutions de l'Empire ». Son oncle Mustapha Ier fut tiré de prison, mis sur le trône et déposé un an plus tard au profit d'Amurat IV, frère d'Osman. C'est le sujet de l'ouvrage d'Antoine Galland, *La Mort du sultan Osman ou le Rétablissement de Mustapha sur le trône* (Paris, 1678 ; La Brède, *op. cit.*, n° 3118).

Les Tartares ont conquis deux fois la Chine, et ils la tiennent encore sous leur obéissance[1].

Ils dominent sur les vastes pays qui forment l'empire du Mogol.

Maîtres de la Perse, ils sont assis sur le trône de Cyrus et de Gustaspe. Ils ont soumis la Moscovie. Sous le nom de Turcs, ils ont fait des conquêtes immenses dans l'Europe, l'Asie et l'Afrique, et ils dominent sur ces trois parties de l'univers.

Et, pour parler de temps plus reculés, c'est d'eux que sont sortis quelques-uns des peuples qui ont renversé l'Empire romain.

Qu'est-ce que les conquêtes d'Alexandre, en comparaison de celles de Genghis-Khan[2] ?

Il n'a manqué à cette victorieuse nation que des historiens, pour célébrer la mémoire de ses merveilles[3].

Que d'actions immortelles ont été ensevelies dans l'oubli ! Que d'empires par eux fondés, dont nous

1. Gengis-Khan (1175-1227) établit sa domination en Asie depuis la mer Noire jusqu'en Corée, s'empara de la Chine en 1212 et de la Perse en 1221. C'est en [1642 que les « Tartares » (on les identifie aujourd'hui comme « Mandchous ») conquirent la Chine, proclamant empereur un enfant, Xun-Chi. Montesquieu a montré une grande admiration pour les Tartares (voir Lettres LXI et LXVII), que Voltaire décrira comme des barbares sanguinaires, mais fascinants (*Essai sur les mœurs*, 1756, chap. 60)]. **2.** L'enthousiasme de Montesquieu pour les Tartares venait de la lecture de Palafox (*op. cit.*, cf. Lettre LXI), mais surtout de Pétis de la Croix, *Histoire du Grand Genghizkhan* (Paris, Jombert, 1710). [L'information vient ici de Martino Martini, *Histoire de la guerre des Tartares contenant les révolutions arrivées en ce royaume depuis quarante ans*, qui fait suite à l'*Histoire universelle de la Chine*, du père Alvarez Semedo (Lyon, Hierosme Prost, 1667 ; *Catalogue*, n° 3155).] **3.** Pétis de la Croix (p. 525) citait pourtant ses sources, l'*Histoire des Ottomans* d'Abulcaïr, les géographes Abulfeda et Marrakeschi, le *Livre des dynasties* d'Abulfarage et surtout le *Jardin du plaisir* de l'historien persan Mirconde dont d'Herbelot avait confié le manuscrit à la Bibliothèque du roi.

ignorons l'origine ! Cette belliqueuse nation, unique-
ment occupée de sa gloire présente, sûre de vaincre dans
tous les temps, ne songeait point à se signaler dans
l'avenir par la mémoire de ses conquêtes passées.

De Moscou, le 4 de la lune de Rebiab 1, 1715.

LETTRE LXXXII

RICA À IBBEN, À SMYRNE

Quoique les Français parlent beaucoup, il y a cepen-
dant parmi eux une espèce de dervis taciturnes qu'on
appelle *chartreux*. On dit qu'ils se coupent la langue en
entrant dans le couvent, et on souhaiterait fort que tous
les autres dervis se retranchassent de même tout ce que
leur profession leur rend inutile [1].

À propos de gens taciturnes, il y en a de bien plus
singuliers que ceux-là, et qui ont un talent bien extra-
ordinaire. Ce sont ceux qui savent parler sans rien dire,
et qui amusent une conversation, pendant deux heures
de temps, sans qu'il soit possible de les déceler, d'être
leur plagiaire, ni de retenir un mot de ce qu'ils ont dit.

Ces sortes de gens sont adorés des femmes ; mais ils
ne le sont pas tant que d'autres, qui ont reçu de la nature
l'aimable talent de sourire à propos, c'est-à-dire à
chaque instant, et qui portent la grâce d'une joyeuse
approbation sur tout ce qu'elles disent.

Mais ils sont au comble de l'esprit lorsqu'ils savent
entendre finesse à tout et trouver mille petits traits ingé-
nieux dans les choses les plus communes.

J'en connais d'autres, qui se sont bien trouvés d'in-

1. [Montesquieu critique fréquemment les ordres contemplatifs ;
voir notamment *Pensées*, n° 1192.]

troduire dans les conversations des choses inanimées et d'y faire parler leur habit brodé, leur perruque blonde, leur tabatière, leur canne et leurs gants. Il est bon de commencer de la rue à se faire écouter par le bruit du carrosse et du marteau, qui frappe rudement la porte : cet avant-propos prévient pour le reste du discours, et, quand l'exorde est beau, il rend supportables toutes les sottises qui viennent ensuite, mais qui, par bonheur, arrivent trop tard.

Je te promets que ces petits talents, dont on ne fait aucun cas chez nous, servent bien ici ceux qui sont assez heureux pour les avoir, et qu'un homme de bon sens ne brille guère devant eux.

De Paris, le 6 de la lune de Rebiab 2, 1715.

LETTRE LXXXIII

USBEK À RHÉDI, À VENISE

S'il y a un Dieu, mon cher Rhédi, il faut nécessairement qu'il soit juste : car, s'il ne l'était pas, il serait le plus mauvais et le plus imparfait de tous les êtres.

La justice est un rapport de convenance, qui se trouve réellement entre deux choses [1] ; ce rapport est toujours le même, quelque être qui le considère, soit

1. [L'influence de Leibniz est patente : « Cette justice n'est fondée que dans la convenance, qui demande une certaine satisfaction pour l'expiation d'une mauvaise action... Les sociniens là croient être sans fondement ; mais elle est toujours fondée dans un rapport de convenance, qui contente non seulement l'offensé, mais encore les sages qui la voient, comme une belle musique ou bien une belle architecture contente les esprits bien faits » (*Essais de théodicée*, 1re partie, § 74-75 ; éd. J. Brunschwig, Paris, Garnier-Flammarion, 1969, p. 144-145).]

que ce soit Dieu, soit que ce soit un ange, ou enfin que ce soit un homme [1].

Il est vrai que les hommes ne voient pas toujours ces rapports ; souvent même, lorsqu'ils les voient, ils s'en éloignent ; et leur intérêt est toujours ce qu'ils voient le mieux. La justice élève sa voix ; mais elle a peine à se faire entendre dans le tumulte des passions.

Les hommes peuvent faire des injustices, parce qu'ils ont intérêt de les commettre, et qu'ils préfèrent leur propre satisfaction à celle des autres. C'est toujours par un retour sur eux-mêmes qu'ils agissent : nul n'est mauvais gratuitement. Il faut qu'il y ait une raison qui détermine, et cette raison est toujours une raison d'intérêt.

Mais il n'est pas possible que Dieu fasse jamais rien d'injuste ; dès qu'on suppose qu'il voit la justice, il faut nécessairement qu'il la suive, car, comme il n'a besoin de rien, et qu'il se suffit à lui-même, il serait le plus méchant de tous les êtres, puisqu'il le serait sans intérêt.

Ainsi, quand il n'y aurait pas de Dieu, nous devrions toujours aimer la justice [2] ; c'est-à-dire faire nos efforts pour ressembler à cet être dont nous avons une si belle idée, et qui, s'il existait, serait nécessairement juste.

1. [Montesquieu est aussi lecteur de Malebranche : « Il est évident qu'il y a du vrai et du faux, du juste et de l'injuste ; et cela à l'égard de toutes les intelligences. Que ce qui est vrai à l'égard de l'homme est vrai à l'égard de l'Ange, et à l'égard de Dieu même ; que ce qui est injustice ou dérèglement à l'égard de l'homme est aussi tel à l'égard de Dieu même. Car tous les esprits, contemplant la même substance intelligible, y découvrent nécessairement les mêmes rapports de grandeur, ou les mêmes vérités spéculatives » (*Traité de morale*, 1ʳᵉ partie, chap. ɪ ; *Œuvres complètes*, Paris, Vrin, 1962-1984, t. XI, p. 19).] 2. [Il s'agit en fait d'un véritable lieu commun, qui devait permettre à Bayle de considérer qu'une société d'athées n'en serait pas moins parfaitement morale (*Pensées diverses sur la Comète*, 1682).]

Libres que nous serions du joug de la religion, nous ne devrions pas l'être de celui de l'équité.

Voilà, Rhédi, ce qui m'a fait penser que la justice est éternelle et ne dépend point des conventions humaines ; et, quand elle en dépendrait, ce serait une vérité terrible, qu'il faudrait se dérober à soi-même [1].

Nous sommes entourés d'hommes plus forts que nous ; ils peuvent nous nuire de mille manières différentes ; les trois quarts du temps ils peuvent le faire impunément. Quel repos pour nous de savoir qu'il y a dans le cœur de tous ces hommes un principe intérieur qui combat en notre faveur et nous met à couvert de leurs entreprises !

Sans cela nous devrions être dans une frayeur continuelle ; nous passerions devant les hommes comme devant les lions, et nous ne serions jamais assurés un moment de notre bien, de notre honneur et de notre vie.

Toutes ces pensées m'animent contre ces docteurs qui représentent Dieu comme un être qui fait un exercice tyrannique de sa puissance ; qui le font agir d'une manière dont nous ne voudrions pas agir nous-mêmes, de peur de l'offenser ; qui le chargent de toutes les imperfections qu'il punit en nous, et, dans leurs opinions contradictoires, le représentent tantôt comme un être mauvais, tantôt comme un être qui hait le mal et le punit.

Quand un homme s'examine, quelle satisfaction pour

1. Montesquieu reprendra cet exposé de la loi naturelle dans le *Traité des devoirs*, lu à l'académie de Bordeaux le 1ᵉʳ mai 1725. L'analyse, qui en a été conservée, précise l'adversaire visé, Hobbes : « L'auteur, dans les chapitres IV et V, fait voir que la justice n'est pas dépendante des lois humaines, qu'elle est fondée sur l'existence et la sociabilité des êtres raisonnables et non pas sur des dispositions ou volontés particulières de ces êtres. Cette question conduit l'auteur à la réfutation des principes de Hobbes sur la morale » [(*OC*, t. 8, 2003, p. 438 ; même idée dans les *Pensées*, n° 1266)].

lui de trouver qu'il a le cœur juste[1] ! Ce plaisir, tout
sévère qu'il est, doit le ravir : il voit son être autant
au-dessus de ceux qui ne l'ont pas, qu'il se voit au-
dessus des tigres et des ours. Oui, Rhédi, si j'étais sûr
de suivre toujours inviolablement cette équité que j'ai
devant les yeux, je me croirais le premier des hommes.

De Paris,
le premier de la lune de Gemmadi 1, 1715.

LETTRE LXXXIV

RICA À ***

Je fus hier aux Invalides[2]. J'aimerais autant avoir fait
cet établissement, si j'étais prince, que d'avoir gagné
trois batailles : on y trouve partout la main d'un grand
monarque. Je crois que c'est le lieu le plus respectable
de la terre.

Quel spectacle de voir rassemblées dans un même
lieu toutes ces victimes de la patrie, qui ne respirent que
pour la défendre, et qui, se sentant le même cœur, et
non pas la même force, ne se plaignent que de l'impuis-
sance où elles sont de se sacrifier encore pour elle !

Quoi de plus admirable que de voir ces guerriers
débiles, dans cette retraite, observer une discipline aussi
exacte que s'ils y étaient contraints par la présence d'un

1. [Insupportable preuve d'orgueil, selon l'abbé Gaultier, p. 38-39
(*Montesquieu. Mémoire de la critique*, p. 194).] **2.** [L'hôtel des
Invalides était un hospice destiné aux anciens soldats (qui finissaient
souvent leur vie dans la misère et constituaient dès lors un risque
pour la société), institué par Louis XIV en 1670 et dont la construc-
tion dura jusqu'en 1706 (le dôme ne fut achevé qu'en 1735) ; il était
régi avec une sévère discipline.]

ennemi, chercher leur dernière satisfaction dans cette image de la guerre, et partager leur cœur et leur esprit entre les devoirs de la religion et ceux de l'art militaire !

Je voudrais que les noms de ceux qui meurent pour la patrie fussent conservés dans les temples, et écrits dans des registres qui fussent comme la source de la gloire et de la noblesse.

À Paris, le 15 de la lune de Gemmadi 1, 1715.

LETTRE LXXXV

USBEK À MIRZA, À ISPAHAN

Tu sais, Mirza, que quelques ministres de Chah Soliman avaient formé le dessein d'obliger tous les Arméniens de Perse de quitter le royaume ou de se faire mahométans, dans la pensée que notre empire serait toujours pollué tandis qu'il garderait dans son sein ces infidèles.

C'était fait de la grandeur persane, si, dans cette occasion, l'aveugle dévotion avait été écoutée.

On ne sait comment la chose manqua[1] : ni ceux qui

1. Allusion à un épisode du règne du shah Soliman (1666-1694) rapporté par Tavernier (*op. cit.*, V, chap. VIII, p. 641) : le favori Ali Couli Khan, piqué contre les Arméniens qui avaient refusé un emprunt, « les mit si mal dans l'esprit du roi qu'il résolut de les obliger à se faire mahométans ». Puis jugeant par là qu'il n'en tirerait aucun avantage, « il se contenta de leur en donner la peur, ce qui fut suffisant pour obliger les Arméniens à se venir jeter à ses pieds et de le prier de faire en sorte par son crédit que le roi n'en vînt pas à cette fâcheuse extrémité. Pour obtenir cette grâce, il fallut faire présent de 10 000 tomans au roi et en donner 4 ou 5 000 à son favori ». Cette opération financière n'a rien à voir avec « l'aveugle dévotion »,

firent la proposition, ni ceux qui la rejetèrent, n'en connurent les conséquences ; le hasard fit l'office de la raison et de la politique et sauva l'Empire d'un péril plus grand que celui qu'il aurait pu courir de la perte d'une bataille et de la prise de deux villes.

En proscrivant les Arméniens, on pensa détruire en un seul jour tous les négociants et presque tous les artisans du royaume. Je suis sûr que le grand Chah Abas aurait mieux aimé se faire couper les deux bras que de signer un ordre pareil, et qu'en envoyant au Mogol et aux autres rois des Indes ses sujets les plus industrieux il aurait cru leur donner la moitié de ses États [1].

Les persécutions que nos mahométans zélés ont faites aux Guèbres les ont obligés de passer en foule dans les Indes et ont privé la Perse de cette nation si appliquée au labourage, et qui seule, par son travail, était en état de vaincre la stérilité de nos terres [2].

Il ne restait à la dévotion qu'un second coup à faire ; c'était de ruiner l'industrie : moyennant quoi l'Empire tombait de lui-même, et, avec lui, par une suite néces-

comme le laisserait entendre Montesquieu qui cherche un parallèle avec la révocation de l'édit de Nantes.

1. [L'argument économique (et donc pragmatique) est fréquent chez Montesquieu ; il ne signifie pas pour autant que le point de vue économique prime : il s'agit plutôt d'envisager un problème sous tous les aspects, mais aussi de se faire entendre de l'adversaire (il en sera de même dans *L'Esprit des lois*, XV, 5, « De l'esclavage des nègres »).] **2.** Ces détails viennent de Chardin (*op. cit.*, III, p. 127 *sq.*) : « Lorsque les Arabes envahirent la Perse, sous Omar, ceux qui ne voulurent pas vivre sous leur oppression furent obligés de se retirer vers les parties désertes de leur empire... Comme ils y furent attaqués, ils passèrent au-delà de (l'Indus) chez les Indiens, qui les reçurent et qui les ont soufferts depuis » ; « Ils regardent l'agriculture non seulement comme une profession belle et innocente, mais aussi comme méritoire et noble... Ils se faisaient une religion de l'agriculture et croyaient que c'était servir Dieu que de labourer. »

saire, cette même religion qu'on voulait rendre si florissante.

S'il faut raisonner sans prévention, je ne sais pas, Mirza, s'il n'est pas bon que dans un État il y ait plusieurs religions[1].

On remarque que ceux qui vivent dans des religions tolérées se rendent ordinairement plus utiles à leur patrie que ceux qui vivent dans la religion dominante ; parce que, éloignés des honneurs, ne pouvant se distinguer que par leur opulence et leurs richesses, ils sont portés à acquérir par leur travail et à embrasser les emplois de la société les plus pénibles.

D'ailleurs, comme toutes les religions contiennent des préceptes utiles à la société, il est bon qu'elles soient observées avec zèle. Or qu'y a-t-il de plus capable d'animer ce zèle que leur multiplicité ?

Ce sont des rivales qui ne se pardonnent rien. La jalousie descend jusqu'aux particuliers : chacun se tient sur ses gardes et craint de faire des choses qui déshonoreraient son parti et l'exposeraient aux mépris et aux censures impardonnables du parti contraire[2].

1. [La « tolérance », absolument réprouvée dans une France qui se définit comme catholique (le protestantisme est interdit, mais les juifs peuvent pratiquer leur religion, s'ils se déclarent comme étrangers), est loin d'avoir un sens positif au XVIIIᵉ siècle : le terme suppose la domination d'une religion sur les autres. Mais la pluralité défendue par Montesquieu (l'idée sera reprise dans *L'Esprit des lois*, XXIV, et constituera un grand motif de scandale) avait un modèle remarquable dans l'Europe du Nord, notamment en Allemagne, où calvinistes, luthériens et catholiques devaient coexister dans plusieurs États de l'Empire. Non seulement Bayle, protestant réfugié en Hollande, avait soutenu avec force les mêmes principes, mais les Romains de l'Antiquité apparaissaient comme de véritables modèles, se refusant à toute persécution, à toute dispute, admettant dans l'Empire tous les dieux étrangers (*Dissertation sur la politique des Romains dans la religion, OC*, t. 8, p. 75-100).] **2.** Cf. Bayle, *Critique générale de l'histoire du calvinisme du P. Maimbourg* (in

Aussi a-t-on toujours remarqué qu'une secte nouvelle introduite dans un État était le moyen le plus sûr pour corriger tous les abus de l'ancienne.

On a beau dire qu'il n'est pas de l'intérêt du prince de souffrir plusieurs religions dans son État. Quand toutes les sectes du monde viendraient s'y rassembler, cela ne lui porterait aucun préjudice, parce qu'il n'y en a aucune qui ne prescrive l'obéissance et ne prêche la soumission.

J'avoue que les histoires sont remplies de guerres de religion. Mais, qu'on y prenne bien garde : ce n'est point la multiplicité des religions qui a produit ces guerres, c'est l'esprit d'intolérance, qui animait celle qui se croyait la dominante ; c'est cet esprit de prosélytisme que les juifs ont pris des Égyptiens [1], et qui, d'eux, est passé, comme une maladie épidémique et populaire, aux mahométans et aux chrétiens ; c'est, enfin, cet esprit de vertige, dont les progrès ne peuvent être regardés que comme une éclipse entière de la raison humaine.

Car, enfin, quand il n'y aurait pas de l'inhumanité à affliger la conscience des autres ; quand il n'en résulterait aucun des mauvais effets qui en germent à milliers : il faudrait être fou pour s'en aviser. Celui qui veut me faire changer de religion ne le fait sans doute que parce

Œuvres, 1737, t. II, p. 148, lettre XXX, 6) : « La religion dominante calomnie les autres sur la fidélité due au souverain », et *Commentaire philosophique sur le « Compelle intrare »* (*ibid.*, p. 415) : « Si la multiplicité de religions nuit à un État, c'est uniquement parce que l'une ne veut pas tolérer l'autre, mais l'engloutir par la voie des persécutions. *Hinc prima mali labes*. C'est là l'origine du mal. Si chacun avait la tolérance que je soutiens, il y aurait la même concorde dans un État divisé en dix religions que dans une ville où les diverses espèces d'artisans s'entre-supportent mutuellement. »

1. Cf. [*Dissertation sur*] *la politique des Romains* [...], *OC*, t. 8, p. 93 : « La religion égyptienne fut toujours proscrite à Rome. C'est qu'elle était intolérante, qu'elle voulait régner seule et s'établir sur les débris des autres. »

qu'il ne changerait pas la sienne, quand on voudrait l'y forcer : il trouve donc étrange que je ne fasse pas une chose qu'il ne ferait pas lui-même peut-être pour l'empire du monde.

De Paris, le 25 de la lune de Gemmadi I, 1715.

LETTRE LXXXVI

RICA À ***

Il semble ici que les familles se gouvernent toutes seules. Le mari n'a qu'une ombre d'autorité sur sa femme ; le père, sur ses enfants ; le maître, sur ses esclaves. La justice se mêle de tous leurs différends, et sois sûr qu'elle est toujours contre le mari jaloux, le père chagrin, le maître incommode.

J'allai l'autre jour dans le lieu où se rend la justice. Avant d'y arriver, il faut passer sous les armes d'un nombre infini de jeunes marchandes, qui vous appellent d'une voix trompeuse. Ce spectacle, d'abord, est assez riant ; mais il devient lugubre lorsqu'on entre dans les grandes salles, où l'on ne voit que des gens dont l'habit est encore plus grave que la figure. Enfin, on entre dans le lieu sacré où se révèlent tous les secrets des familles, et où les actions les plus cachées sont mises au grand jour[1].

Là, une fille modeste vient avouer les tourments d'une virginité trop longtemps gardée, ses combats et sa douloureuse résistance. Elle est si peu fière de sa victoire,

1. La description du palais de justice vient sans doute de l'*Amusement* IV de Dufresny (*op. cit.*, p. 15) qui marquait le contraste des marchandes et des hommes de loi.

qu'elle menace toujours d'une défaite prochaine, et, pour que son père n'ignore plus ses besoins, elle les expose à tout le peuple.

Une femme effrontée vient, ensuite, exposer les outrages qu'elle a faits à son époux comme une raison d'en être séparée.

Avec une modestie pareille, une autre vient dire qu'elle est lasse de porter le titre de femme sans en jouir : elle vient révéler les mystères cachés dans la nuit du mariage ; elle veut qu'on la livre aux regards des experts les plus habiles, et qu'une sentence la rétablisse dans tous les droits de la virginité. Il y en a même qui osent défier leurs maris et leur demander en public un combat que les témoins rendent si difficile : épreuve aussi flétrissante pour la femme qui la soutient, que pour le mari qui y succombe [1].

Un nombre infini de filles ravies ou séduites font les hommes beaucoup plus mauvais qu'ils ne sont. L'amour fait retentir ce tribunal. On n'y entend parler que de pères irrités, de filles abusées, d'amants infidèles et de maris chagrins.

Par la loi qui y est observée, tout enfant né pendant le mariage est censé d'être au mari. Il a beau avoir de bonnes raisons pour ne pas le croire : la loi le croit pour lui et le soulage de l'examen et des scrupules.

Dans ce tribunal, on prend les voix à la majeure ; mais on dit qu'on a reconnu, par expérience, qu'il vaudrait

1. Cette antique procédure avait été abolie en 1677 ; mais le procès pour impuissance de la marquise de Gesvres contre son mari avait ému l'opinion. Montesquieu, en tant que juriste, avait étudié l'affaire et noté dans le *Spicilège* [n^os 261 et 262] les arguments des deux parties. « Le marquis de Gesvres, dit Saint-Simon [(*Mémoires*, édit. Y. Coirault, Paris, « Pléiade », t. IV, p. 497)], prétendit n'être point impuissant et comme c'était chose de fait, il fut ordonné qu'il serait visité par des chirurgiens et elle par des matrones, nommés par l'officialité pour y faire leur rapport. »

mieux les recueillir à la mineure. Et cela est assez naturel : car il y a très peu d'esprits justes, et tout le monde convient qu'il y en a une infinité de faux[1].

De Paris, le premier de la lune de Gemmadi 2, 1715.

LETTRE LXXXVII

RICA À ***

On dit que l'homme est un animal sociable. Sur ce pied-là, il me paraît qu'un Français est plus homme qu'un autre ; c'est l'homme par excellence, car il semble être fait uniquement pour la société.

Mais j'ai remarqué parmi eux des gens qui non seulement sont sociables, mais sont eux-mêmes la société universelle. Ils se multiplient dans tous les coins ; ils peuplent en un moment les quatre quartiers d'une ville. Cent hommes de cette espèce abondent plus que deux mille citoyens ; ils pourraient réparer aux yeux des étrangers les ravages de la peste et de la famine. On demande dans les écoles si un corps peut être en un instant en plusieurs lieux ; ils sont une preuve de ce que les philosophes mettent en question.

Ils sont toujours empressés, parce qu'ils ont l'affaire importante de demander à tous ceux qu'ils voient, où ils vont, et d'où ils viennent.

On ne leur ôterait jamais de la tête qu'il est de la bienséance de visiter chaque jour le public en détail, sans compter les visites qu'ils font en gros dans les lieux où l'on s'assemble. Mais, comme la voie en est trop

1. [L'expression et l'idée sont jugées alambiquées et fausses par Camusat (*Montesquieu, Mémoire de la critique*, p. 42).]

abrégée, elles sont comptées pour rien dans les règles de leur cérémonial.

Ils fatiguent plus les portes des maisons à coups de marteau, que les vents et les tempêtes. Si l'on allait examiner la liste de tous les portiers, on y trouverait chaque jour leur nom estropié de mille manières en caractères suisses. Ils passent leur vie à la suite d'un enterrement, dans des compliments de condoléances ou dans des félicitations de mariage. Le roi ne fait point de gratification à quelqu'un de ses sujets qu'il ne leur en coûte une voiture, pour lui en aller témoigner leur joie. Enfin, ils reviennent chez eux, bien fatigués, se reposer pour pouvoir reprendre le lendemain leurs pénibles fonctions.

Un d'eux mourut l'autre jour de lassitude, et on mit cette épitaphe sur son tombeau : « C'est ici que repose celui qui ne s'est jamais reposé. Il s'est promené à cinq cent trente enterrements. Il s'est réjoui de la naissance de deux mille six cent quatre-vingts enfants. Les pensions dont il a félicité ses amis, toujours en des termes différents, montent à deux millions six cent mille livres ; le chemin qu'il a fait sur le pavé à neuf mille six cents stades [1] ; celui qu'il a fait dans la campagne à trente-six. Sa conversation était amusante : il avait un fonds tout fait de trois cent soixante-cinq contes ; il possédait, d'ailleurs, depuis son jeune âge, cent dix-huit apophtegmes tirés des Anciens qu'il employait dans les occasions brillantes. Il est mort enfin à la soixantième année de son âge. Je me tais, voyageur. Car comment pourrais-je achever de te dire ce qu'il a fait et ce qu'il a vu ? »

De Paris, le 3 de la lune de Gemmadi 2, 1715.

1. [Le mot est antique, mais aussi d'usage courant au XVIIIᵉ siècle (un vingtième de lieue, soit deux cents mètres).]

LETTRE LXXXVIII

USBEK À RHÉDI, À VENISE

À Paris règne[1] la liberté et l'égalité. La naissance, la vertu, le mérite même de la guerre, quelque brillant qu'il soit, ne sauve pas un homme de la foule dans laquelle il est confondu. La jalousie des rangs y est inconnue. On dit que le premier de Paris est celui qui a les meilleurs chevaux à son carrosse.

Un grand seigneur est un homme qui voit le roi, qui parle aux ministres, qui a des ancêtres, des dettes et des pensions. S'il peut, avec cela, cacher son oisiveté par un air empressé ou par un feint attachement pour les plaisirs, il croit être le plus heureux de tous les hommes.

En Perse, il n'y a de grand que ceux à qui le monarque donne quelque part au gouvernement[2]. Ici, il y a des gens qui sont grands par leur naissance ; mais ils sont sans crédit. Les rois font comme ces ouvriers habiles qui, pour exécuter leurs ouvrages, se servent toujours des machines les plus simples.

La faveur est la grande divinité des Français. Le ministre est le grand prêtre, qui lui offre bien des victimes. Ceux qui l'entourent ne sont point habillés de blanc ; tantôt sacrificateurs et tantôt sacrifiés, ils se dévouent eux-mêmes à leur idole avec tout le peuple.

De Paris,
le 9 de la lune de Gemmadi 2, 1715.

1. [Accord fréquent à l'époque, favorisé par la postposition des sujets (comparer avec « l'imagination et l'éducation... », Lettre LXXXIX).] **2.** Cf. Chardin, *op. cit.* (II, 3, p. 224) : « Il n'y a point de noblesse en Perse, non plus que dans tout l'Orient, et l'on n'y porte de respect qu'aux charges. »

LETTRE LXXXIX

USBEK À IBBEN, À SMYRNE

Le désir de la gloire n'est point différent de cet instinct que toutes les créatures ont pour leur conservation. Il semble que nous augmentons notre être lorsque nous pouvons le porter dans la mémoire des autres : c'est une nouvelle vie que nous acquérons, et qui nous devient aussi précieuse que celle que nous avons reçue du Ciel.

Mais, comme tous les hommes ne sont pas également attachés à la vie, ils ne sont pas aussi également sensibles à la gloire. Cette noble passion est bien toujours gravée dans leur cœur ; mais l'imagination et l'éducation la modifient de mille manières.

Cette différence, qui se trouve d'homme à homme, se fait encore plus sentir de peuple à peuple.

On peut poser pour maxime que, dans chaque État, le désir de la gloire croît avec la liberté des sujets et diminue avec elle : la gloire n'est jamais compagne de la servitude.

Un homme de bon sens me disait l'autre jour :

« On est, en France, à bien des égards, plus libre qu'en Perse ; aussi y aime-t-on plus la gloire. Cette heureuse fantaisie fait faire à un Français avec plaisir et avec goût ce que votre sultan n'obtient de ses sujets qu'en leur mettant sans cesse devant les yeux les supplices et les récompenses.

« Aussi, parmi nous, le prince est-il jaloux de l'honneur du dernier de ses sujets. Il y a pour le maintenir des tribunaux respectables [1] : c'est le trésor sacré de la

1. Le tribunal des maréchaux, par exemple, juge des affaires

nation, et le seul dont le souverain n'est pas le maître, parce qu'il ne peut l'être, sans choquer ses intérêts. Ainsi, si un sujet se trouve blessé dans son honneur par son prince, soit par quelque préférence, soit par la moindre marque de mépris, il quitte sur-le-champ sa cour, son emploi, son service, et se retire chez lui.

« La différence qu'il y a des troupes françaises aux vôtres, c'est que les unes, composées d'esclaves, naturellement lâches, ne surmontent la crainte de la mort que par celle du châtiment : ce qui produit dans l'âme un nouveau genre de terreur qui la rend comme stupide ; au lieu que les autres se présentent aux coups avec délice et bannissent la crainte par une satisfaction qui lui est supérieure.

« Mais le sanctuaire de l'honneur, de la réputation et de la vertu, semble être établi dans les républiques et dans les pays où l'on peut prononcer le mot de *Patrie*. À Rome, à Athènes, à Lacédémone, l'honneur payait seul les services les plus signalés. Une couronne de chêne ou de laurier, une statue, un éloge, était une récompense immense pour une bataille gagnée ou une ville prise.

« Là, un homme qui avait fait une belle action se trouvait suffisamment récompensé par cette action même. Il ne pouvait voir un de ses compatriotes qu'il ne ressentît le plaisir d'être son bienfaiteur ; il comptait le nombre de ses services par celui de ses concitoyens. Tout homme est capable de faire du bien à un homme ; mais c'est ressembler aux dieux que de contribuer au bonheur d'une société entière.

« Or cette noble émulation ne doit-elle point être entièrement éteinte dans le cœur de vos Persans, chez qui les

d'honneur. Il siégeait chez le plus ancien en grade et un maître des requêtes était chargé d'y rapporter les causes (cf. Marcel Marion, *Dictionnaire des institutions de la France*, Picard, 1923 [réimpr. 1999], p. 543, *sub verbo* : « Tribunal du point d'honneur »).

emplois et les dignités ne sont que des attributs de la fantaisie du souverain ? La réputation et la vertu y sont regardées comme imaginaires si elles ne sont accompagnées de la faveur du prince, avec laquelle elles naissent et meurent de même. Un homme qui a pour lui l'estime publique n'est jamais sûr de ne pas être déshonoré demain : le voilà aujourd'hui général d'armée ; peut-être que le prince le va faire son cuisinier, et qu'il ne lui laissera plus espérer d'autre éloge que celui d'avoir fait un bon ragoût [1]. »

De Paris, le 15 de la lune de Gemmadi 2, 1715.

LETTRE XC

USBEK AU MÊME, À SMYRNE

De cette passion générale que la nation française a pour la gloire, il s'est formé dans l'esprit des particuliers un certain je ne sais quoi, qu'on appelle *point d'honneur*. C'est proprement le caractère de chaque profession ; mais il est plus marqué chez les gens de guerre, et c'est le point d'honneur par excellence. Il me serait bien difficile de te faire sentir ce que c'est : car nous n'en avons point précisément d'idée.

1. Paragraphe influencé par Ricaut (*op. cit.*, I, p. 11) : « Quand je considère qu'il se trouve parmi eux si peu de récompense pour la vertu et tant d'impunité pour les vices..., de quelle manière les hommes y sont élevés tout d'un coup par la flatterie, par le hasard et par la seule faveur du sultan aux plus grandes, aux plus importantes et aux plus honorables charges de l'Empire, sans avoir ni naissance, ni mérite, ni aucune expérience des affaires du monde ; quand je considère combien ils restent peu dans des postes si éminents que le prince les fait mourir d'un seul clin d'œil... je ne puis que je n'admire la longue durée de ce grand empire. »

Autrefois, les Français, surtout les nobles, ne suivaient guère d'autres lois que celles de ce point d'honneur : elles réglaient toute la conduite de leur vie et elles étaient si sévères qu'on ne pouvait sans une peine plus cruelle que la mort, je ne dis pas les enfreindre, mais en éluder la plus petite disposition.

Quand il s'agissait de régler les différends, elles ne prescrivaient guère qu'une manière de décision, qui était le duel, qui tranchait toutes les difficultés [1]. Mais ce qu'il y avait de mal, c'est que souvent le jugement se rendait entre d'autres parties que celles qui y étaient intéressées.

Pour peu qu'un homme fût connu d'un autre, il fallait qu'il entrât dans la dispute, et qu'il payât de sa personne, comme s'il avait été lui-même en colère. Il se sentait toujours honoré d'un tel choix et d'une préférence si flatteuse ; et tel qui n'aurait pas voulu donner quatre pistoles à un homme pour le sauver de la potence, lui et toute sa famille, ne faisait aucune difficulté d'aller risquer pour lui mille fois sa vie.

Cette manière de décider était assez mal imaginée : car, de ce qu'un homme était plus adroit ou plus fort qu'un autre, il ne s'ensuivait pas qu'il eût de meilleures raisons.

Aussi les rois l'ont-ils défendue sous des peines très sévères [2] ; mais c'est en vain : l'honneur, qui veut toujours régner, se révolte, et il ne reconnaît point de lois.

Ainsi les Français sont dans un état bien violent : car

1. Au XVII[e] siècle, prédicateurs et moralistes condamnaient le duel au nom de la morale et de la religion. La Bruyère n'y voyait que « le triomphe de la mode » (*Caractères*, XIII, 3). Montesquieu, sociologue et juriste, en connaît l'origine : le duel est pour les anciennes lois germaniques « le jugement de Dieu ». Cette page prélude à un remarquable chapitre de *L'Esprit des lois* (XXVIII, 20).
2. L'édit de Louis XIV (1679) qui punissait les duellistes de mort fut renouvelé en [février 1723 par Louis XV. Voir ci-dessus Lettre LIX].

les mêmes lois de l'honneur obligent un honnête homme de se venger quand il a été offensé ; mais, d'un autre côté, la justice le punit des plus cruelles peines lorsqu'il se venge. Si l'on suit les lois de l'honneur, on périt sur un échafaud ; si l'on suit celles de la justice, on est banni pour jamais de la société des hommes. Il n'y a donc que cette cruelle alternative, ou de mourir, ou d'être indigne de vivre.

De Paris, le 18 de la lune de Gemmadi 2, 1715.

LETTRE XCI

USBEK À RUSTAN, À ISPAHAN

Il paraît ici un personnage, travesti en ambassadeur de Perse, qui se joue insolemment des deux plus grands rois du monde[1]. Il apporte au monarque des Français

1. Grâce à Maurice Herbette (*Une ambassade persane sous Louis XIV*, Paris, Perrin, 1907), nous sommes bien informés sur Méhémet Riza Beg, qui n'était pas un imposteur. Il était simple *Kalender*, c'est-à-dire percepteur d'impôts, pour le compte du gouvernement d'Érivan, et régulièrement muni par le roi de Perse de lettres de créance. Arrivé à Marseille le 23 octobre 1714, il fit son entrée solennelle à Paris le 7 février 1715 et fut reçu par Louis XIV à Versailles le 19 février. Sa bizarrerie, sa ladrerie, son irritabilité firent douter de son caractère officiel. Saint-Simon, dans une note au *Journal* de Dangeau [(édit. Y. Coirault, « Pléiade », t. V, p. 169)], prétend qu'il contrefit l'ambassadeur et que « Pontchartrain, dont cette ambassade regardait le département, ne voulut pas dévoiler la friponnerie pour amuser le roi et lui faire sa cour en lui faisant croire que le sophy lui envoyait un ambassadeur ». Montesquieu ayant rencontré Saint-Simon en 1734-1735 (*Spicilège*, n° 570), ce dernier a pu lui en fournir le sujet et les détails ; mais Saint-Simon était plus sévère pour celui qu'il jugeait comme un imposteur, dont la réception ridiculisait le roi affaibli et vieilli.]

des présents que le nôtre ne saurait donner à un roi d'Irimette ou de Géorgie, et, par sa lâche avarice, il a flétri la majesté des deux empires[1].

Il s'est rendu ridicule devant un peuple qui prétend être le plus poli de l'Europe, et il a fait dire en Occident que le roi des rois ne domine que sur des barbares.

Il a reçu des honneurs qu'il semblait avoir voulu se faire refuser lui-même, et, comme si la cour de France avait eu plus à cœur la grandeur persane que lui, elle l'a fait paraître avec dignité devant un peuple dont il est le mépris[2].

Ne dis point ceci à Ispahan : épargne la tête d'un malheureux[3]. Je ne veux pas que nos ministres le punissent de leur propre imprudence et de l'indigne choix qu'ils ont fait.

De Paris, le dernier de la lune de Gemmadi 2, 1715.

1. On attendait avec curiosité les présents de l'ambassadeur. À la stupéfaction de tous, on ne trouva dans le coffre apporté à Versailles que « cent six petites perles, deux cent quatre-vingts turquoises et deux boîtes d'or remplies de baume de Mumie. Cet onguent avait, il est vrai, en Perse, une réputation particulière... Il guérissait les blessures et conservait la santé et la vigueur. Méhémet Riza Beg était dès lors convaincu que son maître avait envoyé au roi de France quelque chose d'inestimable. Il soutint seul son opinion, car on s'indigna à la Cour et dans le public d'une ladrerie qu'on attribua à l'ambassadeur lui-même » (Herbette, *op. cit.*, p. 182). **2.** La réception du 19 février 1715 fut d'une magnificence exceptionnelle. **3.** Méhémet Riza Beg s'embarqua au Havre le 12 septembre 1715 et regagna la Perse par la Moscovie. Il touchait Érivan en mai 1717. Terrifié par le retard mis à rendre compte de sa mission et par la perte de presque tous les présents du roi de France qu'il avait vendus en route, il s'empoisonna. D'après le consul Gardanne, il avait devancé le sort qui l'attendait à Ispahan (Herbette, *op. cit.*, p. 327).

LETTRE XCII

USBEK À RHÉDI, À VENISE

Le monarque qui a si longtemps régné n'est plus. Il a bien fait parler des gens pendant sa vie ; tout le monde s'est tu à sa mort. Ferme et courageux dans ce dernier moment, il a paru ne céder qu'au destin [1]. Ainsi mourut le grand Chah Abas, après avoir rempli toute la terre de son nom.

Ne crois pas que ce grand événement n'ait fait faire ici que des réflexions morales. Chacun a pensé à ses affaires et à prendre ses avantages dans ce changement. Le roi, arrière-petit-fils du monarque défunt, n'ayant que cinq ans, un prince, son oncle, a été déclaré régent du royaume.

Le feu roi avait fait un testament qui bornait l'autorité du régent. Ce prince habile a été au Parlement, et, y exposant tous les droits de sa naissance, il a fait casser la disposition du monarque [2], qui, voulant se survivre à lui-même, semblait avoir prétendu régner encore après sa mort.

Les parlements ressemblent à ces ruines que l'on foule aux pieds, mais qui rappellent toujours l'idée de quelque temple fameux par l'ancienne religion des peuples. Ils ne se mêlent guère plus que de rendre la justice, et leur autorité est toujours languissante, à moins que quelque conjoncture imprévue ne vienne lui rendre la

1. *L'Espion turc* avait consacré trois lettres à la mort de Louis XIII (*op. cit.*, t. II, lettres 25-26-27). Joseph Bonnet contait de même la mort de Louis XIV dans sa 2e *Lettre à Musala* (*op. cit.*, p. 248) et quelques-uns de ses termes pourraient avoir été repris par Montesquieu : « Louis le Grand n'est plus ; ce prince qui a fait durant tant d'années l'attention de tout l'univers... va devenir le partage des vers... La mort qu'il a vue approcher n'a pas été capable de le troubler. » **2.** Louis XIV mourut le 1er septembre 1715. La séance du Parlement où le régent, Philippe d'Orléans, vint demander la cassation du testament eut lieu le lendemain. Montesquieu avait conservé dans son *Spicilège* ([n° 278]) le discours du régent.

force et la vie. Ces grands corps ont suivi le destin des choses humaines : ils ont cédé au temps, qui détruit tout, à la corruption des mœurs, qui a tout affaibli, à l'autorité suprême, qui a tout abattu.

Mais le régent, qui a voulu se rendre agréable au peuple, a paru d'abord respecter cette image de la liberté publique ; et, comme s'il avait pensé à relever de terre le temple et l'idole, il a voulu qu'on les regardât comme l'appui de la monarchie et le fondement de toute autorité légitime [1].

De Paris, le 4 de la lune de Rhegeb, 1715.

LETTRE XCIII

USBEK À SON FRÈRE,
SANTON AU MONASTÈRE DE CASBIN [2]

Je m'humilie devant toi, sacré santon, et je me prosterne ; je regarde les vestiges de tes pieds comme la

1. Montesquieu, parlementaire, est toujours demeuré fidèle à la doctrine de son corps (*L'Esprit des lois*, II, 4) : les parlements ne sont pas seulement des corps judiciaires, mais les dépositaires des lois fondamentales du royaume et, par là, les conseillers naturels du prince. Louis XIV avait supprimé leur droit de remontrance, le régent le rétablit le 15 septembre 1715. **2.** Montesquieu a appris, par Ricaut (*op. cit.*, livre II, chap. XIII, p. 334), l'existence dans l'islam d'ordres religieux ou *dervis* : « Ces religieux, à l'imitation des chrétiens qui vivaient il y a mille ans, font profession d'une vie austère et retirée du mépris des honneurs et des plaisirs du monde et d'une application tout entière aux choses divines. Mais on peut dire que ce sont de méchantes copies d'excellents originaux. » Ricaut ne distingue pas *dervis* et *santon* (*ibid.*, p. 352) et signale leurs monastères « dans les plus considérables endroits de l'Empire ottoman » (*ibid.*, p. 343). Tavernier (*op. cit.*, p. 68) et Chardin (*op. cit.*, I, p. 196) décrivent Casbin, ville persane à égale distance d'Ispahan et de Tauris, mais ne parlent d'aucun monastère.

prunelle de mes yeux. Ta sainteté est si grande qu'il semble que tu aies le cœur de notre saint prophète ; tes austérités étonnent le ciel même ; les anges t'ont regardé du sommet de la gloire et ont dit : « Comment est-il encore sur la terre, puisque son esprit est avec nous et vole autour du trône qui est soutenu par les nuées ? »

Et comment ne t'honorerais-je pas, moi qui ai appris de nos docteurs que les dervis, même infidèles, ont toujours un caractère de sainteté, qui les rend respectables aux vrais croyants, et que Dieu s'est choisi, dans tous les coins de la terre, des âmes plus pures que les autres, qu'il a séparées du monde impie, afin que leurs mortifications et leurs prières ferventes suspendissent sa colère prête à tomber sur tant de peuples rebelles ?

Les chrétiens disent des merveilles de leurs premiers santons, qui se réfugièrent à milliers dans les déserts affreux de la Thébaïde et eurent pour chefs Paul, Antoine et Pacôme [1]. Si ce qu'ils en disent est vrai, leurs vies sont aussi pleines de prodiges que celles de nos plus sacrés immaums. Ils passaient quelquefois dix ans entiers sans voir un seul homme, mais ils habitaient la nuit et le jour avec des démons ; ils étaient sans cesse tourmentés par ces esprits malins : ils les trouvaient au lit ; ils les trouvaient à table ; jamais d'asile contre eux. Si tout ceci est vrai, santon vénérable, il faudrait avouer que personne n'aurait jamais vécu en plus mauvaise compagnie.

Les chrétiens sensés regardent toutes ces histoires comme une allégorie bien naturelle, qui nous peut servir à nous faire sentir le malheur de la condition humaine. En vain cherchons-nous dans le désert un état tranquille : les tentations nous suivent toujours ; nos pas-

1. La science de Montesquieu sur les cénobites de la Thébaïde doit venir de l'*Histoire ecclésiastique* de l'abbé de Choisy (Paris, 1703, t. I, p. 341, 399 ; t. II, p. 43, 117. Cf. La Brède, *op. cit.*, n° 189).

sions, figurées par les démons, ne nous quittent point encore ; ces monstres du cœur, ces illusions de l'esprit, ces vains fantômes de l'erreur et du mensonge, se montrent toujours à nous pour nous séduire et nous attaquent jusque dans les jeûnes et les cilices, c'est-à-dire jusque dans notre force même.

Pour moi, santon vénérable, je sais que l'envoyé de Dieu a enchaîné Satan et l'a précipité dans les abîmes ; il a purifié la terre, autrefois pleine de son empire, et l'a rendue digne du séjour des anges et des prophètes.

De Paris, le 9 de la lune de Chahban, 1715.

LETTRE XCIV

USBEK À RHÉDI, À VENISE

Je n'ai jamais ouï parler du droit public qu'on n'ait commencé par rechercher soigneusement quelle est l'origine des sociétés, ce qui me paraît ridicule. Si les hommes n'en formaient point, s'ils se quittaient et se fuyaient les uns les autres, il faudrait en demander la raison et chercher pourquoi ils se tiennent séparés. Mais ils naissent tous liés les uns aux autres ; un fils est né auprès de son père, et il s'y tient : voilà la société et la cause de la société [1].

1. Montesquieu demeurera fidèle à cette conception anticontractualiste du droit. Pour lui, la société ne s'oppose pas à l'état de nature (Grotius, Hobbes, Locke et plus tard Rousseau), mais dérive de la nature : l'instinct de sociabilité est pour lui aussi fort que la soif, la faim ou l'instinct sexuel. D'après Crisafulli, l'origine de cette opinion serait à chercher dans Shaftesbury (*Essai sur la liberté d'esprit et d'humour*). Même idée dans la Lettre CIV. Développement identique dans les *Pensées* (n° 1267).

Le droit public est plus connu en Europe qu'en Asie ; cependant on peut dire que les passions des princes, la patience des peuples, la flatterie des écrivains, en ont corrompu tous les principes.

Ce droit, tel qu'il est aujourd'hui, est une science qui apprend aux princes jusqu'à quel point ils peuvent violer la justice sans choquer leurs intérêts. Quel dessein, Rhédi, de vouloir, pour endurcir leur conscience, mettre l'iniquité en système, d'en donner des règles, d'en former des principes et d'en tirer des conséquences [1] !

La puissance illimitée de nos sublimes sultans, qui n'a d'autre règle qu'elle-même, ne produit pas plus de monstres que cet art indigne qui veut faire plier la justice, tout inflexible qu'elle est.

On dirait, Rhédi, qu'il y a deux justices toutes différentes : l'une qui règle les affaires des particuliers, qui règne dans le droit civil ; l'autre qui règle les différends qui surviennent de peuple à peuple, qui tyrannise dans le droit public : comme si le droit public n'était pas lui-même un droit civil, non pas à la vérité d'un pays particulier, mais du monde.

Je t'expliquerai dans une autre lettre mes pensées là-dessus.

De Paris, le premier de la lune de Zilhagé, 1716.

1. Fragment essentiel de ce qu'on peut appeler l'*Antimachiavel* de Montesquieu. A-t-il lu Machiavel ? D'après M. Bertière (*Actes du Congrès Montesquieu*, Bordeaux, Delmas, 1956, p. 141 *sq.*), Montesquieu aurait médité et utilisé l'*Apologie pour Machiavelle* du chanoine Machon, rédigée à la demande de Richelieu vers 1640. Même indignation dans le *Traité des devoirs* contre la fausseté du réalisme politique. L'allusion nous semble évidente. Machiavel dédie son *Prince* à Laurent de Médicis et Machon son *Apologie* à Richelieu : « Il est nécessaire qu'un prince qui veut se maintenir apprenne à pouvoir n'être pas honnête, et à user ou à n'user point de malhonnêteté, selon les circonstances » (*Prince*, chap. xv).

LETTRE XCV

USBEK AU MÊME

Les magistrats doivent rendre la justice de citoyen à citoyen. Chaque peuple la doit rendre lui-même de lui à un autre peuple. Dans cette seconde distribution de justice, on ne peut employer d'autres maximes que dans la première.

De peuple à peuple, il est rarement besoin de tiers pour juger, parce que les sujets de disputes sont presque toujours clairs et faciles à terminer. Les intérêts de deux nations sont ordinairement si séparés qu'il ne faut qu'aimer la justice pour la trouver ; on ne peut guère se prévenir dans sa propre cause.

Il n'en est pas de même des différends qui arrivent entre particuliers. Comme ils vivent en société, leurs intérêts sont si mêlés et si confondus, il y en a de tant de sortes différentes, qu'il est nécessaire qu'un tiers débrouille ce que la cupidité des parties cherche à obscurcir.

Il n'y a que deux sortes de guerre justes : les unes qui se font pour repousser un ennemi qui attaque ; les autres, pour secourir un allié qui est attaqué.

Il n'y aurait point de justice de faire la guerre pour des querelles particulières du prince, à moins que le cas ne fût si grave qu'il méritât la mort du prince ou du peuple qui l'a commis. Ainsi un prince ne peut faire la guerre parce qu'on lui a refusé un honneur qui lui est dû, ou parce qu'on aura eu quelque procédé peu convenable à l'égard de ses ambassadeurs, et autres choses pareilles [1] ; non plus qu'un particulier ne peut tuer celui qui lui refuse

1. Allusion à la politique des préséances sous Louis XIV.

la préséance. La raison en est que, comme la déclaration
de guerre doit être un acte de justice, dans laquelle il faut
toujours que la peine soit proportionnée à la faute, il faut
voir si celui à qui on déclare la guerre mérite la mort : car
faire la guerre à quelqu'un, c'est vouloir le punir de mort.

Dans le droit public, l'acte de justice le plus sévère,
c'est la guerre ; puisqu'elle peut avoir l'effet de détruire
la société.

Les représailles sont du second degré. C'est une loi
que les tribunaux n'ont pu empêcher d'observer, de
mesurer la peine par le crime.

Un troisième acte de justice est de priver un prince
des avantages qu'il peut tirer de nous, proportionnant
toujours la peine à l'offense.

Le quatrième acte de justice, qui doit être le plus
fréquent, est la renonciation à l'alliance du peuple dont
on a à se plaindre. Cette peine répond à celle du ban-
nissement, que les tribunaux ont établie pour retrancher
les coupables de la société. Ainsi un prince à l'alliance
duquel nous renonçons est retranché de notre société et
n'est plus un des membres qui la composent.

On ne peut pas faire de plus grand affront à un prince
que de renoncer à son alliance, ni lui faire de plus grand
honneur que de la contracter. Il n'y a rien parmi les
hommes qui leur soit plus glorieux et même plus utile
que d'en voir d'autres toujours attentifs à leur conser-
vation.

Mais, pour que l'alliance nous lie, il faut qu'elle soit

L'ambassadeur d'Espagne à Londres ayant refusé de céder le pas
devant l'ambassadeur de France, le comte d'Estrades (octobre 1661),
Louis XIV expulsa le représentant de l'Espagne à Paris, exigea des
excuses officielles et les reçut le 24 mars 1662 au cours d'une
audience humiliante. En août 1662, l'affaire des gardes corses qui
tirèrent sur le palais Farnèse, séjour de notre ambassadeur à Rome,
le duc de Créqui, faillit provoquer une guerre avec le Saint-Siège.
[L'idée sera approfondie dans *L'Esprit des lois*, X.]

juste : ainsi une alliance faite entre deux nations pour en opprimer une troisième n'est pas légitime, et on peut la violer sans crime.

Il n'est pas même de l'honneur et de la dignité du prince de s'allier avec un tyran. On dit qu'un monarque d'Égypte fit avertir le roi de Samos de sa cruauté et de sa tyrannie, et le somma de s'en corriger. Comme il ne le fit pas, il lui envoya dire qu'il renonçait à son amitié et à son alliance [1].

[La conquête ne donne point un droit par elle-même : lorsque le peuple subsiste, elle est un gage de la paix et de la réparation du tort ; et, si le peuple est détruit ou dispersé, elle est le monument d'une tyrannie.

Les traités de paix sont si sacrés parmi les hommes qu'il semble qu'ils soient la voix de la nature, qui réclame ses droits. Ils sont tous légitimes lorsque les conditions en sont telles que les deux peuples peuvent se conserver ; sans quoi, celle des deux sociétés qui doit périr, privée de sa défense naturelle par la paix, la peut chercher dans la guerre.

Car la nature, qui a établi les différents degrés de force et de faiblesse parmi les hommes, a encore souvent égalé la faiblesse à la force par le désespoir].

Voilà, cher Rhédi, ce que j'appelle le droit public. Voilà le droit des gens [2], ou plutôt celui de la raison.

De Paris, le 4 de la lune de Zilhagé, 1716.

1. Il s'agit du roi Amasis, d'après Diodore de Sicile [(*Bibliothèque historique, in fine* ; *Catalogue*, nᵒˢ 2776 et 2777), auteur grec que Montesquieu lisait en traduction latine, comme la plupart de ses contemporains]. **2.** [« Droit public » et « droit des gens » sont ici synonymes de « droit international ».]

LETTRE XCVI

LE PREMIER EUNUQUE À USBEK, À PARIS

Il est arrivé beaucoup de femmes jaunes du royaume de Visapour [1] ; j'en ai acheté une pour ton frère le gouverneur de Mazendéran [2], qui m'envoya il y a un mois son commandement sublime et cent tomans.

Je me connais en femmes d'autant mieux qu'elles ne me surprennent pas, et qu'en moi les yeux ne sont point troublés par les mouvements du cœur.

Je n'ai jamais vu de beauté si régulière et si parfaite : ses yeux brillants portent la vie sur son visage et relèvent l'éclat d'une couleur qui pourrait effacer tous les charmes de la Circassie.

Le premier eunuque d'un négociant d'Ispahan la marchandait avec moi ; mais elle se dérobait dédaigneusement à ses regards et semblait chercher les miens, comme si elle avait voulu me dire qu'un vil marchand n'était pas digne d'elle, et qu'elle était destinée à un plus illustre époux.

Je te l'avoue, je sens en moi-même une joie secrète quand je pense aux charmes de cette belle personne ; il me semble que je la vois entrer dans le sérail de ton frère ; je me plais à prévoir l'étonnement de toutes ses femmes : la douleur impérieuse des unes ; l'affliction muette, mais plus douloureuse, des autres ; la consola-

1. Le royaume de Visapour (actuellement Bedjapur, province de Bombay), royaume indépendant de l'Hindoustan occidental, fut conquis en 1686 par le Grand Mogol Aureng Zeb. C'est Tavernier qui apprend à Montesquieu que les femmes basanées des harems de Perse « sortent des terres du roi de Golconda et du roi de Misapour » (*op. cit.*, t. V, p. 704). **2.** Le Mazendéran, l'ancienne Hyrcanie, province persane sur les rives méridionales de la Caspienne. Chardin en décrit le climat et les ressources (*op. cit.*, t. II, p. 7).

tion maligne de celles qui n'espèrent plus rien ; et l'ambition irritée de celles qui espèrent encore.

Je vais, d'un bout du royaume à l'autre, faire changer tout un sérail de face. Que de passions je vais émouvoir ! Que de craintes et de peines je prépare !

Cependant, dans le trouble du dedans, le dehors ne sera pas moins tranquille : les grandes révolutions seront cachées dans le fond du cœur ; les chagrins seront dévorés et les joies, contenues ; l'obéissance ne sera pas moins exacte, et la règle moins inflexible ; la douceur, toujours contrainte de paraître, sortira du fond même du désespoir.

Nous remarquons que, plus nous avons de femmes sous nos yeux, moins elles nous donnent d'embarras. Une plus grande nécessité de plaire, moins de facilité de s'unir, plus d'exemples de soumission : tout cela leur forme des chaînes. Les unes sont sans cesse attentives sur les démarches des autres ; il semble que, de concert avec nous, elles travaillent à se rendre plus dépendantes ; elles font une partie de notre ouvrage et nous ouvrent les yeux quand nous les fermons. Que dis-je ? Elles irritent sans cesse le maître contre leurs rivales, et elles ne voient pas combien elles se trouvent près de celles qu'on punit.

Mais tout cela, magnifique seigneur, tout cela n'est rien sans la présence du maître. Que pouvons-nous faire avec ce vain fantôme d'une autorité qui ne se communique jamais tout entière ? Nous ne représentons que faiblement la moitié de toi-même : nous ne pouvons que leur montrer une odieuse sévérité. Toi, tu tempères la crainte par les espérances ; plus absolu quand tu caresses, que tu ne l'es quand tu menaces.

Reviens donc, magnifique seigneur, reviens dans ces lieux porter partout les marques de ton empire. Viens adoucir des passions désespérées ; viens ôter tout prétexte de faillir ; viens apaiser l'amour qui murmure, et

rendre le devoir même aimable ; viens, enfin, soulager tes fidèles eunuques d'un fardeau qui s'appesantit chaque jour.

Du sérail d'Ispahan, le 8 de la lune de Zilhagé, 1716.

LETTRE XCVII

USBEK À HASSEIN,
DERVIS DE LA MONTAGNE DE JARON [1]

Ô toi, sage dervis, dont l'esprit curieux brille de tant de connaissances, écoute ce que je vais te dire.

Il y a ici des philosophes qui, à la vérité, n'ont point atteint jusqu'au faîte de la sagesse orientale : ils n'ont point été ravis jusqu'au trône lumineux ; ils n'ont ni entendu les paroles ineffables [2] dont les concerts des anges retentissent, ni senti les formidables accès d'une fureur divine ; mais, laissés à eux-mêmes, privés des saintes merveilles, ils suivent dans le silence les traces de la raison humaine.

Tu ne saurais croire jusqu'où ce guide les a conduits. Ils ont débrouillé le chaos et ont expliqué, par une mécanique simple, l'ordre de l'architecture divine. L'auteur de la nature a donné du mouvement à la matière : il n'en

1. [Dans la Lettre XV (ajoutée en 1758), *Jaron* est le nom d'un eunuque. En fait, c'est celui d']une ville de Perse visitée par Chardin le 28 février 1674 (*op. cit.*, t. III, p. 150) : cette bourgade, à cinq jours de caravane au sud de Chiraz, est célèbre par sa « montagne » ; « la plus rude et la plus dangereuse à passer que j'ai vue en Perse », déclare Chardin. **2.** Souvenir, trop précis pour n'être pas malicieux, des paroles mêmes de saint Paul (II Corinthiens XII, 2-4) : « Je connais un homme qui a été ravi jusqu'au troisième ciel et qui a entendu des paroles ineffables qu'il n'est pas permis de rapporter. »

a pas fallu davantage pour produire cette prodigieuse variété d'effets que nous voyons dans l'univers [1].

Que les législateurs ordinaires nous proposent des lois pour régler les sociétés des hommes ; des lois aussi sujettes au changement que l'esprit de ceux qui les proposent, et des peuples qui les observent ! Ceux-ci ne nous parlent que des lois générales, immuables, éternelles, qui s'observent sans aucune exception avec un ordre, une régularité et une promptitude infinie, dans l'immensité des espaces [2].

Et que crois-tu, homme divin, que soient ces lois ? Tu t'imagines peut-être qu'entrant dans le conseil de l'Éternel tu vas être étonné par la sublimité des mystères ; tu renonces par avance à comprendre, tu ne te proposes que d'admirer.

Mais tu changeras bientôt de pensée : elles n'éblouissent point par un faux respect ; leur simplicité les a fait longtemps méconnaître, et ce n'est qu'après bien des réflexions qu'on en a vu toute la fécondité et toute l'étendue.

La première est que tout corps tend à décrire une ligne droite, à moins qu'il ne rencontre quelque obstacle qui l'en détourne ; et la seconde, qui n'en est qu'une suite, c'est que tout corps qui tourne autour d'un centre tend

1. Exposition de la mécanique cartésienne d'après les *Principes de la philosophie* [*et lettres*, Paris, « Pléiade », 1953, p. 632] : « Dieu a créé la matière avec le mouvement et le repos de ses parties et conserve maintenant en l'Univers, par son concours ordinaire, autant de mouvement et de repos qu'il y en a mis en le créant. »
2. L'application de cette mécanique aux mouvements des astres vient de la III^e partie des *Principes* (*Du monde visible*, p. 182). Mais c'est Malebranche qui insistera le plus vivement sur l'immutabilité des lois naturelles (*Méditations chrétiennes*, VII, *Traité de la nature et de la grâce*, Elzevier, 1680, p. 35).

à s'en éloigner, parce que, plus il en est loin, plus la ligne qu'il décrit approche de la ligne droite[1].

Voilà, sublime dervis, la clef de la nature ; voilà des principes féconds, dont on tire des conséquences à perte de vue.

La connaissance de cinq ou six vérités a rendu leur philosophie pleine de miracles et leur a fait faire presque autant de prodiges et de merveilles que tout ce qu'on nous raconte de nos saints prophètes[2].

Car, enfin, je suis persuadé qu'il n'y a aucun de nos docteurs qui n'eût été embarrassé si on lui eût dit de peser dans une balance tout l'air qui est autour de la terre, ou de mesurer toute l'eau qui tombe chaque année sur sa surface, et qui n'eût pensé plus de quatre fois avant de dire combien de lieues le son fait dans une heure, quel temps un rayon de lumière emploie à venir du soleil à nous ; combien de toises il y a d'ici à Saturne ; quelle est la courbe selon laquelle un vaisseau doit être taillé pour être le meilleur voilier qu'il soit possible[3].

1. Résumé des thèses cartésiennes tirées des *Principes* : « Tout corps qui se meut tend à continuer son mouvement en ligne droite » (II, 39) ; « Un corps qui se meut se détourne aisément par la rencontre d'un autre corps » (III, 65) ; « Les lois de la nature sont telles que tous les corps qui se meuvent en rond doivent continuellement faire quelque effort pour s'éloigner des centres autour desquels ils se meuvent » (III, 54). Descartes expose alors l'exemple de la fronde et étend à l'univers sa théorie des tourbillons (III, 58-60). **2.** Commentaire pertinent de l'abbé Gaultier [p. 49 (*Montesquieu. Mémoire de la critique*, p. 195)] : « C'est-à-dire que Descartes, Newton et les philosophes modernes ont raisonné mieux que Moïse sur la structure de l'univers, d'où l'auteur laisse à penser que la raison humaine est un guide plus sûr que la Révélation. » **3.** Montesquieu réunit ici quelques-uns des problèmes posés par la science de son temps, mais le choix n'en est pas arbitraire. Les travaux sur la pesanteur et l'épaisseur de l'atmosphère terrestre se multiplient à la suite de Boyle, Hooke et surtout Mariotte (*Discours*

Peut-être que, si quelque homme divin avait orné les ouvrages de ces philosophes de paroles hautes et sublimes ; s'il y avait mêlé des figures hardies et des allégories mystérieuses : il aurait fait un bel ouvrage, qui n'aurait cédé qu'au saint Alcoran.

Cependant, s'il te faut dire ce que je pense, je ne m'accommode guère du style figuré [1]. Il y a dans notre Alcoran un grand nombre de petites choses qui me paraissent toujours telles, quoiqu'elles soient relevées par la force et la vie de l'expression. Il semble d'abord que les livres inspirés ne sont que les idées divines

de la nature de l'air, 1679) qui fixe à 30 000 pieds la limite de l'air raréfié. Les premières mesures des chutes de pluie sont dues aux Anglais Towneley (1677) et Hooke (1695) dont l'appareil sert toujours actuellement à Gresham College (cf. *Philosophical transactions*, 1677, t. XIX, p. 357). Diverses mesures de la vitesse du son ont été données par Gassendi et Mersenne vers 1636, Borelli en 1656, puis Cassini, Römer et Huygens à Paris. La vitesse de la lumière était infinie pour Descartes : Olav Römer en 1672-1676, étudiant à Paris, à propos des éclipses des satellites de Jupiter, des irrégularités entre l'heure calculée et l'heure observée, reconnut que ces erreurs s'expliquaient par la vitesse de propagation de la lumière : environ 48 000 lieues à la seconde. La lumière du soleil devait nous parvenir en 8 minutes 13 secondes (cf. *Histoire de l'Académie des Sciences*, Paris, 1733, *anno* 1676). C'est Edmond Halley qui constata le premier certaines erreurs sur la situation des planètes Jupiter et Saturne et les rectifia dans son *Catalogue* de 1679. Avant les traités de construction navale de Bouguer (1746) et de Duhamel (1752), le meilleur ouvrage était l'*Architecture navale* (1677 et 1695) de Dassié. Bon nombre de ces questions, de science pure ou de technologie, ont été évoquées à l'académie de Bordeaux (cf. Pierre Barrière, *L'Académie de Bordeaux*, Bière, Bordeaux, 1951, p. 169 *sq.*).

1. Cette critique du style figuré du Coran pourrait s'étendre à la Bible, si l'on en croit Spinoza et Richard Simon. Le style poétique et la verve orientale doivent-ils excuser les erreurs de physique et les contradictions morales ? C'est ce qu'avait mis en valeur Valentin Faydit dans ses *Remarques sur Virgile et Homère et sur le style poétique de l'Écriture Sainte* (Paris, 1705 ; cf. P. Vernière, *Spinoza en France, op. cit.*, t. I, p. 172 et 179).

rendues en langage humain. Au contraire, dans notre Alcoran, on trouve souvent le langage de Dieu et les idées des hommes, comme si, par un admirable caprice, Dieu y avait dicté les paroles, et que l'homme eût fourni les pensées.

Tu diras peut-être que je parle trop librement de ce qu'il y a de plus saint parmi nous ; tu croiras que c'est le fruit de l'indépendance où l'on vit dans ce pays. Non, grâce au Ciel, l'esprit n'a pas corrompu le cœur, et, tandis que je vivrai, Hali sera mon prophète [1].

De Paris, le 10 de la lune de Chahban, 1716.

LETTRE XCVIII

USBEK À IBBEN, À SMYRNE

Il n'y a point de pays au monde où la fortune soit si inconstante que dans celui-ci. Il arrive tous les dix ans des révolutions qui précipitent le riche dans la misère et enlèvent le pauvre, avec des ailes rapides, au comble des richesses. Celui-ci est étonné de sa pau-

1. L'abbé Gaultier ne décolère pas contre cette lettre ([*Montesquieu. Mémoire de la critique*, p. 195-201]) : « L'auteur feint d'en vouloir à Hali, à Mahomet et à l'Alcoran. C'est saint Paul, les prophètes et les livres saints qu'il attaque... Mahomet et Hali ne sont ici que les hommes de paille. » Quant au style de l'Alcoran, « son intention est assez développée pour sentir qu'il en veut au style sublime des prophètes ». « L'auteur veut que l'on croie qu'il est encore chrétien et qu'il le sera toujours, nonobstant ses discours pleins d'impiété. Il nous assure que chez lui l'esprit n'a pas corrompu le cœur. Mais pour penser comme il fait, il faut que le cœur ait bien corrompu l'esprit. *Dixit insipiens in corde suo : non est Deus.* » La malice de l'abbé est perspicace ; mais en 1751, il est un peu tard pour confondre athée et déiste.

vreté ; celui-là l'est de son abondance. Le nouveau riche admire la sagesse de la Providence ; le pauvre, l'aveugle fatalité du destin.

Ceux qui lèvent les tributs nagent au milieu des trésors : parmi eux, il y a peu de Tantales. Ils commencent pourtant ce métier par la dernière misère ; ils sont méprisés comme de la boue pendant qu'ils sont pauvres ; quand ils sont riches, on les estime assez : aussi ne négligent-ils rien pour acquérir de l'estime.

Ils sont à présent dans une situation bien terrible. On vient d'établir une chambre qu'on appelle *de Justice* parce qu'elle va leur ravir tout leur bien[1]. Ils ne peuvent ni détourner ni cacher leurs effets : car on les oblige de les déclarer au juste, sous peine de vie. Ainsi on les fait passer par un défilé bien étroit : je veux dire entre la vie et leur argent. Pour comble d'infortune, il y a un ministre, connu par son esprit, qui les honore de ses plaisanteries et badine sur toutes les délibérations du Conseil[2]... On ne trouve pas tous les jours des ministres disposés à faire rire le peuple, et l'on doit savoir bon gré à celui-ci de l'avoir entrepris.

Le corps des laquais est plus respectable en France qu'ailleurs ; c'est un séminaire de grands seigneurs[3] : il

1. L'édit du régent créant une *Chambre de justice* (14 mars 1716) fut promulgué à la demande du duc de Noailles et de son conseiller financier Rouillé. Lamoignon et Portail présidèrent ce tribunal de finances qui taxa de près de 200 millions les traitants et les prévaricateurs. Un ami de Montesquieu, Berthelot de Pléneuf, dut s'enfuir en Italie. [Mais il s'agissait surtout d'une mesure destinée à calmer l'opinion publique, et peu de financiers furent réellement inquiétés.] **2.** [D'après la table des matières de l'édition de 1758, ce ministre serait Adrien Maurice de Noailles, président du conseil des finances de 1715 à 1718.] **3.** Dans son chapitre *Des biens de fortune* (VI, 15, 19, 20, 21), La Bruyère rappelait avec complaisance l'origine servile de Sosie, de Sylvain et de Périandre. [Mais il s'agit surtout d'un lieu commun, peu fondé historiquement : voir Lettre XLVIII, p. 141, note 3.]

remplit le vide des autres états. Ceux qui le composent prennent la place des grands malheureux, des magistrats ruinés, des gentilshommes tués dans les fureurs de la guerre ; et, quand ils ne peuvent pas suppléer par eux-mêmes, ils relèvent toutes les grandes maisons par le moyen de leurs filles, qui sont comme une espèce de fumier qui engraisse les terres montagneuses et arides [1].

Je trouve, Ibben, la Providence admirable dans la manière dont elle a distribué les richesses : si elle ne les avait accordées qu'aux gens de bien, on ne les aurait pas assez distinguées de la vertu, et on n'en aurait plus senti tout le néant. Mais, quand on examine qui sont les gens qui en sont les plus chargés, à force de mépriser les riches, on vient enfin à mépriser les richesses.

De Paris, le 26 de la lune de Maharram, 1717.

LETTRE XCIX

RICA À RHÉDI, À VENISE

Je trouve les caprices de la mode, chez les Français, étonnants [2]. Ils ont oublié comment ils étaient habillés cet été ; ils ignorent encore plus comment ils le

1. [Le mot « fumer ses terres », pour désigner une telle union, est de M^me de Grignan (la fille de M^me de Sévigné), à propos du mariage de son fils.] **2.** C'est un lieu commun des moralistes et des journalistes de vitupérer la mode. Pour La Bruyère, c'est « une chose folle qui découvre bien notre petitesse » (*De la mode*, XIII, 1). Chardin avait surpris en signalant que « les habits des Orientaux ne sont point sujets à la mode » et que l'habit de Tamerlan, conservé au trésor d'Ispahan, était taillé « tout comme ceux qu'on fait aujourd'hui » (*op. cit.*, II, p. 50).

seront cet hiver. Mais, surtout, on ne saurait croire combien il en coûte à un mari pour mettre sa femme à la mode.

Que me servirait de te faire une description exacte de leur habillement et de leurs parures ? Une mode nouvelle viendrait détruire tout mon ouvrage, comme celui de leurs ouvriers, et, avant que tu eusses reçu ma lettre, tout serait changé.

Une femme qui quitte Paris pour aller passer six mois à la campagne en revient aussi antique que si elle s'y était oubliée trente ans. Le fils méconnaît le portrait de sa mère, tant l'habit avec lequel elle est peinte lui paraît étranger ; il s'imagine que c'est quelque Américaine [1] qui y est représentée, ou que le peintre a voulu exprimer quelqu'une de ses fantaisies.

Quelquefois, les coiffures montent insensiblement, et une révolution les fait descendre tout à coup [2]. Il a été un temps que leur hauteur immense mettait le visage d'une femme au milieu d'elle-même. Dans un autre, c'étaient les pieds qui occupaient cette place : les talons faisaient un piédestal qui les tenait en l'air. Qui pourrait le croire ? Les architectes ont été souvent obligés de hausser, de baisser et d'élargir leurs portes, selon que les parures des femmes exigeaient d'eux ce changement, et les règles de leur art ont été asservies à ces caprices. On voit quelquefois sur un visage une quantité prodigieuse de mouches, et elles disparaissent toutes le lendemain. Autrefois, les femmes avaient de la taille et des dents ; aujourd'hui, il n'en est pas question. Dans cette changeante nation, quoi

1. [Donc une « sauvage ».] **2.** Les coiffures relevées sur le sommet de la tête avaient été mises à la mode par M^{lle} de Fontanges. La Bruyère s'en moquait (*De la mode*, XIII, 12). Tous les satiriques y font allusion : Boileau (Satire X, vers 194), mais aussi Bayle en 1699 (*Dictionnaire*, article *Conecte*, note E). [En 1714, les fontanges disparurent.]

qu'en disent les mauvais plaisants, les filles se trouvent autrement faites que leurs mères.

Il en est des manières et de la façon de vivre comme des modes : les Français changent de mœurs selon l'âge de leur roi. Le monarque pourrait même parvenir à rendre la nation grave, s'il l'avait entrepris. Le Prince imprime le caractère de son esprit à la Cour ; la Cour, à la Ville ; la Ville, aux provinces. L'âme du souverain est un moule qui donne la forme à toutes les autres.

De Paris, le 8 de la lune de Saphar, 1717.

LETTRE C

RICA AU MÊME

Je te parlais l'autre jour de l'inconstance prodigieuse des Français sur leurs modes. Cependant il est inconcevable à quel point ils en sont entêtés : ils y rappellent tout ; c'est la règle avec laquelle ils jugent de tout ce qui se fait chez les autres nations : ce qui est étranger leur paraît toujours ridicule. Je t'avoue que je ne saurais guère ajuster cette fureur pour leurs coutumes avec l'inconstance avec laquelle ils en changent tous les jours.

Quand je te dis qu'ils méprisent tout ce qui est étranger, je ne parle que des bagatelles : car, sur les choses importantes, ils semblent s'être méfiés d'eux-mêmes jusqu'à se dégrader. Ils avouent de bon cœur que les autres peuples sont plus sages, pourvu qu'on convienne qu'ils sont mieux vêtus. Ils veulent bien s'assujettir aux lois d'une nation rivale [1], pourvu que les

1. Serait-ce une allusion à la politique de vassalité à l'égard de

perruquiers français décident en législateurs sur la forme des perruques étrangères. Rien ne leur paraît si beau que de voir le goût de leurs cuisiniers régner du septentrion au midi, et les ordonnances de leurs coiffeuses portées dans toutes les toilettes de l'Europe.

Avec ces nobles avantages, que leur importe que le bon sens leur vienne d'ailleurs et qu'ils aient pris de leurs voisins tout ce qui concerne le gouvernement politique et civil ?

Qui peut penser qu'un royaume, le plus ancien et le plus puissant de l'Europe, soit gouverné, depuis plus de dix siècles, par des lois qui ne sont pas faites pour lui ? Si les Français avaient été conquis, ceci ne serait pas difficile à comprendre ; mais ils sont les conquérants [1].

Ils ont abandonné les lois anciennes, faites par leurs premiers rois dans les assemblées générales de la nation ; et ce qu'il y a de singulier, c'est que les lois romaines, qu'ils ont prises à la place, étaient en partie faites et en partie rédigées par des empereurs contemporains de leurs législateurs [2].

l'Angleterre menée à bien par Dubois ? Le traité de La Haye est signé le 25 février 1717 et notre lettre date du 17 avril.

1. [La monarchie française ayant été fondée au V[e] siècle par Clovis, un roi franc vainqueur des Romains (et donc des Gaulois, que ceux-ci avaient assujettis), c'est la loi des Francs (ou « Français ») qui devrait s'appliquer ; or sous l'Ancien Régime, les pays de droit écrit (essentiellement dans le midi de la France) sont régis par le droit romain – les autres l'étant par les « coutumes ». À la même époque, Montesquieu formule sur le droit romain un jugement opposé (*Spicilège*, n° 266).] **2.** [Notamment Théodose II et Justinien I[er] (V[e] et VI[e] siècles), sous le règne desquels furent compilés les grands recueils de droit romain, *Code, Institutes, Digeste, Novelles*. Montesquieu avait longuement travaillé sur le droit romain pour sa formation juridique. *L'Esprit des lois* montrera aussi qu'il le connaît parfaitement. Quant aux lois barbares (franques, burgondes, lombardes, etc.), c'est seulement pour la phase finale de rédaction de *L'Esprit des lois* qu'il s'y intéressera.]

Et, afin que l'acquisition fût entière, et que tout le bon sens leur vînt d'ailleurs, ils ont adopté toutes les constitutions des papes et en ont fait une nouvelle partie de leur droit[1] : nouveau genre de servitude.

Il est vrai que, dans les derniers temps, on a rédigé par écrit quelques statuts des villes et des provinces[2] ; mais ils sont presque tous pris du droit romain.

Cette abondance de lois adoptées et, pour ainsi dire, naturalisées, est si grande qu'elle accable également la justice et les juges. Mais ces volumes de lois ne sont rien en comparaison de cette armée effroyable de glossateurs, de commentateurs, de compilateurs : gens aussi faibles par le peu de justesse de leur esprit qu'ils sont forts par leur nombre prodigieux[3].

Ce n'est pas tout. Ces lois étrangères ont introduit des formalités dont l'excès est la honte de la raison humaine. Il serait assez difficile de décider si la forme s'est rendue plus pernicieuse lorsqu'elle est entrée dans la jurisprudence, ou lorsqu'elle s'est logée dans la médecine ; si elle a fait plus de ravages sous la robe d'un jurisconsulte que sous le large chapeau d'un médecin ; et si, dans l'une, elle a plus ruiné de gens qu'elle n'en a tué dans l'autre.

De Paris, le 17 de la lune de Saphar, 1717.

1. Le droit canonique s'est constitué lentement du XIe au XIIe siècle jusqu'à la *Constitution* de Gratien (vers 1150). Ce sont les *Décrétales* qui, sous l'Ancien Régime, réglaient les problèmes juridiques intéressant la discipline et la morale catholiques. **2.** Ce n'est pas dans « les derniers temps », mais dès le Moyen Âge que furent rédigées les *Coutumes* provinciales : Jean d'Ableiges compose *Le Grand Coutumier de France* à la fin du XIVe siècle. Selon Olivier Martin (*Histoire du droit français*, 1948, p. 424) et contrairement à ce que dit Montesquieu, la rédaction des coutumes enraya de façon décisive, en France coutumière, les progrès du droit romain. **3.** [Voir Lettre CXXIX. Montesquieu abandonnera la charge de président au parlement de Bordeaux en 1726, dégoûté, dit-il, par la complexité de la procédure.]

LETTRE CI

USBEK À ***

On parle toujours ici de la Constitution[1]. J'entrai l'autre jour dans une maison où je vis d'abord un gros homme avec un teint vermeil, qui disait d'une voix forte : « J'ai donné mon mandement[2] ; je n'irai point répondre à tout ce que vous dites ; mais lisez-le, ce mandement, et vous verrez que j'y ai résolu tous vos doutes. J'ai bien sué pour le faire, dit-il en portant la

1. C'est le 8 septembre 1713 que Clément XI condamna, par la constitution ou bulle *Unigenitus*, cent une propositions extraites des *Réflexions sur le Nouveau Testament* du père Quesnel, l'un des chefs du parti janséniste. Le 15 février 1714, la bulle est enregistrée par le Parlement, sous la pression de Louis XIV, malgré le chancelier d'Aguesseau et l'archevêque de Paris, le cardinal de Noailles. Après la mort de Louis XIV, le cardinal prit la direction du « Conseil de conscience » et la querelle se réveilla : la Sorbonne déclara la bulle « enregistrée mais non acceptée » ; quatre évêques en appelèrent du pape au futur concile œcuménique. Par déclaration du 7 octobre 1717, le régent imposa le silence et l'arrêt des libelles tant aux « appelants » qu'aux « acceptants ». 2. Ce gros homme au teint vermeil fait penser à l'évêque de Fréjus, Fleury. Son mandement contre la bulle *Unigenitus*, daté du 6 mai 1714, est un monument de science théologique de 32 pages : on y prouve que les passages contestés du père Quesnel reproduisent les erreurs anciennes de Baïus. Le succès en fut grand ; Quesnel le réfuta sur le mode ironique ; les malveillants lui en contestèrent la paternité. Or, en 1717, date de la Lettre CI, Fleury, nommé précepteur du dauphin, une semaine avant la mort de Louis XIV, entre réellement en charge ; il passe pour ami des jésuites, mais on ignore encore ses ambitions. Montesquieu, ancien élève des oratoriens et parlementaire, n'est pas sans sympathie, à cette date, pour l'opposition janséniste. Qui sait si cette lettre, lors de sa candidature à l'Académie en 1727, n'explique pas l'hostilité de Fleury à son égard ?

main sur le front : j'ai eu besoin de toute ma doctrine, et il m'a fallu lire bien des auteurs latins. – Je le crois, dit un homme qui se trouva là : car c'est un bel ouvrage, et je défierais bien ce jésuite qui vient si souvent vous voir d'en faire un meilleur. – Lisez-le donc, reprit-il, et vous serez plus instruit sur ces matières dans un quart d'heure que si je vous en avais parlé toute la journée. » Voilà comment il évitait d'entrer en conversation et de commettre sa suffisance. Mais, comme il se vit pressé, il fut obligé de sortir de ses retranchements, et il commença à dire théologiquement force sottises, soutenu d'un dervis qui les lui rendait très respectueusement. Quand deux hommes qui étaient là lui niaient quelque principe, il disait d'abord : « Cela est certain : nous l'avons jugé ainsi, et nous sommes des juges infaillibles. – Et comment, lui dis-je alors, êtes-vous des juges infaillibles ? – Ne voyez-vous pas, reprit-il, que le Saint-Esprit nous éclaire ? – Cela est heureux, lui répondis-je : car, de la manière dont vous avez parlé aujourd'hui, je reconnais que vous avez grand besoin d'être éclairé. »

De Paris, le 18 de la lune de Rebiab 1, 1717.

LETTRE CII

USBEK À IBBEN, À SMYRNE

Les plus puissants États de l'Europe sont ceux de l'empereur[1], des rois de France, d'Espagne et

1. [Le Saint Empire romain germanique était constitué de 350 États, parmi lesquels la Prusse, qui avait pris son indépendance depuis 1701.]

d'Angleterre. L'Italie et une grande partie de l'Allemagne sont partagées en un nombre infini de petits États, dont les princes sont, à proprement parler, les martyrs de la souveraineté. Nos glorieux sultans ont plus de femmes que quelques-uns de ces princes n'ont de sujets. Ceux d'Italie, qui ne sont pas si unis, sont plus à plaindre : leurs États sont ouverts comme des caravansérails, où ils sont obligés de loger les premiers qui viennent ; il faut donc qu'ils s'attachent aux grands princes et leur fassent part de leur frayeur plutôt que de leur amitié.

La plupart des gouvernements d'Europe sont monarchiques, ou plutôt sont ainsi appelés : car je ne sais pas s'il y en a jamais eu véritablement de tels ; au moins est-il difficile qu'ils aient subsisté longtemps dans leur pureté. C'est un état violent, qui dégénère toujours en despotisme ou en république[1] : la puissance ne peut jamais être également partagée entre le peuple et le prince ; l'équilibre est trop difficile à garder. Il faut que le pouvoir diminue d'un côté, pendant qu'il augmente de l'autre ; mais l'avantage est ordinairement du côté du prince, qui est à la tête des armées.

Aussi le pouvoir des rois d'Europe est-il bien grand, et on peut dire qu'ils l'ont tel qu'ils le veulent. Mais ils ne l'exercent point avec tant d'étendue que nos sultans : premièrement, parce qu'ils ne veulent point choquer les mœurs et la religion des peuples ; secondement, parce qu'il n'est pas de leur intérêt de le porter si loin.

Rien ne rapproche plus nos princes de la condition de leurs sujets que cet immense pouvoir qu'ils exercent sur eux ; rien ne les soumet plus aux revers et aux caprices de la fortune.

L'usage où ils sont de faire mourir tous ceux qui leur

1. [Nous sommes ici à l'origine des réflexions qui mèneront au livre VIII de *L'Esprit des lois*.]

déplaisent, au moindre signe qu'ils font[1], renverse la proportion qui doit être entre les fautes et les peines, qui est comme l'âme des États et l'harmonie des empires ; et cette proportion, scrupuleusement gardée par les princes chrétiens, leur donne un avantage infini sur nos sultans.

Un Persan, qui par imprudence ou par malheur, s'est attiré la disgrâce du prince est sûr de mourir : la moindre faute ou le moindre caprice le met dans cette nécessité. Mais, s'il avait attenté à la vie de son souverain, s'il avait voulu livrer ses places aux ennemis, il en serait quitte aussi pour perdre la vie. Il ne court donc pas plus de risque dans ce dernier cas que dans le premier.

Aussi, dans la moindre disgrâce, voyant la mort certaine, et ne voyant rien de pis, il se porte naturellement à troubler l'État et à conspirer contre le souverain : seule ressource qui lui reste.

Il n'en est pas de même des grands d'Europe, à qui la disgrâce n'ôte rien que la bienveillance et la faveur. Ils se retirent de la Cour et ne songent qu'à jouir d'une vie tranquille et des avantages de leur naissance. Comme on ne les fait guère périr que pour le crime de lèse-majesté, ils craignent d'y tomber, par la considération de ce qu'ils ont à perdre et du peu qu'ils ont à gagner : ce qui fait qu'on voit peu de révoltes et peu de princes qui périssent d'une mort violente.

Si, dans cette autorité illimitée qu'ont nos princes, ils n'apportaient pas tant de précaution pour mettre leur vie

1. Cf. Chardin (*op. cit.*, II, p. 211) : « Il n'y a assurément aucun souverain au monde si absolu que le roi de Perse... Rien ne met à couvert de *l'extravagance de leur caprice*, ni probité, ni mérite, ni zèle, ni service rendu ; un mouvement de leur fantaisie, marqué par un mot de la bouche ou un *signe des yeux*, renverse à l'instant les gens les mieux établis, les prive des biens et de la vie ; et cela, sans aucune forme et sans prendre aucun soin de vérifier le crime imputé. »

en sûreté, ils ne vivraient pas un jour ; et, s'ils n'avaient à leur solde un nombre innombrable de troupes pour tyranniser le reste de leurs sujets, leur empire ne subsisterait pas un mois.

Il n'y a que quatre ou cinq siècles qu'un roi de France prit des gardes, contre l'usage de ce temps-là, pour se garantir des assassins qu'un petit prince d'Asie avait envoyés pour le faire périr[1] : jusque-là, les rois avaient vécu tranquilles au milieu de leurs sujets, comme des pères au milieu de leurs enfants.

Bien loin que les rois de France puissent, de leur propre mouvement, ôter la vie à un de leurs sujets, comme nos sultans, ils portent, au contraire, toujours avec eux la grâce de tous les criminels. Il suffit qu'un homme ait été assez heureux pour voir l'auguste visage de son prince, pour qu'il cesse d'être indigne de vivre. Ces monarques sont comme le soleil, qui porte partout la chaleur et la vie.

De Paris, le 8 de la lune de Rebiab 2, 1717.

LETTRE CIII

USBEK AU MÊME

Pour suivre l'idée de ma dernière lettre, voici à peu près ce que me disait, l'autre jour, un Européen assez sensé.

1. Anecdote tirée des *Gesta Philippi Augusti* du moine Rigord. Philippe Auguste ayant quitté la Terre sainte, son compagnon de croisade Richard Cœur de Lion aurait en 1192 soudoyé des Haschichin, fidèles du Vieux de la Montagne, pour venir l'assassiner à Paris. Le roi prit des précautions. Mais Montesquieu a probablement utilisé un intermédiaire, Nicolas Baudot de Juilly et son *Histoire de Philippe Auguste* (Paris, Brunet, 1702, t. I, p. 207).

« Le plus mauvais parti que les princes d'Asie aient pu prendre, c'est de se cacher comme ils font. Ils veulent se rendre plus respectables ; mais ils font respecter la royauté, et non pas le roi, et attachent l'esprit des sujets à un certain trône, et non pas à une certaine personne.

Cette puissance invisible qui gouverne est toujours la même pour le peuple. Quoique dix rois, qu'il ne connaît que de nom, se soient égorgés l'un après l'autre, il ne sent aucune différence ; c'est comme s'il avait été gouverné successivement par des esprits.

Si le détestable parricide de notre grand roi Henri IV avait porté ce coup sur un roi des Indes, maître du sceau royal et d'un trésor immense, qui aurait semblé amassé pour lui, il aurait pris tranquillement les rênes de l'Empire sans qu'un seul homme eût pensé à réclamer son roi, sa famille et ses enfants [1].

On s'étonne de ce qu'il n'y a presque jamais de changement dans les gouvernements des princes d'Orient. D'où vient cela, si ce n'est qu'il est tyrannique et affreux ?

Les changements ne peuvent être faits que par le prince ou par le peuple. Mais, là, les princes n'ont garde d'en faire, parce que, dans un si haut degré de puissance, ils ont tout ce qu'ils peuvent avoir ; s'ils changeaient quelque chose, ce ne pourrait être qu'à leur préjudice.

Quant aux sujets, si quelqu'un d'eux forme quelque résolution, il ne saurait l'exécuter sur l'État : il faudrait qu'il contrebalançât tout à coup une puissance redoutable et toujours unique ; le temps lui manque, comme

1. [Voir *Spicilège*, nº 304 (sans doute postérieur cependant) : selon des lettres d'Ispahan, datées du 30 juin 1719, un coup d'État est survenu aux Indes, et le Grand Mogol a été assassiné : « Cette révolution s'est faite en cinq heures de temps, sans causer aucune émotion. » Voir aussi Antoine Galland,] *La Mort du sultan Osman* (Paris, 1678 ; La Brède, *op. cit.*, nº 3118) qui fournirait un épisode comparable (cf. Lettre LXXX).

les moyens ; mais il n'a qu'à aller à la source de ce pouvoir, et il ne lui faut qu'un bras et qu'un instant.

« Le meurtrier monte sur le trône, pendant que le monarque en descend, tombe et va expirer à ses pieds.

« Un mécontent, en Europe, songe à entretenir quelque intelligence secrète, à se jeter chez les ennemis, à se saisir de quelque place, à exciter quelques vains murmures parmi les sujets. Un mécontent, en Asie, va droit au prince, étonne, frappe, renverse ; il en efface jusqu'à l'idée : dans un instant, l'esclave et le maître ; dans un instant, usurpateur et légitime.

« Malheureux le roi qui n'a qu'une tête ! Il semble ne réunir sur elle toute sa puissance que pour indiquer au premier ambitieux l'endroit où il la trouvera tout entière. »

De Paris, le 17 de la lune de Rebiab 2, 1717.

LETTRE CIV

USBEK AU MÊME

Tous les peuples d'Europe ne sont pas également soumis à leurs princes : par exemple, l'humeur impatiente des Anglais ne laisse guère à leur roi le temps d'appesantir son autorité ; la soumission et l'obéissance sont les vertus dont ils se piquent le moins. Ils disent là-dessus des choses bien extraordinaires. Selon eux, il n'y a qu'un lien qui puisse attacher les hommes, qui est celui de la gratitude : un mari, une femme, un père et un fils ne sont liés entre eux que par l'amour qu'ils se portent, ou par les bienfaits qu'ils se procurent, et ces motifs divers de reconnaissance sont l'origine de tous les royaumes et de toutes les sociétés [1].

1. [Usbek se situe dans le droit-fil du *Traité du gouvernement civil*

Mais, si un prince, bien loin de faire vivre ses sujets heureux, veut les accabler et les détruire, le fondement de l'obéissance cesse : rien ne les lie, rien ne les attache à lui ; et ils rentrent dans leur liberté naturelle. Ils soutiennent que tout pouvoir sans bornes ne saurait être légitime, parce qu'il n'a jamais pu avoir d'origine légitime. Car nous ne pouvons pas, disent-ils, donner à un autre plus de pouvoir sur nous que nous n'en avons nous-mêmes. Or nous n'avons pas sur nous-mêmes un pouvoir sans bornes : par exemple, nous ne pouvons pas nous ôter la vie. Personne n'a donc, concluent-ils, sur la terre un tel pouvoir [1].

Le crime de lèse-majesté n'est autre chose, selon eux, que le crime que le plus faible commet contre le plus fort en lui désobéissant, de quelque manière qu'il lui désobéisse. Aussi le peuple d'Angleterre qui se trouva le plus fort contre un de leurs rois, déclara-t-il que c'était un crime de lèse-majesté à un prince de faire la guerre à ses sujets [2]. Ils ont donc grande raison quand ils disent que le précepte de leur Alcoran qui ordonne de se

———

de Locke (1690), et sans doute aussi dans la lignée de Shaftesbury (voir Lettre XCIV).]

1. Une telle page est essentielle pour retracer l'origine historique des idées démocratiques en Europe. Le fait, c'est Cromwell et la Révolution de 1648 ; les tenants de Cromwell firent voir dans l'attitude de Charles I^{er} une rupture de contrat ; le 3 janvier 1648, Ireton déclarait à la Chambre des communes : « Le roi a refusé à son peuple sûreté et protection. C'est uniquement en retour de sa protection que l'obéissance lui est due. Puisqu'il nous retire sa protection, c'est à nous de lui retirer l'obéissance et de régler l'État sans lui. » La Révolution de 1688 et l'accession au trône de Guillaume d'Orange donnèrent plus de poids à cette doctrine défendue en ces termes par Jean Leclerc (*Bibliothèque universelle*, XIII, 138 *sq.*) : « Les particuliers renoncent à leur liberté naturelle en faveur d'un prince, mais s'il vient à violer ce contrat juré, ils reprennent leur liberté, veillent eux-mêmes à leur propre conservation ou délèguent un autre prince. » **2.** Avant même le procès de Charles I^{er} devant la Haute Cour dirigée

soumettre aux puissances[1] n'est pas bien difficile à suivre, puisqu'il leur est impossible de ne le pas observer ; d'autant que ce n'est pas au plus vertueux qu'on les oblige de se soumettre, mais à celui qui est le plus fort.

Les Anglais disent qu'un de leurs rois, ayant vaincu et fait prisonnier un prince qui lui disputait la couronne, voulut lui reprocher son infidélité et sa perfidie : « Il n'y a qu'un moment, dit le prince infortuné, qu'il vient d'être décidé lequel de nous deux est le traître[2]. »

Un usurpateur déclare rebelles tous ceux qui n'ont point opprimé la patrie comme lui, et, croyant qu'il n'y a pas de lois là où il ne voit point de juges, il fait révérer comme des arrêts du Ciel les caprices du hasard et de la fortune.

De Paris, le 20 de la lune de Rebiab 2, 1717.

par Bradshaw, la Chambre des communes déclara le 1ᵉʳ janvier 1649 qu'« un roi pouvait se rendre coupable de lèse-majesté envers son peuple ». Montesquieu a-t-il lu les détails du procès dans la traduction française de Clarendon (*Histoire des guerres civiles d'Angleterre*, La Haye, 1704-1709, 6 vol.) qu'il possède à La Brède (*op. cit.*, nº 3198) ?

1. Allusion à l'épître de saint Paul aux Romains (XIII, 1) : « Que toute personne soit soumise aux puissances supérieures. »
2. Selon Barckhausen, il s'agirait d'un épisode de la guerre des Deux-Roses et d'une réponse du prince Édouard, fils de Henri VI, à Édouard IV, vainqueur à la bataille de Tewkesbury, le 4 mai 1471. Nous n'avons retrouvé l'anecdote ni dans Moreri, ni dans l'*Histoire d'Angleterre* d'Isaac de Larrey (1697-1698, 4 vol., in-folio).

LETTRE CV

Tu m'as beaucoup parlé, dans une de tes lettres, des sciences et des arts cultivés en Occident. Tu me vas regarder comme un barbare ; mais je ne sais si l'utilité que l'on en retire dédommage les hommes du mauvais usage que l'on en fait tous les jours.

J'ai ouï dire que la seule invention des bombes avait ôté la liberté à tous les peuples de l'Europe. Les princes, ne pouvant plus confier la garde des places aux bourgeois, qui, à la première bombe, se seraient rendus, ont eu un prétexte pour entretenir de gros corps de troupes réglées, avec lesquelles ils ont, dans la suite, opprimé leurs sujets.

Tu sais que, depuis l'invention de la poudre, il n'y a plus de places imprenables ; c'est-à-dire, Usbek, qu'il n'y a plus d'asile sur la terre contre l'injustice et la violence.

Je tremble toujours qu'on ne parvienne à la fin à découvrir quelque secret qui fournisse une voie plus abrégée pour faire périr les hommes, détruire les peuples et les nations entières.

Tu as lu les historiens ; fais-y bien attention : presque toutes les monarchies n'ont été fondées que sur l'ignorance des arts et n'ont été détruites que parce qu'on les a trop cultivés [1]. L'ancien empire de Perse peut nous en fournir un exemple domestique.

1. *Pensées* [n° 1917] : « Presque toutes les nations du monde roulent dans ce cercle ; d'abord elles sont barbares ; elles conquièrent et elles deviennent des nations policées ; cette police les agrandit et elles deviennent des nations polies. La politesse les affaiblit ; elles sont conquises et redeviennent barbares. » [Pour un point de vue différent, voir aussi *Pensées*, n° 1265.]

Il n'y a pas longtemps que je suis en Europe ; mais j'ai ouï parler à des gens sensés des ravages de la chimie[1] : il semble que ce soit un quatrième fléau qui ruine les hommes et les détruit en détail, mais continuellement ; tandis que la guerre, la peste, la famine, les détruisent en gros, mais par intervalles.

Que nous a servi l'invention de la boussole et la découverte de tant de peuples, qu'à nous communiquer leurs maladies[2], plutôt que leurs richesses ? L'or et l'argent avaient été établis, par une convention générale, pour être le prix de toutes les marchandises et un gage de leur valeur, par la raison que ces métaux étaient rares et inutiles à tout autre usage. Qu'importait-il donc qu'ils devinssent plus communs, et que, pour marquer la valeur d'une denrée, nous eussions deux ou trois signes au lieu d'un ? Cela n'en était que plus incommode.

Mais, d'un autre côté, cette invention a été bien pernicieuse aux pays qui ont été découverts. Les nations entières ont été détruites, et les hommes qui ont échappé à la mort ont été réduits à une servitude si rude que le récit en fait frémir les musulmans[3].

Heureuse l'ignorance des enfants de Mahomet ! Aimable simplicité, si chérie de notre saint Prophète, vous me rappelez toujours la naïveté des anciens temps et la tranquillité qui régnait dans le cœur de nos premiers pères !

De Venise, le 5 de la lune de Rhamazan, 1717.

1. [Allusion à la médecine « chimique », qui use de remèdes violents.] **2.** [La syphilis est alors supposée avoir été ramenée d'Amérique en Europe par les marins de Christophe Colomb (voir *Pensées*, n⁰ˢ 86 et 1813).] **3.** C'était l'indignation de l'Espion turc (*op. cit.*, t. II, p. 92). [Montesquieu, comme beaucoup de ses contemporains, s'inspire de Bartolomé de Las Casas pour dénoncer avec vigueur la colonisation espagnole : voir ici Lettre CXVIII ; *Pensées*, n⁰ 1268 ; et *L'Esprit des lois*, X, 4.]

LETTRE CVI

USBEK À RHÉDI, À VENISE

Ou tu ne penses pas ce que tu dis, ou bien tu fais mieux que tu ne penses. Tu as quitté ta patrie pour t'instruire, et tu méprises toute instruction. Tu viens pour te former dans un pays où l'on cultive les beaux-arts, et tu les regardes comme pernicieux. Te le dirai-je, Rhédi ? Je suis plus d'accord avec toi que tu ne l'es avec toi-même.

As-tu bien réfléchi à l'état barbare et malheureux où nous entraînerait la perte des arts ? Il n'est pas nécessaire de se l'imaginer : on peut le voir. Il y a encore des peuples sur la terre chez lesquels un singe passablement instruit pourrait vivre avec honneur : il s'y trouverait à peu près à la portée des autres habitants ; on ne lui trouverait point l'esprit singulier, ni le caractère bizarre ; il passerait tout comme un autre et serait même distingué par sa gentillesse.

Tu dis que les fondateurs des empires ont presque tous ignoré les arts [1]. Je ne te nie pas que des peuples barbares n'aient pu, comme des torrents impétueux, se répandre sur la terre et couvrir de leurs armées féroces les royaumes les mieux policés. Mais, prends-y garde, ils ont appris les arts ou les ont fait exercer aux peuples vaincus ; sans cela, leur puissance aurait passé comme le bruit du tonnerre et des tempêtes.

Tu crains, dis-tu, que l'on n'invente quelque manière de destruction plus cruelle que celle qui est en usage.

1. [Au XVIIIᵉ siècle, le terme a le double sens de « beaux-arts » et « techniques ».]

Non. Si une si fatale invention venait à se découvrir, elle serait bientôt prohibée par le droit des gens ; et le consentement unanime des nations ensevelirait cette découverte. Il n'est point de l'intérêt des princes de faire des conquêtes par de pareilles voies : ils doivent chercher des sujets, et non pas des terres.

Tu te plains de l'invention de la poudre et des bombes ; tu trouves étrange qu'il n'y ait plus de place imprenable : c'est-à-dire que tu trouves étrange que les guerres soient aujourd'hui terminées plus tôt qu'elles ne l'étaient autrefois.

Tu dois avoir remarqué, en lisant les histoires, que, depuis l'invention de la poudre, les batailles sont beaucoup moins sanglantes qu'elles ne l'étaient, parce qu'il n'y a presque plus de mêlée.

Et quand il se serait trouvé quelque cas particulier où un art aurait été préjudiciable, doit-on pour cela le rejeter ? Penses-tu, Rhédi, que la religion que notre saint Prophète a apportée du Ciel soit pernicieuse parce qu'elle servira un jour à confondre les perfides chrétiens ?

Tu crois que les arts amollissent les peuples et, par là, sont cause de la chute des empires ? Tu parles de la ruine de celui des anciens Perses, qui fut l'effet de leur mollesse. Mais il s'en faut bien que cet exemple décide, puisque les Grecs, qui les vainquirent tant de fois et les subjuguèrent, cultivaient les arts avec infiniment plus de soin qu'eux.

Quand on dit que les arts rendent les hommes efféminés, on ne parle pas du moins de gens qui s'y appliquent, puisqu'ils ne sont jamais dans l'oisiveté, qui, de tous les vices, est celui qui amollit le plus le courage.

Il n'est donc question que de ceux qui en jouissent. Mais, comme, dans un pays policé, ceux qui jouissent des commodités d'un art sont obligés d'en cultiver un autre, à moins de se voir réduits à une pauvreté honteuse, il suit

que l'oisiveté et la mollesse sont incompatibles avec les arts.

Paris est peut-être la ville du monde la plus sensuelle, et où l'on raffine le plus sur les plaisirs ; mais c'est peut-être celle où l'on mène une vie plus dure. Pour qu'un homme vive délicieusement, il faut que cent autres travaillent sans relâche. Une femme s'est mis dans la tête qu'elle devait paraître à une assemblée avec une certaine parure ; il faut que, dès ce moment, cinquante artisans ne dorment plus et n'aient plus le loisir de boire et de manger : elle commande, et elle est obéie plus promptement que ne serait notre monarque, parce que l'intérêt est le plus grand monarque de la terre.

Cette ardeur pour le travail, cette passion de s'enrichir, passe de condition en condition, depuis les artisans jusques aux grands. Personne n'aime à être plus pauvre que celui qu'il vient de voir immédiatement au-dessous de lui. Vous voyez à Paris un homme qui a de quoi vivre jusqu'au jour du Jugement, qui travaille sans cesse et court risque d'accourcir ses jours, pour amasser, dit-il, de quoi vivre.

Le même esprit gagne la nation : on n'y voit que travail et qu'industrie. Où est donc ce peuple efféminé dont tu parles tant ?

Je suppose, Rhédi, qu'on ne souffrît dans un royaume que les arts absolument nécessaires à la culture des terres, qui sont pourtant en grand nombre, et qu'on en bannît tous ceux qui ne servent qu'à la volupté ou à la fantaisie ; je le soutiens : cet État serait un des plus misérables qu'il y eût au monde.

Quand les habitants auraient assez de courage pour se passer de tant de choses qu'ils doivent à leurs besoins, le peuple dépérirait tous les jours, et l'État deviendrait si faible qu'il n'y aurait si petite puissance qui ne pût le conquérir.

Il me serait aisé d'entrer dans un long détail et de te

faire voir que les revenus des particuliers cesseraient presque absolument, et, par conséquent, ceux du prince. Il n'y aurait presque plus de relation de facultés entre les citoyens ; on verrait finir cette circulation de richesses et cette progression de revenus qui vient de la dépendance où sont les arts les uns des autres : chaque particulier vivrait de sa terre et n'en retirerait que ce qu'il lui faut précisément pour ne pas mourir de faim. Mais, comme ce n'est pas quelquefois la vingtième partie des revenus d'un État, il faudrait que le nombre des habitants diminuât à proportion, et qu'il n'en restât que la vingtième partie.

Fais bien attention jusqu'où vont les revenus de l'industrie. Un fonds ne produit annuellement à son maître que la vingtième partie de sa valeur ; mais, avec une pistole de couleur, un peintre fera un tableau qui lui en vaudra cinquante. On en peut dire de même des orfèvres, des ouvriers en laine, en soie, et de toutes sortes d'artisans [1].

De tout ceci, on doit conclure, Rhédi, que, pour qu'un prince soit puissant, il faut que ses sujets vivent dans les délices ; il faut qu'il travaille à leur procurer toutes sortes de superfluités, avec autant d'attention que les nécessités de la vie [2].

De Paris, le 14 de la lune de Chalval, 1717.

1. [Fénelon (*Les Aventures de Télémaque*, XVII) s'était opposé à cette idée, déjà répandue au XVIIe siècle, et qui suscitera maints échos au XVIIIe siècle : en Angleterre avec la *Fable des abeilles* de Mandeville (voir note suivante), en France avec *Le Mondain* de Voltaire (1736).] **2.** Cf. *Pensées* [n° 1553] : « J'entrerai volontiers dans les idées de celui qui a fait la fable des Abeilles et je demanderai qu'on me montre de grands citoyens dans aucun pays, qui y fassent autant de bien qu'en font, à de certaines nations commerçantes, leurs petits-maîtres. » [En 1721, Montesquieu ne connaissait pas forcément Mandeville, dont *The Fable of the bees* avait paru en 1714 (éd. augmentée, 1723 ; trad. fr. 1740).]

LETTRE CVII

RICA À IBBEN, À SMYRNE

J'ai vu le jeune monarque. Sa vie est bien précieuse à ses sujets. Elle ne l'est pas moins à toute l'Europe, par les grands troubles que sa mort pourrait produire [1]. Mais les rois sont comme les dieux, et, pendant qu'ils vivent, on doit les croire immortels. Sa physionomie est majestueuse, mais charmante ; une belle éducation semble concourir avec un heureux naturel et promet déjà un grand prince.

On dit que l'on ne peut jamais connaître le caractère des rois d'Occident jusques à ce qu'ils aient passé par les deux grandes épreuves de leur maîtresse et de leur confesseur. On verra bientôt l'un et l'autre travailler à se saisir de l'esprit de celui-ci, et il se livrera pour cela de grands combats : car, sous un jeune prince, ces deux puissances sont toujours rivales ; mais elles se concilient et se réunissent sous un vieux. Sous un jeune prince, le dervis a un rôle bien difficile à soutenir : la force du roi fait sa faiblesse ; mais l'autre triomphe également de sa faiblesse et de sa force.

Lorsque j'arrivai en France, je trouvai le feu roi absolument gouverné par les femmes, et, cependant, dans l'âge où il était, je crois que c'était le monarque de la

1. En cas de mort du jeune Louis XV [(né en 1710)], dont la santé inspirait des alarmes, des troubles étaient à prévoir ; malgré sa renonciation au trône de France, Philippe V, roi d'Espagne, était le dernier descendant légitime de Louis XIV et intriguait auprès des bâtards, notamment du duc du Maine. La maison d'Orléans, issue du frère de Louis XIV, pouvait prétendre au trône. L'Europe déjà se divisait, prête à participer à la curée.

terre qui en avait le moins besoin. J'entendis un jour une femme qui disait : « Il faut que l'on fasse quelque chose pour ce jeune colonel : sa valeur m'est connue ; j'en parlerai au ministre. » Une autre disait : « Il est surprenant que ce jeune abbé ait été oublié ; il faut qu'il soit évêque : il est homme de naissance, et je pourrais répondre de ses mœurs. » Il ne faut pas pourtant que tu t'imagines que celles qui tenaient ces discours fussent des favorites du prince ; elles ne lui avaient peut-être pas parlé deux fois en leur vie : chose pourtant très facile à faire chez les princes européens. Mais c'est qu'il n'y a personne qui ait quelque emploi à la Cour, dans Paris ou dans les provinces, qui n'ait une femme par les mains de laquelle passent toutes les grâces et quelquefois les injustices qu'il peut faire. Ces femmes ont toutes des relations les unes avec les autres et forment une espèce de république[1] dont les membres toujours actifs se secourent et se servent mutuellement : c'est comme un nouvel État dans l'État ; et celui qui est à la Cour, à Paris, dans les provinces, qui voit agir des ministres, des magistrats, des prélats, s'il ne connaît les femmes qui les gouvernent, est comme un homme qui voit bien une machine qui joue, mais qui n'en connaît point les ressorts.

Crois-tu, Ibben, qu'une femme s'avise d'être la maîtresse d'un ministre pour coucher avec lui ? Quelle idée ! C'est pour lui présenter cinq ou six placets tous les matins, et la bonté de leur naturel paraît dans l'empressement qu'elles ont de faire du bien à une infinité de gens malheureux qui leur procurent cent mille livres de rente.

On se plaint, en Perse, de ce que le royaume est gouverné par deux ou trois femmes. C'est bien pis en France, où les femmes en général gouvernent, et non

1. [Un État.]

seulement prennent en gros, mais même se partagent en détail toute l'autorité.

De Paris, le dernier de la lune de Chalval, 1717.

LETTRE CVIII

USBEK À ***

Il y a une espèce de livres que nous ne connaissons point en Perse, et qui me paraissent ici fort à la mode : ce sont les journaux. La paresse se sent flattée en les lisant : on est ravi de pouvoir parcourir trente volumes en un quart d'heure [1].

Dans la plupart des livres, l'auteur n'a pas fait les compliments ordinaires que les lecteurs sont aux abois : il les fait entrer à demi morts dans une matière noyée au milieu d'une mer de paroles. Celui-ci veut s'immortaliser par un *in-douze* ; celui-là, par un *in-quarto* ; un autre, qui a de plus belles inclinations, vise à l'*in-folio*. Il faut donc qu'il étende son sujet à proportion ; ce qu'il fait sans pitié, comptant pour rien la peine du pauvre lecteur, qui se tue à réduire ce que l'auteur a pris tant de peine à amplifier.

Je ne sais, ***, quel mérite il y a à faire de pareils ouvrages : j'en ferais bien autant si je voulais ruiner ma santé et un libraire.

Le grand tort qu'ont les journalistes, c'est qu'ils ne parlent que des livres nouveaux ; comme si la vérité était

1. [Sur le développement des revues littéraires au début du XVIIIᵉ siècle, voir Jean Sgard, *Dictionnaire des journaux, 1600-1789*, Oxford, Voltaire Foundation, 1991, t. II, p. 1133. La bibliothèque de La Brède en contenait un certain nombre, mais beaucoup sont postérieures aux *Lettres persanes* (voir *Catalogue*, p. 472).]

jamais nouvelle. Il me semble que, jusqu'à ce qu'un homme ait lu tous les livres anciens, il n'a aucune raison de leur préférer les nouveaux.

Mais, lorsqu'ils s'imposent la loi de ne parler que des ouvrages encore tout chauds de la forge, ils s'en imposent une autre, qui est d'être très ennuyeux. Ils n'ont garde de critiquer les livres dont ils font les extraits, quelque raison qu'ils en aient ; et, en effet, quel est l'homme assez hardi pour vouloir se faire dix ou douze ennemis tous les mois ?

La plupart des auteurs ressemblent aux poètes, qui souffriront une volée de coups de bâton sans se plaindre ; mais qui, peu jaloux de leurs épaules, le sont si fort de leurs ouvrages qu'ils ne sauraient soutenir la moindre critique. Il faut donc bien se donner de garde de les attaquer par un endroit si sensible, et les journalistes le savent bien. Ils font donc tout le contraire. Ils commencent par louer la matière qui est traitée : première fadeur. De là, ils passent aux louanges de l'auteur ; louanges forcées : car ils ont affaire à des gens qui sont encore en haleine, tout prêts à se faire faire raison et à foudroyer à coups de plume un téméraire journaliste.

De Paris, le 5 de la lune de Zilcadé, 1718.

LETTRE CIX

RICA À ***

L'Université de Paris est la fille aînée des rois de France et très aînée : car elle a plus de neuf cents ans[1] ; aussi rêve-t-elle quelquefois.

1. Montesquieu suit une légende qui faisait remonter la fondation

On m'a confié qu'elle eut, il y a quelque temps, un grand démêlé avec quelques docteurs à l'occasion de la lettre *Q*, qu'elle voulait que l'on prononçât comme un *K*[1]. La dispute s'échauffa si fort que quelques-uns furent dépouillés de leurs biens. Il fallut que le Parlement terminât le différend, et il accorda la permission, par un arrêt solennel, à tous les sujets du roi de France de prononcer cette lettre à leur fantaisie. Il faisait beau voir les deux corps de l'Europe les plus respectables occupés à décider du sort d'une lettre de l'alphabet.

Il semble, mon cher ***, que les têtes des plus grands hommes s'étrécissent lorsqu'elles sont assemblées, et que, là où il y a plus de sages, il y ait aussi moins de sagesse. Les grands corps s'attachent toujours si fort aux minuties, aux vains usages, que l'essentiel ne va jamais qu'après. J'ai ouï dire qu'un roi d'Aragon[2], ayant assemblé les états d'Aragon et de Catalogne, les premières séances s'employèrent à décider en quelle langue les délibérations seraient conçues ; la dispute était vive, et les états se seraient rompus mille fois, si l'on n'avait

de l'Université de Paris à Charlemagne. En fait les premiers documents sûrs datent de Philippe Auguste.

1. « Il veut parler de la querelle de Ramus » (*note de Montesquieu*). L'anecdote provient de Bayle (*Dictionnaire hist.*, article *Ramus*, édit. 1735, t. IV, p. 837, note G) qui cite la *Vita Rami* de Freigius (p. 24). François de La Ramée, dit Ramus, professeur au Collège de France en 1551 et adversaire d'Aristote, se vit en butte aux attaques de la Sorbonne : « Ses ennemis prirent pour une matière de procès en crime d'innovation la manière dont lui et ses collègues prononçaient la lettre Q... Quelques ecclésiastiques suivirent cette réforme... Mais un bénéficier se trouva fort mal d'avoir déplu là-dessus à la Sorbonne ; elle le fit dépouiller de ses revenus ; il se pourvut au Parlement et comme les professeurs royaux craignirent qu'il ne succombât, ils se crurent obligés de le secourir ; ils allèrent donc à l'audience et représentèrent si vivement à la Cour l'indignité d'un tel procès que l'accusé fut absous. » **2.** « C'était en 1610 » (*note de Montesquieu*).

imaginé un expédient, qui était que la demande serait faite en langage catalan et la réponse en aragonais.

De Paris, le 25 de la lune de Zilhagé, 1718.

LETTRE CX

RICA À ***

Le rôle d'une jolie femme est beaucoup plus grave que l'on ne pense : il n'y a rien de plus sérieux que ce qui se passe le matin à sa toilette, au milieu de ses domestiques ; un général d'armée n'emploie pas plus d'attention à placer sa droite ou son corps de réserve, qu'elle en met à poster une mouche, qui peut manquer, mais dont elle espère ou prévoit le succès.

Quelle gêne d'esprit, quelle attention pour concilier sans cesse les intérêts de deux rivaux, pour paraître neutre à tous les deux pendant qu'elle est livrée à l'un et à l'autre, et se rendre médiatrice sur tous les sujets de plainte qu'elle leur donne !

Quelle occupation pour faire succéder et renaître les parties de plaisir et prévenir tous les accidents qui pourraient les rompre !

Avec tout cela, la plus grande peine n'est pas de se divertir ; c'est de le paraître : ennuyez-les tant que vous voudrez, elles vous le pardonneront, pourvu que l'on puisse croire qu'elles se sont réjouies.

Je fus, il y a quelques jours, d'un souper que des femmes firent à la campagne. Dans le chemin, elles disaient sans cesse : « Au moins, il faudra bien nous divertir. »

Nous nous trouvâmes assez mal assortis et, par conséquent, assez sérieux. « Il faut avouer, dit une de ces

femmes, que nous nous divertissons bien : il n'y a pas aujourd'hui dans Paris une partie si gaie que la nôtre. » Comme l'ennui me gagnait, une femme me secoua et me dit : « Eh bien ! ne sommes-nous pas de bonne humeur ? – Oui, lui répondis-je en bâillant ; je crois que je crèverai à force de rire. » Cependant la tristesse triomphait toujours des réflexions, et, quant à moi, je me sentis conduit de bâillements en bâillements dans un sommeil léthargique, qui finit tous mes plaisirs.

De Paris, le 11 de la lune de Maharram, 1718.

LETTRE CXI

USBEK À ***

Le règne du feu roi a été si long que la fin en avait fait oublier le commencement. C'est aujourd'hui la mode de ne s'occuper que des événements arrivés dans sa minorité, et on ne lit plus que les mémoires de ces temps-là [1].

Voici le discours qu'un des généraux de la ville de Paris prononça dans un conseil de guerre, et j'avoue que je n'y comprends pas grand-chose [2].

1. Comme l'a fort bien décelé A. Adam, Montesquieu a rédigé cette lettre [(qui apparaît avec la 2ᵉ édition, dite B)] sous l'impression d'une lecture précise, celle des *Mémoires* (posth. 1717) du cardinal de Retz. Tous les contemporains se laissèrent tenter par le parallèle entre les deux Régences et les deux minorités. Montesquieu, féodal et parlementaire de Bordeaux, où la Fronde avait été fort populaire, tempère d'humour son hostilité à Mazarin. **2.** Ce discours en conseil de guerre – qui dans l'édition B était une lettre à un ami – d'un des généraux de la ville de Paris est une synthèse humoristique des événements de la première Fronde (janvier-avril 1649), nullement un document réel. Après la fuite de la Cour à Saint-Germain, un directoire militaire avait pris le pouvoir ; sous le prince de Conti,

Messieurs, quoique nos troupes aient été repoussées avec perte, je crois qu'il nous sera facile de réparer cet échec. J'ai six couplets de chanson tout prêts à mettre au jour, qui, je m'assure, remettront toutes choses dans l'équilibre. J'ai fait choix de quelques voix très nettes, qui, sortant de la cavité de certaines poitrines très fortes, émouvront merveilleusement le peuple. Ils sont sur un air qui a fait, jusqu'à présent, un effet tout particulier.

Si cela ne suffit pas, nous ferons paraître une estampe qui fera voir Mazarin pendu.

Par bonheur pour nous, il ne parle pas bien français, et il l'écorche tellement qu'il n'est pas possible que ses affaires ne déclinent. Nous ne manquons pas de faire bien remarquer au peuple le ton ridicule dont il prononce.

Nous relevâmes, il y a quelques jours, une faute de grammaire si grossière qu'on en fit des farces par tous les carrefours[1].

J'espère qu'avant qu'il soit huit jours le peuple fera

généralissime, trois lieutenants généraux commandaient tour à tour, le duc d'Elbeuf, le duc de Bouillon et le maréchal de La Mothe-Houdancourt. Mais l'échec des frondeurs fait allusion à un événement précis, omis par Retz mais conté par Guy Joly (Paris, Foucault, 1825, p. 52) : le coadjuteur avait levé un régiment de « Corinthiens » (Retz était archevêque de Corinthe) ; chargé d'escorter des vivres, il subit un rude échec au pont Antony, dans la nuit du 27 au 28 janvier 1649 ; cette défaite, appelée par la Cour « la première aux Corinthiens », fut minimisée par le coadjuteur en séance du Parlement le 29 au matin. C'est Retz qui parle dans la lettre de Montesquieu ; c'est lui qui organise la campagne des chansonniers, qui écrit ou suscite les « Mazarinades » : « Il ne se passait pas de jour, déclare Guy Joly, qu'il ne se fît quelque chanson nouvelle contre le cardinal Mazarin, la plupart fort spirituelles... Cette licence de parler était une des choses qui contribuaient le plus à entretenir l'animosité du peuple » (*op. cit.*, p. 53).

1. Dans l'édition B des *Lettres persanes*, Montesquieu parle d'un

du nom de Mazarin un mot générique pour exprimer toutes les bêtes de somme et celles qui servent à tirer[1].

Depuis notre défaite, notre musique l'a si furieusement vexé sur le péché originel que, pour ne pas voir ses partisans réduits à la moitié, il a été obligé de renvoyer tous ses pages[2].

Ranimez-vous donc ; reprenez courage, et soyez sûrs que nous lui ferons repasser les monts à coups de sifflets[3].

De Paris, le 4 de la lune de Chahban, 1717.

frondeur, « un certain gouverneur de Normandie » : il s'agit du duc de Longueville qui, au dire de Retz, « avait été de quatre ou cinq guerres civiles », trublion qui « ne pouvait s'empêcher de traitailler » (édition Hachette, t. II, p. 451 et 454). Dans une note de la même édition, Montesquieu rappelait l'anecdote de Mazarin prononçant *Arrêt d'oignon* au lieu d'*Arrêt d'union*. Un arrêt du Parlement du 13 mai 1648, dit *Arrêt d'union*, organisait l'assemblée des députés des quatre cours souveraines de Paris pour délibérer « sur le soulagement des peuples et le bien de l'État » ; l'arrêt fut cassé le 12 juin par le conseil d'En-haut, mais au cours de conférences tenues au Luxembourg du 21 au 27 juin, Mazarin céda ; c'est là qu'il commit cette erreur de langue dont les chansonniers s'emparèrent. L'anecdote date donc de six mois et non de « quelques jours ».

1. Cf. Guy Joly (*op. cit.*, p. 35) : « Ce nom même tomba dans une telle horreur que le menu peuple s'en servait comme d'une espèce d'imprécation et il était assez ordinaire d'entendre les charretiers dans les rues, en frappant leurs chevaux, les traiter de bougres de mazarins. » **2.** [Allusion transparente à l'homosexualité supposée de Mazarin.] **3.** Quand Montesquieu parle d'un délai de « huit jours », il reprend l'arrêt du Parlement du 8 janvier 1649 qui mettait Mazarin hors la loi et lui enjoignait « de se retirer de la Cour dans ce jour et dans la huitaine hors du royaume ».

LETTRE CXII

RHÉDI À USBEK, À PARIS [1]

Pendant le séjour que je fais en Europe, je lis les historiens anciens et modernes : je compare tous les temps ; j'ai du plaisir à les voir passer, pour ainsi dire, devant moi, et j'arrête surtout mon esprit à ces grands changements qui ont rendu les âges si différents des âges, et la terre si peu semblable à elle-même.

Tu n'as peut-être pas fait attention à une chose qui cause tous les jours ma surprise. Comment le monde est-il si peu peuplé en comparaison de ce qu'il était autrefois ? Comment la nature a-t-elle pu perdre cette

1. Dans une série de onze lettres (CXII à CXXII), Montesquieu se refuse au dosage des sujets qui faisait la variété des *Lettres persanes* et peut-être leur charme. Il s'agit ici d'un véritable essai sur les causes de la dépopulation dans le monde et sur les moyens d'enrayer cette crise générale de l'humanité. A. Adam a fait valoir (*op. cit.*, p. 300 et 309) deux variantes caractéristiques, dans les Lettres CXVIII et CXXI (« raisons que *nous* avons déjà dites... Ce nombre prodigieux de nègres dont *nous* avons parlé »), corrigées par Montesquieu, qui se rend compte que le singulier convient mieux sous la plume d'Usbek ; il est très probable que Montesquieu avait rédigé une dissertation sur la dépopulation et qu'il résolut de l'inclure, par un savant découpage, dans les *Lettres persanes*. L'ensemble prélude curieusement à la méthode ultérieure de *L'Esprit des lois* ainsi qu'au sujet du livre XXIII *(Des lois, dans le rapport qu'elles ont avec le nombre des habitants)* : après avoir exposé la thèse (Lettre CXII), il recherche les causes physiques (Lettre CXIII), religieuses et sociologiques (Lettres CXIV-CXV-CXVI-CXVII), économiques et politiques (Lettres CXVIII-CXX-CXXI) et présente quelques remèdes, d'ordre religieux ou politique (Lettres CXIX et CXXII). [Au XVIIIᵉ siècle, on croit généralement (excepté Hume, « Of the populousness of ancient nations », 1751) que l'Europe se dépeuple. De fait, les années 1710-1720 sont une période de stagnation, ce qui ne sera plus vrai ensuite.]

prodigieuse fécondité des premiers temps ? Serait-elle déjà dans sa vieillesse, et tomberait-elle de langueur[1] ?

J'ai resté plus d'un an en Italie, où je n'ai vu que le débris de cette ancienne Italie si fameuse autrefois. Quoique tout le monde habite les villes, elles sont entièrement désertes et dépeuplées : il semble qu'elles ne subsistent encore que pour marquer le lieu où étaient ces cités puissantes dont l'histoire a tant parlé.

Il y a des gens qui prétendent que la seule ville de Rome contenait autrefois plus de peuple qu'un grand royaume de l'Europe n'en a aujourd'hui. Il y a eu tel citoyen romain qui avait dix et même vingt mille esclaves, sans compter ceux qui travaillaient dans les maisons de campagne ; et, comme on y comptait quatre ou cinq cent mille citoyens, on ne peut fixer le nombre de ses habitants sans que l'imagination ne se révolte[2].

Il y avait autrefois dans la Sicile de puissants royaumes

1. L'idée de dépopulation universelle, fondée sur le mythe de l'âge d'or, remonte à l'Antiquité. Mais l'Antiquité elle-même parut un âge d'or aux penseurs de la Renaissance et aux premiers voyageurs qui parcoururent l'Europe et l'Orient. À la fin du XVIIᵉ siècle, l'opinion se renforce que l'Europe se dépeuple, à la suite des guerres civiles ou nationales et des persécutions religieuses. La politique de peuplement, à la suite des rapports des intendants de Louis XIV (1698-1700) qui marquaient la décadence agricole du pays, est prônée par Fénelon, Boisguillebert (*Le Détail de la France*, 1695, et *Dissertation sur la nature des richesses*, 1707) et Vauban (1707).
2. L'idée vient de Vossius, relayé probablement par Bayle. Vossius avait inclus dans le *Variarum observationum liber* un traité de la grandeur de l'ancienne Rome (*op. cit.*, p. 26, chap VI) ; en l'an 667 de sa fondation, le dénombrement de Rome donnait 460 000 citoyens : « Si la proportion des esclaves aux citoyens était la même à Rome qu'à Athènes où pour 20 000 bourgeois on comptait 400 000 esclaves, il s'ensuivrait qu'il y aurait eu à Rome 8 millions d'esclaves, nombre plus grand que celui des hommes qui vivent dans quelque royaume d'Europe que ce soit, à ce que dit M. Vossius » ([Bayle] *Nouvelles de la République des Lettres*, janvier 1685, in *Œuvres diverses, op. cit.*, p. 32-33).

et des peuples nombreux, qui en ont disparu depuis : cette île n'a plus rien de considérable que ses volcans.

La Grèce est si déserte qu'elle ne contient pas la centième partie de ses anciens habitants[1].

L'Espagne, autrefois si remplie, ne fait voir aujourd'hui que des campagnes inhabitées ; et la France n'est rien en comparaison de cette ancienne Gaule dont parle César.

Les pays du Nord sont fort dégarnis, et il s'en faut bien que les peuples y soient, comme autrefois, obligés de se partager et d'envoyer dehors, comme des essaims, des colonies et des nations entières chercher de nouvelles demeures.

La Pologne et la Turquie en Europe n'ont presque plus de peuples.

On ne saurait trouver dans l'Amérique la cinquantième partie des hommes qui y formaient de si grands empires.

L'Asie n'est guère en meilleur état. Cette Asie mineure[2], qui contenait tant de puissantes monarchies et un nombre si prodigieux de grandes villes, n'en a plus que deux ou trois. Quant à la grande Asie, celle qui est soumise au Turc n'est pas plus peuplée ; et, pour celle qui est sous la domination de nos rois, si on la compare à l'état florissant où elle était autrefois, on verra qu'elle n'a qu'une petite partie des habitants qui y étaient sans nombre du temps des Xerxès et des Darius[3].

1. L'ordre même des nations considérées, Italie, Sicile et Grèce, suppose la lecture de Vossius ou tout au moins de Bayle *(loc. cit.)* qui ralliait sur ce point les conclusions du *Variarum observationum liber*. 2. Paul Lucas (*Voyages*, 1717, t. I, p. 157) disait de l'Asie Mineure : « Ce pays autrefois si florissant est aujourd'hui presque abandonné. » [Montesquieu possède l'édition de 1712 (le *Catalogue*, n° 2749, porte par erreur la date de 1702).] 3. Chardin est encore une fois la vraie source de Montesquieu (*op. cit.,* t. II, p. 6 et t. III, p. 128).

Quant aux petits États qui sont autour de ces grands empires, ils sont réellement déserts : tels sont les royaumes d'Irimette, de Circassie et de Guriel. Ces princes, avec de vastes États, comptent à peine cinquante mille sujets [1].

L'Égypte n'a pas moins manqué que les autres pays.

Enfin, je parcours la terre, et je n'y trouve que des délabrements : je crois la voir sortir des ravages de la peste et de la famine.

L'Afrique a toujours été si inconnue qu'on ne peut en parler si précisément que des autres parties du monde ; mais, à ne faire attention qu'aux côtes de la Méditerranée, connues de tout temps, on voit qu'elle a extrêmement déchu de ce qu'elle était sous les Carthaginois et les Romains. Aujourd'hui ses princes sont si faibles que ce sont les plus petites puissances du monde.

Après un calcul aussi exact qu'il peut l'être dans ces sortes de choses, j'ai trouvé qu'il y a à peine sur la terre la dixième partie des hommes qui y étaient dans les anciens temps. Ce qu'il y a d'étonnant, c'est qu'elle se dépeuple tous les jours, et, si cela continue, dans dix siècles elle ne sera qu'un désert.

Voilà, mon cher Usbek, la plus terrible catastrophe qui soit jamais arrivée dans le monde ; mais à peine s'en est-on aperçu, parce qu'elle est arrivée insensiblement et dans le cours d'un grand nombre de siècles ; ce qui marque un vice intérieur, un venin secret et caché, une maladie de langueur qui afflige la nature humaine.

De Venise, le 10 de la lune de Rhegeb, 1718.

1. Chardin avait parcouru ces trois royaumes de septembre 1672 à janvier 1673 (*op. cit.*, t. I, p. 40 et 81) : la Circassie est le pays des Tcherkesses, au sud-est du Kouban ; Guriel et Imirette sont deux principautés caucasiennes vassales des Turcs, entre la mer Noire et la Géorgie. Chardin ne donne aucun chiffre de population.

LETTRE CXIII

USBEK À RHÉDI, À VENISE

Le monde, mon cher Rhédi, n'est point incorruptible [1] ; les cieux mêmes ne le sont pas : les astronomes sont des témoins oculaires de leurs changements, qui sont des effets bien naturels du mouvement universel de la matière.

La Terre est soumise, comme les autres planètes, aux lois des mouvements ; elle souffre au dedans d'elle un combat perpétuel de ses principes : la mer et le continent semblent être dans une guerre éternelle ; chaque instant produit de nouvelles combinaisons [2].

Les hommes, dans une demeure si sujette aux changements, sont dans un état aussi incertain : cent mille causes peuvent agir, capables de les détruire et, à plus forte raison, d'augmenter ou de diminuer leur nombre.

Je ne te parlerai pas de ces catastrophes particulières si communes chez les historiens, qui ont détruit des villes et des royaumes entiers ; il y en a de générales, qui ont mis bien des fois le genre humain à deux doigts de sa perte.

1. [En 1719, le *Mercure de France* avait publié un *Projet d'une histoire physique de la Terre ancienne et moderne* (*OC*, t. 8, p. 175), dû à Montesquieu, dont l'ambition était de rassembler des témoignages sur « tous les changements arrivés sur la surface de la terre ou de la mer depuis l'autre siècle », selon le titre d'un recueil de notes, sans doute contemporain de ce projet et encore inédit (*OC*, t. 17, à paraître).] **2.** [Sur l'importance du Déluge dans les représentations de la Terre aux XVIIe et XVIIIe siècles, voir Alain Corbin, *Le Territoire du vide*, Paris, Flammarion, 1988. L'originalité de Montesquieu est de situer ces convulsions non dans un passé révolu qui aurait constitué le temps de la création, mais au temps présent.]

Les histoires sont pleines de ces pestes universelles qui ont tour à tour désolé l'univers. Elles parlent d'une, entre autres [1], qui fut si violente qu'elle brûla jusques à la racine des plantes et se fit sentir dans tout le monde connu, jusques à l'empire du Catay ; un degré de plus de corruption aurait peut-être, dans un seul jour, détruit toute la nature humaine.

Il n'y a pas deux siècles que la plus honteuse de toutes les maladies se fit sentir en Europe, en Asie et en Afrique [2] ; elle fit, dans très peu de temps, des effets prodigieux : c'était fait des hommes si elle avait continué ses progrès avec la même furie. Accablés de maux dès leur naissance, incapables de soutenir le poids des charges de la société, ils auraient péri misérablement.

Qu'aurait-ce été si le venin eût été un peu plus exalté ? Et il le serait devenu sans doute si l'on n'avait été assez heureux pour trouver un remède aussi puissant que celui qu'on a découvert [3]. Peut-être que cette maladie, attaquant les parties de la génération, aurait attaqué la génération même.

Mais pourquoi parler de la destruction qui aurait pu arriver au genre humain ? N'est-elle pas arrivée, en effet, et le Déluge ne le réduisit-il pas à une seule famille ?

[Il y a des philosophes qui distinguent deux créations :

1. Allusion possible à la peste noire de 1348. [La peste venait de ravager Marseille (juillet 1720). En 1720-1721, cette épidémie devait susciter, notamment à l'académie de Bordeaux, d'intenses réflexions sur les causes et la propagation de la maladie et les moyens d'en venir à bout.] **2.** Cf. *Pensées* [n° 216] : « Le *Novus orbis* dit qu'en 1505 la vérole ravagea le pays de Calicut, que cette maladie auparavant inconnue y avait été apportée par les Portugais, dix-sept ans auparavant ; ce qui cadre fort avec la découverte des Indes. » Il s'agit du *Novus orbis regionum ac insularum veteribus incognitarum* (Bâle, 1532, in-folio ; La Brède, *op. cit.*, n° 2637). **3.** [Le mercure, dont les effets sont également destructeurs.]

celle des choses et celle de l'homme. Ils ne peuvent comprendre] que la matière et les choses créées n'aient que six mille ans ; que Dieu ait différé pendant toute l'éternité ses ouvrages et n'ait usé que d'hier de sa puissance créatrice. Serait-ce parce qu'il ne l'aurait pas pu, ou parce qu'il ne l'aurait pas voulu ? Mais, s'il ne l'a pas pu dans un temps, il ne l'a pas pu dans l'autre. C'est donc parce qu'il ne l'a pas voulu. Mais, comme il n'y a point de succession dans Dieu, si l'on admet qu'il ait voulu quelque chose une fois, il l'a voulue toujours et dès le commencement[1].

Cependant tous les historiens nous parlent d'un premier père. Ils nous font voir la nature humaine naissante. N'est-il pas naturel de penser qu'Adam fut sauvé d'un malheur commun, comme Noé le fut du Déluge, et que ces grands événements ont été fréquents sur la terre depuis la création du monde ?

[Mais toutes les destructions ne sont pas violentes : nous voyons plusieurs parties de la terre se lasser de fournir à la subsistance des hommes. Que savons-nous

1. Imitation directe de Marana (*op. cit.*, t. III, p. 27, lettre 5 et t. III, lettre 26, p. 123). Quels sont ces « philosophes » de Montesquieu ? Pour Virgile Pinot (*La Chine et la formation de l'esprit philosophique en France*, Geuthner, 1932, p. 242, note 105), Montesquieu suivrait ici La Peyrère (*Preadamitae*, 1655, p. 13-14) « en libertin qui se sert du préadamisme moins par fidélité à La Peyrère que pour le plaisir de faire échec à Moïse ». De fait, le texte initial de 1721 critique nettement les six mille ans de l'histoire mosaïque et la prudence de Montesquieu est fort tardive. La Peyrère se jugeait incapable de concilier la Bible et la chronologie des anciens peuples païens. Le monde, selon lui, existerait avant Adam, ce qui inclut une double création ; mais l'idée n'est pas explicite. À notre avis, Montesquieu n'a pas lu La Peyrère, mais il peut connaître ses thèses par Vossius (*De aetate mundi*, La Haye, 1659, p. 4), et par Bayle (*Dict. hist. et critique*, article *Caïn*, note A) ; il emprunte de nombreuses expressions à Marana.

si la terre entière n'a pas des causes générales, lentes et imperceptibles, de lassitude ?]

J'ai été bien aise de te donner ces idées générales avant de répondre plus particulièrement à la lettre sur la diminution des peuples arrivée depuis dix-sept à dix-huit siècles. Je te ferai voir, dans une lettre suivante, qu'indépendamment des causes physiques il y en a de morales qui ont produit cet effet.

De Paris, le 8 de la lune de Chahban, 1718.

LETTRE CXIV

USBEK AU MÊME

Tu cherches la raison pourquoi la Terre est moins peuplée qu'elle ne l'était autrefois, et, si tu y fais bien attention, tu verras que la grande différence vient de celle qui est arrivée dans les mœurs.

Depuis que la religion chrétienne et la mahométane ont partagé le monde romain, les choses sont bien changées : il s'en faut de beaucoup que ces deux religions soient aussi favorables à la propagation de l'espèce que celle de ces maîtres de l'univers.

Dans cette dernière, la polygamie était défendue ; et, en cela, elle avait un très grand avantage sur la religion mahométane. Le divorce y était permis ; ce qui lui en donnait un autre, non moins considérable, sur la chrétienne.

Je ne trouve rien de si contradictoire que cette pluralité des femmes permises par le saint Alcoran, et l'ordre de les satisfaire donné dans le même livre.

« Voyez vos femmes, dit le Prophète, parce que vous leur êtes nécessaires comme leurs vêtements, et

qu'elles vous sont nécessaires comme vos vêtements [1]. »
Voilà un précepte qui rend la vie d'un véritable
musulman bien laborieuse. Celui qui a les quatre
femmes établies par la loi [2], ou seulement autant de
concubines ou d'esclaves, ne doit-il pas être accablé de
tant de vêtements ?

« Vos femmes sont vos labourages, dit encore le Pro-
phète. Approchez-vous donc de vos labourages, faites
du bien pour vos âmes, et vous le trouverez un jour [3]. »

Je regarde un bon musulman comme un athlète des-
tiné à combattre sans relâche ; mais qui, bientôt faible
et accablé de ses premières fatigues, languit dans le
champ même de la victoire et se trouve, pour ainsi dire,
enseveli sous ses propres triomphes.

La nature agit toujours avec lenteur, et pour ainsi dire,
avec épargne : ses opérations ne sont jamais violentes ;
jusque dans ses productions, elle veut de la tempérance ;
elle ne va jamais qu'avec règle et mesure ; si on la
précipite, elle tombe bientôt dans la langueur ; elle
emploie toute la force qui lui reste à se conserver, per-
dant absolument sa vertu productrice et sa puissance
générative.

C'est dans cet état de défaillance que nous met tou-
jours ce grand nombre de femmes plus propre à nous
épuiser qu'à nous satisfaire. Il est très ordinaire parmi
nous de voir un homme dans un sérail prodigieux avec
un très petit nombre d'enfants. Ces enfants mêmes sont,

1. Montesquieu lisait le Coran dans la traduction de Du Ryer
(*op. cit.*, p. 21) : « Elles vous sont nécessaires comme vos vêtements
et vous leur êtes nécessaires comme leurs vêtements » (II, 183).
2. Coran (IV, 3) : « Épousez celles qui vous agréeront, ou deux, ou
trois, ou quatre. » Mais Chardin disait : « Cependant on n'en épouse
guère qu'une » (*op. cit.*, t. I, p. 166). **3.** Coran (IV, 223 ; Du
Ryer, p. 27) : « Vos femmes sont vos labourages ; approchez de votre
labourage à votre volonté et faites du bien pour vos âmes, vous le
trouverez un jour. »

la plupart du temps, faibles et malsains et se sentent de la langueur de leur père[1].

Ce n'est pas tout : ces femmes obligées à une continence forcée ont besoin d'avoir des gens pour les garder, qui ne peuvent être que des eunuques : la religion, la jalousie même ne permettent pas d'en laisser approcher d'autres. Ces gardiens doivent être en grand nombre, soit afin de maintenir la tranquillité au-dedans, parmi les guerres que ces femmes se font sans cesse, soit pour empêcher les entreprises du dehors. Ainsi un homme qui a dix femmes ou concubines n'a pas trop d'autant d'eunuques pour les garder. Mais quelle perte pour la société que ce grand nombre d'hommes morts dès leur naissance ! Quelle dépopulation ne doit-il pas s'en suivre !

Les filles esclaves qui sont dans le sérail, pour servir avec les eunuques ce grand nombre de femmes, y vieillissent presque toujours dans une affligeante virginité : elles ne peuvent pas se marier pendant qu'elles y restent, et leurs maîtresses, une fois accoutumées à elles, ne s'en défont presque jamais.

Voilà comment un seul homme occupe à ses plaisirs tant de sujets de l'un et de l'autre sexe, les fait mourir pour l'État, et les rend inutiles à la propagation de l'espèce.

Constantinople et Ispahan sont les capitales des deux plus grands empires du monde : c'est là que tout doit aboutir, et que les peuples, attirés de mille manières, se rendent de toutes parts. Cependant elles périssent

1. Chardin est encore la source (*op. cit.*, II, p. 6) : « Les hommes commencent trop jeunes à voir les femmes et avec tant d'excès que, quoiqu'ils en aient plusieurs, ils n'en ont pas pour cela plus d'enfants. » [Montesquieu reprendra cette idée dans l'*Essai sur les causes qui peuvent affecter les esprits et les caractères* (1736-1738) ; mais c'est surtout dans *L'Esprit des lois* qu'il y reviendra, les conditions propices à la « propagation de l'espèce » étant déterminées par de multiples facteurs (livre XXIII).]

d'elles-mêmes, et elles seraient bientôt détruites, si les souverains n'y faisaient venir, presque à chaque siècle, des nations entières pour les repeupler[1]. J'épuiserai ce sujet dans une autre lettre.

De Paris, le 13 de la lune de Chahban, 1718.

LETTRE CXV

USBEK AU MÊME

Les Romains n'avaient pas moins d'esclaves que nous ; ils en avaient même plus ; mais ils en faisaient un meilleur usage[2].

Bien loin d'empêcher, par des voies forcées, la multiplication de ces esclaves, ils la favorisaient au contraire

1. C'est ce qu'indiquait Ricaut (*op. cit.*, I, 18) dans son chapitre : *Que les différents moyens dont se servent les Turcs pour augmenter leurs peuples est une politique essentielle.* Mêmes faits rapportés dans Tournefort, *op. cit.*, t. I, p. 474. Montesquieu reprend l'idée dans ses *Pensées* [n° 1816] : « La plus déplorable situation est lorsque la capitale qui attire tout le monde des provinces se détruit de son côté. Constantinople est dans ce cas... On a beau y amener des colonies, la ville n'augmente pas. » [Il dénoncera toujours avec vigueur les « transports de peuples » ou déportations destinés à compenser les pertes des grandes villes : voir les chapitres rejetés de *L'Esprit des lois*, dans C. Volpilhac-Auger, *L'Atelier de Montesquieu. Manuscrits inédits de La Brède, Cahiers Montesquieu*, n° 7, Oxford-Naples, Voltaire Foundation-Liguori, 2001, p. 100 et p. 115.]
2. [En faisant l'éloge des Romains (il sera beaucoup plus sévère à leur égard dans les *Considérations sur les causes de la grandeur des Romains et de leur décadence* et dans *L'Esprit des lois*, XV, 12 et 16), Montesquieu dénonce aussi l'esclavage tel qu'il est pratiqué dans les colonies antillaises de la France ; la critique sera beaucoup plus ouverte dans *L'Esprit des lois*, XV, 5 (« De l'esclavage des nègres »).]

de tout leur pouvoir : ils les associaient le plus qu'ils pouvaient par des espèces de mariages. Par ce moyen, ils remplissaient leurs maisons de domestiques de tous les sexes, de tous les âges, et l'État d'un peuple innombrable.

Ces enfants, qui faisaient à la longue la richesse d'un maître, naissaient sans nombre autour de lui ; il était seul chargé de leur nourriture et de leur éducation ; les pères, libres de ce fardeau, suivaient uniquement le penchant de la nature et multipliaient sans craindre une trop nombreuse famille.

Je t'ai dit que, parmi nous, tous les esclaves sont occupés à garder nos femmes et à rien de plus ; qu'ils sont, à l'égard de l'État, dans une perpétuelle léthargie ; de manière qu'il faut restreindre à quelques hommes libres, à quelques chefs de famille, la culture des arts et des terres, lesquels même s'y donnent le moins qu'ils peuvent.

Il n'en était pas de même chez les Romains : la république se servait avec un avantage infini de ce peuple d'esclaves. Chacun d'eux avait son pécule, qu'il possédait aux conditions que son maître lui imposait ; avec ce pécule, il travaillait et se tournait du côté où le portait son industrie. Celui-ci faisait valoir la banque, celui-là se donnait au commerce de la mer ; l'un vendait des marchandises en détail ; l'autre s'appliquait à quelque art mécanique ou bien affermait et faisait valoir des terres. Mais il n'y en avait aucun qui ne s'attachât de tout son pouvoir à faire profiter ce pécule, qui lui procurait, en même temps, l'aisance dans la servitude présente et l'espérance d'une liberté future. Cela faisait un peuple laborieux, animait les arts et l'industrie.

Ces esclaves, devenus riches par leurs soins et leur travail, se faisaient affranchir et devenaient citoyens. La république se réparait sans cesse et recevait dans son

sein de nouvelles familles, à mesure que les anciennes se détruisaient.

J'aurai peut-être, dans mes lettres suivantes, occasion de te prouver que plus il y a d'hommes dans un État, plus le commerce y fleurit ; je prouverai aussi facilement que plus le commerce y fleurit, plus le nombre des hommes y augmente : ces deux choses s'entraident et se favorisent nécessairement.

Si cela est, combien ce nombre prodigieux d'esclaves, toujours laborieux, devait-il s'accroître et s'augmenter ! L'industrie et l'abondance les faisaient naître, et eux, de leur côté, faisaient naître l'abondance et l'industrie.

De Paris, le 16 de la lune de Chahban, 1718.

LETTRE CXVI

USBEK AU MÊME

Nous avons, jusques ici, parlé des pays mahométans et cherché la raison pourquoi ils sont moins peuplés que ceux qui étaient soumis à la domination des Romains. Examinons à présent ce qui a produit cet effet chez les chrétiens.

Le divorce était permis dans la religion païenne, et il fut défendu aux chrétiens. Ce changement, qui parut d'abord de si petite conséquence, eut insensiblement des suites terribles, et telles qu'on peut à peine les croire.

On ôta non seulement toute la douceur du mariage, mais aussi l'on donna atteinte à sa fin : en voulant resserrer ses nœuds, on les relâcha ; et, au lieu d'unir les cœurs, comme on le prétendait, on les sépara pour jamais.

Dans une action si libre, et où le cœur doit avoir tant

de part, on mit la gêne, la nécessité et la fatalité du destin même. On compta pour rien les dégoûts, les caprices et l'insociabilité des humeurs ; on voulut fixer le cœur, c'est-à-dire ce qu'il y a de plus variable et de plus inconstant dans la nature ; on attacha sans retour et sans espérance des gens accablés l'un de l'autre et presque toujours mal assortis ; et l'on fit comme ces tyrans, qui faisaient lier des hommes vivants à des corps morts.

Rien ne contribuait plus à l'attachement mutuel que la faculté du divorce : un mari et une femme étaient portés à soutenir patiemment les peines domestiques, sachant qu'ils étaient maîtres de les faire finir, et ils gardaient souvent ce pouvoir en mains toute leur vie sans en user, par cette seule considération qu'ils étaient libres de le faire.

Il n'en est pas de même des chrétiens, que leurs peines présentes désespèrent pour l'avenir ; ils ne voient dans les désagréments du mariage que leur durée et, pour ainsi dire, leur éternité. De là viennent les dégoûts, les discordes, les mépris, et c'est autant de perdu pour la postérité. À peine a-t-on trois ans de mariage qu'on en néglige l'essentiel [1] ; on passe ensemble trente ans de froideur ; il se forme des séparations intestines aussi fortes et peut-être plus pernicieuses que si elles étaient publiques ; chacun vit et reste de son côté ; et tout cela au préjudice des races futures. Bientôt un homme dégoûté d'une femme éternelle se livrera aux filles de joie : commerce honteux et si contraire à la société, lequel, sans remplir l'objet du mariage, n'en représente tout au plus que les plaisirs.

Si, de deux personnes ainsi liées, il y en a une qui n'est pas propre au dessein de la nature et à la propa-

1. [*L'Esprit des lois* reviendra sur la question du divorce (XVI, 15-16), mais sans attaquer frontalement la religion chrétienne.]

gation de l'espèce, soit par son tempérament, soit par son âge, elle ensevelit l'autre avec elle et la rend aussi inutile qu'elle l'est elle-même.

Il ne faut donc pas s'étonner si l'on voit chez les chrétiens tant de mariages fournir un si petit nombre de citoyens. Le divorce est aboli ; les mariages mal assortis ne se raccommodent plus ; les femmes ne passent plus, comme chez les Romains, successivement dans les mains de plusieurs maris, qui en tiraient, dans le chemin, le meilleur parti qu'il était possible.

J'ose le dire : si, dans une république comme Lacédémone, où les citoyens étaient sans cesse gênés par des lois singulières et subtiles, et dans laquelle il n'y avait qu'une famille, qui était la république, il avait été établi que les maris changeassent de femmes tous les ans, il en serait né un peuple innombrable.

Il est assez difficile de faire bien comprendre la raison qui a porté les chrétiens à abolir le divorce. Le mariage, chez toutes les nations du monde, est un contrat susceptible de toutes les conventions, et on n'en a dû bannir que celles qui auraient pu en affaiblir l'objet. Mais les chrétiens ne le regardent pas dans ce point de vue ; aussi ont-ils bien de la peine à dire ce que c'est. Ils ne le font pas consister dans le plaisir des sens ; au contraire, comme je te l'ai déjà dit, il semble qu'ils veulent l'en bannir autant qu'ils peuvent ; mais c'est une image, une figure et quelque chose de mystérieux que je ne comprends point [1].

De Paris, le 19 de la lune de Chahban, 1718.

1. « Qu'attendre d'un homme, dira l'abbé Gaultier (*op. cit.*, p. 82), qui n'a ni religion ni pudeur ? » « Sont-ce des hommes qui forment de pareils vœux ? Ces âmes de boue ne sauraient s'élever au-dessus de la terre. Ils ne parlent que de propagation de l'espèce et de ce qui tend à peupler un État. Ils voudraient que les hommes fussent métamorphosés en étalons » (*ibid.*, p. 80).

LETTRE CXVII

La prohibition du divorce n'est pas la seule cause de la dépopulation des pays chrétiens. Le grand nombre d'eunuques qu'ils ont parmi eux n'en est pas une moins considérable.

Je parle des prêtres et des dervis de l'un et de l'autre sexe, qui se vouent à une continence éternelle : c'est chez les chrétiens la vertu par excellence ; en quoi je ne les comprends pas, ne sachant ce que c'est qu'une vertu dont il ne résulte rien[1].

Je trouve que leurs docteurs se contredisent manifestement, quand ils disent que le mariage est saint, et que le célibat, qui lui est opposé, l'est encore davantage ; sans compter qu'en fait de préceptes et de dogmes fondamentaux, le bien est toujours le mieux.

Le nombre de gens faisant profession de célibat est prodigieux[2]. Les pères y condamnaient autrefois les

1. Les dangers sociaux du célibat des ecclésiastiques sont alors relevés par la plupart des écrivains réformateurs. Vauban voudrait interdire les vœux religieux au-dessous de vingt-cinq ou de trente ans (cf. *Journal des économistes*, XVIII, 1882, p. 329-330). Boulainvilliers, Saint-Simon, Belesbat recommandaient la diminution du nombre des religieux, dans la ligne de l'édit de Colbert de 1666 qui réglementait la fondation de nouvelles communautés religieuses. [Montesquieu ne cessera de dénoncer un clergé pléthorique, trop influent, qui vit en parasite de la société : voir *Pensées*, nos 214, 273, etc. ; *Spicilège*, nº 251, etc. ; *Considérations sur les ... Romains*, chap. XXII, et bien sûr *L'Esprit des lois*, notamment XXIII, 29 et XXXI, 9.] 2. On comptait 270 000 religieux en France en 1667 et 200 000 seulement en 1776. Cf. J. M. Mathorez, *Les Étrangers en France sous l'Ancien Régime*, Paris, 1919, t. I, p. 46-48.

enfants dès le berceau ; aujourd'hui ils s'y vouent eux-
mêmes dès l'âge de quatorze ans [1] ; ce qui revient à peu
près à la même chose.

Ce métier de continence a anéanti plus d'hommes que
les pestes et les guerres les plus sanglantes n'ont jamais
fait. On voit dans chaque maison religieuse une famille
éternelle, où il ne naît personne, et qui s'entretient aux
dépens de toutes les autres. Ces maisons sont toujours
ouvertes comme autant de gouffres où s'ensevelissent
les races futures.

Cette politique est bien différente de celle des
Romains, qui établissaient des lois pénales contre ceux
qui se refusaient aux lois du mariage et voulaient jouir
d'une liberté si contraire à l'utilité publique [2].

Je ne te parle ici que des pays catholiques. Dans la
religion protestante, tout le monde est en droit de faire
des enfants ; elle ne souffre ni prêtres ni dervis [3] ; et si,
dans l'établissement de cette religion, qui ramenait tout
aux premiers temps, ses fondateurs n'avaient été accusés
sans cesse d'intempérance, il ne faut pas douter qu'après
avoir rendu la pratique du mariage universelle, ils n'en

1. Selon l'ordonnance de Blois, article 28, de mai 1579 et les
canons du concile de Trente, l'âge fixé est de seize ans. Ce n'est
qu'en 1768 que Choiseul fit élever l'âge des vœux solennels à dix-
huit ans pour les femmes et vingt-cinq ans pour les hommes.
2. L'empereur Auguste promulgua les lois *Julia* et *Pappia Poppaea*
pour enrayer à Rome une crise de la natalité : le *jus trium liberorum*
donnait des honneurs aux pères de trois enfants, et les célibataires
étaient frappés d'incapacités civiles. [*L'Esprit des lois* y reviendra
(XXIII, 21).] **3.** [Le principe de toute famille noble était de
favoriser le fils aîné pour éviter la dispersion du patrimoine, surtout
si celui-ci était modeste, et donc de faire entrer dans les ordres tous
les autres enfants. Ce fut le cas dans la famille des Montesquieu, qui
se serait éteinte si le père du philosophe, cadet de famille, n'avait
quitté très tôt le séminaire : son frère aîné, Jean-Baptiste de Secondat,
devait mourir sans enfant. Montesquieu lui-même préférera marier
médiocrement ses filles, plutôt que de les mettre au couvent.]

eussent encore adouci le joug et achevé d'ôter toute la barrière qui sépare, en ce point, le Nazaréen et Mahomet.

Mais, quoi qu'il en soit, il est certain que la religion donne aux protestants un avantage infini sur les catholiques.

J'ose le dire : dans l'état présent où est l'Europe, il n'est pas possible que la religion catholique y subsiste cinq cents ans.

Avant l'abaissement de la puissance d'Espagne, les catholiques étaient beaucoup plus forts que les protestants. Ces derniers sont peu à peu parvenus à un équilibre. Les protestants deviendront tous les jours plus riches et plus puissants, et les catholiques, plus faibles.

Les pays protestants doivent être et sont réellement plus peuplés que les catholiques. D'où il suit, premièrement, que les tributs y sont plus considérables, parce qu'ils augmentent à proportion du nombre de ceux qui les paient ; secondement, que les terres y sont mieux cultivées ; enfin, que le commerce y fleurit davantage, parce qu'il y a plus de gens qui ont une fortune à faire, et qu'avec plus de besoins on y a plus de ressources pour les remplir. Quand il n'y a que le nombre de gens suffisants pour la culture des terres, il faut que le commerce périsse et, lorsqu'il n'y a que celui qui est nécessaire pour entretenir le commerce, il faut que la culture des terres manque ; c'est-à-dire : il faut que tous les deux tombent en même temps, parce que l'on ne s'attache jamais à l'un que ce ne soit aux dépens de l'autre[1].

1. « Est-ce la politique et l'intérêt temporel d'un État qui doit être la boussole du chrétien ? Que lui servirait-il de gagner le monde entier s'il perdait son âme ? » répond l'abbé Gaultier (*op. cit.*, p. 86 [; *Montesquieu. Mémoire de la critique*, p. 210-211). Montesquieu défendra toujours vigoureusement, notamment dans *L'Esprit des lois*

Quant aux pays catholiques, non seulement la culture des terres y est abandonnée, mais même l'industrie y est pernicieuse : elle ne consiste qu'à apprendre cinq ou six mots d'une langue morte. Dès qu'un homme a cette provision par-devers lui, il ne doit plus s'embarrasser de sa fortune : il trouve dans le cloître une vie tranquille, qui, dans le monde, lui aurait coûté des sueurs et des peines.

Ce n'est pas tout : les dervis ont en leurs mains presque toutes les richesses de l'État ; c'est une société de gens avares, qui prennent toujours et ne rendent jamais ; ils accumulent sans cesse des revenus pour acquérir des capitaux [1]. Tant de richesses tombent, pour ainsi dire, en paralysie : plus de circulation, plus de commerce, plus d'arts, plus de manufactures.

Il n'y a point de prince protestant qui ne lève sur ses peuples beaucoup plus d'impôts que le pape n'en lève sur ses sujets ; cependant ces derniers sont pauvres, pendant que les autres vivent dans l'opulence. Le commerce ranime tout chez les uns, et le monachisme porte la mort partout chez les autres.

De Paris, le 26 de la lune de Chahban, 1718.

LETTRE CXVIII

USBEK AU MÊME

Nous n'avons plus rien à dire de l'Asie et de l'Europe. Passons à l'Afrique. On ne peut guère parler que de ses côtes, parce qu'on ne connaît pas l'intérieur.

et la *Défense de L'Esprit des lois* (1750), le droit de parler en termes politiques, sociaux et économiques des faits de religion.]

1. [Voir *Pensées*, nos 214 et 273.]

Celles de Barbarie[1], où la religion mahométane est établie, ne sont plus si peuplées qu'elles étaient du temps des Romains, par les raisons que je t'ai déjà dites. Quant aux côtes de Guinée, elles doivent être furieusement dégarnies depuis deux cents ans que les petits rois ou chefs des villages vendent leurs sujets aux princes de l'Europe pour les porter dans leurs colonies en Amérique.

Ce qu'il y a de singulier, c'est que cette Amérique, qui reçoit tous les ans de nouveaux habitants, est elle-même déserte et ne profite point des pertes continuelles de l'Afrique. Ces esclaves, qu'on transporte dans un autre climat, y périssent à milliers, et les travaux des mines, où l'on occupe sans cesse et les naturels du pays et les étrangers, les exhalaisons malignes qui en sortent, le vif-argent, dont il faut faire un continuel usage, les détruisent sans ressource[2].

Il n'y a rien de si extravagant que de faire périr un nombre innombrable d'hommes pour tirer du fond de la terre l'or et l'argent : ces métaux d'eux-mêmes absolument inutiles, et qui ne sont des richesses que parce qu'on les a choisis pour en être les signes[3].

De Paris, le dernier de la lune de Chahban, 1718.

1. [Afrique du Nord, peuplée de « Barbaresques ».] **2.** Le traitement des minerais d'or par l'amalgame de mercure était un procédé récent, inventé par Fernandez de Velasco et inauguré en 1671 au Pérou. **3.** Les mêmes mots seront repris dans les *Considérations sur les richesses de l'Espagne* de 1725 : « Je ne saurais assez répéter qu'on a toujours une idée très fausse du pouvoir de l'or et de l'argent à qui on attribue, malgré qu'on en ait, une valeur réelle... L'on fait de ces métaux une cause de la puissance des États, quoiqu'ils n'en soient que le signe. »

LETTRE CXIX

USBEK AU MÊME

La fécondité d'un peuple dépend quelquefois des plus petites circonstances du monde ; de manière qu'il ne faut souvent qu'un nouveau tour dans son imagination pour le rendre beaucoup plus nombreux qu'il n'était.

Les juifs, toujours exterminés et toujours renaissants, ont réparé leurs pertes et leurs destructions continuelles par cette seule espérance qu'ont parmi eux toutes les familles, d'y voir naître un roi puissant qui sera le maître de la terre.

Les anciens rois de Perse n'avaient tant de milliers de sujets qu'à cause de ce dogme de la religion des mages, que les actes les plus agréables à Dieu que les hommes puissent faire, c'était de faire un enfant, labourer un champ et planter un arbre [1].

Si la Chine a dans son sein un peuple si prodigieux, cela ne vient que d'une certaine manière de penser : car, comme les enfants regardent leurs pères comme des dieux ; qu'ils les respectent comme tels dès cette vie ; qu'ils les honorent après leur mort par des sacrifices, dans lesquels ils croient que leurs âmes, anéanties dans le Tien, reprennent une nouvelle vie : chacun est porté à augmenter une famille si soumise dans cette vie et si nécessaire dans l'autre.

D'un autre côté, les pays des mahométans deviennent tous les jours déserts à cause d'une opinion, qui, toute sainte qu'elle est, ne laisse pas d'avoir des effets très

1. Sur la religion des Guèbres, c'est Chardin l'informateur (*op. cit.*, t. III, p. 127) : « Leurs prêtres leur enseignent que la plus vertueuse action, c'est d'engendrer des enfants et après de cultiver une terre qui serait en friche, de planter un arbre soit fruitier, soit autre. »

pernicieux lorsqu'elle est enracinée dans les esprits. Nous nous regardons comme des voyageurs qui ne doivent penser qu'à une autre patrie : les travaux utiles et durables, les soins pour assurer la fortune de nos enfants, les projets qui tendent au-delà d'une vie courte et passagère, nous paraissent quelque chose d'extravagant. Tranquilles pour le présent, sans inquiétude pour l'avenir, nous ne prenons la peine ni de réparer les édifices publics, ni de défricher les terres incultes, ni de cultiver celles qui sont en état de recevoir nos soins : nous vivons dans une insensibilité générale, et nous laissons tout faire à la Providence [1].

C'est un esprit de vanité qui a établi chez les Européens l'injuste droit d'aînesse, si défavorable à la propagation, en ce qu'il porte l'attention d'un père sur un seul de ses enfants et détourne ses yeux de tous les autres ; en ce qu'il l'oblige, pour rendre solide la fortune d'un seul, de s'opposer à l'établissement de plusieurs ; enfin, en ce qu'il détruit l'égalité des citoyens qui en fait toute l'opulence.

De Paris, le 4 de la lune de Rhamazan, 1718.

LETTRE CXX

USBEK AU MÊME

Les pays habités par les sauvages sont ordinairement peu peuplés, par l'éloignement qu'ils ont presque tous

1. Développement de Chardin (*op. cit.*, II, p. 34) : « Les Persans sont fort philosophes sur les biens et les maux de la vie, sur l'espérance et sur la crainte de l'avenir... Ils aiment à jouir du présent et ils ne se refusent rien qu'ils puissent se donner, n'ayant nulle inquiétude de l'avenir, dont ils se reposent sur la Providence et sur leur destinée. »

pour le travail et la culture de la terre. Cette malheureuse aversion est si forte que, lorsqu'ils font quelque imprécation contre quelqu'un de leurs ennemis, ils ne lui souhaitent autre chose que d'être réduit à labourer un champ ; croyant qu'il n'y a que la chasse et la pêche qui soient un exercice noble et digne d'eux.

Mais, comme il y a souvent des années où la chasse et la pêche rendent très peu, ils sont désolés par des famines fréquentes ; sans compter qu'il n'y a pas de pays si abondant en gibier et en poisson qu'il puisse donner la subsistance à un grand peuple parce que les animaux fuient toujours les endroits trop habités.

D'ailleurs, les bourgades de sauvages, au nombre de deux ou trois cents habitants, détachées les unes des autres, ayant des intérêts aussi séparés que ceux de deux empires, ne peuvent pas se soutenir, parce qu'elles n'ont pas la ressource des grands États, dont toutes les parties se répondent et se secourent mutuellement.

Il y a chez les sauvages une autre coutume qui n'est pas moins pernicieuse que la première : c'est la cruelle habitude où sont les femmes de se faire avorter, afin que leur grossesse ne les rende pas désagréables à leurs maris [1].

Il y a ici des lois terribles contre ce désordre ; elles vont jusques à la fureur. Toute fille qui n'a point été déclarer sa grossesse au magistrat est punie de mort si

1. Montesquieu a pris ce détail dans Étienne de Flacourt, *Histoire de la grande île de Madagascar* (Paris, Pierre Lamy, 1658, chap. XXIX, p. 93, « Des avortements d'enfants ») : « Si la misérable a peur que ses mamelles soient trop grandes, qu'elles soient cause que son galant ne l'aime plus tant, elle se fait avorter ou bien fait incontinent mourir son enfant, ne voulant pas avoir la peine de le nourrir. » Montesquieu possède l'ouvrage (La Brède, *op. cit.*, n° 2741), à défaut des *Voyages* de Jean Struys qui relatent les mêmes faits.

son fruit périt, la pudeur et la honte, les accidents mêmes ne l'excusent pas [1].

De Paris, le 9 de la lune de Rhamazan, 1718.

LETTRE CXXI

USBEK AU MÊME

L'effet ordinaire des colonies est d'affaiblir les pays d'où on les tire, sans peupler ceux où on les envoie.

Il faut que les hommes restent où ils sont : il y a des maladies qui viennent de ce qu'on change un bon air contre un mauvais ; d'autres qui viennent précisément de ce qu'on en change.

[L'air se charge, comme les plantes, des particules de la terre de chaque pays. Il agit tellement sur nous que notre tempérament en est fixé. Lorsque nous sommes transportés dans un autre pays, nous devenons malades. Les liquides étant accoutumés à une certaine consistance, les solides, à une certaine disposition, tous les deux, à un certain degré de mouvement, n'en peuvent plus souffrir d'autres, et ils résistent à un nouveau pli [2].]

1. La déclaration de grossesse était obligatoire en France depuis le décret de Henri II (février 1556). Il s'agissait moins d'une mesure démographique que d'une injonction religieuse à propos des enfants morts sans baptême. [L'idée sera reprise dans *L'Esprit des lois* (XXVI, 3) et jusque dans les *Réponses à la Faculté de théologie* (XVIe proposition), plus de trente ans après les *Lettres persanes*.] **2.** Ce paragraphe sur les maladies dues au changement de climat a été ajouté en 1754. Il vient directement d'un début de dissertation, consigné dans les *Pensées* ([nº 209]), qui lui aurait été procuré par un médecin de Nérac, Raulin. C'est en 1752 que Raulin avait envoyé un mémoire à l'académie de Bordeaux sur « les ingrédients de l'air considéré dans l'état naturel et dans un état contre nature comme

Quand un pays est désert, c'est un préjugé de quelque vice particulier dans la nature [du terrain ou] du climat. Ainsi, quand on ôte les hommes d'un ciel heureux pour les envoyer dans un tel pays, on fait précisément le contraire de ce qu'on se propose.

Les Romains savaient cela par expérience : ils reléguaient tous les criminels en Sardaigne, et ils y faisaient passer des juifs. Il fallut se consoler de leur perte : chose que le mépris qu'ils avaient pour ces misérables rendait très facile.

Le grand Schah Abbas, voulant ôter aux Turcs le moyen d'entretenir de grosses armées sur les frontières, transporta presque tous les Arméniens hors de leur pays et en envoya plus de vingt mille familles dans la province de Guilan, qui périrent presque toutes en très peu de temps[1].

Tous les transports de peuple faits à Constantinople n'ont jamais réussi[2]. Ce nombre prodigieux de nègres dont nous avons parlé n'a point rempli l'Amérique.

Depuis la destruction des juifs sous Adrien, la Palestine est sans habitants.

Il faut donc avouer que les grandes destructions sont presque irréparables, parce qu'un peuple qui manque à un certain point reste dans le même état ; et si, par hasard, il se rétablit, il faut des siècles pour cela.

Que si, dans un état de défaillance, la moindre des circonstances dont je t'ai parlé vient à concourir, non

cause des maladies » (Biblioth. de Bordeaux, ms. 828, n° 105, et Pierre Barrière, *L'Académie de Bordeaux*, p. 200-201).

1. Chardin rapporte le fait (*op. cit.*, t. II, p. 7), mais Tavernier (*op. cit.*, IV, 6, p. 460) donne d'autres chiffres : « Le mauvais air les a fait presque tous périr, de sorte que de vingt-quatre mille qu'on y fit passer, à peine y en a-t-il aujourd'hui cinq ou six mille de reste. » Il parle ailleurs (I, 4, p. 44) de vingt-sept mille familles et du Guilan comme lieu d'exil ; c'est donc la source exacte de Montesquieu.
2. Cf. Lettre CXIV, p. 299, note 1 [, et *Pensées*, n° 1816.]

seulement il ne se répare pas, mais il dépérit tous les jours et tend à son anéantissement.

L'expulsion des Maures d'Espagne se fait encore sentir comme le premier jour : bien loin que ce vide se remplisse, il devient tous les jours plus grand.

Depuis la dévastation de l'Amérique, les Espagnols qui ont pris la place de ses anciens habitants n'ont pu la repeupler ; au contraire, par une fatalité que je ferais mieux de nommer une justice divine, les destructeurs se détruisent eux-mêmes et se consument tous les jours[1].

Les princes ne doivent donc point songer à repeupler de grands pays par des colonies. Je ne dis pas qu'elles ne réussissent quelquefois : il y a des climats si heureux que l'espèce s'y multiplie toujours : témoin ces îles qui ont été peuplées par des malades que quelques vaisseaux y avaient abandonnés, et qui y recouvraient aussitôt la santé[2].

Mais, quand ces colonies réussiraient, au lieu d'augmenter la puissance, elles ne feraient que la partager, à moins qu'elles n'eussent très peu d'étendue, comme sont celles que l'on envoie pour occuper quelque place pour le commerce.

Les Carthaginois avaient, comme les Espagnols, découvert l'Amérique ou, au moins, de grandes îles dans

1. Cf. l'*État présent de l'Espagne* de l'abbé de Vayrac (Paris, 1718, t. I, p. 74 ; La Brède, *op. cit.*, n° 3171) : « L'expulsion des Mores et des Juifs... rendit presque toute l'Andalousie et les royaumes de Grenade, de Cordoue et de Murcie déserts. Mais ce qui a mis le comble à ce dépeuplement, c'est la découverte des Indes... Ils s'y transportèrent par milliers. Les uns périrent en chemin ou y moururent, de sorte que de tous ceux qui y sont allés, il n'en est jamais revenu le quart. » **2.** « L'auteur parle peut-être de l'île de Bourbon » *(note de Montesquieu)*. L'allusion à l'île Bourbon vient de Flacourt (*op. cit.*, II, chap. XXVIII, p. 259) qui signale l'histoire de douze Français relégués dans l'île, alors déserte, et qui y vécurent trois ans sans aucune maladie : « Quelques-uns d'entre eux y allèrent malades qui incontinent après recouvrèrent la santé. »

lesquelles ils faisaient un commerce prodigieux ; mais, quand ils virent le nombre de leurs habitants diminuer, cette sage république défendit à ses sujets ce commerce et cette navigation [1].

J'ose le dire : au lieu de faire passer les Espagnols dans les Indes, il faudrait faire passer les Indiens et les métis en Espagne [2] ; il faudrait rendre à cette monarchie tous ses peuples dispersés ; et, si la moitié seulement de ces grandes colonies se conservait, l'Espagne deviendrait la puissance de l'Europe la plus redoutable.

On peut comparer les empires à un arbre dont les branches trop étendues ôtent tout le suc du tronc et ne servent qu'à faire de l'ombrage.

Rien n'est plus propre à corriger les princes de la fureur des conquêtes lointaines que l'exemple des Portugais et des Espagnols.

Ces deux nations, ayant conquis avec une rapidité inconcevable des royaumes immenses, plus étonnées de leurs victoires que les peuples vaincus de leur défaite, songèrent aux moyens de les conserver ; et prirent, chacune pour cela, une voie différente.

Les Espagnols, désespérant de retenir les nations vaincues dans la fidélité, prirent le parti de les exterminer et d'y envoyer d'Espagne des peuples fidèles. Jamais dessein horrible ne fut plus ponctuellement exécuté. On vit un peuple aussi nombreux que tous ceux de l'Europe ensemble disparaître de la terre à l'arrivée de ces barbares, qui semblèrent, en découvrant les

1. [Hypothèse qui n'a jamais été reprise ultérieurement par Montesquieu.] **2.** Idée reprise dans les *Pensées* [(n° 611)] : « Il aurait fallu que les Espagnols eussent tiré autant d'Indiens pour l'Espagne qu'ils ont envoyé d'Espagnols dans les Indes » [et dans un chapitre rejeté de *L'Esprit des lois* et destiné à une dissertation sur les colonies : *L'Atelier de Montesquieu. Manuscrits inédits de La Brède*, p. 64].

Indes, n'avoir pensé qu'à découvrir aux hommes quel était le dernier période de la cruauté[1].

Par cette barbarie, ils conservèrent ce pays sous leur domination. Juge par là combien les conquêtes sont funestes, puisque les effets en sont tels : car enfin, ce remède affreux était unique. Comment auraient-ils pu retenir tant de millions d'hommes dans l'obéissance ? Comment soutenir une guerre civile de si loin ? Que seraient-ils devenus, s'ils avaient donné le temps à ces peuples de revenir de l'admiration où ils étaient de l'arrivée de ces nouveaux dieux et de la crainte de leurs foudres ?

Quant aux Portugais, ils prirent une voie tout opposée : ils n'employèrent pas les cruautés. Aussi furent-ils bientôt chassés de tous les pays qu'ils avaient découverts. Les Hollandais favorisèrent la rébellion de ces peuples et en profitèrent[2].

Quel prince envierait le sort de ces conquérants ? Qui voudrait de ces conquêtes à ces conditions ? Les uns en furent aussitôt chassés ; les autres en firent des déserts et rendirent leur propre pays un désert encore.

1. Cf. *Pensées* ([nº 207]) : « On ne peut penser sans indignation aux cruautés que les Espagnols exercèrent contre les Indiens... Bartholomeo de Las Casas, témoin oculaire de ces barbaries, en fait un récit horrible... Des peuples aussi nombreux que ceux de l'Europe disparaissent de la terre. Les Espagnols, en découvrant les Indes, ont montré en même temps quel était le dernier période de la cruauté. » S'agirait-il d'une ébauche de notre lettre persane ? Mais un peu plus loin, Montesquieu déclare : « On a fait voir dans les *Lettres persanes* la vanité des prétextes qui avaient forcé les Espagnols à en venir à cette extrémité. » Est-ce alors une utilisation des *Lettres persanes* pour le *Traité des devoirs* de 1725 (cf. *Pensées*) ? **2.** Même allusion à la douceur des Portugais dans les *Pensées* [nº 207] : « On a prouvé (la vanité des prétextes des Espagnols) par la conduite opposée des Portugais qui ont été chassés de presque partout. » En fait, les Hollandais profitèrent de l'annexion du Portugal par Philippe II, à la suite de la mort du roi Sébastien.

C'est le destin des héros de se ruiner à conquérir des pays qu'ils perdent soudain, ou à soumettre des nations qu'ils sont obligés eux-mêmes de détruire : comme cet insensé qui se consumait à acheter des statues qu'il jetait dans la mer et des glaces qu'il brisait aussitôt.

De Paris, le 18 de la lune de Rhamazan, 1718.

LETTRE CXXII

USBEK AU MÊME

La douceur du gouvernement contribue merveilleusement à la propagation de l'espèce. Toutes les républiques en sont une preuve constante, et, plus que toutes, la Suisse et la Hollande, qui sont les deux plus mauvais pays de l'Europe, si l'on considère la nature du terrain, et qui cependant sont les plus peuplés.

Rien n'attire plus les étrangers que la liberté et l'opulence, qui la suit toujours : l'une se fait rechercher par elle-même, [et nous sommes conduits par nos besoins dans les pays] où l'on trouve l'autre.

L'espèce se multiplie dans un pays où l'abondance fournit aux enfants, sans rien diminuer de la subsistance des pères.

L'égalité même des citoyens, qui produit ordinairement de l'égalité dans les fortunes, porte l'abondance et la vie dans toutes les parties du corps politique et la répand partout.

Il n'en est pas de même des pays soumis au pouvoir arbitraire : le prince, les courtisans et quelques particuliers possèdent toutes les richesses pendant que tous les autres gémissent dans une pauvreté extrême.

Si un homme est mal à son aise, et qu'il sente qu'il

fera des enfants plus pauvres que lui, il ne se mariera pas ; ou, s'il se marie, il craindra d'avoir un trop grand nombre d'enfants, qui pourraient achever de déranger sa fortune, et qui descendraient de la condition de leur père.

J'avoue que le rustique ou paysan, étant une fois marié, peuplera indifféremment, soit qu'il soit riche, soit qu'il soit pauvre ; cette considération ne le touche pas : il a toujours un héritage sûr à laisser à ses enfants, qui est son hoyau, et rien ne l'empêche de suivre aveuglément l'instinct de la nature.

Mais à quoi sert dans un État ce nombre d'enfants qui languissent dans la misère ? Ils périssent presque tous à mesure qu'ils naissent ; ils ne prospèrent jamais ; faibles et débiles, ils meurent en détail de mille manières tandis qu'ils sont emportés en gros par les fréquentes maladies populaires que la misère et la mauvaise nourriture produisent toujours ; ceux qui en échappent atteignent l'âge viril sans en avoir la force et languissent tout le reste de leur vie.

Les hommes sont comme les plantes, qui ne croissent jamais heureusement si elles ne sont bien cultivées : chez les peuples misérables, l'espèce perd et même quelquefois dégénère.

La France peut fournir un grand exemple de tout ceci. Dans les guerres passées, la crainte où étaient tous les enfants de famille d'être enrôlés dans la milice les obligeait de se marier [1], et cela dans un âge trop tendre et dans le sein de la pauvreté. De tant de mariages, il naissait bien des enfants, que l'on cherche encore en France, et que la misère, la famine et les maladies en ont fait disparaître.

1. « L'ordonnance du 26 janvier 1701 pour la levée de la milice prescrivait, comme le règlement du 29 novembre 1688, de ne prendre les soldats que parmi les hommes non mariés » (Barckhausen).

Que si, dans un ciel aussi heureux, dans un royaume aussi policé que la France, on fait de pareilles remarques, que sera-ce dans les autres États ?

De Paris, le 23 de la lune de Rhamazan, 1718.

LETTRE CXXIII

USBEK AU MOLLAK MÉHÉMET-ALI,
GARDIEN DES TROIS TOMBEAUX, À COM

Que nous servent les jeûnes des immaums et les cilices des mollaks ? La main de Dieu s'est deux fois appesantie sur les enfants de la Loi : le soleil s'obscurcit et semble n'éclairer plus que leurs défaites ; leurs armées s'assemblent, et elles sont dissipées comme la poussière.

L'empire des Osmanlins est ébranlé par les deux plus grands échecs qu'il ait jamais reçus : un moufti chrétien ne le soutient qu'avec peine ; le grand vizir d'Allemagne est le fléau de Dieu, envoyé pour châtier les sectateurs d'Omar ; il porte partout la colère du Ciel irrité contre leur rébellion et leur perfidie [1].

1. Allusion aux campagnes de l'empereur Charles VI contre les Turcs. Le prince Eugène, généralissime autrichien, battit le grand vizir Ali le 5 août 1716, sous les murs de Peterwardein, puis s'empara de Temesvar le 13 octobre, après un siège de sept semaines. L'année suivante, le 16 août 1717, il écrasa sous les murs de Belgrade le grand vizir Khalil Pacha qui dut abandonner la ville aux Impériaux. Le « moufti chrétien » serait le cardinal Alberoni, ministre de Philippe V d'Espagne, qui intrigua à Constantinople, au moment où il préparait la reconquête de la Sardaigne. Lors de ses voyages en 1728-1729, Montesquieu eut à cœur de voir le prince Eugène à Vienne et Alberoni à Rome et se fit raconter la prise de Belgrade à Munich par le comte Törring (*Voyages, op. cit.*, t. II, p. 142).

Esprit sacré des immaums, tu pleures nuit et jour sur les enfants du Prophète que le détestable Omar a dévoyés ; tes entrailles s'émeuvent à la vue de leurs malheurs, tu désires leur conversion, et non pas leur perte ; tu voudrais les voir réunis sous l'étendard d'Hali par les larmes des saints, et non pas dispersés dans les montagnes et dans les déserts par la terreur des Infidèles.

De Paris, le premier de la lune de Chalval, 1718.

LETTRE CXXIV

USBEK À RHÉDI, À VENISE

Quel peut être le motif de ces libéralités immenses que les princes versent sur leurs courtisans ? Veulent-ils se les attacher ? Ils leur sont déjà acquis autant qu'ils peuvent l'être ; et, d'ailleurs, s'ils acquièrent quelques-uns de leurs sujets en les achetant, il faut bien, par la même raison, qu'ils en perdent une infinité d'autres en les appauvrissant.

Quand je pense à la situation des princes, toujours entourés d'hommes avides et insatiables, je ne puis que les plaindre, et je les plains encore davantage lorsqu'ils n'ont pas la force de résister à des demandes toujours onéreuses à ceux qui ne demandent rien.

Je n'entends jamais parler de leurs libéralités, des grâces et des pensions qu'ils accordent, que je ne me livre à mille réflexions : une foule d'idées se présente à mon esprit ; il me semble que j'entends publier cette ordonnance :

« Le courage infatigable de quelques-uns de nos sujets à nous demander des pensions ayant exercé sans

relâche notre magnificence royale, nous avons enfin cédé à la multitude des requêtes, qu'ils nous ont présentées, lesquelles ont fait jusqu'ici la plus grande sollicitude du Trône. Ils nous ont représenté qu'ils n'ont point manqué, depuis notre avènement à la couronne, de se trouver à notre lever ; que nous les avons toujours vus sur notre passage immobiles comme des bornes ; et qu'ils se sont extrêmement élevés pour regarder, sur les épaules les plus hautes, Notre Sérénité. Nous avons même reçu plusieurs requêtes de la part de quelques personnes du beau sexe, qui nous ont supplié de faire attention qu'il est notoire qu'elles sont d'un entretien très difficile ; quelques-unes même, très surannées, nous ont prié, branlant la tête, de faire attention qu'elles ont fait l'ornement de la cour des rois nos prédécesseurs, et que, si les généraux de leurs armées ont rendu l'État redoutable par leurs faits militaires, elles n'ont point rendu la cour moins célèbre par leurs intrigues. Ainsi, désirant traiter les suppliants avec bonté et leur accorder toutes leurs prières, nous avons ordonné ce qui suit :

Que tout laboureur ayant cinq enfants retranchera journellement la cinquième partie du pain qu'il leur donne. Enjoignons aux pères de famille de faire la diminution, sur chacun d'eux, aussi juste que faire se pourra.

Défendons expressément à tous ceux qui s'appliquent à la culture de leurs héritages, ou qui les ont donnés à titre de ferme, d'y faire aucune réparation, de quelque espèce qu'elle soit.

Ordonnons que toutes personnes qui s'exercent à des travaux vils et mécaniques, lesquelles n'ont jamais été au lever de Notre Majesté, n'achètent désormais d'habits à eux, à leurs femmes et à leurs enfants, que de quatre ans en quatre ans ; leur interdisons, en outre, très étroitement ces petites réjouissances qu'ils avaient coutume de faire dans leurs familles les principales fêtes de l'année.

Et, d'autant que nous demeurons averti que la plupart des bourgeois de nos bonnes villes sont entièrement occupés à pourvoir à l'établissement de leurs filles, lesquelles ne se sont rendues recommandables dans notre État que par une triste et ennuyeuse modestie, nous ordonnons qu'ils attendront à les marier jusqu'à ce qu'ayant atteint l'âge limité par les ordonnances elles viennent à les y contraindre. Défendons à nos magistrats de pourvoir à l'éducation de leurs enfants [1]. »

De Paris, le premier de la lune de Chalval, 1718.

LETTRE CXXV

RICA À ***

On est bien embarrassé, dans toutes les religions, quand il s'agit de donner une idée des plaisirs qui sont destinés à ceux qui ont bien vécu. On épouvante facilement les méchants par une longue suite de peines dont on les menace ; mais, pour les gens vertueux, on ne sait que leur promettre. Il semble que la nature des plaisirs soit d'être d'une courte durée ; l'imagination a peine à en représenter d'autres [2].

J'ai vu des descriptions du paradis capables d'y faire renoncer tous les gens de bon sens : les uns font jouer

1. Cette critique ironique des courtisans et des pensions royales, la forme même de l'ordonnance, tout nous ramène au règne de Louis XIV. Or, dans l'édition B, cette lettre portait la date du 11 janvier 1715. A. Adam suppose avec vraisemblance que Montesquieu l'a postdatée pour éviter « les commentaires dangereux » (*op. cit.*, p. 315). **2.** [« Ici l'impiété saute aux yeux. L'auteur prononce indifféremment de toutes les religions qu'elles ne savent que promettre dans l'autre vie, à ceux qui ont bien vécu. C'est anéantir toutes les promesses que Dieu nous fait dans ses Écritures », Gaultier, dans *Mémoire de la critique*, p. 201.]

sans cesse de la flûte ces ombres heureuses ; d'autres les condamnent au supplice de se promener éternellement ; d'autres, enfin, qui les font rêver là-haut aux maîtresses d'ici-bas, n'ont pas cru que cent millions d'années fussent un terme assez long pour leur ôter le goût de ces inquiétudes amoureuses.

Je me souviens à ce propos d'une histoire que j'ai ouï raconter à un homme qui avait été dans le pays du Mogol ; elle fait voir que les prêtres indiens ne sont pas moins stériles que les autres dans les idées qu'ils ont des plaisirs du paradis.

Une femme qui venait de perdre son mari vint en cérémonie chez le gouverneur de la ville lui demander la permission de se brûler ; mais, comme dans les pays soumis aux mahométans, on abolit tant qu'on peut cette cruelle coutume, il la refusa absolument.

Lorsqu'elle vit ses prières impuissantes, elle se jeta dans un furieux emportement. « Voyez, disait-elle, comme on est gêné ! Il ne sera seulement pas permis à une pauvre femme de se brûler quand elle en a envie ! A-t-on jamais vu rien de pareil ? Ma mère, ma tante, mes sœurs, se sont brûlées ; et, quand je vais demander permission à ce maudit gouverneur, il se fâche et se met à crier comme un enragé[1]. »

Il se trouva là, par hasard, un jeune bonze. « Homme infidèle, dit le gouverneur, est-ce toi qui as mis cette fureur dans l'esprit de cette femme ? – Non, dit-il, je ne lui ai jamais parlé. Mais, si elle m'en croit, elle

1. E. Carcassonne a décelé [un point de départ possible] de cet épisode (*op. cit.*, t. II, p. 203). C'est Tavernier qui remarque qu'au pays du Mogol, « une femme ne se peut brûler avec le corps de son mari sans en avoir permission du gouverneur du lieu où elle habite, et ces gouverneurs, qui sont mahométans et qui ont en horreur cette exécrable coutume, ... ne le leur permettent pas facilement » (*Voyages aux Indes*, édit. 1810, t. IV, p. 198-199). Mais Bernier [racontait une histoire toute semblable (*Voyages*, édit. 1709, t. II, p. 106-107)].

consommera son sacrifice : elle fera une action agréable au Dieu Brama. Aussi en sera-t-elle récompensée : car elle retrouvera dans l'autre monde son mari, et elle recommencera avec lui un second mariage. – Que dites-vous ? dit la femme surprise. Je retrouverai mon mari ? Ah ! je ne me brûle pas. Il était jaloux, chagrin et, d'ailleurs, si vieux que, si le Dieu Brama n'a point fait sur lui quelque réforme, sûrement il n'a pas besoin de moi. Me brûler pour lui ?... Pas seulement le bout du doigt pour le retirer du fond des enfers. Deux vieux bonzes qui me séduisaient, et qui savaient de quelle manière je vivais avec lui, n'avaient garde de me tout dire. Mais, si le Dieu Brama n'a que ce présent à me faire, je renonce à cette béatitude. Monsieur le gouverneur, je me fais mahométane. Et pour vous, dit-elle en regardant le bonze, vous pouvez, si vous voulez, aller dire à mon mari que je me porte fort bien. »

De Paris, le 2 de la lune de Chalval, 1718.

LETTRE CXXVI

RICA À USBEK, À ***

Je t'attends ici demain ; cependant je t'envoie tes lettres d'Ispahan. Les miennes portent que l'ambassadeur du Grand Mogol a reçu ordre de sortir du royaume. On ajoute qu'on a fait arrêter le prince, oncle du roi, qui est chargé de son éducation ; qu'on l'a fait conduire dans un château, où il est très étroitement gardé, et qu'on l'a privé de tous ses honneurs [1]. Je suis touché du sort de ce prince, et je le plains.

1. Transposition prudente de la conspiration de Cellamare. Le

Je te l'avoue, Usbek, je n'ai jamais vu couler les larmes de personne sans en être attendri : je sens de l'humanité pour les malheureux, comme s'il n'y avait qu'eux qui fussent hommes, et les grands mêmes, pour lesquels je trouve dans mon cœur de la dureté quand ils sont élevés, je les aime sitôt qu'ils tombent.

En effet, qu'ont-ils à faire, dans la prospérité, d'une inutile tendresse ? Elle approche trop de l'égalité ; ils aiment bien mieux du respect, qui ne demande point de retour. Mais sitôt qu'ils sont déchus de leur grandeur, il n'y a que nos plaintes qui puissent leur en rappeler l'idée.

Je trouve quelque chose de bien naïf et même de bien grand dans les paroles d'un prince qui, près de tomber entre les mains de ses ennemis, voyant ses courtisans autour de lui qui pleuraient : « Je sens, leur dit-il, à vos larmes, que je suis encore votre roi [1]. »

De Paris, le 3 de la lune de Chalval, 1718.

prince de Cellamare, ambassadeur d'Espagne à Paris, complotait contre le Régent au nom de Philippe V, candidat au trône de France en cas de mort du jeune Louis XV. Arrêté le 9 décembre 1718, il était reconduit à la frontière. Son complice le duc du Maine, bâtard de Louis XIV et de la Montespan, surintendant de l'éducation du jeune roi par testament de son père, fut arrêté à son tour le 29 décembre 1718 et enfermé au château de Doullens.

1. Le mot est attribué par Quinte-Curce (*De gestis Alexandri*, V, 8) à Darius Codoman, le vaincu d'Arbèles, ému par ses derniers fidèles : « Votre loyauté et votre constance font que je crois (encore) régner. »

LETTRE CXXVII

RICA À IBBEN, À SMYRNE

Tu as ouï parler mille fois du fameux roi de Suède. Il assiégeait une place dans un royaume qu'on nomme *la Norvège* ; comme il visitait la tranchée, seul avec un ingénieur, il a reçu un coup dans la tête, dont il est mort. On a fait sur-le-champ arrêter son Premier ministre ; les états se sont assemblés et l'ont condamné à perdre la tête [1].

Il était accusé d'un grand crime : c'était d'avoir calomnié la nation et de lui avoir fait perdre la confiance de son roi ; forfait qui, selon moi, mérite mille morts [2].

Car, enfin, si c'est une mauvaise action de noircir dans l'esprit du prince le dernier de ses sujets, qu'est-ce lorsque l'on noircit la nation entière, et qu'on lui ôte la bienveillance de celui que la Providence a établi pour faire son bonheur ?

Je voudrais que les hommes parlassent aux rois comme les anges parlent à notre saint Prophète.

Tu sais que, dans les banquets sacrés où le seigneur des seigneurs descend du plus sublime trône du monde

1. À la date de cette lettre, 25 avril 1719, Montesquieu n'était informé sur les événements de Suède que par les gazettes. D'où l'imprécision des détails sur la mort de Charles XII, demeurée mystérieuse. Le roi assiégeait Fredrikshald en Norvège ; le 30 novembre 1718 (ancien style, 11 décembre), il visitait la tranchée, accompagné de son aide de camp Siquier et de l'ingénieur français Mégret, lorsqu'il fut atteint par une balle à la tempe. Son ministre favori, le baron Henri de Görtz, fut arrêté et condamné par le Sénat de Stockholm à avoir la tête tranchée au pied de la potence de la ville : l'exécution eut lieu le 2 mars 1719. Montesquieu, avant Voltaire, se passionna pour le héros suédois et le comparait, dans un essai inachevé, à Charles le Téméraire [(« Pléiade », t. I, p. 519).]
2. Görtz passait pour le mauvais génie financier de Charles XII. Montesquieu voudrait-il suggérer le sort qui attend Law ?

pour se communiquer à ses esclaves, je me suis fait une loi sévère de captiver une langue indocile. On ne m'a jamais vu abandonner une seule parole qui pût être amère au dernier de ses sujets. Quand il m'a fallu cesser d'être sobre, je n'ai point cessé d'être honnête homme, et, dans cette épreuve de notre fidélité, j'ai risqué ma vie, et jamais ma vertu.

Je ne sais comment il arrive qu'il n'y a presque jamais de prince si méchant que son ministre ne le soit encore davantage. S'il fait quelque action mauvaise, elle a presque toujours été suggérée ; de manière que l'ambition des princes n'est jamais si dangereuse que la bassesse d'âme de ses conseillers. Mais comprends-tu qu'un homme qui n'est que d'hier dans le ministère, qui peut-être n'y sera pas demain, puisse devenir dans un moment l'ennemi de lui-même, de sa famille, de sa patrie et du peuple qui naîtra à jamais de celui qu'il va faire opprimer ?

Un prince a des passions ; le ministre les remue. C'est de ce côté-là qu'il dirige son ministère ; il n'a point d'autre but, ni n'en veut connaître. Les courtisans le séduisent par leurs louanges, et lui le flatte plus dangereusement par ses conseils, par les desseins qu'il lui inspire, et par les maximes qu'il lui propose.

De Paris, le 25 de la lune de Saphar, 1719.

LETTRE CXXVIII

RICA À USBEK, À ***

Je passais l'autre jour sur le Pont-Neuf avec un de mes amis : il rencontra un homme de sa connaissance

qu'il me dit être un géomètre, et il n'y avait rien qui n'y parût : car il était dans une rêverie profonde [1]. Il fallut que mon ami le tirât longtemps par la manche et le secouât pour le faire descendre jusques à lui, tant il était occupé d'une courbe, qui le tourmentait peut-être depuis plus de huit jours. Ils se firent tous deux beaucoup d'honnêtetés et s'apprirent réciproquement quelques nouvelles littéraires. Ces discours les menèrent jusque sur la porte d'un café, où j'entrai avec eux.

Je remarquai que notre géomètre y fut reçu de tout le monde avec empressement, et que les garçons du café en faisaient beaucoup plus de cas que de deux mousquetaires qui étaient dans un coin. Pour lui, il parut qu'il se trouvait dans un lieu agréable : car il dérida un peu son visage et se mit à rire comme s'il n'avait pas eu la moindre teinture de géométrie.

Cependant son esprit régulier toisait tout ce qui se disait dans la conversation. Il ressemblait à celui qui, dans un jardin, coupait avec son épée la tête des fleurs qui s'élevaient au-dessus des autres [2] : martyr de sa justesse, il était offensé d'une saillie comme une vue délicate est offensée par une lumière trop vive. Rien pour lui n'était indifférent, pourvu qu'il fût vrai. Aussi sa conversation était-elle singulière. Il était arrivé ce jour-là de la campagne avec un homme qui avait vu un château superbe et des jardins magnifiques, et il n'avait vu, lui, qu'un bâtiment de soixante pieds de long sur trente-cinq de large et un bosquet barlong de dix arpents. Il aurait fort souhaité que les règles de la perspective

1. C'est Pascal qui a décelé le premier, à propos de Descartes, les mérites et les limites de l'esprit de géométrie. Montesquieu donne ici le portrait du « géomètre », auquel La Bruyère n'a pas pensé.
2. Tarquin le Superbe décapitait les pavots les plus élevés pour indiquer à son fils Sextus qu'il devait exécuter les notables de Gabies (Tite-Live, I, 54).

eussent été tellement observées que les allées des avenues eussent paru partout de même largeur, et il aurait donné pour cela une méthode infaillible. Il parut fort satisfait d'un cadran qu'il y avait démêlé, d'une structure fort singulière, et il s'échauffa fort contre un savant qui était auprès de moi, qui malheureusement lui demanda si ce cadran marquait les heures babyloniennes[1]. Un nouvelliste parla du bombardement du château de Fontarabie[2] : et il nous donna soudain les propriétés de la ligne que les bombes avaient décrite en l'air, et, charmé de savoir cela, il voulut en ignorer entièrement le succès. Un homme se plaignait d'avoir été ruiné l'hiver auparavant par une inondation. « Ce que vous me dites là m'est fort agréable, dit alors le géomètre : je vois que je ne me suis pas trompé dans l'observation que j'ai faite, et qu'il est au moins tombé sur la terre deux pouces d'eau plus que l'année passée. »

Un moment après, il sortit, et nous le suivîmes. Comme il allait assez vite, et qu'il négligeait de regarder devant lui, il fut rencontré directement par un autre homme. Ils se choquèrent rudement, et de ce coup ils rejaillirent, chacun de leur côté, en raison réciproque de leur vitesse et de leurs masses[3]. Quand ils furent un peu revenus de leur étourdissement, cet homme, portant la main sur son front, dit au géomètre : « Je suis bien aise que vous m'ayez heurté, car j'ai une grande nouvelle à vous apprendre : je viens de donner Horace au public.

1. Grecs et Romains avaient pris à la science babylonienne la division du jour en douze heures, depuis le lever jusqu'au coucher du soleil, six heures *ante meridiem*, six *post meridiem*. Leur durée variait évidemment avec la saison. Les anciens cadrans solaires marquaient « les heures babyloniennes ». 2. La citadelle de Fontarabie, assiégée par le maréchal de Berwick, se rendit après un rude bombardement le 18 juin 1719. 3. Selon la formule *mv* de la mécanique cartésienne. Rica et Montesquieu n'ont pas encore étudié Newton.

– Comment ! dit le géomètre, il y a deux mille ans qu'il y est. – Vous ne m'entendez pas, reprit l'autre : c'est une traduction de cet ancien auteur que je viens de mettre au jour ; il y a vingt ans que je m'occupe à faire des traductions. – Quoi ! Monsieur, dit le géomètre, il y a vingt ans que vous ne pensez pas ? Vous parlez pour les autres, et ils pensent pour vous ? – Monsieur, dit le savant, croyez-vous que je n'aie pas rendu un grand service au public, de lui rendre la lecture des bons auteurs familière ? – Je ne dis pas tout à fait cela : j'estime autant qu'un autre les sublimes génies que vous travestissez. Mais vous ne leur ressemblerez point : car, si vous traduisez toujours, on ne vous traduira jamais. Les traductions sont comme ces monnaies de cuivre qui ont bien la même valeur qu'une pièce d'or, et même sont d'un plus grand usage pour le peuple ; mais elles sont toujours faibles et de mauvais aloi [1]. Vous voulez, dites-vous, faire renaître parmi nous ces illustres morts, et j'avoue que vous leur donnez bien un corps ; mais vous ne leur rendez pas la vie : il y manque toujours un esprit pour les animer. Que ne vous appliquez-vous plutôt à la recherche de tant de belles vérités qu'un calcul facile nous fait découvrir tous les jours ? »

Après ce petit conseil, ils se séparèrent, je crois, très mécontents l'un de l'autre.

De Paris, le dernier de la lune de Rebiab 2, 1719.

1. Montesquieu aurait-il en vue un traducteur d'Horace, Dacier (1681) ou l'abbé Pellegrin (Paris, Witte, 1715) ? L'attaque de Montesquieu fait écho à celle de l'abbé Du Bos (*Réflexions critiques sur la poésie et la peinture*, 1719, II, XXXV) : « Une traduction est une estampe où rien ne demeure du tableau original que l'ordonnance et l'attitude des figures. Encore y est-elle altérée. »

LETTRE CXXIX

USBEK À RHÉDI, À VENISE

La plupart des législateurs ont été des hommes bornés, que le hasard a mis à la tête des autres, et qui n'ont presque consulté que leurs préjugés et leurs fantaisies [1].

Il semble qu'ils aient méconnu la grandeur et la dignité même de leur ouvrage : ils se sont amusés à faire des institutions puériles, avec lesquelles ils se sont à la vérité conformés aux petits esprits, mais décrédités auprès des gens de bon sens.

Ils se sont jetés dans des détails inutiles ; ils ont donné dans les cas particuliers, ce qui marque un génie étroit qui ne voit les choses que par parties et n'embrasse rien d'une vue générale.

Quelques-uns ont affecté de se servir d'une autre langue que la vulgaire : chose absurde pour un faiseur de lois. Comment peut-on les observer, si elles ne sont pas connues ?

Ils ont souvent aboli sans nécessité celles qu'ils ont trouvées établies ; c'est-à-dire qu'ils ont jeté les peuples dans les désordres inséparables des changements [2].

Il est vrai que, par une bizarrerie qui vient plutôt de la nature que de l'esprit des hommes, il est quelquefois nécessaire de changer certaines lois. Mais le cas est rare, et, lorsqu'il arrive, il n'y faut toucher que d'une main tremblante : on y doit observer tant de solennités et apporter tant de précautions que le peuple en conclut

1. [Voir *L'Esprit des lois*, XXIX, 19 : « Les lois rencontrent toujours les passions et les préjugés du législateur », et XXIX, 16 : « Le style des lois doit être simple. »] **2.** [Voir *L'Esprit des lois*, XXIX, 16 : « Il ne faut point faire de changement dans une loi sans une raison suffisante. »]

naturellement que les lois sont bien saintes, puisqu'il faut tant de formalités pour les abroger.

Souvent ils les ont faites trop subtiles et ont suivi des idées logiciennes plutôt que l'équité naturelle. Dans la suite, elles ont été trouvées trop dures, et, par un esprit d'équité, on a cru devoir s'en écarter ; mais ce remède était un nouveau mal. Quelles que soient les lois, il faut toujours les suivre et les regarder comme la conscience publique, à laquelle celle des particuliers doit se conformer toujours.

Il faut pourtant avouer que quelques-uns d'entre eux ont eu une attention qui marque beaucoup de sagesse : c'est qu'ils ont donné aux pères une grande autorité sur leurs enfants. Rien ne soulage plus les magistrats ; rien ne dégarnit plus les tribunaux ; rien, enfin, ne répand plus de tranquillité dans un état, où les mœurs font toujours de meilleurs citoyens que les lois.

C'est, de toutes les puissances, celle dont on abuse le moins ; c'est la plus sacrée de toutes les magistratures ; c'est la seule qui ne dépend pas des conventions, et qui les a même précédées[1].

On remarque que, dans les pays où l'on met dans les mains paternelles plus de récompenses et de punitions, les familles sont mieux réglées : les pères sont l'image du créateur de l'univers, qui, quoiqu'il puisse conduire les hommes par son amour, ne laisse pas de se les attacher encore par les motifs de l'espérance et de la crainte.

Je ne finirai pas cette lettre sans te faire remarquer la bizarrerie de l'esprit des Français. On dit qu'ils ont retenu des lois romaines un nombre infini de choses

1. [La référence à l'autorité paternelle comme origine et fondement de la société est constante chez Montesquieu : voir *L'Esprit des lois*, I, 3, XXIII et XXVII ; et ci-dessus, l'histoire des Troglodytes (Lettres XI-XIV). Mais ce n'est pas pour autant le modèle et la justification du pouvoir monarchique.]

inutiles et même pis, et ils n'ont pas pris d'elles la puissance paternelle, qu'elles ont établie comme la première autorité légitime.

De Paris, le 4 de la lune de Gemmadi 2, 1719.

LETTRE CXXX

RICA À ***

Je te parlerai dans cette lettre d'une certaine nation qu'on appelle *les Nouvellistes*, qui s'assemble dans un jardin magnifique[1], où leur oisiveté est toujours occupée. Ils sont très inutiles à l'État, et leurs discours de cinquante ans n'ont pas un effet différent de celui qu'aurait pu produire un silence aussi long. Cependant ils se croient considérables, parce qu'ils s'entretiennent de projets magnifiques et traitent de grands intérêts.

La base de leurs conversations est une curiosité frivole et ridicule : il n'y a point de cabinet si mystérieux qu'ils ne prétendent pénétrer ; ils ne sauraient consentir à ignorer quelque chose ; ils savent combien notre auguste sultan a de femmes, combien il fait d'enfants toutes les années ; et, quoiqu'ils ne fassent aucune dépense en espions, ils sont instruits des mesures qu'il prend pour humilier l'empereur des Turcs et des Mogols.

À peine ont-ils épuisé le présent qu'ils se précipitent dans l'avenir, et, marchant au-devant de la Pro-

1. La Bruyère avait peint les nouvellistes Démophile et Basilide (*Caractères*, X, 11), sans insister sur leur lieu de réunion favori, les Tuileries. Dufresny (*op. cit., Amusement* VI, p. 91) les trouvait à la promenade aussi incommodes que « des mouches ou des cousins ». [Voir François Moureau, *Répertoire des nouvelles à la main*, Oxford, Voltaire Foundation, 1999.]

vidence, ils la préviennent sur toutes les démarches des hommes. Ils conduisent un général par la main, et, après l'avoir loué de mille sottises qu'il n'a pas faites, ils lui en préparent mille autres qu'il ne fera pas.

Ils font voler les armées comme les grues et tomber les murailles comme des cartons ; ils ont des ponts sur toutes les rivières, des routes secrètes dans toutes les montagnes, des magasins immenses dans les sables brûlants ; il ne leur manque que le bon sens.

Il y a un homme avec qui je loge, qui reçut cette lettre d'un nouvelliste. Comme elle m'a paru singulière, je la gardai. La voici :

MONSIEUR,

Je me trompe rarement dans mes conjectures sur les affaires du temps.

Le 1er janvier 1711, je prédis que l'empereur Joseph mourrait dans le cours de l'année. Il est vrai que, comme il se portait fort bien, je crus que je me ferais moquer de moi si je m'expliquais d'une manière bien claire : ce qui fit que je me servis de termes un peu énigmatiques ; mais les gens qui savent raisonner m'entendirent bien. Le 17 avril de la même année, il mourut de la petite vérole.

Dès que la guerre fut déclarée entre l'empereur et les Turcs, j'allai chercher nos messieurs dans tous les coins des Tuileries ; je les assemblai près du bassin et leur prédis qu'on ferait le siège de Belgrade, et qu'il serait pris. J'ai été assez heureux pour que ma prédiction ait été accomplie. Il est vrai que, vers le milieu du siège, je pariai cent pistoles qu'il serait pris le 18 août ; il ne fut pris que le lendemain. Peut-on perdre à si beau jeu ?

Lorsque je vis que la flotte d'Espagne débarquait en Sardaigne, je jugeai qu'elle en ferait la conquête ; je le dis, et cela se trouva vrai. Enflé de ce succès, j'ajoutai

que cette flotte victorieuse irait débarquer à Final, pour faire la conquête du Milanais. Comme je trouvai de la résistance à faire recevoir cette idée, je voulus la soutenir glorieusement : je pariai cinquante pistoles, et je les perdis encore : car ce diable d'Alberoni, malgré la foi des traités, envoya sa flotte en Sicile et trompa tout à la fois deux grands politiques, le duc de Savoie et moi[1].

Tout cela, monsieur, me déroute si fort que j'ai résolu de prédire toujours et de ne parier jamais. Autrefois nous ne connaissions point aux Tuileries l'usage des paris, et feu M. le comte de L...[2] *ne les souffrait guère. Mais, depuis qu'une troupe de petits-maîtres s'est mêlée parmi nous, nous ne savons plus où nous en sommes : à peine ouvrons-nous la bouche pour dire une nouvelle, qu'un de ces jeunes gens propose de parier contre.*

L'autre jour, comme j'ouvrais mon manuscrit et accommodais mes lunettes sur mon nez, un de ces fanfarons, saisissant justement l'intervalle du premier mot

1. Le prince Eugène, généralissime de l'empereur Charles VI, entra en campagne contre les Turcs en juillet 1716. Alberoni lança un corps expéditionnaire en Sardaigne qui débarqua le 20 août 1717. Neuf mille Espagnols s'emparèrent de l'île en moins de deux mois. Puis il attaqua la Sicile le 1er juillet 1718. Finale, petit port à quinze milles à l'ouest de Savone, appartenait alors à l'empereur : porte d'accès du Milanais, il fut vendu aux Génois qui le démantelèrent (cf. Montesquieu, *Voyages, op. cit.*, t. II, p. 197). Le duc de Savoie, Victor-Amédée II, fut le seul perdant de la guerre austro-espagnole : il dut céder la Sicile à Philippe V. 2. Il s'agit du comte Joachim de Lionne, « premier écuyer de la grande Écurie », ancien militaire fixé à Paris depuis 1671. Lorsqu'il mourut le 31 mars 1716, le *Mercure* fit son éloge : « Les plus grands politiques et les plus vieux nouvellistes des Tuileries le reconnaissaient pour leur chef souverain et le regardaient comme un prodige » (avril 1716, p. 181). Le comte de Lionne avait des correspondants aux armées, dans les ports de mer, dans les cours étrangères. Saint-Évremond lui envoyait de Londres des bulletins politiques.

au second, me dit : « Je parie cent pistoles que non. »
Je fis semblant de n'avoir pas fait d'attention à cette
extravagance, et, reprenant la parole d'une voix plus
forte, je dis : « M. le Maréchal de... ayant appris...
– Cela est faux, me dit-il. Vous avez des nouvelles extra-
vagantes, il n'y a pas le sens commun à tout cela. »

Je vous prie, monsieur, de me faire le plaisir de me
prêter trente pistoles : car je vous avoue que ces paris
m'ont fort dérangé. Je vous envoie la copie de deux
lettres que j'ai écrites au ministre.

Je suis, etc.

Lettres d'un nouvelliste au ministre.

MONSEIGNEUR,

Je suis le sujet le plus zélé que le roi ait jamais eu.
C'est moi qui obligeai un de mes amis d'exécuter le
projet que j'avais formé d'un livre pour démontrer que
Louis le Grand était le plus grand de tous les princes
qui ont mérité le nom de Grand. Je travaille depuis
longtemps à un autre ouvrage qui fera encore plus
d'honneur à notre nation, si Votre Grandeur veut
m'accorder un privilège : mon dessein est de prouver
que, depuis le commencement de la monarchie, les Fran-
çais n'ont jamais été battus, et que ce que les historiens
ont dit jusqu'ici de nos désavantages sont de véritables
impostures. Je suis obligé de les redresser en bien des
occasions, et j'ose me flatter que je brille surtout dans
la critique.

Je suis, Monseigneur, etc.

MONSEIGNEUR,

Depuis la perte que nous avons faite de M. le comte
de L..., nous vous supplions d'avoir la bonté de nous
permettre d'élire un président. Le désordre se met dans

nos conférences, et les affaires d'État n'y sont pas trai-
tées avec la même discussion que par le passé : nos
jeunes gens vivent absolument sans égard pour les
anciens et, entre eux, sans discipline ; c'est le véritable
conseil de Roboam, où les jeunes imposent aux vieil-
lards[1]*. Nous avons beau leur représenter que nous*
étions paisibles possesseurs des Tuileries vingt ans
avant qu'ils fussent au monde ; je crois qu'ils nous en
chasseront à la fin, et qu'obligés de quitter ces lieux où
nous avons tant de fois évoqué les ombres de nos héros
français, il faudra que nous allions tenir nos conférences
au Jardin du Roi[2] *ou dans quelque lieu plus écarté.*

Je suis, etc.

De Paris, le 7 de la lune de Gemmadi 2, 1719.

LETTRE CXXXI

RHÉDI À RICA, À PARIS

Une des choses qui a le plus exercé ma curiosité en
arrivant en Europe, c'est l'histoire et l'origine des répu-
bliques. Tu sais que la plupart des Asiatiques n'ont pas
seulement d'idée de cette sorte de gouvernement, et que
l'imagination ne les a pas servis jusques à leur faire
comprendre qu'il puisse y en avoir sur la terre d'autre
que le despotique[3].

1. Cf. I Rois XII, 8 : « Mais Roboam laissa le conseil que les
vieillards lui avaient donné et consulta les jeunes gens qui avaient
été nourris avec lui. » **2.** L'actuel Jardin des Plantes.
3. L'idée vient de Chardin (*op. cit.*, t. I, p. 256) : « Le gouvernement
républicain est inconnu en Perse. On n'y connaît que le gouverne-
ment despotique et on n'y saurait concevoir ni l'admiration de la
souveraine puissance par plusieurs hommes égaux ni même cette

Les premiers gouvernements que nous connaissons étaient monarchiques : ce ne fut que par hasard et par la succession des siècles que les républiques se formèrent.

La Grèce ayant été abîmée par un déluge, de nouveaux habitants vinrent la peupler. Elle tira presque toutes ses colonies d'Égypte et des contrées de l'Asie les plus voisines, et, comme ces pays étaient gouvernés par des rois, les peuples qui en sortirent furent gouvernés de même. Mais, la tyrannie de ces princes devenant trop pesante, on secoua le joug, et du débris de tant de royaumes s'élevèrent ces républiques qui firent si fort fleurir la Grèce, seule polie, au milieu des Barbares.

L'amour de la liberté, la haine des rois, conserva longtemps la Grèce dans l'indépendance et étendit au loin le gouvernement républicain. Les villes grecques trouvèrent des alliés dans l'Asie mineure ; elles y envoyèrent des colonies aussi libres qu'elles, qui leur servirent de remparts contre les entreprises des rois de Perse. Ce n'est pas tout : la Grèce peupla l'Italie ; l'Italie, l'Espagne, et peut-être les Gaules. On sait que cette grande Hespérie, si fameuse chez les Anciens, était au commencement la Grèce, que ses voisins regardaient comme un séjour de félicité. Les Grecs, qui ne trouvaient point chez eux ce pays heureux, l'allèrent chercher en Italie ; ceux de l'Italie, en Espagne ; ceux d'Espagne, dans la Bétique ou le Portugal : de manière que toutes ces régions portèrent ce nom chez les Anciens. Ces colonies grecques apportèrent avec elles un esprit de liberté qu'elles avaient pris dans ce doux pays. Ainsi on ne voit guère, dans ces temps reculés, de monarchie dans l'Italie, l'Espagne, les Gaules. Tu verras

sainte et heureuse autorité des lois qui sert de barrière contre la tyrannie. » Tavernier, lors d'une réception à la cour de Perse, signale l'étonnement de Shah Soliman devant le gouvernement des Hollandais (*op. cit.*, IV, 18, p. 554).

bientôt que les peuples du Nord et d'Allemagne n'étaient pas moins libres ; et, si l'on trouve des vestiges de quelque royauté parmi eux, c'est qu'on a pris pour des rois les chefs des armées ou des républiques [1].

Tout ceci se passait en Europe ; car, pour l'Asie et l'Afrique, elles ont toujours été accablées sous le despotisme, si vous en exceptez quelques villes de l'Asie mineure dont nous avons parlé, et la république de Carthage en Afrique.

Le monde fut partagé entre deux puissantes républiques : celle de Rome et celle de Carthage. Il n'y a rien de si connu que les commencements de la République romaine, et rien qui le soit si peu que l'origine de celle de Carthage. On ignore absolument la suite des princes africains depuis Didon, et comment ils perdirent leur puissance. C'eût été un grand bonheur pour le monde que l'agrandissement prodigieux de la République romaine, s'il n'y avait pas eu cette différence injuste entre les citoyens romains et les peuples vaincus ; si l'on avait donné aux gouverneurs des provinces une autorité moins grande ; si les lois si saintes pour empêcher leur tyrannie avaient été observées ; et s'ils ne s'étaient pas servis, pour les faire taire, des mêmes trésors que leur injustice avait amassés.

César opprima la République romaine, et la soumit à un pouvoir arbitraire.

L'Europe gémit longtemps sous un gouvernement militaire et violent, et la douceur romaine fut changée en une cruelle oppression.

Cependant une infinité de nations inconnues sortirent du Nord, se répandirent comme des torrents dans les

1. Cette rapide esquisse politique de l'histoire universelle prélude aux recherches des *Considérations* sur l'évolution de la république romaine et à celles de *L'Esprit des lois* sur le passage des royautés germaniques à l'état féodal et aux monarchies modernes (livres XI, 8, XXVIII, XXX et XXXI).

provinces romaines, et, trouvant autant de facilité à faire des conquêtes qu'à exercer leurs pirateries, elles démembrèrent l'Empire et fondèrent des royaumes. Ces peuples étaient libres, et ils bornaient si fort l'autorité de leurs rois qu'ils n'étaient proprement que des chefs ou des généraux. Ainsi ces royaumes, quoique fondés par la force, ne sentirent point le joug du vainqueur. Lorsque les peuples d'Asie, comme les Turcs et les Tartares, firent des conquêtes, soumis à la volonté d'un seul, ils ne songèrent qu'à lui donner de nouveaux sujets et à établir par les armes son autorité violente. Mais les peuples du Nord, libres dans leurs pays, s'emparant des provinces romaines, ne donnèrent point à leurs chefs une grande autorité. Quelques-uns même de ces peuples, comme les Vandales en Afrique, les Goths en Espagne, déposaient leurs rois dès qu'ils n'en étaient pas satisfaits, et, chez les autres, l'autorité du prince était bornée de mille manières différentes : un grand nombre de seigneurs la partageaient avec lui ; les guerres n'étaient entreprises que de leur consentement ; les dépouilles étaient partagées entre le chef et les soldats ; aucun impôt en faveur du prince ; les lois étaient faites dans les assemblées de la nation[1]. Voilà le principe fondamental de tous ces États qui se formèrent des débris de l'Empire romain.

De Venise, le 20 de la lune de Rhegeb, 1719.

1. [*L'Esprit des lois* (livres XVIII et XXVIII-XXXI) développera cette analyse : les peuples venus de Germanie, après avoir conquis la Gaule soumise jusque-là aux Romains, conservent leur liberté distinctive, et n'accordent à leur roi qu'une autorité limitée ; il n'est que le premier des guerriers, et non, comme le voudra l'abbé Dubos (*Histoire critique de la monarchie française*, 1734 et 1742), l'héritier du pouvoir absolu de l'empereur romain. Montesquieu défend ainsi des thèses proches du *germanisme* de Boulainvilliers, qu'il avait fréquenté, contre les thèses qui devaient fonder le *romanisme* de Dubos.]

LETTRE CXXXII

RICA À ***

Je fus, il y a cinq ou six mois, dans un café ; j'y remarquai un gentilhomme assez bien mis, qui se faisait écouter : il parlait du plaisir qu'il y avait de vivre à Paris ; il déplorait sa situation d'être obligé d'aller languir dans la province. « J'ai, dit-il, quinze mille livres de rente en fonds de terre, et je me croirais plus heureux si j'avais le quart de ce bien-là en argent et en effets portables partout. J'ai beau presser mes fermiers et les accabler de frais de justice, je ne fais que les rendre plus insolvables ; je n'ai jamais pu voir cent pistoles à la fois. Si je devais dix mille francs, on me ferait saisir toutes mes terres, et je serais à l'hôpital. »

Je sortis sans avoir fait grande attention à tout ce discours ; mais, me trouvant hier dans ce quartier, j'entrai dans la même maison, et j'y vis un homme grave, d'un visage pâle et allongé, qui, au milieu de cinq ou six discoureurs, paraissait morne et pensif jusques à ce que, prenant brusquement la parole : « Oui, messieurs, dit-il, en haussant la voix, je suis ruiné ; je n'ai plus de quoi vivre ; car j'ai actuellement chez moi deux cent mille livres en billets de banque et cent mille écus d'argent. Je me trouve dans une situation affreuse : je me suis cru riche, et me voilà à l'hôpital. Au moins, si j'avais seulement une petite terre où je pusse me retirer, je serais sûr d'avoir de quoi vivre ; mais je n'ai pas grand comme ce chapeau de fonds de terre [1]. »

Je tournai par hasard la tête d'un autre côté, et je vis

1. Montesquieu décrit ici deux moments de la crise financière

un autre homme qui faisait des grimaces de possédé. « À qui se fier désormais ? s'écriait-il. Il y a un traître que je croyais si fort de mes amis que je lui avais prêté mon argent ; et il me l'a rendu. Quelle perfidie horrible ! Il a beau faire : dans mon esprit, il sera toujours déshonoré[1]. »

Tout près de là était un homme très mal vêtu, qui, élevant les yeux au Ciel, disait : « Dieu bénisse les projets de nos ministres ! Puissé-je voir les actions à deux mille, et tous les laquais de Paris plus riches que leurs maîtres ! » J'eus la curiosité de demander son nom. « C'est un homme extrêmement pauvre, me dit-on ; aussi a-t-il un pauvre métier : il est généalogiste, et il espère que son art rendra si les fortunes continuent, et que tous ces nouveaux riches auront besoin de lui pour réformer leur nom, décrasser leurs ancêtres et orner leurs carrosses. Il s'imagine qu'il va faire autant de gens de

déclenchée par le système de Law ; dans le premier, la hausse vertigineuse des actions du Mississippi fait perdre toute valeur à la rente des terres ; dans le second, la vente des actions et la méfiance du public font renchérir la propriété foncière, considérée comme valeur refuge. Si notre lettre est datée du 17 novembre 1719, faut-il croire Barckhausen et dire que Montesquieu anticipe sur la débâcle de Law (*op. cit.*, t. II, p. 69) ? Faut-il suivre A. Adam qui décèle dès septembre des signes de méfiance chez les correspondants de la marquise de Balleroy (*op. cit.*, p. 338) ? Un seul élément est sûr : le cours des actions. Or l'action de 500 livres monte à 12 000 en décembre, à 18 000 en janvier 1720. L'assemblée générale du 30 décembre accordait un dividende de 40 %, ce qui représentait 2 % au cours de 10 000. Ce n'est vraiment qu'au début de 1720 que le système chancela. Le 5 janvier, lorsque Law fut nommé contrôleur général, en marque l'apogée.

1. Les débiteurs se hâtaient de payer leurs dettes en billets dépréciés, d'autant plus qu'un édit du 11 mars 1720 interdisait d'effectuer en or les paiements de plus de cent livres : l'escroquerie est morale, mais non légale.

qualité qu'il voudra, et il tressaillit[1] de joie de voir multiplier ses pratiques. »

Enfin je vis entrer un vieillard pâle et sec, que je reconnus pour nouvelliste avant qu'il se fût assis. Il n'était pas du nombre de ceux qui ont une assurance victorieuse contre tous les revers et présagent toujours les victoires et les trophées ; c'était, au contraire, un de ces trembleurs qui n'ont que des nouvelles tristes[2]. « Les affaires vont bien mal du côté d'Espagne, dit-il : nous n'avons point de cavalerie sur la frontière, et il est à craindre que le prince Pio, qui en a un gros corps, ne fasse contribuer tout le Languedoc[3]. »

Il y avait vis-à-vis de moi un philosophe assez mal en ordre, qui prenait le nouvelliste en pitié et haussait les épaules à mesure que l'autre haussait la voix. Je m'approchai de lui, et il me dit à l'oreille : « Vous voyez que ce fat nous entretient, il y a une heure, de sa frayeur pour le Languedoc, et moi, j'aperçus hier au soir une tache dans le soleil, qui, si elle augmentait, pourrait faire tomber toute la nature en engourdissement, et je n'ai pas dit un seul mot. »

De Paris, le 17 de la lune de Rhamazan, 1719.

1. [Pour « tressaille » ; cette forme n'est pas perçue comme incorrecte.] **2.** Souvenir encore de La Bruyère qui oppose l'optimiste Basilide et le pessimiste Démophile (*Caractères*, X, 11). **3.** Pendant que Berwick en juin 1719 prenait Fontarabie et Pasajes, le prince Pio de Savoie, au service de l'Espagne, concentrait des troupes en Catalogne et menaçait d'envahir le Languedoc. La paix fut signée en mai 1720.

LETTRE CXXXIII

RICA À ***

J'allai l'autre jour voir une grande bibliothèque dans un couvent de dervis, qui en sont comme les dépositaires, mais qui sont obligés d'y laisser entrer tout le monde à certaines heures [1].

En entrant je vis un homme grave qui se promenait au milieu d'un nombre innombrable de volumes qui l'entouraient. J'allai à lui et le priai de me dire quels étaient quelques-uns de ces livres que je voyais mieux reliés que les autres. « Monsieur, me dit-il, j'habite ici une terre étrangère : je n'y connais personne. Bien des gens font de pareilles questions ; mais vous voyez bien que je n'irai pas lire tous ces livres pour les satisfaire. J'ai mon bibliothécaire qui vous donnera satisfaction : car il s'occupe nuit et jour à déchiffrer tout ce que vous voyez là ; c'est un homme qui n'est bon à rien, et qui nous est très à charge, parce qu'il ne travaille point pour le couvent. Mais j'entends l'heure du réfectoire qui sonne. Ceux qui, comme moi, sont à la tête d'une communauté, doivent être les premiers à tous les exercices. » En disant cela, le moine me poussa dehors,

1. La tradition voit dans cette bibliothèque celle de l'abbaye de Saint-Victor. Enrichie par les testaments de Du Bouchet de Bournonville et du président Cousin, elle était devenue publique en 1707 et « régulièrement ouverte tous les lundis, mercredis et samedis, excepté depuis le 15 août jusqu'au 18 octobre » (*La France littéraire*, Paris, Duchesne, 1784, t. IV, p. 33). Il existait à Paris d'autres bibliothèques sises dans des couvents, notamment celle des chanoines de Sainte-Geneviève et celle des bénédictins de Saint-Germain-des-Prés ; mais, bien qu'ouvertes aux savants, elles n'étaient pas publiques « de droit » (*ibid.*, p. 36).

ferma la porte, et comme s'il eût volé, disparut à mes yeux [1].

Dé Paris, le 21 de la lune de Rhamazan, 1719.

LETTRE CXXXIV

RICA AU MÊME

Je retournai le lendemain à cette bibliothèque [2], où je trouvai tout un autre homme que celui que j'avais vu la première fois : son air était simple ; sa physionomie, spirituelle ; et son abord, très affable. Dès que je lui eus fait connaître ma curiosité, il se mit en devoir de la satisfaire et même, en qualité d'étranger, de m'instruire.

1. L'abbé de Saint-Victor en 1719 était le cardinal Philippe Antoine Gualterio, ancien légat d'Avignon, ancien nonce en France. C'est en mars 1716 qu'il obtint l'abbaye qui lui fut remise par le procurateur N. Tamisier (*Gallia christiana*, t. VII, p. 693). À sa mort en 1728, son successeur fut le jeune François de Fitz-James, fils du maréchal de Berwick, l'un et l'autre liés à Montesquieu. Il ne semble pas qu'il s'agisse du cardinal ici, mais plutôt du procurateur, chef de la communauté depuis la suppression des prieurs-vicaires perpétuels.
2. Nous ne saurions comprendre cette digression sur les bibliothèques (Lettres CXXXIII à CXXXVII) si nous l'interprétons comme une visite réelle, à Saint-Victor ou à Saint-Honoré, sous la conduite du père Desmolets. On sait que les bibliothèques sont rangées par format et que le classement par matières, inauguré à l'Oratoire, est un ordre de catalogue, généralement adopté vers la fin du XVIIᵉ siècle. [Cette bibliothèque ne saurait être non plus confondue avec celle de La Brède, que Montesquieu a héritée de son oncle et qu'il a commencé à enrichir, mais dont le catalogue a sans doute été dressé plus tard. Il s'agit en fait, plutôt que d'une bibliothèque idéale (aspect sur lequel les études n'ont pas manqué), d'un moyen d'appréhender le monde ou de présenter la culture contemporaine. On y retrouve aussi quelques traits satiriques que Montesquieu devait consigner (de sa propre main) dans le catalogue de sa bibliothèque.]

« Mon père, lui dis-je, quels sont ces gros volumes qui tiennent tout ce côté de bibliothèque ? – Ce sont, me dit-il, les interprètes de l'Écriture[1]. – Il y en a un grand nombre ! lui repartis-je. Il faut que l'Écriture fût bien obscure autrefois et bien claire à présent. Reste-t-il encore quelques doutes ? Peut-il y avoir des points contestés ? – S'il y en a, bon Dieu ! s'il y en a ! me répondit-il. Il y en a presque autant que de lignes. – Oui ? lui dis-je. Et qu'ont donc fait tous ces auteurs ? – Ces auteurs, me repartit-il, n'ont point cherché dans l'Écriture ce qu'il faut croire, mais ce qu'ils croient eux-mêmes ; ils ne l'ont point regardée comme un livre où étaient contenus les dogmes qu'ils devaient recevoir, mais comme un ouvrage qui pourrait donner de l'autorité à leurs propres idées. C'est pour cela qu'ils en ont corrompu tous les sens et ont donné la torture à tous les passages. C'est un pays où les hommes de toutes les sectes font des descentes et vont comme au pillage ; c'est un champ de bataille où les nations ennemies qui se rencontrent livrent bien des combats, où l'on s'attaque, où l'on s'escarmouche de bien des manières.

« Tout près de là, voyez les livres ascétiques ou de dévotion ; ensuite, les livres de morale, bien plus utiles ; ceux de théologie, doublement inintelligibles, et par la matière qui y est traitée, et par la manière de la traiter ; les ouvrages des mystiques, c'est-à-dire des dévots qui ont le cœur tendre[2]. – Ah ! mon père, lui dis-je, un moment. N'allez pas si vite. Parlez-moi de ces mystiques. – Monsieur, me dit-il, la dévotion échauffe un cœur disposé à la tendresse et lui fait envoyer des esprits

1. Dans le catalogue de La Brède, après les *Biblia sacra* viennent les *Interpretes critici et commentatores*, groupés en *Judaei, Catholici,* et *Protestantes* (*op. cit.*, p. 6-12). 2. C'est l'ordre habituel : *Ascetici, Morales,* et *Mystici* (*ibid.*, p. 46-52).

au cerveau, qui l'échauffent de même : d'où naissent les extases et les ravissements. Cet état est le délire de la dévotion. Souvent il se perfectionne ou plutôt dégénère en quiétisme : vous savez qu'un quiétiste n'est autre chose qu'un homme fou, dévot et libertin.

« Voyez les casuistes, qui mettent au jour les secrets de la nuit[1], qui forment dans leur imagination tous les monstres que le démon d'amour peut produire, les rassemblent, les comparent et en font l'objet éternel de leurs pensées : heureux si le cœur ne se met pas de la partie et ne devient pas même complice de tant d'égarements si naïvement décrits et si nûment peints !

« Vous voyez, monsieur, que je pense librement, et que je vous dis tout ce que je pense. Je suis naturellement naïf et plus encore avec vous qui êtes un étranger, qui voulez savoir les choses, et les savoir telles qu'elles sont. Si je voulais, je ne vous parlerais de tout ceci qu'avec admiration, je vous dirais sans cesse : "Cela est divin, cela est respectable ; il y a du merveilleux." Et il en arriverait de deux choses l'une, ou que je vous tromperais, ou que je me déshonorerais dans votre esprit. »

Nous en restâmes là ; une affaire qui survint au dervis rompit notre conversation jusques au lendemain.

De Paris, le 23 de la lune de Rhamazan, 1719.

1. Les casuistes font partie des théologiens moraux. Le plus célèbre ouvrage d'Escobar est la *Theologia moralis* (La Brède, *op. cit.*, n° 404). Quant à ceux qui découvrent les secrets d'alcôve, comment ne pas penser avec A. Adam (*op. cit.*, p. 342) aux *Disputationes de matrimonio* (Lyon, 1637) de Sanchez, citées dans la Lettre CXLIII ?

LETTRE CXXXV

RICA AU MÊME

Je revins à l'heure marquée, et mon homme me mena précisément à l'endroit où nous nous étions quittés :

« Voici, me dit-il, les grammairiens, les glossateurs et les commentateurs. – Mon père, lui dis-je, tous ces gens-là ne peuvent-ils pas se dispenser d'avoir du bon sens ? – Oui, dit-il ; ils le peuvent, et même il n'y paraît pas : leurs ouvrages n'en sont pas plus mauvais ; ce qui est très commode pour eux. – Cela est vrai, lui dis-je, et je connais bien des philosophes qui feraient bien de s'appliquer à ces sortes de sciences. »

« Voilà, poursuivit-il, les orateurs, qui ont le talent de persuader indépendamment des raisons, et les géomètres, qui obligent un homme malgré lui d'être persuadé et le convainquent avec tyrannie.

« Voici les livres de métaphysique, qui traitent de si grands intérêts, et dans lesquels l'infini se rencontre partout ; les livres de physique, qui ne trouvent pas plus de merveilleux dans l'économie du vaste univers que dans la machine la plus simple de nos artisans ; les livres de médecine, ces monuments de la fragilité de la nature et de la puissance de l'art, qui font trembler quand ils traitent des maladies même les plus légères, tant ils nous rendent la mort présente, mais qui nous mettent dans une sécurité entière quand ils parlent de la vertu des remèdes, comme si nous étions devenus immortels.

« Tout près de là, sont les livres d'anatomie, qui contiennent bien moins la description des parties du corps humain que les noms barbares qu'on leur a donnés [1] : chose qui ne guérit ni le malade de son mal, ni le médecin de son ignorance.

1. La bibliothèque de La Brède était exceptionnellement riche en

« Voici la chimie, qui habite tantôt l'hôpital et tantôt les Petites-Maisons, comme des demeures qui lui sont également propres[1].

« Voici les livres de science, ou plutôt d'ignorance occulte : tels sont ceux qui contiennent quelque espèce de diablerie : exécrables, selon la plupart des gens, pitoyables, selon moi. Tels sont encore les livres d'astrologie judiciaire[2]. – Que dites-vous, mon père ? Les livres d'astrologie judiciaire ! repartis-je avec feu. Et ce sont ceux dont nous faisons le plus de cas en Perse ; ils règlent toutes les actions de notre vie, et nous déterminent dans toutes nos entreprises. Les astrologues sont proprement nos directeurs ; ils font plus : ils entrent dans le gouvernement de l'État[3]. – Si cela est, me dit-il, vous vivez sous un joug bien plus dur que celui de la raison. Voilà le plus étrange de tous les empires. Je plains bien une famille, et encore plus une nation, qui se laisse si fort dominer par les planètes. – Nous nous servons, lui

ouvrages médicaux [(mais dont plusieurs ont dû être achetés plus tard)] : près de deux cents titres (*op. cit.*, p. 77-90). Les *Medici* étaient suivis, comme dans notre lettre persane, des *Anatomici* avec quarante-huit titres (*op. cit.*, p. 90-93). La remarque sur les anatomistes viendrait-elle de la *Diligens exquisitio nominum quibus partes corporis humani appellari solent* de Camerarius (Bâle, 1551, in-folio ; La Brède, n° 1237) ? [Voir *Pensées*, n° 39 : « je suis persuadé que, quant aux vaisseaux omphalomésentériques, un simple petit monosyllabe aurait pu remplir avec honneur toutes les fonctions de ce magnifique terme. »]
1. Dans les Petites-Maisons sont enfermés les fous. **2.** Montesquieu ne possède qu'un livre d'astrologie judiciaire [(ou art de prédire l'avenir)], celui de Henri Rantzau, *Traité astrologique des jugements des thèmes génétliaques* (Paris, Ménard, 1657 ; La Brède, n° 1648). Mais le grand maître de l'astrologie était le comte de Boulainvilliers que Montesquieu raille dans ses *Pensées* ([n° 2156]). **3.** Chardin consacre tout un chapitre (t. II, p. 116-126) à l'astrologie chez les Persans ; il insiste sur le rôle du grand astrologue à la cour d'Ispahan et reproduit intégralement un almanach persan de 1666 (*op. cit.*, II, p. 127-148).

repartis-je, de l'astrologie comme vous vous servez de l'algèbre. Chaque nation a sa science, selon laquelle elle règle sa politique ; tous les astrologues ensemble n'ont jamais fait tant de sottises en notre Perse qu'un seul de vos algébristes[1] en a fait ici. Croyez-vous que le concours fortuit des astres ne soit pas une règle aussi sûre que les beaux raisonnements de votre faiseur de système ? Si l'on comptait les voix là-dessus en France et en Perse, ce serait un beau sujet de triomphe pour l'astrologie ; vous verriez les calculateurs bien humiliés. Quel accablant corollaire n'en pourrait-on pas tirer contre eux ? »

Notre dispute fut interrompue, et il fallut nous quitter.

De Paris, le 26 de la lune de Rhamazan, 1719.

LETTRE CXXXVI

RICA AU MÊME

Dans l'entrevue suivante, mon savant me mena dans un cabinet particulier. « Voici les livres d'histoire moderne, me dit-il. Voyez premièrement les historiens de l'Église et des papes[2], livres que je lis pour m'édifier, et qui font en moi souvent un effet tout contraire.

« Là, ce sont ceux qui ont écrit de la décadence du formidable Empire romain, qui s'était formé du débris de tant de monarchies, et sur la chute duquel il s'en forma aussi tant de nouvelles. Un nombre infini de peuples barbares, aussi inconnus que les pays qu'ils habi-

1. Nouvelle allusion ironique à Law. **2.** Titre dans le catalogue de La Brède (*op. cit.*, p. 14) : *Scriptores historiae ecclesiasticae et pontificum.*

taient, parurent tout à coup, l'inondèrent, le ravagèrent, le dépecèrent, et fondèrent tous les royaumes que vous voyez à présent en Europe. Ces peuples n'étaient point proprement barbares, puisqu'ils étaient libres ; mais ils le sont devenus depuis que, soumis pour la plupart à une puissance absolue, ils ont perdu cette douce liberté si conforme à la raison, à l'humanité et à la nature[1].

« Vous voyez ici les historiens de l'Empire d'Allemagne, qui n'est qu'une ombre du premier Empire, mais qui est, je crois, la seule puissance qui soit sur la terre que la division n'a point affaiblie ; la seule, je crois encore, qui se fortifie à mesure de ses pertes et qui, lente à profiter des succès, devient indomptable par ses défaites[2].

« Voici les historiens de France, où l'on voit d'abord la puissance des rois se former, mourir deux fois, renaître de même, languir ensuite pendant plusieurs siècles ; mais, prenant insensiblement des forces, accrue de toutes parts, monter à son dernier période : semblable à des fleuves qui, dans leur course, perdent leurs eaux ou se cachent sous terre ; puis, reparaissant de nouveau, grossis par les rivières qui s'y jettent, entraînent avec rapidité tout ce qui s'oppose à leur passage.

« Là, vous voyez la nation espagnole sortir de quelques montagnes ; les princes mahométans subjugués aussi insensiblement qu'ils avaient rapidement conquis ; tant de royaumes réunis dans une vaste monarchie, qui devint presque la seule : jusqu'à ce qu'accablée de sa propre grandeur et de sa fausse opulence, elle

1. [Voir ci-dessus, Lettre CXXXI.] **2.** Cette revue d'histoire européenne vient peut-être de Pufendorf, *Introduction à l'histoire des principaux royaumes et États de l'Europe* (Leyde, 1710 ; La Brède, nᵒ 2709). Son opinion, fort contestable, sur l'Allemagne vient encore de Pufendorf, *De statu germanici imperii* (Leipzig, 1708 ; La Brède, nᵒ 3107).

perdit sa force et sa réputation même et ne conserva que l'orgueil de sa première puissance [1].

« Ce sont ici les historiens d'Angleterre, où l'on voit la liberté sortir sans cesse des feux de la discorde et de la sédition ; le prince toujours chancelant sur un trône inébranlable ; une nation impatiente, sage dans sa fureur même, et qui, maîtresse de la mer (chose inouïe jusqu'alors), mêle le commerce avec l'empire [2].

« Tout près de là sont les historiens de cette autre reine de la mer, la République de Hollande, si respectée en Europe et si formidable en Asie, où ses négociants voient tant de rois prosternés devant eux [3].

« Les historiens d'Italie vous représentent une nation autrefois maîtresse du monde, aujourd'hui esclave de toutes les autres [4] ; ses princes divisés et faibles, et sans autre attribut de souveraineté qu'une vaine politique.

« Voilà les historiens des républiques : de la Suisse, qui est l'image de la liberté ; de Venise, qui n'a de ressources qu'en son économie ; et de Gênes, qui n'est superbe que par ses bâtiments.

« Voici ceux du Nord et, entre autres, de la Pologne, qui use si mal de sa liberté et du droit qu'elle a d'élire

1. Esquisse qui reprend le titre de l'abbé de Vayrac, *État présent de l'Espagne, où l'on voit une géographie historique du pays, l'établissement de la monarchie, ses révolutions et sa décadence* (Paris, 1718 ; La Brède, n° 3171). **2.** Montesquieu lit la traduction de Clarendon, *Histoire de la rébellion et des guerres civiles d'Angleterre* (La Haye, 1704-1709 ; La Brède, n° 3198). **3.** Cf. la devise qui accompagne le *Mare liberum* de Grotius (La Brède, n° 2406) : « Ils ne demandaient que la liberté ; à présent ils demandent l'empire. » **4.** L'*Histoire d'Italie* de Guichardin (Paris, 1658 ; La Brède, n° 3068) portait en épigraphe sur le catalogue : « *Per servir sempre, o vincitrice o vinta* » [(« Pour toujours être serve, victorieuse ou vaincue »). Dans les *Pensées*, n° 1519, Montesquieu appliquera ce vers de Vincenzo di Filicai aux *Lettres persanes* elles-mêmes].

ses rois, qu'il semble qu'elle veuille consoler par là les peuples ses voisins, qui ont perdu l'un et l'autre[1]. »

Là-dessus nous nous séparâmes jusques au lendemain.

De Paris, le 2 de la lune de Chalval, 1719.

LETTRE CXXXVII

RICA AU MÊME

Le lendemain, il me mena dans un autre cabinet. « Ce sont ici les poètes, me dit-il, c'est-à-dire ces auteurs dont le métier est de mettre des entraves au bon sens et d'accabler la raison sous les agréments[2], comme on ensevelissait autrefois les femmes sous leurs ornements et leurs parures. Vous les connaissez ; ils ne sont pas rares chez les Orientaux, où le soleil, plus ardent, semble échauffer les imaginations mêmes[3].

« Voilà les poèmes épiques. – Eh ! qu'est-ce que les

1. Remarque inspirée par l'ouvrage de La Bizardière, *Histoire des diètes de Pologne pour les élections des rois* (Paris, Jombert, 1697 ; La Brède, n° 3147) et commentée par une citation de Tacite (*Annales*, II, 4) : « Plutôt sans maître qu'en liberté. *Magis sine domino quam in libertate.* » Allusion au *liberum veto*, qui permettait à tout membre de la Diète, ou assemblée souveraine, de s'opposer à une décision, et qui en paralysait ainsi le fonctionnement. **2.** Montesquieu se montre ici partisan résolu des Modernes dont les chefs, Fontenelle et Houdar de la Motte, appliquent délibérément le cartésianisme à la critique littéraire. Dans son *Discours sur Homère* de 1714 qui répond à la *Préface de l'Iliade* de M^me Dacier, La Motte voit dans Homère « un plaisir d'illusion et de prévention fondé sur l'autorité des suffrages : tout cela n'est point la Raison et cependant c'est à elle seule qu'il appartient d'apprécier toute chose ». **3.** L'idée, fort naturelle chez un Persan, vient pourtant de M^me Dacier, *Des causes de la corruption du goût* (Paris, Rigaud, 1714, p. 18-19) : « Il y a des

poèmes épiques ? – En vérité, me dit-il, je n'en sais rien ; les connaisseurs disent qu'on n'en a jamais fait que deux, et que les autres qu'on donne sous ce nom ne le sont point ; c'est aussi ce que je ne sais pas. Ils disent de plus qu'il est impossible d'en faire de nouveaux, et cela est encore plus surprenant [1].

« Voici les poètes dramatiques, qui, selon moi, sont les poètes par excellence et les maîtres des passions. Il y en a de deux sortes : les comiques, qui nous remuent si doucement, et les tragiques, qui nous troublent et nous agitent avec tant de violence.

« Voici les lyriques, que je méprise autant que j'estime les autres, et qui font de leur art une harmonieuse extravagance.

« On voit ensuite les auteurs des idylles et des églogues, qui plaisent même aux gens de cour par l'idée qu'ils leur donnent d'une certaine tranquillité qu'ils n'ont pas, et qu'ils leur montrent dans la condition des bergers [2].

―――――――――

nations si heureusement situées et que le soleil regarde si favorablement qu'elles ont été capables d'imaginer et d'inventer elles-mêmes... et d'autres qui, ensevelies d'un air plus épais, n'ont jamais pu... se tirer de la grossièreté et de la barbarie. Et telles sont toutes les nations occidentales par comparaison à celles qui sont à l'Orient. Ces dernières ont beaucoup plus de vivacité, d'imagination et de fleur d'esprit. »

1. Allusion à la querelle d'Homère où intervinrent La Motte et M[me] Dacier, mais aussi, en 1715-1716, le père Buffier, l'abbé Terrasson, J. Boivin et le père Hardouin. Dans une curieuse note des *Pensées* [(n° 894)], Montesquieu les renvoie tous dos à dos.
2. Souvenir de Fontenelle, dans le *Discours sur la nature de l'églogue*, publié en 1688 à la suite de ses *Poésies pastorales* (2[e] édition, Paris, Brunet, 1698, p. 149-150) : « La poésie pastorale n'a pas de grands charmes si elle est aussi grossière que le naturel. Entendre parler de brebis et de chèvres... n'a rien par soi-même qui puisse plaire. Ce qui plaît, c'est *l'idée de tranquillité* attachée à la vie de ceux qui prennent soin des brebis et des chèvres... Car les hommes

« De tous les auteurs que nous avons vus, voici les plus dangereux : ce sont ceux qui aiguisent les épigrammes, qui sont de petites flèches déliées qui font une plaie profonde et inaccessible aux remèdes.

« Vous voyez ici les romans, dont les auteurs sont des espèces de poètes et qui outrent également le langage de l'esprit et celui du cœur : ils passent leur vie à chercher la nature et la manquent toujours ; leurs héros y sont aussi étrangers que les dragons ailés et les hippocentaures. »

« J'ai vu, lui dis-je, quelques-uns de vos romans, et, si vous voyiez les nôtres, vous en seriez encore plus choqué. Ils sont aussi peu naturels et, d'ailleurs, extrêmement gênés par nos mœurs : il faut dix années de passion avant qu'un amant ait pu voir seulement le visage de sa maîtresse. Cependant les auteurs sont forcés de faire passer les lecteurs dans ces ennuyeux préliminaires. Or il est impossible que les incidents soient variés. On recourt à un artifice pire que le mal même qu'on veut guérir : c'est aux prodiges. Je suis sûr que vous ne trouverez pas bon qu'une magicienne fasse sortir une armée de dessous terre, qu'un héros, lui seul, en détruise une de cent mille hommes. Cependant voilà nos romans. Ces aventures froides et souvent répétées nous font languir, et ces prodiges extravagants nous révoltent [1]. »

De Paris, le 6 de la lune de Chalval, 1719.

veulent être heureux et ils voudraient l'être à peu de frais. Le plaisir et le *plaisir tranquille* est l'objet commun de toutes leurs passions. »

1. Montesquieu possédait à Paris les *Mille et Une Nuits* traduites par Galland (*op. cit.*, [Appendice 5,] n° 28) et cite les *Mille et Un Jours*, contes persans traduits par Pétis de la Croix (cf. *Pensées* [n° 2157]). Mais le merveilleux était poussé jusqu'à l'extravagance dans les pastiches de Gueullette, de Moncrif ou de l'abbé Bignon (*Aventures d'Abdalla fils d'Hanif*, 2 vol., 1712-1714).

LETTRE CXXXVIII

RICA À IBBEN, À SMYRNE

Les ministres se succèdent et se détruisent ici comme les saisons : depuis trois ans, j'ai vu changer quatre fois de système sur les finances [1]. On lève aujourd'hui les tributs, en Turquie et en Perse, comme les levaient les fondateurs de ces empires ; il s'en faut bien qu'il en soit ici de même. Il est vrai que nous n'y mettons pas tant d'esprit que les Occidentaux : nous croyons qu'il n'y a pas plus de différence entre l'administration des revenus du prince et celle des biens d'un particulier, qu'il y en a entre compter cent mille tomans ou en compter cent. Mais il y a ici bien plus de finesse et de mystère. Il faut que de grands génies travaillent nuit et jour, qu'ils enfantent sans cesse et avec douleur de nouveaux projets ; qu'ils écoutent les avis d'une infinité de gens qui travaillent pour eux sans en être priés, qu'ils se retirent et vivent dans le fond d'un cabinet impénétrable aux grands et sacré aux petits, qu'ils aient toujours la tête

1. Les commentateurs, de Barckhausen à Antoine Adam, se sont ingéniés à préciser ces allusions aux écarts financiers de la Régence. De 1717 à 1720, nous distinguons fort bien trois politiques, celle du maréchal de Noailles, président du conseil des finances jusqu'à sa démission (28 janvier 1718), celle de son successeur René d'Argenson, peu à peu supplanté par Law nommé contrôleur général des finances le 5 janvier 1720. Mais si notre lettre persane doit être fixée au 1er janvier 1720, nous ne distinguons pas ce que peut être la quatrième politique. La liquidation du système de Law s'étage sur toute l'année 1720, empirique et sans vue d'ensemble d'ailleurs. [Montesquieu évoque ces désordres dans le *Spicilège* (n° 330). Sur l'ensemble de la question, voir Edgar Faure, *La Banqueroute de Law* (Paris, Gallimard, 1977).]

remplie de secrets importants, de desseins miraculeux, de systèmes nouveaux, et qu'absorbés dans les méditations, ils soient privés de l'usage de la parole et quelquefois même de celui de la politesse.

Dès que le feu roi eut fermé les yeux, on pensa à établir une nouvelle administration. On sentait qu'on était mal, mais on ne savait comment faire pour être mieux. On ne s'était pas bien trouvé de l'autorité sans bornes des ministres précédents ; on la voulut partager. On créa pour cet effet six ou sept conseils, et ce ministère est peut-être celui de tous qui a gouverné la France avec plus de sens. La durée en fut courte, aussi bien que celle du bien qu'il produisit [1].

La France, à la mort du feu roi, était un corps accablé de mille maux. N... [2] prit le fer à la main, retrancha les chairs inutiles, et appliqua quelques remèdes topiques. Mais il restait toujours un vice intérieur à guérir. Un étranger est venu [3], qui a entrepris cette cure. Après bien des remèdes violents, il a cru lui avoir rendu son embonpoint, et il l'a seulement rendue bouffie.

Tous ceux qui étaient riches il y a six mois sont à présent dans la pauvreté, et ceux qui n'avaient pas de pain regorgent de richesses. Jamais ces deux extrémités ne se sont touchées de si près. L'étranger a tourné l'État comme un fripier tourne un habit : il fait paraître dessus ce qui était dessous ; et, ce qui était dessus, il le met à l'envers. Quelles fortunes inespérées, incroyables même à ceux qui les ont faites ! Dieu ne tire pas plus rapidement les hommes du néant. Que de valets servis par leurs camarades et peut-être demain par leurs maîtres !

Tout ceci produit souvent des choses bizarres. Les

1. Le Régent abolit le système polysynodique par un arrêt du 24 septembre 1718. Les conseils étaient au nombre de sept. **2.** Le maréchal de Noailles (cf. Lettre XCVIII). **3.** L'Écossais John Law.

laquais qui avaient fait fortune sous le règne passé vantent aujourd'hui leur naissance ; ils rendent à ceux qui viennent de quitter leur livrée dans une certaine rue[1], tout le mépris qu'on avait pour eux il y a six mois ; ils crient de toute leur force : « La noblesse est ruinée ! Quel désordre dans l'État ! Quelle confusion dans les rangs ! On ne voit que des inconnus faire fortune ! » Je te promets que ceux-ci prendront bien leur revanche sur ceux qui viendront après eux, et que, dans trente ans, ces gens de qualité feront bien du bruit.

De Paris, le premier de la lune de Zilcadé, 1720.

LETTRE CXXXIX

RICA AU MÊME

Voici un grand exemple de la tendresse conjugale, non seulement dans une femme, mais dans une reine. La reine de Suède, voulant à toute force associer le prince son époux à la couronne, pour aplanir toutes les difficultés, a envoyé aux états une déclaration par laquelle elle se désiste de la régence au cas qu'il soit élu[2].

Il y a soixante et quelques années qu'une autre reine,

1. La rue Quincampoix. **2.** Ulrique Éléonore, sœur de Charles XII, fut élue librement par les états de Suède le 13 janvier 1719, puis renonça au pouvoir en faveur de son époux, le landgrave Frédéric de Hesse-Cassel (24 mars 1720). La Lettre CXXXIX étant datée du 27 mars 1720, Montesquieu ne peut être renseigné que par les gazettes. L'explication sentimentale de Montesquieu fut reprise par Voltaire (*Histoire de Charles XII*, édit. Pomeau, « Pléiade », 1958, p. 275) : « Elle sacrifia depuis la jalousie de la royauté *à la tendresse conjugale*, en cédant la couronne à son mari. »

nommée *Christine*, abdiqua la couronne pour se donner tout entière à la philosophie. Je ne sais lequel de ces deux exemples nous devons admirer davantage.

Quoique j'approuve assez que chacun se tienne ferme dans le poste où la nature l'a mis, et que je ne puisse louer la faiblesse de ceux qui, se trouvant au-dessous de leur état, le quittent comme par une espèce de désertion, je suis cependant frappé de la grandeur d'âme de ces deux princesses et de voir l'esprit de l'une et le cœur de l'autre supérieurs à leur fortune. Christine a songé à connaître dans le temps que les autres ne songent qu'à jouir, et l'autre ne veut jouir que pour mettre tout son bonheur entre les mains de son auguste époux.

De Paris, le 27 de la lune de Maharram, 1720.

LETTRE CXL

RICA À USBEK, À ***

Le parlement de Paris vient d'être relégué dans une petite ville qu'on appelle *Pontoise*[1]. Le Conseil lui a envoyé enregistrer ou approuver une déclaration qui le déshonore, et il l'a enregistrée d'une manière qui déshonore le Conseil.

On menace d'un pareil traitement quelques parlements du royaume.

1. Vers la mi-juillet 1720, un édit royal imposait à la Compagnie des Indes l'obligation d'absorber en douze mois une somme de 600 millions en billets. Le but était de résorber 1 200 millions de papier. Le Parlement se refusa à enregistrer l'arrêt et fut exilé à Pontoise le 20 juillet 1720. La date de notre lettre CXL est donc d'une exactitude absolue, si le 21 Gemmadi 1 correspond au 21 juillet.

Ces compagnies sont toujours odieuses : elles n'approchent des rois que pour leur dire de tristes vérités, et, pendant qu'une foule de courtisans leur représentent sans cesse un peuple heureux sous leur gouvernement, elles viennent démentir la flatterie, et apporter aux pieds du trône les gémissements et les larmes dont elles sont dépositaires.

C'est un pesant fardeau, mon cher Usbek, que celui de la vérité, lorsqu'il faut la porter jusques aux princes. Ils doivent bien penser que ceux qui s'y déterminent y sont contraints, et qu'ils ne se résoudraient jamais à faire des démarches si tristes et si affligeantes pour ceux qui les font, s'ils n'y étaient forcés par leur devoir, leur respect, et même leur amour.

De Paris, le 21 de la lune de Gemmadi 1, 1720.

LETTRE CXLI

RICA AU MÊME

J'irai te voir sur la fin de la semaine. Que les jours couleront agréablement avec toi !

Je fus présenté, il y a quelques jours, à une dame de la Cour qui avait quelque envie de voir ma figure étrangère. Je la trouvai belle, digne des regards de notre monarque et d'un rang auguste dans le lieu sacré où son cœur repose.

Elle me fit mille questions sur les mœurs des Persans, et sur la manière de vivre des Persanes. Il me parut que la vie du sérail n'était pas de son goût, et qu'elle trouvait de la répugnance à voir un homme partagé entre dix ou douze femmes. Elle ne put voir sans envie le bonheur de l'un et sans pitié la condition des autres. Comme elle

aime la lecture, surtout celle des poètes et des romans, elle souhaita que je lui parlasse des nôtres. Ce que je lui en dis redoubla sa curiosité ; elle me pria de lui faire traduire un fragment de quelques-uns de ceux que j'ai apportés. Je le fis et je lui envoyai quelques jours après un conte persan. Peut-être seras-tu bien aise de le voir travesti.

Du temps de Cheik-Ali-khan [1], il y avait en Perse une femme nommée *Zulema* : elle savait par cœur tout le saint Alcoran ; il n'y avait point de dervis qui entendît mieux qu'elle les traditions des saints prophètes ; les docteurs arabes n'avaient rien de si mystérieux qu'elle n'en comprît tous les sens ; et elle joignait à tant de connaissances un certain caractère d'esprit enjoué qui laissait à peine deviner si elle voulait amuser ceux à qui elle parlait, ou les instruire.

Un jour qu'elle était avec ses compagnes dans une des salles du sérail, une d'elles lui demanda ce qu'elle pensait de l'autre vie, et si elle ajoutait foi à cette ancienne tradition de nos docteurs, que le paradis n'est fait que pour les hommes [2].

1. C'est dans la deuxième année de son règne (1668) que le shah Soliman III prit pour grand vizir Cheik Ali Can, qui, au dire de Chardin, était « homme d'un grand sens, et fort renommé pour sa justice et pour sa vertu » (*op. cit.*, t. II, p. 126). En 1680, lorsque Chardin revint en Europe, le grand vizir était toujours au pouvoir. Tavernier, qui fit son dernier voyage en 1663-1665, n'a pu le connaître. **2.** A. Adam rapproche fort justement cette opinion de Chardin (*op. cit.*, t. II, p. 328-329) : « On dit communément que les Mahométans excluent les femmes du paradis. Il est vrai qu'ils les en excluent, mais c'est seulement en ce sens qu'elles ne doivent pas être en même lieu avec les hommes, pour qui il y a des femmes célestes plus belles que les femmes de ce monde ne seront dans la résurrection ; et qu'à l'égard des femmes ressuscitées, qui seront rendues bienheureuses, elles passeront, disent-ils, dans un lieu de

C'est le sentiment commun, leur dit-elle ; il n'y a rien que l'on n'ait fait pour dégrader notre sexe. Il y a même une nation répandue par toute la Perse, qu'on appelle la *nation juive*, qui soutient, par l'autorité de ses livres sacrés, que nous n'avons point d'âme.

Ces opinions si injurieuses n'ont d'autre origine que l'orgueil des hommes, qui veulent porter leur supériorité au-delà même de leur vie et ne pensent pas que, dans le Grand Jour, toutes les créatures paraîtront devant Dieu comme le néant, sans qu'il y ait entre elles de prérogatives que celles que la vertu y aura mises.

Dieu ne se bornera point dans ses récompenses ; et comme les hommes qui auront vécu et bien usé de l'empire qu'ils ont ici-bas sur nous, seront dans un paradis plein de beautés célestes et ravissantes, et telles que, si un mortel les avait vues, il se donnerait aussitôt la mort dans l'impatience d'en jouir, aussi les femmes vertueuses iront dans un lieu de délices, où elles seront enivrées d'un torrent de voluptés avec des hommes divins qui leur seront soumis : chacune d'elles aura un sérail dans lequel ils seront enfermés, et des eunuques encore plus fidèles que les nôtres, pour les garder.

J'ai lu, ajouta-t-elle, dans un livre arabe, qu'un homme nommé *Ibrahim* était d'une jalousie insupportable. Il avait douze femmes extrêmement belles, qu'il traitait d'une manière très dure ; il ne se fiait plus à ses eunuques ni aux murs de son sérail ; il les tenait presque toujours sous la clef, enfermées dans leur chambre, sans qu'elles pussent se voir ni se parler : car il était même jaloux d'une amitié innocente. Toutes ses actions prenaient la teinture de sa brutalité naturelle ; jamais une douce parole ne sortit de sa bouche, et jamais

délices et y jouiront, comme les bienheureux en leur lieu, de toutes sortes de voluptés. »

il ne fit le moindre signe qui n'ajoutât quelque chose à la rigueur de leur esclavage.

Un jour qu'il les avait toutes assemblées dans une salle de son sérail, une d'entre elles, plus hardie que les autres, lui reprocha son mauvais naturel. « Quand on cherche si fort les moyens de se faire craindre, lui dit-elle, on trouve toujours auparavant ceux de se faire haïr. Nous sommes si malheureuses que nous ne pouvons nous empêcher de désirer un changement. D'autres, à ma place, souhaiteraient votre mort, je ne souhaite que la mienne ; et, ne pouvant espérer d'être séparée de vous que par là, il me sera encore bien doux d'en être séparée. » Ce discours, qui aurait dû le toucher, le fit entrer dans une furieuse colère ; il tira son poignard et le lui plongea dans le sein. « Mes chères compagnes, dit-elle d'une voix mourante, si le Ciel a pitié de ma vertu, vous serez vengées. » À ces mots, elle quitta cette vie infortunée pour aller dans le séjour des délices où les femmes qui ont bien vécu jouissent d'un bonheur qui se renouvelle toujours.

D'abord elle vit une prairie riante, dont la verdure était relevée par les peintures des fleurs les plus vives ; un ruisseau, dont les eaux étaient plus pures que le cristal, y faisait un nombre infini de détours. Elle entra ensuite dans des bocages charmants, dont le silence n'était interrompu que par le doux chant des oiseaux. De magnifiques jardins se présentèrent ensuite : la nature les avait ornés avec sa simplicité et toute sa magnificence. Elle trouva enfin un palais superbe, préparé pour elle et rempli d'hommes célestes destinés à ses plaisirs.

Deux d'entre eux se présentèrent aussitôt pour la déshabiller ; d'autres la mirent dans le bain et la parfumèrent des plus délicieuses essences. On lui donna ensuite des habits infiniment plus riches que les siens. Après quoi, on la mena dans une grande salle, où elle

trouva un feu fait avec des bois odoriférants et une table couverte des mets les plus exquis. Tout semblait concourir au ravissement de ses sens : elle entendait, d'un côté, une musique d'autant plus divine qu'elle était plus tendre ; de l'autre, elle ne voyait que des danses de ces hommes divins, uniquement occupés à lui plaire. Cependant tant de plaisirs ne devaient servir qu'à la conduire insensiblement à des plaisirs plus grands. On la mena dans sa chambre, et, après l'avoir encore une fois déshabillée, on la porta dans un lit superbe, où deux hommes d'une beauté charmante la reçurent dans leurs bras. C'est pour lors qu'elle fut enivrée, et que ses ravissements passèrent même ses désirs. « Je suis toute hors de moi, leur disait-elle ; je croirais mourir, si je n'étais sûre de mon immortalité. C'en est trop ; laissez-moi : je succombe sous la violence des plaisirs[1]. Oui, vous rendez un peu le calme à mes sens, je commence à respirer et à revenir à moi-même. D'où vient que l'on a ôté les flambeaux ? Que ne puis-je à présent considérer votre beauté divine ? Que ne puis-je voir ?... Mais pourquoi voir ? Vous me faites rentrer dans mes premiers transports. Ô Dieux ! que ces ténèbres sont aimables ! Quoi ! je serai immortelle et immortelle avec vous ? Je serai ?... Non, je vous demande grâce : car je vois bien que vous êtes gens à n'en demander jamais. »

Après plusieurs commandements réitérés, elle fut obéie ; mais elle ne le fut que lorsqu'elle voulut l'être bien sérieusement. Elle se reposa languissamment et s'endormit dans leurs bras. Deux moments de sommeil

1. Nous avons vérifié l'hypothèse d'A. Adam qui rapproche l'aventure d'Anaïs et celle de la jeune Octavie de l'*Aloysia Sigea* de Nicolas Chorier (B. M. Bordeaux, s. l. n. d., B. 9167, *Colloquium VI*, t. II, p. 11). Le parallélisme est évident. Octavie aux prises avec Lampridius et Rangonius raconte ses émois dans un latin dont la verdeur brave l'honnêteté. [Les *Pensées* (n° 203) révèlent que Montesquieu connaissait cet ouvrage.]

réparèrent sa lassitude ; elle reçut deux baisers qui l'enflammèrent soudain et lui firent ouvrir les yeux. « Je suis inquiète, dit-elle : je crains que vous ne m'aimiez plus. » C'était un doute dans lequel elle ne voulait pas rester longtemps ; aussi eut-elle avec eux tous les éclaircissements qu'elle pouvait désirer. « Je suis désabusée, s'écria-t-elle. Pardon, pardon ! Je suis sûre de vous. Vous ne me dites rien, mais vous prouvez mieux que tout ce que vous me pourriez dire. Oui, oui ! je vous le confesse : on n'a jamais tant aimé. Mais quoi ! vous vous disputez tous deux l'honneur de me persuader ? Ah ! si vous vous disputez, si vous joignez l'ambition au plaisir de ma défaite, je suis perdue : vous serez tous deux vainqueurs ; il n'y aura que moi de vaincue ; mais je vous vendrai bien cher la victoire. »

Tout ceci ne fut interrompu que par le jour. Ses fidèles et aimables domestiques entrèrent dans sa chambre, et firent lever ces deux jeunes hommes, que deux vieillards ramenèrent dans les lieux où ils étaient gardés pour ses plaisirs. Elle se leva ensuite et parut d'abord à cette cour idolâtre dans les charmes d'un déshabillé simple et ensuite couverte des plus somptueux ornements. Cette nuit l'avait embellie : elle avait donné de la vie à son teint et de l'expression à ses grâces. Ce ne fut pendant tout le jour que danses, que concerts, que festins, que jeux, que promenades, et l'on remarquait qu'Anaïs se dérobait de temps en temps et volait vers ses deux jeunes héros. Après quelques précieux instants d'entrevue, elle revenait vers la troupe qu'elle avait quittée, toujours avec un visage plus serein. Enfin, sur le soir, on la perdit tout à fait : elle alla s'enfermer dans le sérail, où elle voulait, disait-elle, faire connaissance avec ces captifs immortels qui devaient à jamais vivre avec elle. Elle visita donc les appartements de ces lieux les plus reculés et les plus charmants, où elle compta cinquante esclaves d'une beauté miraculeuse : elle erra toute la nuit de

chambre en chambre, recevant partout des hommages toujours différents et toujours les mêmes[1].

Voilà comment l'immortelle Anaïs passait sa vie, tantôt dans des plaisirs éclatants, tantôt dans des plaisirs solitaires ; admirée d'une troupe brillante, ou bien aimée d'un amant éperdu. Souvent elle quittait le palais enchanté pour aller dans une grotte champêtre ; les fleurs semblaient naître sous ses pas, et les jeux se présentaient en foule au-devant d'elle.

Il y avait plus de huit jours qu'elle était dans cette demeure heureuse, que, toujours hors d'elle-même, elle n'avait pas fait une seule réflexion : elle avait joui de son bonheur sans le connaître et sans avoir eu un seul de ces moments tranquilles où l'âme se rend, pour ainsi dire, compte à elle-même et s'écoute dans le silence des passions.

Les bienheureux ont des plaisirs si vifs qu'ils peuvent rarement jouir de cette liberté d'esprit. C'est pour cela qu'attachés invinciblement aux objets présents ils perdent entièrement la mémoire des choses passées et n'ont plus aucun souci de ce qu'ils ont connu ou aimé dans l'autre vie.

Mais Anaïs, dont l'esprit était vraiment philosophe, avait passé presque toute sa vie à méditer ; elle avait poussé ses réflexions beaucoup plus loin qu'on n'aurait

1. A. Adam se demande si l'idée de ce conte, qui prélude aux audaces de Crébillon fils, ne vient pas de la traduction de Reeland par David Durand, *La Religion des mahométans* (La Haye, Isaac Vaillant, 1721). Dans l'*Éclaircissement XVIII* (p. 171), Durand disserte sur le paradis des femmes, rapporte la citation de Chardin et ajoute ironiquement : « Monsieur Chardin ne dit pas s'il y aura des hommes, formés exprès pour ces mahométanes si avantageusement séquestrées. Apparemment l'Imposteur a laissé la chose indécise. » Mais il est très peu probable que l'ouvrage ait pu influencer la Lettre CXLI. Montesquieu d'ailleurs l'achètera (La Brède, *op. cit.*, n° 3126).

dû l'attendre d'une femme laissée à elle-même. La retraite austère que son mari lui avait fait garder ne lui avait laissé que cet avantage. C'est cette force d'esprit qui lui avait fait mépriser la crainte, dont ses compagnes étaient frappées, et la mort, qui devait être la fin de ses peines et le commencement de sa félicité.

Ainsi elle sortit peu à peu de l'ivresse des plaisirs et s'enferma seule dans un appartement de son palais. Elle se laissa aller à des réflexions bien douces sur sa condition passée et sur sa félicité présente ; elle ne put s'empêcher de s'attendrir sur le malheur de ses compagnes : on est sensible à des tourments que l'on a partagés. Anaïs ne se tint pas dans les simples bornes de la compassion : plus tendre envers ces infortunées, elle se sentit portée à les secourir.

Elle donna ordre à un de ces jeunes hommes qui étaient auprès d'elle, de prendre la figure de son mari [1], d'aller dans son sérail, de s'en rendre maître, de l'en chasser, et d'y rester à sa place jusqu'à ce qu'elle le rappelât.

L'exécution fut prompte : il fendit les airs, arriva à la porte du sérail d'Ibrahim, qui n'y était pas. Il frappe ; tout lui est ouvert : les eunuques tombent à ses pieds ; il vole vers les appartements où les femmes d'Ibrahim étaient enfermées : il avait, en passant, pris les clefs dans le poche de ce jaloux, à qui il s'était rendu invisible. Il entre et les surprend d'abord par son air doux et affable, et, bientôt après, il les surprend davantage par ses empressements et par la rapidité de ses entreprises. Toutes eurent leur part de l'étonnement, et elles

1. La substitution du faux Ibrahim au vrai viendrait de l'un des contes persans des *Mille et Un Jours* traduits par Pétis de la Croix (1710 *sq.*-1766, t. I, p. 177-198 : *Histoire du jeune roi de Thibet et de la princesse des Naïmans* ; cf. M.-L. Dufrénoy, *L'Orient romanesque en France*, Montréal, 1946, t. I, p. 166).

l'auraient pris pour un songe s'il y eût eu moins de réalité.

Pendant que ces nouvelles scènes se jouent dans le sérail, Ibrahim heurte, se nomme, tempête et crie. Après avoir essuyé bien des difficultés, il entre et jette les eunuques dans un désordre extrême. Il marche à grands pas ; mais il recule en arrière et tombe comme des nues quand il voit le faux Ibrahim, sa véritable image, dans toutes les libertés d'un maître. Il crie au secours : il veut que les eunuques lui aident à tuer cet imposteur ; mais il n'est pas obéi. Il n'a plus qu'une bien faible ressource : c'est de s'en rapporter au jugement de ses femmes. Dans une heure, le faux Ibrahim avait séduit tous ses juges. L'autre est chassé et traîné indignement hors du sérail, et il aurait reçu la mort mille fois si son rival n'avait ordonné qu'on lui sauvât la vie. Enfin le nouvel Ibrahim, resté maître du champ de bataille, se montra de plus en plus digne d'un tel choix et se signala par des miracles jusqu'alors inconnus.

« Vous ne ressemblez pas à Ibrahim, disaient ces femmes. – Dites, dites plutôt que cet imposteur ne me ressemble pas, disait le triomphant Ibrahim. Comment faut-il faire pour être votre époux, si ce que je fais ne suffit pas ? – Ah ! nous n'avons garde de douter, dirent les femmes. Si vous n'êtes pas Ibrahim, il nous suffit que vous ayez si bien mérité de l'être ; vous êtes plus Ibrahim en un jour qu'il ne l'a été dans le cours de dix années. – Vous me promettez donc, reprit-il, que vous vous déclarerez en ma faveur contre cet imposteur ? – N'en doutez pas, dirent-elles d'une commune voix : nous vous jurons une fidélité éternelle ; nous n'avons été que trop longtemps abusées : le traître ne soupçonnait point notre vertu ; il ne soupçonnait que sa faiblesse. Nous voyons bien que les hommes ne sont point faits comme lui ; c'est à vous sans doute qu'ils ressemblent. Si vous saviez combien vous nous le faites haïr ! – Ah !

je vous donnerai souvent de nouveaux sujets de haine, reprit le faux Ibrahim : vous ne connaissez point encore tout le tort qu'il vous a fait. – Nous jugeons de son injustice par la grandeur de votre vengeance, reprirent-elles. – Oui, vous avez raison, dit l'homme divin : j'ai mesuré l'expiation au crime ; je suis bien aise que vous soyez contentes de ma manière de punir. – Mais, dirent ces femmes, si cet imposteur revient, que ferons-nous ? – Il lui serait, je crois, difficile de vous tromper, répondit-il : dans la place que j'occupe auprès de vous, on ne se soutient guère par la ruse, et, d'ailleurs, je l'enverrai si loin, que vous n'entendrez plus parler de lui. Pour lors, je prendrai sur moi le soin de votre bonheur : je ne serai point jaloux ; je saurai m'assurer de vous sans vous gêner ; j'ai assez bonne opinion de mon mérite pour croire que vous me serez fidèles. Si vous n'étiez pas vertueuses avec moi, avec qui le seriez-vous ? »

Cette conversation dura longtemps entre lui et ces femmes, qui, plus frappées de la différence des deux Ibrahim que de leur ressemblance, ne songeaient pas même à se faire éclaircir de tant de merveilles. Enfin le mari désespéré revint encore les troubler : il trouva toute sa maison dans la joie et ses femmes plus incrédules que jamais. La place n'était pas tenable pour un jaloux : il sortit furieux, et un instant après le faux Ibrahim le suivit, le prit, le transporta dans les airs, et le laissa à deux mille lieues de là.

Ô Dieux ! dans quelle désolation se trouvèrent ces femmes dans l'absence de leur cher Ibrahim ! Déjà leurs eunuques avaient repris leur sévérité naturelle ; toute la maison était en larmes ; elles s'imaginaient quelquefois que tout ce qui leur était arrivé n'était qu'un songe ; elles se regardaient toutes les unes les autres et se rappelaient les moindres circonstances de ces étranges aventures. Enfin le céleste Ibrahim revint, toujours plus

aimable ; il leur parut que son voyage n'avait pas été pénible. Le nouveau maître prit une conduite si opposée à celle de l'autre qu'elle surprit tous les voisins. Il congédia les eunuques, rendit sa maison accessible à tout le monde ; il ne voulut pas même souffrir que ses femmes se voilassent. C'était une chose singulière de les voir dans les festins parmi des hommes aussi libres qu'eux. Ibrahim crut avec raison que les coutumes du pays n'étaient pas faites pour des citoyens comme lui. Cependant il ne se refusait aucune dépense ; il dissipa avec une immense profusion les biens du jaloux, qui, de retour trois ans après des pays lointains où il avait été transporté, ne trouva plus que ses femmes et trente-six enfants.

De Paris, le 26 de la lune de Gemmadi, 1720.

LETTRE CXLII

RICA À USBEK, À ***

Voici une lettre que je reçus hier d'un savant[1] ; elle te paraîtra singulière :

MONSIEUR,

Il y a six mois que j'ai recueilli la succession d'un oncle très riche, qui m'a laissé cinq ou six cent mille livres et une maison superbement meublée. Il y a plaisir d'avoir du bien, lorsqu'on en sait faire un bon usage.

1. [En fait, on a affaire ici à un riche amateur de curiosités hétéroclites, dont la crédulité est facilement abusée, et non à un de ces véritables savants, comme il s'en recrute alors à l'Académie des inscriptions et belles-lettres ou chez les bénédictins.]

Je n'ai point d'ambition ni de goût pour les plaisirs : je suis presque toujours enfermé dans un cabinet, où je mène la vie d'un savant ; c'est dans ce lieu que l'on trouve un curieux amateur de la vénérable antiquité.

Lorsque mon oncle eut fermé les yeux, j'aurais fort souhaité de le faire enterrer avec les cérémonies observées par les anciens Grecs et Romains ; mais je n'avais pour lors ni lacrymatoires, ni urnes, ni lampes antiques.

Mais depuis je me suis bien pourvu de ces précieuses raretés. Il y a quelques jours que je vendis ma vaisselle d'argent pour acheter une lampe de terre qui avait servi à un philosophe stoïcien. Je me suis défait de toutes les glaces dont mon oncle avait couvert presque tous les murs de ses appartements, pour avoir un petit miroir, un peu fêlé, qui fut autrefois à l'usage de Virgile : je suis charmé d'y voir ma figure représentée au lieu de celle du Cygne de Mantoue. Ce n'est pas tout : j'ai acheté cent louis d'or cinq ou six pièces d'une monnaie de cuivre qui avait cours il y a deux mille ans. Je ne sache pas avoir à présent dans ma maison un seul meuble qui n'ait été fait avant la décadence de l'Empire. J'ai un petit cabinet de manuscrits fort précieux et fort chers. Quoique je me tue la vue à les lire, j'aime beaucoup mieux m'en servir que des exemplaires imprimés, qui ne sont pas si corrects, et que tout le monde a entre les mains. Quoique je ne sorte presque jamais, je ne laisse pas d'avoir une passion démesurée de connaître tous les anciens chemins qui étaient du temps des Romains. Il y en a un qui est près de chez moi, qu'un proconsul des Gaules fit faire, il y a environ douze cents ans ; lorsque je vais à ma maison de campagne, je ne manque jamais d'y passer, quoiqu'il soit très incommode, et qu'il m'allonge de plus d'une lieue. Mais ce qui me fait enrager, c'est qu'on y a mis des poteaux de bois de distance en distance pour marquer l'éloigne-

ment des villes voisines : je suis désespéré de voir ces misérables indices, au lieu des colonnes milliaires qui y étaient autrefois ; je ne doute pas que je ne les fasse rétablir par mes héritiers, et que je ne les engage à cette dépense par mon testament. Si vous avez, monsieur, quelque manuscrit persan, vous me ferez plaisir de m'en accommoder ; je vous le paierai tout ce que vous voudrez, et je vous donnerai par-dessus le marché quelques ouvrages de ma façon, par lesquels vous verrez que je ne suis point un membre inutile de la République des Lettres. Vous y remarquerez entre autres une dissertation où je fais voir que la couronne dont on se servait autrefois dans les triomphes était de chêne, et non pas de laurier. Vous en admirerez une autre où je prouve, par de doctes conjectures tirées des plus graves auteurs grecs, que Cambyse fut blessé à la jambe gauche, et non pas à la droite ; une autre où je démontre qu'un petit front était une beauté très recherchée par les Romains. Je vous enverrai encore un volume in-quarto, en forme d'explication d'un vers du sixième livre de l'Énéide de Virgile [1]. Vous ne recevrez tout ceci que dans quelques jours ; et, quant à présent, je me contente de vous envoyer ce fragment d'un ancien mythologiste grec qui n'avait point paru jusques ici, et que j'ai découvert dans la poussière d'une bibliothèque. Je vous quitte pour une affaire importante que j'ai sur les bras : il s'agit de restituer un beau passage de Pline le Naturaliste, que les copistes du cinquième siècle ont étrangement défiguré.

Je suis, etc.

1. [Abus d'érudition confinant au délire, moqué par Thémiseul de Saint-Hyacinthe dans *Le Chef-d'œuvre d'un inconnu* (La Haye, 1714 ; éd. présentée par Henri Duranton, Presses universitaires de Saint-Étienne, « Lire le XVIIIᵉ siècle », 1991).]

FRAGMENT D'UN ANCIEN MYTHOLOGISTE [1]

Dans une île près des Orcades, il naquit un enfant qui avait pour père Éole, Dieu des Vents, et pour mère une nymphe de Calédonie [2]. On dit de lui qu'il apprit tout seul à compter avec ses doigts, et que, dès l'âge de quatre ans, il distinguait si parfaitement les métaux que, sa mère ayant voulu lui donner une bague de laiton au lieu d'une d'or, il reconnut la tromperie et la jeta par terre.

Dès qu'il fut grand, son père lui apprit le secret d'enfermer les vents dans des outres, qu'il vendait ensuite à tous les voyageurs. Mais, comme la marchandise n'était pas fort prisée dans son pays, il le quitta et se mit à courir le monde en compagnie de l'aveugle dieu du hasard.

Il apprit dans ses voyages que, dans la Bétique, l'or reluisait de toutes parts ; cela fit qu'il y précipita ses pas. Il y fut fort mal reçu de Saturne, qui régnait pour lors [3]. Mais ce dieu ayant quitté la terre, il s'avisa d'aller dans tous les carrefours, où il criait sans cesse d'une voix rauque : « Peuples de Bétique, vous croyez être riches parce que vous avez de l'or et de l'argent. Votre

1. C'est l'histoire de Law, mais la Bétique de Fénelon est évidemment la France. Le pastiche du *Télémaque*, comme dans l'apologue des Troglodytes, est ici fort sensible. **2.** John Law est en fait né à Édimbourg, en avril 1671, d'un père orfèvre et banquier et d'une mère noble du clan des Campbell. **3.** Après un premier séjour en France en 1699-1700, Law y revint en 1706 et s'y lia avec les ministres Chamillard et Desmarets. Au cours des années suivantes, il visita l'Italie, l'Allemagne, revint plusieurs fois à Paris, bref attendit son heure. C'est en 1714 qu'il s'établit à Paris, avant même que Saturne-Louis XIV ne fût mort. Il est certain que la mort de Louis XIV et la retraite de Desmarets ont retardé plutôt que hâté le triomphe de ses vues, la création d'un institut bancaire (cf. P. Harsin, *Les Doctrines monétaires et financières du XVIᵉ au XVIIIᵉ siècle*, Alcan, 1928, p. 141).

erreur me fait pitié. Croyez-moi, quittez le pays des vils métaux ; venez dans l'Empire de l'Imagination ; et je vous promets des richesses qui vous étonneront vous-mêmes. » Aussitôt il ouvrit une grande partie des outres qu'il avait apportées, et il distribua de sa marchandise à qui en voulut.

Le lendemain, il revint dans les mêmes carrefours, et il s'écria : *« Peuples de Bétique, voulez-vous être riches ? Imaginez-vous que je le suis beaucoup, et que vous l'êtes beaucoup aussi ; mettez-vous tous les matins dans l'esprit que votre fortune a doublé pendant la nuit ; levez-vous ensuite ; et, si vous avez des créanciers, allez les payer de ce que vous aurez imaginé, et dites-leur d'imaginer à leur tour. »*

Il reparut quelques jours après, et il parla ainsi : *« Peuples de Bétique, je vois bien que votre imagination n'est pas si vive que les premiers jours. Laissez-vous conduire à la mienne. Je mettrai tous les matins devant vos yeux un écriteau qui sera pour vous la source des richesses ; vous n'y verrez que quatre paroles, mais elles seront bien significatives : car elles régleront la dot de vos femmes, la légitime de vos enfants, le nombre de vos domestiques. Et quant à vous,* dit-il à ceux de la troupe qui étaient le plus près de lui, *quant à vous, mes chers enfants (je puis vous appeler de ce nom : car vous avez reçu de moi une seconde naissance), mon écriteau décidera de la magnificence de vos équipages, de la somptuosité de vos festins, du nombre et de la pension de vos maîtresses. »*

À quelques jours de là, il arriva dans le carrefour tout essoufflé, et, transporté de colère, il s'écria : *« Peuples de Bétique, je vous avais conseillé d'imaginer, et je vois que vous ne le faites pas. Eh bien ! à présent, je vous l'ordonne. »* Là-dessus il les quitta brusquement ; mais la réflexion le rappela sur ses pas. *« J'apprends que quelques-uns de vous sont assez détestables pour*

conserver leur or et leur argent. Encore passe pou
l'argent ; mais pour de l'or... pour de l'or... Ah ! cela
me met dans une indignation... Je jure, par mes outres
sacrées, que, s'ils ne viennent pas me l'apporter, je les
punirai sévèrement[1]. *» Puis il ajouta d'un air tout à fait*
persuasif : « Croyez-vous que ce soit pour garder ces
misérables métaux que je vous les demande ? Une
marque de ma candeur, c'est que, lorsque vous me les
apportâtes, il y a quelques jours, je vous en rendis sur-
le-champ la moitié. »

Le lendemain, on l'aperçut de loin, et on le vit s'insi-
nuer avec une voix douce et flatteuse : « Peuples de
Bétique, j'apprends que vous avez une partie de vos
trésors dans les pays étrangers. Je vous prie, faites-
les-moi venir : vous me ferez plaisir, et je vous en aurai
une reconnaissance éternelle[2]. *»*

Le fils d'Éole parlait à des gens qui n'avaient pas
grande envie de rire ; ils ne purent pourtant s'en empê-
cher : ce qui fit qu'il s'en retourna bien confus. Mais,
reprenant courage, il hasarda encore une petite prière :
« Je sais que vous avez des pierres précieuses. Au nom
de Jupiter, défaites-vous-en[3] *! rien ne vous appauvrit*
comme ces sortes de choses. Défaites vous-en, vous
dis-je. Si vous ne le pouvez pas par vous-mêmes, je vous
donnerai des hommes d'affaires excellents. Que de

1. L'édit du 11 mars 1720 est le plus net dans la véritable guerre
déclenchée aux espèces métalliques. Par une série de diminutions
échelonnées, la valeur du marc d'or et d'argent est réduite des deux
tiers. Les louis n'auraient plus cours au 1er mai, les écus d'argent
cesseraient d'être acceptés le 1er août. Les billets de banque devaient
en tenir lieu (cf. Harsin, *op. cit.*, p. 181-183). Comme A. Adam,
nous pensons que cette lettre est postérieure à l'édit du 11 mars.
2. Allusion possible à l'ordonnance du 20 juin 1720 qui tendait à
rapatrier les fonds placés à l'étranger. **3.** Allusion possible,
selon Barckhausen, à l'ordonnance du 4 juillet qui proscrivait
l'emploi et le port des diamants et des pierres précieuses.

couler chez vous, si vous faites ce que je
Oui, je vous promets tout ce qu'il y a
dans mes outres. »

Enfin, il monta sur un tréteau, et, prenant une voix
assurée, il dit : « Peuples de Bétique, j'ai comparé
l'heureux état dans lequel vous êtes, avec celui où je
vous trouvai lorsque j'arrivai ici : je vous vois le plus
riche peuple de la terre ; mais, pour achever votre for-
tune, souffrez que je vous ôte la moitié de vos biens[1]. »
À ces mots, d'une aile légère, le fils d'Éole disparut et
laissa ses auditeurs dans une consternation inexpri-
mable ; ce qui fit qu'il revint le lendemain, et parla
ainsi : « Je m'aperçus hier que mon discours vous
déplut extrêmement. Eh bien ! prenez que je ne vous aie
rien dit[2]. Il est vrai, la moitié, c'est trop : il n'y a qu'à
prendre d'autres expédients pour arriver au but que je
me suis proposé : assemblons nos richesses dans un
même endroit ; nous le pouvons facilement : car elles
ne tiennent pas un gros volume. » Aussitôt il en disparut
les trois quarts[3].

De Paris, le 9 de la lune de Chahban, 1720.

1. L'édit du 21 mai stipulait que les actions verraient leur valeur
réduite de 9 000 à 5 000 livres, en sept étapes qui s'échelonneraient
du 22 mai au 1er décembre. Les billets de leur côté passeraient de
100 à 50 (cf. Du Hautchamp, *Histoire du système*, La Haye, 1739,
6 vol., t. VI, p. 95-101, et Harsin, *op. cit.*, p. 183). 2. Comme
le fait remarquer Barckhausen, l'édit du 21 mai fut révoqué, non le
lendemain, mais le 27 mai par le régent, sur la pression probable de
d'Argenson. Le 29, Law quittait le contrôle général. 3. Allusion
très précise, non à l'arrêt du 15 septembre 1720 selon Barckhausen,
mais au *Mémoire au régent* rédigé par Law au début de juin 1720 et
publié par Harsin (*Étude critique sur la bibliographie de Jean Law*,
Liège, 1928, IXe annexe), d'après un manuscrit de l'Arsenal (nº 3857,

LETTRE CXLIII

RICA À NATHANAËL LÉVI, MÉDECIN JUIF, À LIVOURNE [1]

Tu me demandes ce que je pense de la vertu des amulettes et de la puissance des talismans. Pourquoi t'adresses-tu à moi ? Tu es juif, et je suis mahométan ; c'est-à-dire que nous sommes tous deux bien crédules.

Je porte toujours sur moi plus de deux mille passages du saint Alcoran ; j'attache à mes bras un petit paquet où sont écrits les noms de plus de deux cents dervis ; ceux d'Ali, de Fatmé et de tous les Purs, sont cachés en plus de vingt endroits de mes habits [2].

Cependant je ne désapprouve point ceux qui rejettent cette vertu que l'on attribue à de certaines paroles : il nous est bien plus difficile de répondre à leurs raisonnements qu'à eux de répondre à nos expériences.

Je porte tous ces chiffons sacrés par une longue

f. 267-274) : le billet perdant, depuis l'arrêt du 29 mai, 50 % contre l'espèce, il faut rétablir la valeur du billet et « en réduire la quantité *des trois quarts* pour rendre la proportion favorable au papier ». L'édit du 15 septembre, qui prescrit le retrait des sommes déposées en compte courant, sous peine de les voir réduites au quart de leur valeur, n'est pas dû à Law, mais à ses adversaires (cf. Harsin, *op. cit.,* p. 187).

1. Rica écrit à Nathanaël Lévi, médecin juif à Livourne, comme l'Espion turc au juif de Vienne Nathan Ben Saddi (*op. cit.*, III, p. 175) et au juif Donaja de Venise (*ibid.*, III, p. 176 et 196).
2. Cf. Chardin (*op. cit.*, t. I, p. 174) : « Il n'y a pas de peuple au monde plus superstitieux que les Persans... C'est par là qu'ils ont... tant de croyance aux talismans, tant de confiance aux amulettes. Ils les composent des passages de l'*Alcoran* et des *Hadis* qui sont les dits des premiers successeurs de Mahammed... Ils les portent au cou, à la ceinture, mais plus communément au bras, entre le coude et l'épaule, en de petits sacs de soie... On les prendrait d'abord pour de petits pelotons. Il y a des gens qui portent jusqu'à sept ou huit de ces sachets cousus sur un ruban en bracelet... J'ai vu des gens porter ainsi tout l'*Alcoran*. »

habitude, pour me conformer à une pratique universelle ;
je crois que, s'ils n'ont pas plus de vertu que les bagues
et les autres ornements dont on se pare, ils n'en ont pas
moins. Mais, toi, tu mets toute ta confiance sur quelques
lettres mystérieuses [1], et, sans cette sauvegarde, tu serais
dans un effroi continuel.

Les hommes sont bien malheureux ! Ils flottent sans
cesse entre de fausses espérances et des craintes ridi-
cules, et, au lieu de s'appuyer sur la raison, ils se font
des monstres qui les intimident, ou des fantômes qui les
séduisent.

Quel effet veux-tu que produise l'arrangement de cer-
taines lettres ? Quel effet veux-tu que leur dérangement
puisse troubler ? Quelle relation ont-elles avec les vents,
pour apaiser les tempêtes ; avec la poudre à canon, pour
en vaincre l'effort ; avec ce que les médecins appellent
l'*humeur peccante* et la *cause morbifique* des maladies,
pour les guérir ?

Ce qu'il y a d'extraordinaire, c'est que ceux qui fati-
guent leur raison pour lui faire rapporter de certains
événements à des vertus occultes n'ont pas un moindre
effort à faire pour s'empêcher d'en voir la véritable cause.

Tu me diras que de certains prestiges [2] ont fait gagner
une bataille ; et, moi, je te dirai qu'il faut que tu t'aveu-
gles pour ne pas trouver dans la situation du terrain,
dans le nombre ou dans le courage des soldats, dans
l'expérience des capitaines, des causes suffisantes pour
produire cet effet dont tu veux ignorer la cause.

Je te passe pour un moment qu'il y ait des prestiges.
Passe-moi à mon tour, pour un moment, qu'il n'y en ait
point : car cela n'est pas impossible. Ce que tu m'ac-
cordes n'empêche pas que les deux armées ne puissent
se battre. Veux-tu que, dans ce cas-là, aucune des deux

1. Allusion au symbolisme des lettres hébraïques dans la Cabale.
2. [Illusions par sortilèges.]

ne puisse remporter la victoire ? Crois-tu que leur sort restera incertain jusques à ce qu'une puissance invisible vienne le déterminer ; que tous les coups seront perdus, toute la prudence, vaine, et tout le courage, inutile ? Penses-tu que la mort, dans ces occasions, rendue présente de mille manières, ne puisse pas produire dans les esprits ces terreurs paniques que tu as tant de peine à expliquer ? Veux-tu que, dans une armée de cent mille hommes, il ne puisse pas y avoir un seul homme timide ? Crois-tu que le découragement de celui-ci ne puisse pas produire le découragement d'un autre ; que le second, qui quitte un troisième, ne lui fasse pas bientôt abandonner un quatrième ? Il n'en faut pas davantage pour que le désespoir de vaincre saisisse soudain toute une armée et la saisisse d'autant plus facilement qu'elle se trouve plus nombreuse.

Tout le monde sait et tout le monde sent que les hommes, comme toutes les créatures qui tendent à conserver leur être, aiment passionnément la vie. On sait cela en général, et on cherche pourquoi, dans une certaine occasion particulière, ils ont craint de la perdre !

Quoique les livres sacrés de toutes les nations soient remplis de ces terreurs paniques ou surnaturelles, je n'imagine rien de si frivole, parce que, pour s'assurer qu'un effet qui peut être produit par cent mille causes naturelles est surnaturel, il faut avoir auparavant examiné si aucune de ces causes n'a agi ; ce qui est impossible.

Je ne t'en dirai pas davantage, Nathanaël ; il me semble que la matière ne mérite pas d'être si sérieusement traitée.

De Paris, le 20 de la lune de Chahban, 1720.

P.-S. – Comme je finissais, j'ai entendu crier dans la rue une lettre d'un médecin de province à un médecin

de Paris (car ici toutes les bagatelles s'impriment, se publient, et s'achètent) ; j'ai cru que je ferais bien de te l'envoyer, parce qu'elle a du rapport à notre sujet.

LETTRE D'UN MÉDECIN DE PROVINCE
À UN MÉDECIN DE PARIS

Il y avait dans notre ville un malade qui ne dormait point depuis trente-cinq jours. Son médecin lui ordonna l'opium ; mais il ne pouvait se résoudre à le prendre, et il avait la coupe à la main qu'il était plus indéterminé que jamais. Enfin il dit à son médecin : « Monsieur, je vous demande seulement quartier jusqu'à demain : je connais un homme qui n'exerce pas la médecine, mais qui a chez lui un nombre innombrable de remèdes contre l'insomnie. Souffrez que je l'envoie quérir, et, si je ne dors pas cette nuit, je vous promets que je reviendrai à vous. » Le médecin congédié, le malade fit fermer les rideaux, et dit à un petit laquais : « Tiens, va-t'en chez M. Anis et dis-lui qu'il vienne me parler. » M. Anis arrive. « Mon cher monsieur Anis, je me meurs : je ne puis dormir. N'auriez-vous point dans votre boutique la C. du G.[1] *ou bien quelque livre de dévotion, composé*

1. [(*Des causes de*) *la corruption du goût*, selon les Cahiers de corrections, analysés par Madeleine Laurain-Portemer (voir ci-dessous, Histoire du texte, p. 411 et suiv.) : M^me Dacier était l'auteur de cet ouvrage (1714) qui consacrait la supériorité des Anciens dans la seconde Querelle des Anciens et des Modernes, ou querelle d'Homère (voir ci-dessus, Lettre XXXVI) ; Montesquieu l'a jugée avec sévérité (voir références citées à la Lettre XXXVI, et particulièrement *Pensées*, n° 1681). Montesquieu a sans doute voulu éviter de paraître s'acharner sur cette éminente personnalité, qui en 1721 venait de mourir (voir Emmanuel Bury, « Madame Dacier », dans *Femmes savantes, savoirs des femmes*, éd. Colette Nativel, Genève, Droz, 1999, p. 209-219).]

par un R. P. J.[1], *que vous n'ayez pu vendre ? Car sou-*
vent les remèdes les plus gardés sont les meilleurs.
– Monsieur, dit le libraire[2], *j'ai chez moi la* Cour sainte,
du père Caussin[3], *en six volumes, à votre service ; je*
vais vous l'envoyer ; je souhaite que vous vous en trou-
viez bien. Si vous voulez les œuvres du révérend père
Rodriguez[4], *jésuite espagnol, ne vous en faites pas faute.*
Mais, croyez-moi, tenons-nous-en au père Caussin ;
j'espère, avec l'aide de Dieu, qu'une période du père
Caussin vous fera autant d'effet qu'un feuillet tout entier
de la C. du G. » Là-dessus M. Anis sortit et courut
chercher le remède à sa boutique. La Cour sainte
arrive ; on en secoue la poudre ; le fils du malade, jeune
écolier, commence à la lire. Il en sentit le premier
l'effet : à la seconde page, il ne prononçait plus que
d'une voix mal articulée, et déjà toute la compagnie se
sentait affaiblie. Un instant après, tout ronfla, excepté
le malade, qui, après avoir été longtemps éprouvé,
s'assoupit à la fin.

Le médecin arrive de grand matin : « Eh bien ! a-t-on
pris mon opium ? » On ne lui répond rien : la femme,
la fille, le petit garçon, tous transportés de joie, lui

1. Un Révérend Père Jésuite.　　**2.** Dans M. *Anis*, libraire, on
reconnaît aisément l'imprimeur d'origine lyonnaise *Jean Anisson*
(1640-1721), nommé le 15 janvier 1691 libraire et imprimeur de
Paris, puis directeur de l'Imprimerie royale. Il était installé rue de la
Harpe à l'enseigne de *La Fleur de lys de Florence* [(Georges
Lepreux, *Gallia typographica. Série parisienne*, I, Paris, Champion,
1911).] Comme le suggère Montesquieu, il était spécialisé dans les
ouvrages de piété (cf. Ernest Coyecque, *Inventaire de la collection
Anisson*, Paris, Leroux, 1900, p. LIII-LVII).　　**3.** Le père Nicolas
Caussin (1583-1651) est l'auteur de *La Cour sainte ou Institution
chrétienne des grands* (Paris, Chappelet, 1625).　　**4.** Le père
Alonso Rodriguez (1526-1616) publia, entre autres ouvrages ascéti-
ques, l'*Exercicio de Perfection*, traduit en français sous le titre
Pratique de la perfection et vertus [(Georges Lepreux, *Gallia typo-
graphica, op. cit.*)].

montrent le père Caussin. Il demande ce que c'est. On lui dit : « Vive le père Caussin ! Il faut l'envoyer relier. Qui l'eût dit ? Qui l'eût cru ? C'est un miracle ! Tenez, monsieur, voyez donc le père Caussin ; c'est ce volume-là qui a fait dormir mon père. » Et là-dessus on lui expliqua la chose comme elle s'était passée.

Le médecin[1] était un homme subtil, rempli des mystères de la Cabale et de la puissance des paroles et des esprits. Cela le frappa, et, après plusieurs réflexions, il résolut de changer absolument sa pratique. « Voilà un fait bien singulier, dit-il. Je tiens une expérience ; il faut la pousser plus loin. Et pourquoi un esprit ne pourrait-il pas transmettre à son ouvrage les mêmes qualités qu'il a lui-même ? Ne le voyons-nous pas tous les jours ? Au moins cela vaut-il bien la peine de l'essayer. Je suis las des apothicaires : leurs sirops, leurs juleps et toutes les drogues galéniques ruinent les malades et leur santé. Changeons de méthode ; éprouvons la vertu des esprits. » Sur cette idée, il dressa une nouvelle pharmacie, comme vous allez voir par la description que je vous vais faire des principaux remèdes qu'il mit en pratique :

Tisane purgative.

« Prenez trois feuilles de la Logique *d'Aristote en grec, deux feuilles d'un traité de théologie scolastique le plus aigu (comme, par exemple, du subtil Scot), quatre de Paracelse, une d'Avicenne, six d'Averroès, trois de*

1. [C'est sans doute sous la pression des jésuites que Montesquieu a envisagé de supprimer ces pages fortement satiriques – sa décision ultime restant douteuse. Les scrupules des éditeurs de 1758 ont permis de les conserver.]

Porphyre, autant de Plotin, autant de Jamblique. Faites infuser le tout pendant vingt-quatre heures, et prenez-en quatre prises par jour. »

Purgatif plus violent.

« Prenez dix A... du C... concernant la B... et la C... des I... [1] *; faites-les distiller au bain-marie ; mortifiez une goutte de l'humeur âcre et piquante qui en viendra dans un verre d'eau commune ; avalez le tout avec confiance. »*

Vomitif.

« Prenez six harangues, une douzaine d'oraisons funèbres indifféremment (prenant garde pourtant de ne point se servir de celles de M. de N. [2]*), un recueil de nouveaux opéras, cinquante romans, trente mémoires nouveaux ; mettez le tout dans un matras ; laissez-le en digestion pendant deux jours, puis faites-le distiller au feu de sable. »*

« Et, si tout cela ne suffit pas :

Autre plus puissant.

« Prenez une feuille de papier marbré qui ait servi à couvrir un recueil de pièces des J. F. [3] *; faites-le infuser l'espace de trois minutes ; faites chauffer une cuillerée de cette infusion ; et avalez. »*

1. [Dix Arrêts du Conseil concernant la Banque et la Compagnie des Indes ? Plutôt : [...] concernant la Bulle [*Unigenitus*] et la Constitution des jésuites.] **2.** M. de Nîmes, c'est-à-dire Fléchier, auteur d'oraisons funèbres célèbres, dont celle de Turenne. **3.** Un recueil de pièces des *Jeux floraux*.

Remède très simple pour guérir de l'asthme.

« *Lisez tous les ouvrages du révérend père Maim-bourg*[1], *ci-devant jésuite, prenant garde de ne vous arrêter qu'à la fin de chaque période, et vous sentirez la faculté de respirer vous revenir peu à peu, sans qu'il soit besoin de réitérer le remède.* »

Pour préserver de la gale, grattelle, tigne,
farcin des chevaux.

« *Prenez trois catégories d'Aristote, deux degrés métaphysiques, une distinction, six vers de Chapelain, une phrase tirée des lettres de M. l'abbé de Saint-Cyran ; écrivez le tout sur un morceau de papier, que vous plierez, attacherez à un ruban, et porterez au col.* »

Miraculum chymicum de violenta fermentatione
cum fumo, igne et flamma.

« *Misce Quesnellianam infusionem, cum infusione Lallemaniana*[2] ; *fiat fermentatio cum magna vi, impetu et tonitru, acidis pugnantibus et invicem penetrantibus alcalinos sales ; fiet evaporatio ardentium spirituum. Pone liquorem fermentatum in alambico : nihil inde extrahes et nihil invenies nisi caput mortuum*[3]. »

1. Le père Louis Maimbourg (1610-1686), historien abondant et pompeux. Montesquieu possédait son *Histoire des Croisades* (Paris, 1675). Il n'est plus guère connu que par son *Histoire du calvinisme* réfutée par Bayle en 1682. **2.** Le jésuite Lallemant écrivit contre le fameux janséniste *Le Père Quesnel séditieux dans ses Réflexions sur le Nouveau Testament* (Bruxelles, 1704). **3.** [« Miracle chimique issu de fermentation violente avec fumée, feu et flamme. Mêlez une infusion de Quesnel et une infusion de Lallemant. Que s'opère une fermentation d'une grande violence, avec choc et bruit

Lenitivum[1].

« *Recipe Molinae anodyni chartas duas ; Escobaris*[2] *relaxativi paginas sex ; Vasquii emollientis folium unum ; infunde in aquae communis lib. iiij. Ad consumptionem dimidiae partis colentur et exprimantur ; et in expressione dissolve Bauni detersivi et Tamburini abluentis folia iij.*

« *Fiat clister.* »

In chlorosim, quam vulgus « pallidos colores » aut « febrim amatoriam » appellat.

« *Recipe Aretini figuras quatuor ; R. Thomae Sanchii, De Matrimonio*[3]*, folia ij. Infundantur in aquae communis libras quinque.* »

« *Fiat ptisana aperiens.* »

fracassant, les acides et les sels alcalins se combattant et se pénétrant mutuellement ; il se produira une évaporation des esprits ardents : placez le liquide fermenté dans un alambic ; on n'en tirera rien, et on n'y trouvera rien sinon une tête de mort. »]

1. [Traduction : « Remède lénitif. Prenez deux feuilles de Molina, calmant ; six pages d'Escobar, laxatif ; un feuillet de Vasquez, émollient ; versez dans quatre livres d'eau ordinaire. Filtrez-les et faites-leur rendre leur jus jusqu'à réduction de moitié. Dans ce jus dissolvez trois feuilles de Bauny, détersif, et de Tamburini, purifiant. Prenez-le en clystère. » « Contre la chlorose, vulgairement appelée "pâles couleurs" ou "maladie d'amour". Prenez quatre illustrations de l'Arétin, deux feuilles du Révérend Thomas Sanchez, *Du mariage* ; versez-les dans cinq livres d'eau ordinaire. Prenez cela en tisane apéritive. »]　　**2.** Grâce à Pascal on connaît la *Summa theologia moralis* d'Escobar [. Il s'agit ici exclusivement de jésuites : Gabriel Vazquez Vazquez, dit l'« Augustin de l'Espagne » (1549-1604) ; Étienne Bauny (1564-1649), auteur d'une *Somme des péchés qui se commettent en tous états* (1630) ; Tommaso Tamburini (1591-1675), auteur d'une *Explicatio Decalogi* (1659) et de nombreux autres ouvrages de théologie.]　　**3.** Sur cet ouvrage, cf. Lettre CXXXIV.

Voilà les drogues que notre médecin mit en pratique avec un succès imaginable. Il ne voulait pas (disait-il), pour ne pas ruiner ses malades, employer des remèdes rares, et qui ne se trouvent presque point ; comme, par exemple, une épître dédicatoire qui n'ait fait bâiller personne ; une préface trop courte ; un mandement fait par un évêque ; et l'ouvrage d'un janséniste méprisé par un janséniste ou bien admiré par un jésuite. Il disait que ces sortes de remèdes ne sont propres qu'à entretenir la charlatanerie, contre laquelle il avait une antipathie insurmontable.

LETTRE CXLIV

RICA À USBEK

Je trouvai, il y a quelques jours, dans une maison de campagne où j'étais allé, deux savants qui ont ici une grande célébrité. Leur caractère me parut admirable. La conversation du premier, bien appréciée, se réduisait à ceci : « Ce que j'ai dit est vrai, parce que je l'ai dit. » La conversation du second portait sur autre chose : « Ce que je n'ai pas dit n'est pas vrai, parce que je ne l'ai pas dit. »

J'aimais assez le premier : car qu'un homme soit opiniâtre, cela ne me fait absolument rien ; mais qu'il soit impertinent, cela me fait beaucoup. Le premier défend ses opinions ; c'est son bien. Le second attaque les opinions des autres, et c'est le bien de tout le monde.

Oh ! mon cher Usbek, que la vanité sert mal ceux qui en ont une dose plus forte que celle qui est nécessaire pour la conservation de la nature ! Ces gens-là veulent

être admirés à force de déplaire. Ils cherchent à être
supérieurs, et ils ne sont pas seulement égaux.

Hommes modestes, venez que je vous embrasse :
vous faites la douceur et le charme de la vie. Vous croyez
que vous n'avez rien, et, moi, je vous dis que vous avez
tout. Vous pensez que vous n'humiliez personne, et vous
humiliez tout le monde. Et, quand je vous compare dans
mon idée avec ces hommes absolus que je vois partout,
je les précipite de leur tribunal, et je les mets à vos pieds.

De Paris, le 22 de la lune de Chahban, 1720.

LETTRE CXLV

USBEK À ***

Un homme d'esprit est ordinairement difficile dans
les sociétés ; il choisit peu de personnes ; il s'ennuie
avec tout le grand nombre de gens qu'il lui plaît appeler
mauvaise compagnie ; il est impossible qu'il ne fasse un
peu sentir son dégoût. Autant d'ennemis !

Sûr de plaire quand il voudra, il néglige très souvent
de le faire.

Il est porté à la critique, parce qu'il voit plus de choses
qu'un autre et les sent mieux.

Il ruine presque toujours sa fortune, parce que son
esprit lui fournit pour cela un plus grand nombre de
moyens.

Il échoue dans ses entreprises parce qu'il hasarde
beaucoup. Sa vue, qui se porte toujours loin, lui fait voir
des objets qui sont à de trop grandes distances. Sans
compter que, dans la naissance d'un projet, il est moins
frappé des difficultés, qui viennent de la chose, que des
remèdes qui sont de lui, et qu'il tire de son propre fonds.

Il néglige les menus détails, dont dépend cependant la réussite de presque toutes les grandes affaires.

L'homme médiocre, au contraire, cherche à tirer parti de tout : il sent bien qu'il n'a rien à perdre en négligences.

L'approbation universelle est plus ordinairement pour l'homme médiocre. On est charmé de donner à celui-ci ; on est enchanté d'ôter à celui-là. Pendant que l'envie fond sur l'un, et qu'on ne lui pardonne rien, on supplée tout en faveur de l'autre : la vanité se déclare pour lui.

Mais, si un homme d'esprit a tant de désavantages, que dirons-nous de la dure condition des savants ?

Je n'y pense jamais que je ne me rappelle une lettre d'un d'eux à un de ses amis. La voici :

MONSIEUR,

Je suis un homme qui m'occupe, toutes les nuits, à regarder avec des lunettes de trente pieds ces grands corps qui roulent sur nos têtes ; et, quand je veux me délasser, je prends mes petits microscopes, et j'observe un ciron ou une mite.

Je ne suis point riche, et je n'ai qu'une seule chambre ; je n'ose même y faire du feu, parce que j'y tiens mon thermomètre, et que la chaleur étrangère le ferait hausser. L'hiver dernier, je pensai mourir de froid, et, quoique mon thermomètre, qui était au plus bas degré, m'avertît que mes mains allaient se geler, je ne me dérangeai point, et j'ai la consolation d'être instruit exactement des changements de temps les plus insensibles de toute l'année passée[1].

1. L'académie de Bordeaux se préoccupait beaucoup de météorologie. Le *baromètre* est choisi en 1715 comme sujet de prix ; on présenta 14 dissertations et ce fut Dortous de Mairan qui l'emporta. L'abbé Bellet et les deux frères Sarrau multiplient les observations. [Voir dans le *Spicilège, OC*, t. 13, les notes sur les n⁰ˢ 3-8.]

Je me communique fort peu, et, de tous les gens que je vois, je n'en connais aucun. Mais il y a un homme à Stockholm, un autre à Leipsick, un autre à Londres, que je n'ai jamais vus, et que je ne verrai sans doute jamais, avec lesquels j'entretiens une correspondance si exacte, que je ne laisse pas passer un courrier sans leur écrire.

Mais, quoique je ne connaisse personne dans mon quartier, je suis dans une si mauvaise réputation, que je serai, à la fin, obligé de le quitter. Il y a cinq ans que je fus rudement insulté par une de mes voisines pour avoir fait la dissection d'un chien qu'elle prétendait lui appartenir [1]. *La femme d'un boucher, qui se trouva là, se mit de la partie, et, pendant que celle-là m'accablait d'injures, celle-ci m'assommait à coups de pierres, conjointement avec le docteur..., qui était avec moi, et qui reçut un coup terrible sur l'os frontal et occipital, dont le siège de sa raison fut très ébranlé.*

Depuis ce temps-là, dès qu'il s'écarte quelque chien au bout de la rue, il est aussitôt décidé qu'il a passé par mes mains. Une bonne bourgeoise qui en avait perdu un petit, qu'elle aimait, disait-elle, plus que ses enfants, vint l'autre jour s'évanouir dans ma chambre, et, ne le trouvant pas, elle me cita devant le magistrat. Je crois que je ne serai jamais délivré de la malice importune de ces femmes, qui, avec leurs voix glapissantes, m'étourdissent sans cesse de l'oraison funèbre de tous les automates qui sont morts depuis dix ans.

Je suis, etc.

Tous les savants étaient autrefois accusés de magie.

1. Le docteur Grégoire, associé depuis 1714, s'est spécialisé à Bordeaux dans la vivisection des chiens (B. M. Bordeaux, ms. n° 828, 46). Vers 1718-1719, c'est une véritable mode chez nos académiciens, stimulés par le prix d'anatomie de 300 livres fondé par Montesquieu (cf. P. Barrière, *op. cit.*, p. 198).

Je n'en suis point étonné. Chacun disait en lui-même :
« J'ai porté les talents naturels aussi loin qu'ils peuvent
aller ; cependant un certain savant a des avantages sur
moi : il faut bien qu'il y ait là quelque diablerie. »

À présent que ces sortes d'accusation sont tombées
dans le décri, on a pris un autre tour, et un savant ne
saurait guère éviter le reproche d'irréligion ou d'hérésie.
Il a beau être absous par le peuple : la plaie est faite ;
elle ne se fermera jamais bien. C'est toujours pour lui
un endroit malade. Un adversaire viendra, trente ans
après, lui dire modestement : « À Dieu ne plaise que je
dise que ce dont on vous accuse soit vrai ! Mais vous
avez été obligé de vous défendre. » C'est ainsi qu'on
tourne contre lui sa justification même.

S'il écrit quelque histoire, et qu'il ait de la noblesse
dans l'esprit et quelque droiture dans le cœur, on lui
suscite mille persécutions. On ira contre lui soulever le
magistrat sur un fait qui s'est passé il y a mille ans, et
on voudra que sa plume soit captive, si elle n'est pas
vénale.

Plus heureux cependant que ces hommes lâches qui
abandonnent leur foi pour une médiocre pension ; qui,
à prendre toutes leurs impostures en détail, ne les ven-
dent pas seulement une obole, qui renversent la
constitution de l'Empire, diminuent les droits d'une
puissance, augmentent ceux d'une autre, donnent aux
princes, ôtent aux peuples, font revivre des droits
surannés, flattent les passions qui sont en crédit de leur
temps, et les vices qui sont sur le trône ; imposant à la
postérité d'autant plus indignement qu'elle a moins de
moyens de détruire leur témoignage.

Mais ce n'est point assez pour un auteur d'avoir
essuyé toutes ces insultes : ce n'est point assez pour lui
d'avoir été dans une inquiétude continuelle sur le succès
de son ouvrage. Il voit le jour enfin, cet ouvrage qui lui
a tant coûté : il lui attire des querelles de toutes parts.

Et comment les éviter ? Il avait un sentiment ; il l'a soutenu par ses écrits ; il ne savait pas qu'un homme, à deux cents lieues de lui, avait dit tout le contraire. Voilà cependant la guerre qui se déclare.

Encore s'il pouvait espérer d'obtenir quelque considération ! Non. Il n'est tout au plus estimé que de ceux qui se sont appliqués au même genre de science que lui. Un philosophe a un mépris souverain pour un homme qui a la tête chargée de faits, et il est, à son tour, regardé comme un visionnaire par celui qui a une bonne mémoire.

Quant à ceux qui font profession d'une orgueilleuse ignorance, ils voudraient que tout le genre humain fût enseveli dans l'oubli où ils seront eux-mêmes.

Un homme à qui il manque un talent se dédommage en le méprisant : il ôte cet obstacle qu'il rencontrait entre le mérite et lui, et, par là, se trouve au niveau de celui dont il redoute les travaux.

Enfin, il faut joindre à une réputation équivoque la privation des plaisirs et la perte de la santé.

De Paris, le 22 de la lune de Chahban, 1720.

LETTRE CXLVI

USBEK À RHÉDI, À VENISE

Il y a longtemps que l'on a dit que la bonne foi était l'âme d'un grand ministère.

Un particulier peut jouir de l'obscurité où il se trouve : il ne se décrédite que devant quelques gens ; il se tient couvert devant les autres ; mais un ministre qui manque à la probité a autant de témoins, autant de juges, qu'il y a de gens qu'il gouverne.

Oserai-je le dire ? Le plus grand mal que fait un ministre sans probité n'est pas de desservir son prince et de ruiner son peuple ; il y en a un autre, à mon avis, mille fois plus dangereux : c'est le mauvais exemple qu'il donne.

Tu sais que j'ai longtemps voyagé dans les Indes. J'y ai vu une nation, naturellement généreuse, pervertie en un instant, depuis le dernier de ses sujets jusqu'aux plus grands, par le mauvais exemple d'un ministre. J'y ai vu tout un peuple, chez qui la générosité, la probité, la candeur et la bonne foi ont passé de tous temps pour les qualités naturelles, devenir tout à coup le dernier des peuples ; le mal se communiquer et n'épargner pas même les membres les plus sains ; les hommes les plus vertueux faire des choses indignes et violer les premiers principes de la justice, sur ce vain prétexte qu'on la leur avait violée.

Ils appelaient des lois odieuses en garantie des actions les plus lâches et nommaient *nécessité* l'injustice et la perfidie.

J'ai vu la foi des contrats bannie, les plus saintes conventions anéanties, toutes les lois des familles renversées. J'ai vu des débiteurs avares, fiers d'une insolente pauvreté, instruments indignes de la fureur des lois et de la rigueur des temps, feindre un paiement au lieu de le faire, et porter le couteau dans le sein de leurs bienfaiteurs.

J'en ai vu d'autres, plus indignes encore, acheter presque pour rien ou plutôt ramasser de terre des feuilles de chêne pour les mettre à la place de la substance des veuves et des orphelins.

J'ai vu naître soudain, dans tous les cœurs, une soif insatiable des richesses. J'ai vu se former en un moment une détestable conjuration de s'enrichir, non par un honnête travail et une généreuse industrie, mais par la ruine du prince, de l'État et des concitoyens.

J'ai vu un honnête citoyen, dans ces temps malheu-

reux, ne se coucher qu'en disant : « J'ai ruiné une famille aujourd'hui ; j'en ruinerai une autre demain. »

« Je vais, disait un autre, avec un homme noir qui porte une écritoire à la main et un fer pointu à l'oreille, assassiner tous ceux à qui j'ai de l'obligation. »

Un autre disait : « Je vois que j'accommode mes affaires. Il est vrai que, lorsque j'allai, il y a trois jours, faire un certain paiement, je laissai toute une famille en larmes, que je dissipai la dot de deux honnêtes filles, que j'ôtai l'éducation à un petit garçon. Le père en mourra de douleur, la mère périt de tristesse ; mais je n'ai fait que ce qui est permis par la loi. »

Quel plus grand crime que celui que commet un ministre lorsqu'il corrompt les mœurs de toute une nation, dégrade les âmes les plus généreuses, ternit l'éclat des dignités, obscurcit la vertu même, et confond la plus haute naissance dans le mépris universel [1].

Que dira la postérité lorsqu'il lui faudra rougir de la honte de ses pères ? Que dira le peuple naissant lorsqu'il comparera le fer de ses aïeux avec l'or de ceux à qui il doit immédiatement le jour ? Je ne doute pas que les

1. La controverse est toujours ouverte sur les effets matériels du système de Law ; mais son rôle dans la décomposition morale de la société française n'est pas discuté. Montesquieu ne dramatise rien. On vit le duc de Bourbon et le prince de Conti forcer les portes de Law et emporter des millions d'or dans leurs voitures. Le duc d'Estrées accapare le chocolat, le duc d'Antin les étoffes. Le comte de Horn, petit-fils du prince de Ligne, attire un agioteur dans un cabaret et l'assassine pour le voler. De l'autre côté, c'est le tableau tragique de cette maison où l'on trouva, en décembre 1720, « le mari pendu, sa femme et ses trois enfants égorgés et dans la même chambre, six sous en monnaie et 200 000 livres en billets de banque ». Cette lettre, conclusion occidentale des *Lettres persanes* [et, sur le strict plan chronologique, la dernière du roman], écrite au moment même où Law, ruiné, fuyait aux Pays-Bas, dément vigoureusement l'interprétation trop souvent frivole de l'ouvrage de Montesquieu.

nobles ne retranchent de leurs quartiers un indigne degré de noblesse, qui les déshonore, et ne laissent la génération présente dans l'affreux néant où elle s'est mise.

De Paris, le 11 de la lune de Rhamazan, 1720.

LETTRE CXLVII

LE GRAND EUNUQUE À USBEK, À PARIS

Les choses sont venues à un état qui ne se peut plus soutenir : tes femmes se sont imaginé que ton départ leur laissait une impunité entière ; il se passe ici des choses horribles. Je tremble moi-même au cruel récit que je vais te faire.

Zélis, allant il y a quelques jours à la mosquée, laissa tomber son voile et parut presque à visage découvert devant tout le peuple.

J'ai trouvé Zachi couchée avec une de ses esclaves : chose si défendue par les lois du sérail.

J'ai surpris, par le plus grand hasard du monde, une lettre que je t'envoie ; je n'ai jamais pu découvrir à qui elle était adressée.

Hier au soir, un jeune garçon fut trouvé dans le jardin du sérail, et il se sauva par-dessus les murailles.

Ajoute à cela ce qui n'est pas parvenu à ma connaissance : car sûrement tu es trahi. J'attends tes ordres, et jusques à l'heureux moment que je les recevrai, je vais être dans une situation mortelle. Mais, si tu ne mets toutes ces femmes à ma discrétion, je ne te réponds d'aucune d'elles, et j'aurai tous les jours des nouvelles aussi tristes à te mander.

Du sérail d'Ispahan,
le premier de la lune de Rhegeb, 1717.

LETTRE CXLVIII

USBEK AU PREMIER EUNUQUE, AU SÉRAIL D'ISPAHAN

Recevez par cette lettre un pouvoir sans bornes sur tout le sérail : commandez avec autant d'autorité que moi-même. Que la crainte et la terreur marchent avec vous ; courez d'appartements en appartements porter les punitions et les châtiments. Que tout vive dans la consternation ; que tout fonde en larmes devant vous. Interrogez tout le sérail ; commencez par les esclaves. N'épargnez pas mon amour : que tout subisse votre tribunal redoutable. Mettez au jour les secrets les plus cachés. Purifiez ce lieu infâme, et faites-y rentrer la vertu bannie : car, dès ce moment, je mets sur votre tête les moindres fautes qui se commettront. Je soupçonne Zélis d'être celle à qui la lettre que vous avez surprise s'adressait. Examinez cela avec des yeux de lynx.

*De ***, le 11 de la lune de Zilhagé, 1718.*

LETTRE CXLIX

NARSIT À USBEK, À PARIS

Le Grand eunuque vient de mourir, magnifique seigneur. Comme je suis le plus vieux de tes esclaves, j'ai pris sa place jusques à ce que tu aies fait connaître sur qui tu veux jeter les yeux.

Deux jours après sa mort, on m'apporta une de tes lettres qui lui était adressée ; je me suis bien gardé de

l'ouvrir : je l'ai enveloppée avec respect et l'ai serrée jusques à ce que tu m'aies fait connaître tes sacrées volontés.

Hier un esclave vint, au milieu de la nuit, me dire qu'il avait trouvé un jeune homme dans le sérail. Je me levai, j'examinai la chose, et je trouvai que c'était une vision.

Je te baise les pieds, sublime seigneur, et je te prie de compter sur mon zèle, mon expérience et ma vieillesse.

Du sérail d'Ispahan,
le 5 de la lune de Gemmadi 1, 1718.

LETTRE CL

USBEK À NARSIT, AU SÉRAIL D'ISPAHAN

Malheureux que vous êtes ! vous avez dans vos mains des lettres qui contiennent des ordres prompts et violents ; le moindre retardement peut me désespérer, et vous demeurez tranquille sous un vain prétexte !

Il se passe des choses horribles : j'ai peut-être la moitié de mes esclaves qui méritent la mort. Je vous envoie la lettre que le Premier eunuque m'écrivit là-dessus avant de mourir. Si vous aviez ouvert le paquet qui lui est adressé, vous y auriez trouvé des ordres sanglants. Lisez-les donc, ces ordres, et vous périrez si vous ne les exécutez pas.

*De ***, le 25 de la lune de Chalval, 1718.*

LETTRE CLI

Si je gardais plus longtemps le silence, je serais aussi coupable que tous ces criminels que tu as dans le sérail.

J'étais le confident du Grand eunuque, le plus fidèle de tes esclaves. Lorsqu'il se vit près de sa fin, il me fit appeler et me dit ces paroles : « Je me meurs ; mais le seul chagrin que j'ai en quittant la vie, c'est que mes derniers regards ont trouvé les femmes de mon maître criminelles. Le Ciel puisse le garantir de tous les malheurs que je prévois ! Puisse, après ma mort, mon ombre menaçante venir avertir ces perfides de leur devoir et les intimider encore ! Voilà les clefs des ces redoutables lieux. Va les porter au plus vieux des noirs. Mais si, après ma mort, il manque de vigilance, songe à en avertir ton maître. » En achevant ces mots, il expira dans mes bras.

Je sais ce qu'il t'écrivit quelque temps avant sa mort, sur la conduite de tes femmes : il y a dans le sérail une lettre qui aurait porté la terreur avec elle, si elle avait été ouverte. Celle que tu as écrite depuis a été surprise à trois lieues d'ici. Je ne sais ce que c'est : tout se tourne malheureusement.

Cependant tes femmes ne gardent plus aucune retenue : depuis la mort du Grand eunuque, il semble que tout leur soit permis. La seule Roxane est restée dans le devoir et conserve de la modestie. On voit les mœurs se corrompre tous les jours. On ne trouve plus sur le visage de tes femmes cette vertu mâle et sévère qui y régnait autrefois : une joie nouvelle, répandue en ces lieux, est un témoignage infaillible, selon moi, de quelque satisfaction nouvelle ; dans les plus petites choses, je remarque des libertés jusqu'alors inconnues. Il règne même parmi tes esclaves une certaine indolence pour leur devoir et

pour l'observation des règles, qui me surprend : ils n'ont plus ce zèle ardent pour ton service qui semblait animer tout le sérail.

Tes femmes ont été huit jours à la campagne, à une de tes maisons les plus abandonnées. On dit que l'esclave qui en a soin a été gagné, et qu'un jour avant qu'elles arrivassent, il avait fait cacher deux hommes dans un réduit de pierre qui est dans la muraille de la principale chambre, d'où ils sortaient le soir lorsque nous étions retirés. Le vieux eunuque qui est à présent à notre tête est un imbécile, à qui l'on fait croire tout ce qu'on veut.

Je suis agité d'une colère vengeresse contre tant de perfidies, et, si le Ciel voulait, pour le bien de ton service, que tu me jugeasses capable de gouverner, je te promets que, si tes femmes n'étaient pas vertueuses, au moins elles seraient fidèles.

Du sérail d'Ispahan, le 6 de la lune de Rebiab 1, 1719.

LETTRE CLII

NARSIT À USBEK, À PARIS

Roxane et Zélis ont souhaité d'aller à la campagne ; je n'ai pas cru devoir le leur refuser. Heureux Usbek ! tu as des femmes fidèles et des esclaves vigilants : je commande en des lieux où la vertu semble s'être choisi un asile. Compte qu'il ne s'y passera rien que tes yeux ne puissent soutenir.

Il est arrivé un malheur qui me met en grande peine. Quelques marchands arméniens, nouvellement arrivés à Ispahan, avaient apporté une de tes lettres pour moi ; j'ai envoyé un esclave pour la chercher ; il a été volé à

son retour, et la lettre est perdue. Écris-moi donc promptement : car je m'imagine que, dans ce changement, tu dois avoir des choses de conséquence à me mander.

Du sérail de Fatmé,
le 6 de la lune de Rebiab 1, 1719.

LETTRE CLIII

USBEK À SOLIM, AU SÉRAIL D'ISPAHAN

Je te mets le fer à la main. Je te confie ce que j'ai à présent dans le monde de plus cher, qui est ma vengeance. Entre dans ce nouvel emploi ; mais n'y porte ni cœur ni pitié. J'écris à mes femmes de t'obéir aveuglément. Dans la confusion de tant de crimes, elles tomberont devant tes regards. Il faut que je te doive mon bonheur et mon repos. Rends-moi mon sérail comme je l'ai laissé ; mais commence par l'expier. Extermine les coupables, et fais trembler ceux qui se proposaient de le devenir. Que ne peux-tu pas espérer de ton maître pour des services si signalés ? Il ne tiendra qu'à toi de te mettre au-dessus de ta condition même et de toutes les récompenses que tu as jamais désirées.

De Paris, le 4 de la lune de Chahban, 1719.

LETTRE CLIV

USBEK À SES FEMMES, AU SÉRAIL D'ISPAHAN

Puisse cette lettre être comme la foudre qui tombe au milieu des éclairs et des tempêtes ! Solim est votre

Premier eunuque, non pas pour vous garder, mais pour vous punir. Que tout le sérail s'abaisse devant lui ! Il doit juger vos actions passées, et, pour l'avenir, il vous fera vivre sous un joug si rigoureux que vous regretterez votre liberté, si vous ne regrettez pas votre vertu.

De Paris, le 4 de la lune de Chahban, 1719.

LETTRE CLV

USBEK À NESSIR, À ISPAHAN

Heureux celui qui, connaissant le prix d'une vie douce et tranquille, repose son cœur au milieu de sa famille et ne connaît d'autre terre que celle qui lui a donné le jour !

Je vis dans un climat barbare, présent à tout ce qui m'importune, absent de tout ce qui m'intéresse. Une tristesse sombre me saisit ; je tombe dans un accablement affreux : il me semble que je m'anéantis, et je ne me retrouve moi-même que lorsqu'une sombre jalousie vient s'allumer et enfanter dans mon âme la crainte, les soupçons, la haine et les regrets.

Tu me connais, Nessir : tu as toujours vu dans mon cœur comme dans le tien. Je te ferais pitié si tu savais mon état déplorable. J'attends quelquefois six mois entiers des nouvelles du sérail ; je compte tous les instants qui s'écoulent ; mon impatience me les allonge toujours ; et, lorsque celui qui a été tant attendu est près d'arriver, il se fait dans mon cœur une révolution soudaine : ma main tremble d'ouvrir une lettre fatale. Cette inquiétude qui me désespérait, je la trouve l'état le plus heureux où je puisse être, et je crains d'en sortir par un coup plus cruel pour moi que mille morts.

Mais, quelque raison que j'aie eue de sortir de ma

patrie, quoique je doive ma vie à ma retraite, je ne puis plus, Nessir, rester dans cet affreux exil. Eh ! ne mourrais-je pas tout de même en proie à mes chagrins ? J'ai pressé mille fois Rica de quitter cette terre étrangère ; mais il s'oppose à toutes mes résolutions : il m'attache ici par mille prétextes ; il semble qu'il ait oublié sa patrie, ou plutôt il semble qu'il m'ait oublié moi-même, tant il est insensible à mes déplaisirs.

Malheureux que je suis ! je souhaite de revoir ma patrie, peut-être pour devenir plus malheureux encore ! Eh ! qu'y ferai-je ? Je vais rapporter ma tête à mes ennemis. Ce n'est pas tout : j'entrerai dans le sérail ; il faut que j'y demande compte du temps funeste de mon absence. Et si j'y trouve des coupables, que deviendrai-je ? Et si la seule idée m'accable de si loin, que sera-ce lorsque ma présence la rendra plus vive ? Que sera-ce s'il faut que je voie, s'il faut que j'entende ce que je n'ose imaginer sans frémir ? Que sera-ce, enfin, s'il faut que des châtiments que je prononcerai moi-même soient des marques éternelles de ma confusion et de mon désespoir ?

J'irai m'enfermer dans des murs plus terribles pour moi que pour les femmes qui y sont gardées. J'y porterai tous mes soupçons ; leurs empressements ne m'en déroberont rien ; dans mon lit, dans leurs bras, je ne jouirai que de mes inquiétudes ; dans un temps si peu propre aux réflexions, ma jalousie trouvera à en faire. Rebut indigne de la nature humaine, esclaves vils dont le cœur a été fermé pour jamais à tous les sentiments de l'amour, vous ne gémiriez plus sur votre condition si vous connaissiez le malheur de la mienne.

De Paris, le 4 de la lune de Chahban, 1719.

LETTRE CLVI

ROXANE À USBEK, À PARIS

L'horreur, la nuit et l'épouvante règnent dans le sérail : un deuil affreux l'environne. Un tigre y exerce à chaque instant toute sa rage : il a mis dans les supplices deux eunuques blancs qui n'ont avoué que leur innocence ; il a vendu une partie de nos esclaves et nous a obligées de changer entre nous celles qui nous restaient. Zachi et Zélis ont reçu dans leur chambre, dans l'obscurité de la nuit, un traitement indigne : le sacrilège n'a pas craint de porter sur elles ses viles mains. Il nous tient enfermées chacune dans notre appartement, et quoique nous y soyons seules, il nous fait vivre sous le voile. Il ne nous est plus permis de nous parler ; ce serait un crime de nous écrire ; nous n'avons plus rien de libre que les pleurs.

Une troupe de nouveaux eunuques est entrée dans le sérail, où ils nous assiègent nuit et jour : notre sommeil est sans cesse interrompu par leurs méfiances feintes ou véritables. Ce qui me console, c'est que tout ceci ne durera pas longtemps, et que ces peines finiront avec ma vie. Elle ne sera pas longue, cruel Usbek ! je ne te donnerai pas le temps de faire cesser tous ces outrages.

Du sérail d'Ispahan,
le 2 de la lune de Maharram, 1720.

LETTRE CLVII

ZACHI À USBEK, À PARIS

Ô Ciel ! un barbare m'a outragée jusque dans la manière de me punir. Il m'a infligé ce châtiment qui

commence par alarmer la pudeur ; ce châtiment qui met dans l'humiliation extrême ; ce châtiment qui ramène, pour ainsi dire, à l'enfance [1].

Mon âme, d'abord anéantie sous la honte, reprenait le sentiment d'elle-même et commençait à s'indigner, lorsque mes cris firent retentir les voûtes de mes appartements. On m'entendit demander grâce au plus vil de tous les humains et tenter sa pitié à mesure qu'il était plus inexorable.

Depuis ce temps, son âme insolente et servile s'est élevée sur la mienne. Sa présence, ses regards, ses paroles, tous les malheurs viennent m'accabler. Quand je suis seule, j'ai du moins la consolation de verser des larmes ; mais, lorsqu'il s'offre à ma vue, la fureur me saisit, je la trouve impuissante, et je tombe dans le désespoir.

Le tigre ose me dire que tu es l'auteur de toutes ces barbaries. Il voudrait m'ôter mon amour et profaner jusques aux sentiments de mon cœur. Quand il me prononce le nom de celui que j'aime, je ne sais plus me plaindre ; je ne puis plus que mourir.

J'ai soutenu ton absence, et j'ai conservé mon amour par la force de mon amour. Les nuits, les jours, les moments, tout a été pour toi. J'étais superbe de mon amour même, et le tien me faisait respecter ici. Mais, à présent... Non ; je ne puis plus soutenir l'humiliation où je suis descendue. Si je suis innocente, reviens pour m'aimer. Reviens, si je suis coupable, pour que j'expire à tes pieds.

Du sérail d'Ispahan,
le 2 de la lune de Maharram, 1720.

1. [Autrement dit, une fessée.]

LETTRE CLVIII

ZÉLIS À USBEK, À PARIS

À mille lieues de moi, vous me jugez coupable ; à mille lieues de moi, vous me punissez.

Qu'un eunuque barbare porte sur moi ses viles mains, il agit par votre ordre. C'est le tyran qui m'outrage, et non pas celui qui exerce la tyrannie.

Vous pouvez, à votre fantaisie, redoubler vos mauvais traitements. Mon cœur est tranquille depuis qu'il ne peut plus vous aimer.

Votre âme se dégrade, et vous devenez cruel. Soyez sûr que vous n'êtes point heureux.

Adieu.

Du sérail d'Ispahan,
le 2 de la lune de Maharram, 1720.

LETTRE CLIX

SOLIM À USBEK, À PARIS

Je me plains, magnifique seigneur, et je te plains : jamais serviteur fidèle n'est descendu dans l'affreux désespoir où je suis. Voici tes malheurs et les miens. Je ne t'en écris qu'en tremblant.

Je jure, par tous les prophètes du Ciel, que, depuis que tu m'as confié tes femmes, j'ai veillé nuit et jour sur elles ; que je n'ai jamais suspendu un moment le cours de mes inquiétudes. J'ai commencé mon ministère par les châtiments, et je les ai suspendus sans sortir de mon austérité naturelle.

Mais que te dis-je ? Pourquoi te vanter ici une fidélité qui t'a été inutile ? Oublie tous mes services passés ; regarde-moi comme un traître ; et punis-moi de tous les crimes que je n'ai pas pu empêcher.

Roxane, la superbe Roxane ! Ô Ciel ! à qui se fier désormais ? Tu soupçonnais Zélis, et tu avais pour Roxane une sécurité entière. Mais sa vertu farouche était une cruelle imposture : c'était le voile de sa perfidie. Je l'ai surprise dans les bras d'un jeune homme, qui, dès qu'il s'est vu découvert, est venu sur moi. Il m'a donné deux coups de poignard. Les eunuques, accourus au bruit, l'ont entouré, il s'est défendu longtemps, en a blessé plusieurs ; il voulait même rentrer dans la chambre, pour mourir, disait-il, aux yeux de Roxane. Mais enfin, il a cédé au nombre, et il est tombé à nos pieds.

Je ne sais si j'attendrai, sublime seigneur, tes ordres sévères : tu as mis ta vengeance en mes mains ; je ne dois pas la faire languir.

Du sérail d'Ispahan, le 8 de la lune de Rebiab 1, 1720.

LETTRE CLX

SOLIM À USBEK, À PARIS

J'ai pris mon parti : tous les malheurs vont disparaître ; je vais punir.

Je sens déjà une joie secrète ; mon âme et la tienne vont s'apaiser : nous allons exterminer le crime, et l'innocence va pâlir.

Ô vous, qui semblez n'être faites que pour ignorer tous vos sens et être indignées de vos désirs mêmes, éternelles victimes de la honte et de la pudeur, que ne

puis-je vous faire entrer à grands flots dans ce sérail malheureux, pour vous voir étonnées de tout le sang que j'y vais répandre !

Du sérail d'Ispahan, le 8 de la lune de Rebiab 1, 1720.

LETTRE CLXI

ROXANE À USBEK, À PARIS

Oui, je t'ai trompé ; j'ai séduit tes eunuques, je me suis jouée de ta jalousie, et j'ai su, de ton affreux sérail, faire un lieu de délices et de plaisirs.

Je vais mourir : le poison va couler dans mes veines. Car que ferais-je ici, puisque le seul homme qui me retenait à la vie n'est plus ? Je meurs ; mais mon ombre s'envole bien accompagnée ; je viens d'envoyer devant moi ces gardiens sacrilèges qui ont répandu le plus beau sang du monde.

Comment as-tu pensé que je fusse assez crédule pour m'imaginer que je ne fusse dans le monde que pour adorer tes caprices ? que, pendant que tu te permets tout, tu eusses le droit d'affliger tous mes désirs ? Non ! J'ai pu vivre dans la servitude, mais j'ai toujours été libre : j'ai réformé tes lois sur celles de la nature, et mon esprit s'est toujours tenu dans l'indépendance.

Tu devrais me rendre grâces encore du sacrifice que je t'ai fait : de ce que je me suis abaissée jusqu'à te paraître fidèle ; de ce que j'ai lâchement gardé dans mon cœur ce que j'aurais dû faire paraître à toute la terre ; enfin, de ce que j'ai profané la vertu, en souffrant qu'on appelât de ce nom ma soumission à tes fantaisies.

Tu étais étonné de ne point trouver en moi les transports de l'amour. Si tu m'avais bien connue, tu y aurais trouvé toute la violence de la haine.

Mais tu as eu longtemps l'avantage de croire qu'un cœur comme le mien t'était soumis. Nous étions tous deux heureux : tu me croyais trompée, et je te trompais.

Ce langage, sans doute, te paraît nouveau. Serait-il possible qu'après t'avoir accablé de douleurs, je te forçasse encore d'admirer mon courage ? Mais c'en est fait : le poison me consume ; ma force m'abandonne ; la plume me tombe des mains ; je sens affaiblir jusqu'à ma haine ; je me meurs.

Du sérail d'Ispahan, le 8 de la lune de Rebiab 1, 1720.

FIN
des
Lettres persanes

*
* *

Dossier

HISTOIRE DU TEXTE ET PRINCIPES D'ÉDITION

Du ou des manuscrits des *Lettres persanes*, il ne reste rien, et on ne sait rien, sinon que la copie qui servit à l'impression aurait été confiée à un secrétaire de Montesquieu, l'abbé Bottereau-Duval. Pour nous, les *Lettres persanes* voient donc le jour en mai 1721, en paraissant sous la fausse adresse de « Cologne, chez Pierre Marteau » – imprimeur qui n'existait pas : le fait étant connu, c'était un moyen d'attirer l'attention sur un ouvrage publié en réalité par un éditeur d'Amsterdam, « Jacques Desbordes », ou plutôt chez sa veuve, Susanne de Caux [1]. Leur succès, sans être foudroyant (on trouve peu de comptes rendus dans les périodiques de l'époque), fut considérable ; Susanne de Caux, peu après leur publication, en vendit le « droit de copie » au grand imprimeur d'Amsterdam Pierre Brunel (qui faisait aussi imprimer clandestinement des livres en France), lequel en donna plusieurs éditions durant la même année 1721. L'ouvrage se répandit ainsi en France,

1. Cette histoire du texte s'appuie notamment sur les travaux d'Edgar Mass (*Literatur und Zensur in der frühen Aufklärung : Produktion, Distribution und Rezeption der* Lettres persanes, Frankfurt am Main, Klostermann, 1981) et « Les éditions des *Lettres persanes* » (*Revue française d'histoire du livre*, n° 102-103, 1999, p. 19-56). La mise au point la plus récente et la plus complète sur les éditions des *Lettres persanes* (dont nous avons également fait le plus constant usage) est due à Cecil Courtney, à la Voltaire Foundation (Oxford, 2003 ; cette édition prend pour texte de base celui de la première édition de 1721) ; pour une histoire détaillée de la genèse du texte et des éditions, dont ne sont reprises ici que les articulations et les conclusions principales, voir dans cette même édition l'introduction de Catherine Volpilhac-Auger, « Pour une histoire véritable des *Lettres persanes* » (I. L'écriture : de la rédaction à l'édition).

malgré une réprobation formelle des autorités énoncée en août 1721.

Susanne de Caux se rendit sans doute compte de sa bévue commerciale, et dès l'automne elle donna une « seconde édition, revue, corrigée, diminuée et augmentée par l'auteur », dite édition B, l'édition de mai recevant des bibliographes modernes le sigle A. L'édition A comptait 150 lettres, l'édition B, 140 : disparaissent les lettres qui dans la présente édition portent les numéros I, V, XVI, XXV, XXXII, XLI-XLIII, XLVII, LXV, LXX, LXXI[1], autrement dit des lettres qui étoffent la vie du sérail et la psychologie d'Usbek, mais aucune des lettres satiriques qui faisaient d'ores et déjà le succès de l'ouvrage (sauf la brève Lettre XXXII), alors que le personnage principal ne retenait guère l'attention du public. Mais surtout, elle offre trois nouvelles lettres (CXI, CXXIV, CXLV), très virulentes et travaillées – autrement dit étaient sacrifiés les aspects secondaires, et renforcé le caractère satirique ; on donnait ainsi à lire une édition manifestement différente qui permettait de ne pas concurrencer ouvertement Pierre Brunel, tout en répondant aux attentes du public. Visiblement imprimée à la hâte, elle corrige quelques coquilles de A (peut-être sur les indications de l'auteur, en tout cas sur celles d'un correcteur soigneux), mais en ajoute un nombre considérable.

Les quelque trente années qui suivent voient se succéder les éditions, sans que l'auteur y ait la moindre part. On note un regain d'intérêt chez Desbordes et chez Brunel vers 1730, quand le droit de copie de dix ans approche de l'échéance, mais les pages de titre ont beau varier (« nouvelle édition », trouve-t-on parfois), les lettres restent celles de l'édition A, tandis que le texte se grève de fautes qui se multiplient au fil du temps. Montesquieu lui-même devait en faire le constat : « De toutes les éditions de ce livre, il n'y a que la première qui soit bonne, elle n'a point éprouvé la témérité des libraires[2]. » Dans le

1. La Lettre X comporte des modifications, tandis que la Lettre VI est substituée à la Lettre I. **2.** *Pensées*, n° 2033 (éd. Louis Desgraves, Paris, Robert Laffont, « Bouquins », 1991).

même passage [1], il affirme nécessaire de corriger « en quelques endroits le style de la première et quelques fautes qui s'étaient glissées dans l'impression. Ces fautes dans les éditions suivantes se sont multipliées sans nombre, parce que cet ouvrage fut abandonné par son auteur dès sa naissance ». On ne tiendra donc aucun compte de la vingtaine d'éditions qui ont pu être identifiées entre 1721 et 1754. Leur nombre même ne saurait attester un succès continu : offrir une « nouvelle édition » dotée d'un millésime récent est aussi un moyen d'écouler des exemplaires invendus, au prix du seul changement de la page de titre.

Seul élément marquant, passé inaperçu en son temps [2] : en 1745 paraissent dans un éphémère périodique d'Amsterdam, *Le Fantasque*, plusieurs « lettres persanes », par les soins de son rédacteur principal, Thémiseul de Saint-Hyacinthe, un ami de longue date de Montesquieu presque réduit alors à la misère [3]. Leur authenticité n'est pas discutable : il s'agit de textes que l'on a retrouvés depuis, partiellement ou intégralement, soit dans les Cahiers de corrections dont il sera question plus loin, soit dans les *Pensées*. Ces articles satiriques et vigoureux, qu'il suffit de doter d'une date selon le calendrier musulman et d'une suscription ou d'une adresse comportant le nom d'Usbek ou d'Ispahan pour les habiller à la persane, témoignent apparemment du goût persistant de Montesquieu pour la satire [4] ; mais on ne sait rien de leur date

1. Cet article, intitulé « Préface de l'éditeur », deviendra les « Quelques réflexions sur les *Lettres persanes* », dont nous reparlons plus loin. D'après l'analyse des écritures des secrétaires, la transcription ne saurait en être antérieure à 1749. **2.** Il appartient à Élisabeth Carayol d'avoir attiré l'attention sur cette publication : voir son article « Des *Lettres persanes* oubliées », *Revue d'histoire littéraire de la France*, n° 65 (1965), p. 15-26. **3.** Voir les notices d'E. Carayol, « *Le Fantasque* », dans le *Dictionnaire des journaux* (*op. cit.*, p. 404-405), et « Saint-Hyacinthe », dans le *Dictionnaire des journalistes* (dir. Jean Sgard, 1999, p. 900-901) ; voir aussi d'E. Carayol : *Thémiseul de Saint-Hyacinthe, 1684-1746*, Oxford, *Studies on Voltaire and the Eighteenth Century*, n° 221 (1984). **4.** Ils sont intégralement reproduits dans les annexes de l'édition de la Voltaire Foundation.

réelle de composition. Le costume persan n'a pas suffi pour les faire reconnaître, et les lettres du *Fantasque*, enfouies dans une feuille demeurée confidentielle, devaient rester ignorées pendant plus de deux siècles.

À partir de 1750, on dispose de témoignages certains (La Beaumelle, M^me de Graffigny) selon lesquels Montesquieu corrige les *Lettres persanes*, et prépare même des additions. Il est alors libéré de ce qui l'a occupé pendant près de vingt ans, *L'Esprit des lois*, paru en 1748. Mais les *Lettres persanes* vont justement payer les conséquences d'un ouvrage salué dans toute l'Europe comme fondateur d'une nouvelle réflexion politique : en 1751, l'abbé Gaultier lance un pamphlet au titre vengeur, *Les* Lettres persannes [*sic*] *convaincues d'impiété*[1] ; ce janséniste est proche des *Nouvelles ecclésiastiques*, périodique qui avait dénoncé les idées scandaleuses par leur irréligion que contient *L'Esprit des lois*. Gaultier reprend une à une les lettres jugées les plus répréhensibles, en dénonçant notamment le procédé par lequel, à travers le « mahométisme », le christianisme est constamment visé. C'est vraisemblablement à cette attaque de Gaultier que répond Montesquieu, avec une « Apologie des *Lettres persanes*[2] », premier état de ce qui sera publié ultérieurement sous le titre : « Quelques réflexions sur les *Lettres persanes*[3] ». Montesquieu a donc toutes les raisons de faire paraître une nouvelle édition : corriger les erreurs de l'édition A, la seule qu'il ait jamais avouée, et éventuellement modifier des *juvenilia*, ou défauts de jeunesse[4] ; répondre aux critiques, assez virulentes pour faire craindre le pire[5] ; donner ou redonner vie aux lettres publiées dans l'édition B ou dans *Le Fantasque*, ou à d'autres qui pouvaient dormir dans son portefeuille.

1. Ce texte est partiellement reproduit dans notre *Montesquieu. Mémoire de la critique*, Paris, Presses universitaires de Paris-Sorbonne, 2003, p. 187-218. **2.** *Pensées*, n° 2032. **3.** P. 35-37 dans la présente édition. **4.** D'après une lettre à son ami Guasco du 4 octobre 1752. **5.** Les *Lettres persanes* seront mises à l'Index en 1762, comme *L'Esprit des lois* l'avait été dès 1751.

Toutes les études sur les *Lettres persanes* ont toujours considéré qu'en 1754, quelques mois avant la mort de Montesquieu, c'est chose faite : une édition portant cette date comporte un « Supplément » de onze lettres (on arrive donc à 161 [1]), qui étoffe considérablement le dénouement de l'intrigue de sérail, ainsi que des additions et corrections pour cinq lettres. Le Supplément comprend également, à la fin, les « Quelques réflexions... ». Dès lors, tout était clair, d'autant plus qu'en 1958, la Bibliothèque nationale de France faisait l'acquisition de Cahiers de corrections témoignant dans les moindres détails du travail entrepris dès 1750 [2].

Pourtant nous sommes en mesure d'avancer aujourd'hui une tout autre hypothèse. Il semble bien que la publication du Supplément soit en fait très tardive, et en tout cas postérieure à la mort de Montesquieu en février 1755 : le Supplément (qui, doté d'une pagination particulière, ne figure pas dans tous les exemplaires connus de l'édition de 1754) dérive de l'édition des *Œuvres* de 1758 [3], et n'a de justification que commerciale ; il s'agit sans doute une nouvelle fois d'écouler des invendus, devenus périmés à partir de 1758 puisque les *Œuvres* offraient une édition des *Lettres persanes* avec additions et corrections. Telle était d'ailleurs la suggestion formulée dès 1963 par Madeleine Laurain-Portemer [4], et

1. Les nouvelles lettres portent dans la présente édition les numéros XV, XXII, CXI, LXXVII, XCI, CXXIV, CXLIV, CXLV, CLVII, CLVIII, CLX (l'ordre est celui du Supplément).
2. Manuscrits occidentaux, nouvelles acquisitions françaises, 14365.
3. Amsterdam, Arkstée et Merkus (en fait Paris, Huart et Moreau), trois volumes in-4°. Les *Lettres persanes* sont au tome I.
4. Madeleine Laurain-Portemer, « Le dossier des *Lettres persanes*. Notes sur les Cahiers de corrections », *Revue historique de Bordeaux*, 1963, p. 41-81, republié dans la *Revue Montesquieu* (Grenoble 3 ; diffusion Société Montesquieu), n° 6, 2002, p. 71-105. Le développement et la justification de cette hypothèse se trouvent dans notre introduction de l'édition Voltaire Foundation ; ils se fondent sur l'examen de la typographie des éditions, sur la comparaison des textes, mais aussi sur l'étude des périodiques et des correspondances pouvant fournir des renseignements sur la publication des nouvelles lettres.

négligée depuis. Cet article réellement fondateur offrait d'autres perspectives : il était dû à une conservatrice du département des manuscrits de la Bibliothèque nationale de France, particulièrement bien armée pour l'étude d'un manuscrit en général aisément lisible, mais dont la genèse est difficilement compréhensible. Madeleine Laurain-Portemer, par la seule comparaison des textes, proposait une interprétation de ces Cahiers de corrections qui a été soit méconnue, soit mal comprise, alors qu'elle est lumineuse, et qu'elle a été confirmée presque intégralement par notre étude des écritures des secrétaires [1]. Ces deux cahiers présentent en effet trois états du manuscrit, auxquels correspondent (du moins généralement) trois secrétaires différents : le premier (sans doute issu de notes ou de cahiers antérieurs), sur un « Grand Cahier » comportant des corrections de détail ou des additions importantes, et abondamment raturé : de fait il témoigne aussi du deuxième état, issu de ces repentirs et nouvelles corrections ; ce deuxième état apparaît plus clairement sur un « Petit Cahier » qui recopie (parfois stupidement) le Grand Cahier et le met au propre ; le troisième état figure sur le Grand Cahier, avec de nouvelles interventions de la main du troisième secrétaire, et surtout des biffures qui attestent qu'un travail de sélection a encore été accompli lors de cette phase – dont rien ne garantit qu'elle ait été assurée par Montesquieu, car ce troisième secrétaire est resté plusieurs mois au service du fils de celui-ci, Jean-Baptiste de Secondat. Si les Cahiers de corrections apportent de véritables révélations sur le texte des

1. Sur l'usage qui peut être fait de cette technique, voir Catherine Volpilhac-Auger, *L'Atelier de Montesquieu. Manuscrits inédits de La Brède*, *Cahiers Montesquieu*, n° 7, Naples-Oxford, Liguori-Voltaire Foundation, 2001, p. 11-39, à partir des travaux de Robert Shackleton, « Les secrétaires de Montesquieu », dans Montesquieu, *Œuvres complètes*, édit. André Masson, Paris, Nagel, 1950-1955, 3 vol., t. II, 1950, p. XXXV-XLIII ; de Rolando Minuti, introduction au *Spicilège* de Montesquieu, Oxford, Voltaire Foundation, 2002, p. 43-80 ; voir aussi C. Volpilhac-Auger, « Une nouvelle "chaîne secrète" de *L'Esprit des lois* : l'histoire du texte » dans *Montesquieu en 2005*, *SVEC*, mai 2005, p. 85-217.

Lettres[1], notamment en montrant l'auteur très attentif à la forme, et soucieux d'atténuer certaines critiques sans céder vraiment sur le fond, ils laissent voir surtout la relative fragilité de l'édition de 1758, dont la ponctuation et l'orthographe, mais aussi certaines leçons ne doivent rien aux intentions de Montesquieu.

Un point particulier mérite intérêt : l'adjonction des onze lettres nouvelles. Celles-ci, ainsi que les « Quelques réflexions... » qui, dans les cahiers manuscrits, apparaissent toujours *à la fin* de l'ouvrage, figurent toutes dans ces documents, sauf la Lettre CXLV, qui pour cette raison a été rejetée par le très grand éditeur qu'était Henri Barckhausen, par ailleurs inventeur de ces Cahiers de corrections[2]. Mais quelle preuve avons-nous qu'elle n'en a pas été retirée ? Il est patent qu'y a été ajoutée la Lettre LXXVII, autographe[3]. On ne poussera donc pas le scrupule aussi loin que Barckhausen, et

1. Le dossier des corrections (f. 10-69 pour le Grand Cahier, f. 70-130 pour le Petit) est intégralement reproduit dans la *Revue Montesquieu*, n° 6, 2002, p. 109-229 (transcription due à Edgar Mass, Jean-Paul Schneider et Catherine Volpilhac-Auger) ; la présentation typographique distingue corrections sûres et passages litigieux. Les trois états manuscrits apparaissent dans la présente édition sous la forme *a*, *b*, *c*, pour éviter toute confusion avec les interprétations précédentes, qui avaient adopté comme sigles des lettres grecques. Ainsi le stade *a* peut être situé entre 1751 et 1754, grâce à l'écriture du secrétaire désigné par nous avec le sigle R, le *b* en 1754 (secrétaire dont le sigle est V), le *c* fin 1754 et peut-être en 1755 (secrétaire appelé Florence Fitz-Patrick, sigle S). Le « troisième manuscrit » du même dossier (44 pages, f. 130-157), copié par le troisième secrétaire, Fitz-Patrick, et signalé par certaines études, est en fait un recopiage tardif sans aucune valeur philologique. Les neuf premiers feuillets constituent un regroupement de textes hétérogènes, de la main de Montesquieu lui-même ou de ses secrétaires, dont le rapprochement avec les *Lettres persanes* n'est pas toujours sûr. **2.** Montesquieu, *Lettres persanes*, Paris, Imprimerie nationale, 1897, repris à Genève, Droz, 1932. **3.** Les manuscrits ayant été reliés après 1958, elle figure désormais à sa place « logique » dans les Cahiers, mais sans aucune justification scientifique ; pour son intérêt spécifique, voir ci-après.

on regardera cette lettre (qui figurait dans l'édition B) comme tout aussi authentique que les autres – mais en maintenant un certain doute à son égard. On s'attardera davantage sur la conséquence la plus visible des additions de 1758 : les « Quelques réflexions... » tendent à faire de l'ouvrage de 1721 une « espèce de roman », alors même qu'il n'a jamais été défini ainsi auparavant, par Montesquieu ou ses critiques, et qu'une telle définition, en 1721, serait même apparue comme inadéquate [1]. L'insertion de lettres développant la violence du sérail (CLVII, CLVIII, CLX, la dernière extrêmement travaillée) va dans le même sens : en 1758, il est désormais possible qu'un recueil de lettres soit constitué en roman ; la dimension fictionnelle étant renforcée, la critique se voit en partie désarçonnée.

Mais le plus important est peut-être ailleurs, avec cette Lettre LXXVII qui apparaît d'abord comme un correctif bien-pensant à la lettre LXXVI, laquelle suscitait le malaise chez Marivaux et l'indignation chez Gaultier, en incitant à remettre en question l'interdiction chrétienne du suicide. C'est manifestement cette lettre (ainsi que des corrections sur des passages fort peu aimables sur les jésuites, par exemple à la Lettre CXLIII) que cherchaient à tout prix à obtenir le père Castel et le père Routh, venus confesser Montesquieu à ses derniers moments, au point de susciter sa colère, comme M[me] d'Aiguillon l'écrivit à Maupertuis : « Les jésuites qui étaient auprès de lui, le pressant de leur remettre les corrections qu'il avait faites aux *Lettres persanes*, il me remit et à M[me] Dupré son manuscrit, en nous disant : "Je veux tout sacrifier à la raison et à la religion, mais rien à la Société [de Jésus] ; consultez avec mes amis et décidez si ceci doit paraître [2]." » De fait, si l'on suit la

1. Sur la définition générique de l'ouvrage et les rapprochements possibles avec d'autres formes d'écriture, non romanesques car relevant plutôt de la presse périodique, voir dans l'édition Voltaire Foundation l'introduction de Philip Stewart et Catherine Volpilhac-Auger, « Pour une histoire véritable des *Lettres persanes* » (II. Lectures). **2.** Montesquieu, *Œuvres complètes*, édit. A. Masson, 1955, t. III, p. 1550.

genèse de cette lettre, dont on peut distinguer plusieurs états et dont la version publiée ici, reproduisant l'autographe, est le cinquième[1], on reconnaîtra qu'elle constitue le point d'aboutissement d'un processus non de mitigation ou de compromis, mais au contraire de dépassement, Montesquieu confiant sans doute dans ses derniers moments sa véritable profession de foi, libre et sincère, à ces cahiers ; elle rend alors un autre son, que seule la comparaison des textes permet d'entendre.

Loin de relever du scrupule érudit, la lecture des variantes permet donc de reconstituer, au moins partiellement, une véritable histoire du texte, et d'en donner à voir les nuances ou même les hésitations, sans dissimuler les aléas qui s'attachent à la reproduction d'une œuvre, tant l'imprimerie d'Ancien Régime est chose artisanale : on l'observe en particulier en comparant les deux éditions de 1721[2], que Montesquieu n'a surveillées personnellement ni l'une ni l'autre. Tout aussi fructueux, car incitant lui aussi au doute, l'examen des cahiers de 1751-1754, si précieux (et pas seulement aux yeux des jésuites), si minutieux parfois pour corriger les éditions antérieures, si laxistes généralement sur la ponctuation, et si peu suivis en quelques cas, ce qui permet d'apprécier la qualité, toute relative, de l'édition posthume de 1758, qu'on lira avec le souci constant d'en vérifier les leçons. C'est en effet cette dernière qui a servi de texte de base à la présente édition – on rappellera donc avec insistance que ces *Lettres persanes* ne sont pas de 1721, mais de 1758, et que l'édition originale ne se lit que par comparaison et soustraction ou addition des variantes. Après quoi l'on s'apercevra que, tout compte fait, malgré tant d'interventions maladroites ou malintentionnées

1. Dans l'édition Voltaire Foundation est donnée la présentation génétique de cette lettre, ainsi que des six états de la Lettre CLX, et des quatre versions des « Quelques réflexions sur les *Lettres persanes* ». **2.** Barckhausen dit avoir eu accès à deux exemplaires d'une édition A non cartonnée, qui porterait des leçons différentes de celles que portent tous les exemplaires actuellement connus. L'enquête de Cecil Courtney (voir note 1, p. 411) ne lui a pas permis d'en retrouver la trace.

de tant d'intermédiaires, tant de fautes constatées ou supposées, Montesquieu n'en est pas moins finalement toujours l'auteur des *Lettres persanes*.

C. V.-A.

CHRONOLOGIE

Pour une chronologie plus détaillée, on se reportera à Robert Shackleton, Montesquieu, une biographie critique *(trad. J. Loiseau, Grenoble, Presses universitaires de Grenoble, 1977), ou à Louis Desgraves*, Montesquieu *(Paris, Mazarine, 1986), et surtout à Louis Desgraves*, Chronologie critique de la vie et des œuvres de Montesquieu *(Paris, Champion, 1998, 611 p.).*

Cette partie a bénéficié des apports de l'édition en cours des Œuvres et écrits divers de Montesquieu (Voltaire Foundation, 2 vol., 2003-2006, sous la direction de Pierre Rétat).

1689 *(18 janvier)*. Naissance à La Brède, près de Bordeaux, de Charles-Louis de Secondat.

1700-1705. Études du jeune « La Brède » chez les Oratoriens de Juilly, près de Paris.

1705-1708. Études de droit à Bordeaux.

1709-1713. Séjour à Paris, où il fréquente les milieux érudits et cultivés (notamment l'Académie des sciences et celle des inscriptions) : Desmolets, Fréret, Fontenelle, etc. Il revient à Bordeaux à la mort de son père.

Vers 1713. Fait copier un volume de notes prêté par le père Desmolets ; c'est le noyau initial du *Spicilège*, où il continuera à noter citations, remarques, notes de lectures, etc., jusqu'à la fin de sa vie.

1715. Épouse une protestante, Jeanne Lartigue, consolidant ainsi une fortune qui restera néanmoins toujours médiocre. Rédige à l'adresse du régent un *Mémoire sur les dettes de l'État*, qui restera sans écho.

1716. Hérite de son oncle le titre de baron de Montesquieu

et la charge de président au parlement de Bordeaux, où il était conseiller depuis 1714. Élu à l'académie de Bordeaux, qui vient d'être créée, il y lit sa première communication, une *Dissertation sur la politique des Romains dans la religion*, suivie de bien d'autres, surtout scientifiques, les années suivantes. Naissance de son fils, Jean-Baptiste de Secondat.

1709 ?-1721. Constitue de gros recueils de notes sur le droit romain, appelés *Collectio juris* (Bibliothèque nationale de France ; 2 vol., Voltaire Foundation, 2005), utiles à sa formation de juriste (le droit romain est alors en vigueur dans les pays de droit écrit).

1719. Lance dans un périodique très répandu, le *Mercure de France*, un appel en vue d'une vaste enquête collective sur une « histoire de la terre ancienne et moderne », sur les changements arrivés « à la surface de la terre » depuis l'Antiquité : apparitions ou disparitions de villes, d'îles, de volcans, glissements de terrains, etc. On ne connaît aucune suite à ce projet, sinon quelques pages de notes.

Vers 1720. Commence à recueillir ses *Pensées* : « Ce sont des idées que je n'ai point approfondies, et que je garde pour y penser dans l'occasion [...] j'y penserai quand j'en ferai usage. » Ces trois gros volumes constituent le laboratoire de toute l'œuvre de Montesquieu.

1721. Publie anonymement à Amsterdam les *Lettres persanes* ; selon Voltaire, « ouvrage de plaisanterie, plein de traits qui annoncent un esprit plus solide que son livre ». Désormais il partage son temps entre Bordeaux et Paris ; le succès des *Lettres persanes* lui ouvre les portes des milieux aristocratiques (et de la Cour) et des milieux intellectuels. Il fréquente notamment le Club de l'Entresol, lieu de réflexion politique.

Vers 1724. Compose le *Dialogue de Sylla et d'Eucrate* (publié en 1745), qui aurait été lu au Club de l'Entresol.

1725. Publie anonymement *Le Temple de Gnide*, « roman » ou « poème en prose » dans le goût antique, jugé très licencieux.

1726. Vend sa charge de président au parlement de Bordeaux.

1728. Élu à l'Académie française : Montesquieu surmonte l'opposition du cardinal Fleury, Premier ministre, à qui les *Lettres persanes* avaient été présentées comme un ouvrage scandaleux.

1728-1729. Voyages en Autriche, Hongrie, Italie, Allemagne, Hollande. Montesquieu accumule des notes sur les arts (surtout en Italie), les techniques (extraction minière en Hongrie et dans le Harz) et les conditions politiques, économiques, etc., des pays traversés. À la fin de sa vie, il les reprendra en vue d'une publication.

1729-1731. Séjourne en Angleterre, où il fréquente la Cour. Il ne reste que quelques notes de cette partie de ses voyages, mais l'influence de ces deux ans sera considérable, notamment pour *L'Esprit des lois*, où Montesquieu prend l'Angleterre comme un véritable point de référence (livres XI et XIX notamment).

1731-1733. Séjourne à Bordeaux. Travaille à diverses études, parmi lesquelles une *Histoire de la jalousie* (perdue ; date conjecturale) et des *Réflexions sur le caractère de quelques princes* (1733), ainsi qu'à un roman qui restera inachevé, *Histoire véritable ou Le Métempsycosiste* (date incertaine). Date conjecturale de la première rédaction de ce qui deviendra le chapitre 6 du livre XI de *L'Esprit des lois* (analyse de la Constitution anglaise).

1734. Publication anonyme à Amsterdam des *Considérations sur les causes de la grandeur des Romains et de leur décadence*, en vente à Paris début juin. Les réactions du public sont mitigées, tant l'originalité de l'ouvrage est grande : il rompt avec les règles du récit historique comme avec les principes historiographiques de son temps, en refusant toute prééminence aux grands hommes, en privilégiant la pluralité des causes, qu'il va chercher dans les mœurs, les lois ou les conditions de vie des nations envisagées, et non plus seulement dans la psychologie des héros et des nations : c'est la première « histoire philosophique » ; mais pour Voltaire, c'est une « ingénieuse table des matières ». Il compose des *Réflexions sur la monarchie universelle en Europe*, dont il détruit tous les exemplaires, sauf un, par crainte qu'on

n'interprète cet ouvrage comme une critique de la politique de Louis XIV.

1734-1748. Travaille à un *Essai sur les causes qui peuvent affecter les esprits et les caractères*, à une *Histoire de France*, à une *Histoire de Louis XI*, et surtout à *L'Esprit des lois*, qu'en 1747 il pense avoir terminé. Ces quinze années le voient alterner les séjours à Paris et à Bordeaux ; à Paris il emprunte des livres à la Bibliothèque du roi, à Bordeaux il travaille en son château de La Brède, dont la magnifique bibliothèque lui fournit une grande partie de la documentation nécessaire ; il a recours aussi à celles de son ami le président Barbot et de l'académie de Bordeaux. Il compose depuis les années 1720 une « bibliothèque manuscrite », constituée d'extraits des ouvrages qu'il étudie, et dont il reste des milliers de feuillets (bibliothèque municipale de Bordeaux ; à paraître à la Voltaire Foundation, 2 vol.).

1742. Compose *Arsace et Isménie*, roman « oriental », qu'il abandonne pour le reprendre vers 1747-1748.

1747. Bref séjour à Lunéville (juin-juillet), à la cour du roi Stanislas, beau-père de Louis XV. Il achève les derniers livres de *L'Esprit des lois*.

1748. Nouvelle édition, revue, augmentée et corrigée, des *Considérations sur les ... Romains*, avec le *Dialogue de Sylla et d'Eucrate*. Publication anonyme à Genève de *L'Esprit des lois*. Le succès est immédiat, foudroyant, à travers toute l'Europe : on salue un ouvrage qui renouvelle entièrement la réflexion politique, et dont le style vigoureux et original séduit les lecteurs. Mais selon M^me du Deffand, c'est « de l'esprit sur les lois ».

1749. Début de la querelle de *L'Esprit des lois* : jansénistes (dans *Les Nouvelles ecclésiastiques*) et jésuites (dans les *Mémoires de Trévoux*) se déchaînent contre l'ouvrage.

1750. *Défense de L'Esprit des lois* et *Éclaircissements sur L'Esprit des lois*, composés pour répondre aux attaques des uns et des autres. Selon d'Alembert, c'est dans la *Défense* que s'exprime le meilleur Montesquieu. La Sorbonne (Faculté de théologie) renonce à condamner *L'Esprit des lois* : non seulement Montesquieu a su amadouer les théologiens (sans

toucher néanmoins à son texte), mais ils hésitent à s'opposer à un ouvrage qui est d'ores et déjà devenu une référence : cité au Parlement d'Angleterre, admiré de plusieurs princes d'Europe, il connaît un retentissement sans précédent en Angleterre, en Amérique et en Italie, autant qu'en France. L'ouvrage suscite aussi des critiques, auxquelles répondent d'autres pamphlets...

1751. *L'Esprit des lois* est mis à l'Index, malgré les efforts de Montesquieu et de l'ambassadeur de France à Rome, le duc de Nivernais. Montesquieu est nommé par le roi Stanislas membre de l'académie que celui-ci vient de créer à Nancy. Il travaille à une nouvelle édition des *Lettres persanes*, et continue à corriger *L'Esprit des lois*. Il reprend aussi des textes anciens, notamment des dissertations scientifiques lues à l'académie de Bordeaux et des chapitres rejetés de *L'Esprit des lois*, en vue d'une publication séparée ou pour en retirer des éléments qu'il pourrait intégrer dans de nouvelles éditions de ses ouvrages ; une grande partie de ces documents a été conservée (bibliothèque municipale de Bordeaux).

1753. Compose pour l'*Encyclopédie* l'article « Goût », qui deviendra l'*Essai sur le goût* (à partir de notes anciennes, peut-être contemporaines de ses voyages).

1754. Publication de *Lysimaque*, écrit pour l'académie de Nancy en 1751. Montesquieu prépare une nouvelle édition de *L'Esprit des lois*, qui ne paraîtra qu'en 1757, par les soins de son fils et du libraire Moreau. Il continue à travailler aux corrections et additions des *Lettres persanes*. Entre 1751 et 1754, nombreuses lectures dont les notes sont consignées dans des cahiers (bibliothèque municipale de Bordeaux).

1755 *(10 février)*. Mort à Paris.

BIBLIOGRAPHIE

Les Lettres persanes *sont l'ouvrage de Montesquieu de loin le plus étudié par la critique ces dernières années, surtout depuis les années 1960, qui ont vu se renouveler les études plus spécifiquement littéraires à leur propos. En effet la critique a bénéficié d'un regain d'intérêt pour l'aspect proprement romanesque des* Lettres persanes, *tout en s'enrichissant de perspectives politiques. Elle s'accroît régulièrement, comme le montre la chronique bibliographique annuelle de la* Revue Montesquieu *(1997-2005 ; pour les années ultérieures, voir aussi le site « Montesquieu » sur le serveur de l'École normale supérieure lettres et sciences humaines, montesquieu.ens-lsh.fr). Mais il est évident qu'on ne saurait dissocier les* Lettres persanes *de l'ensemble de l'œuvre de Montesquieu, ni d'une réflexion globale sur le XVIII^e siècle et le mouvement des Lumières, qui connaît avec cet ouvrage son véritable départ.*

On ne trouvera pas mention ici d'ouvrages pionniers (ceux de Barckhausen, Dedieu, Vian, etc.), aujourd'hui dépassés, quels que soient leurs mérites initiaux : c'est dans une histoire de la critique qu'ils ont désormais leur place. Ne seront pas davantage signalés des ouvrages récents qui, sous couvert de biographie, mêlent informations plus ou moins exactes et interprétations personnelles. Nous ne signalerons que pour mémoire la préface, plus brillante qu'éclairante, de Valéry en 1926 (reprise dans Variété II). *Ce choix bibliographique se veut plus strictement universitaire.*

Ouvrages généraux sur le XVIII^e siècle et le roman

Tous les ouvrages mentionnés ci-dessous consacrent un chapitre ou une étude particulière aux *Lettres persanes*.

Henri COULET, *Le Roman jusqu'à la Révolution*, Armand Colin, 1991.

Michel DELON et Pierre MALANDAIN, *Littérature du XVIII^e siècle*, PUF, 1996.

Jean EHRARD, *Le Dix-Huitième Siècle, 1720-1750*, dans R. POMEAU et J. EHRARD, *De Fénelon à Voltaire*, Garnier-Flammarion, 1998 (1^{re} éd. Arthaud, 1974).

– *L'Idée de nature en France dans la première moitié du XVIII^e siècle*, Albin Michel, 1994 (1^{re} éd. 1963).

Jean SGARD, *Le Roman français à l'âge classique (1600-1800)*, Le Livre de Poche, « Références », L.G.F., 2000.

Laurent VERSINI, *Le Roman épistolaire*, PUF, 1998.

Ouvrages généraux sur Montesquieu

Georges BENREKASSA, *Montesquieu, la liberté et l'histoire*, Le Livre de Poche, « Biblio-Essais », 1987.

Louis DESGRAVES, *Chronologie critique de la vie et des œuvres de Montesquieu*, Champion, 1998.

– *Montesquieu, l'œuvre et la vie*, Bordeaux, 1995.

– *Répertoire des ouvrages et des articles sur Montesquieu*, Genève, Droz, 1988.

Jean EHRARD, *L'Esprit des mots. Montesquieu en lui-même et parmi les siens*, Genève, Droz, 1998.

Catherine LARRÈRE, *Actualité de Montesquieu*, Presses de Sciences-Po, 1999.

Robert SHACKLETON, *Montesquieu, une biographie critique*, Presses universitaires de Grenoble, 1977.

Jean STAROBINSKI, *Montesquieu par lui-même*, Le Seuil, 1994 (1^{re} éd. 1953 ; l'édition de 1994 présente des augmen-

tations considérables et constitue une véritable refonte de l'ouvrage).

Catherine VOLPILHAC-AUGER, *Montesquieu. Mémoire de la critique*, Presses universitaires de Paris-Sorbonne, 2003.

Catherine VOLPILHAC-AUGER (dir.), *Montesquieu en 2005*, Oxford, *Studies on Voltaire*, mai 2005.

Ouvrages et articles portant sur les « Lettres persanes »

1. GENÈSE ET HISTOIRE DU TEXTE

Ces questions ont été totalement renouvelées ces dernières années, notamment dans la mesure où les applications biographiques, qui fleurissaient depuis le XIXᵉ siècle, ont disparu de l'horizon de la critique, tandis que l'accès aux manuscrits permettait des recherches plus érudites et plus précises, suscitées notamment par l'entreprise des *Œuvres complètes* de Montesquieu à la Voltaire Foundation. Nous nous contenterons de reprendre ici quelques titres qui figurent ci-dessus dans notre introduction, en renvoyant en priorité aux introductions et à la bibliographie de l'édition des *Lettres persanes* parues en 2004 (tome I des *Œuvres complètes*, Oxford), qui constituent la plus récente et la plus sérieuse mise au point sur la question.

Élisabeth CARAYOL, « Des *Lettres persanes* oubliées », *Revue d'histoire littéraire de la France*, nº 65 (1965), p. 15-26.

Madeleine LAURAIN-PORTEMER, « Le dossier des *Lettres persanes*. Notes sur les cahiers de corrections », *Revue historique de Bordeaux*, 1963, p. 41-81, republié dans la *Revue Montesquieu*, nº 6 (2002), p. 71-105.

Laurence MACÉ, « Les *Lettres persanes* devant l'Index : une censure "posthume" », *Montesquieu en 2005*, p. 48-59.

Edgar MASS, *Literatur und Zensur in der frühen Aufklärung : Produktion, Distribution und Rezeption der* Lettres persanes, Frankfurt am Main, Klostermann, 1981.

Edgar MASS, Jean-Paul SCHNEIDER et Catherine VOLPILHAC-AUGER, « Les cahiers de corrections des *Lettres persanes* », *Revue Montesquieu*, n° 6 (2002), p. 109-229.

Jean-Paul SCHNEIDER, « Les *Lettres persanes*, une "espèce de roman" », dans *Montesquieu en 2005*, C. Volpilhac-Auger éd., *Studies on Voltaire*, 2005:05, p. 3-27.

– « Les *Lettres persanes*, trente ans après », dans *Montesquieu, œuvre ouverte ?*, éd. Catherine LARRÈRE, colloque de Bordeaux (décembre 2001), *Cahiers Montesquieu*, n° 9, 2005.

Philip STEWART, « Le devoir d'intervention : points, virgules, etc., dans les *Lettres persanes* », *Montesquieu en 2005*, p. 60-78.

Catherine VOLPILHAC-AUGER, « Montesquieu : le chantier génétique », *Genesis*, 2003, p. 179-188.

Catherine VOLPILHAC-AUGER et Yannick SÉITÉ, « Propos de tables » (sur les sommaires de la présente édition et les « tables des matières »), *Montesquieu en 2005*, p. 28-47.

2. ÉTUDES D'ENSEMBLE

Jean GOLDZINK, *Charles-Louis de Montesquieu, « Lettres persanes »*, PUF (Études littéraires), 1989, rééd. 1996.

Pauline KRA, « The Invisible Chain of the *Lettres persanes* », *Studies on Voltaire,* n° 23 (1963), p. 7-60.

Céline SPECTOR, *Montesquieu. Les « Lettres persanes »*, PUF (Philosophie), 1997.

Jean STAROBINSKI, préface à l'édition « Folio » des *Lettres persanes*, Gallimard, 1973, rééd. 2003.

3. ÉTUDES ET INTERPRÉTATIONS PARTICULIÈRES

Le renouvellement de la critique est dû essentiellement, on l'a dit, à la revalorisation de l'aspect fictionnel des *Lettres persanes*, qui a cessé d'être considéré comme un simple piment érotico-exotique pour apparaître désormais comme la pièce maîtresse de l'interprétation politique de l'ouvrage, ou

un mode d'accès privilégié à celle-ci. Les deux aspects sont donc présentés conjointement plutôt que réellement distingués.

L'absence d'études approfondies sur la langue et le style de Montesquieu comme sur son esthétique constitue une véritable lacune de la critique. L'existence des Cahiers de corrections et la comparaison avec ses autres œuvres fictionnelles, jusque-là peu exploitées (*Histoire véritable*, *Arsace et Isménie*, *Lysimaque*, *Dialogue de Sylla et d'Eucrate*), devraient ouvrir la voie à des études stylistiques comme celle d'Anne-Marie Perrin-Naffakh, « Cohérence stylistique et diversité énonciative dans les *Lettres persanes* », dans *La Fortune de Montesquieu*, Bordeaux, 1995, p. 305-316.

Sur le « dispositif romanesque »

Patrick BRADY, « The *Lettres persanes* : rococo or neo-classical ? », *SVEC*, n° 53 (1967), p. 47-77.

Roger LAUFER, « La réussite romanesque et la signification des *Lettres persanes* », *Revue d'histoire littéraire de la France*, avril-juin 1961 ; repris dans Roger LAUFER, *Style rococo, style des Lumières*, Corti, 1963.

Roger MERCIER, « Le roman dans les *Lettres persanes* : structure et signification », *Revue des sciences humaines*, n° 107 (1962), p. 345-356.

Jean-Paul SCHNEIDER, « Les jeux du sens dans les *Lettres persanes*. Temps du roman et temps de l'histoire », *Revue Montesquieu*, n° 4 (2000), p. 127-159 (1re publication, Société française d'étude du XVIIIe siècle, « Textes et documents », 1980).

Pierre TESTUD, « Les *Lettres persanes*, roman épistolaire », *Revue d'histoire littéraire de la France*, n° 66 (1966), p. 642-656.

Lectures politiques

Georges BENREKASSA, « Le parcours idéologique des *Lettres persanes* : figures de la socialité et discours politique », *Europe*, n° 574 (février 1977) ; repris dans Georges BENREKASSA, *Le Concentrique et l'Excentrique*, Payot, 1980.

Jean-Patrice COURTOIS, « Comment Roxane devient philosophe : romanesque de l'illisible et sexuation des concepts dans les *Lettres persanes* », *La Lecture littéraire*, n° 3 (*L'Illisible*), 1999, p. 27-47.

Jean EHRARD, « La signification politique des *Lettres persanes* », *Archives des lettres modernes*, Minard, 1970 ; repris dans J. EHRARD, *L'Invention littéraire au XVIIIᵉ siècle : fictions, idées, sociétés*, PUF, 1997, sous le titre « Un roman politique : les *Lettres persanes* ».

Jean GOLDZINK, *La Politique dans les* Lettres persanes *: théâtre de l'idéologie, scène de la fiction*, Fontenay-aux-Roses, Presses de l'ENS Fontenay/Saint-Cloud, 1988.

Jean-Marie GOULEMOT, « Questions sur la signification politique des *Lettres persanes* », *Approches des Lumières. Mélanges offerts à Jean Fabre*, Paris, Klincksieck, 1974, p. 213-225.

« Vision du devenir historique et formes de la révolution dans les *Lettres persanes* », *Dix-huitième siècle*, n° 21 (1989), p. 13-22.

Sur la fiction orientale

Claude DAUPHINÉ, « Pourquoi un roman de sérail ? », *Europe*, n° 574 (février 1977), p. 89-96.

Michel DELON, « Un monde d'eunuques », *Europe*, n° 574 (février 1977), p. 79-88.

Alain GROSRICHARD, *Structure du sérail*, Paris, Le Seuil, 1979.

Gianni IOTTI, « L'ignorance d'Usbek. Considérations sur les *Lettres persanes* », *Dix-huitième siècle*, n° 31 (1999), p. 479-490.

Christophe MARTIN, « L'institution du sérail. Quelques réflexions sur le livre XVI de *L'Esprit des lois* », *Revue Montesquieu*, n° 5 (2001), p. 41-57.

Didier MASSEAU, « Usbek ou la déchirure culturelle », dans Jean-Marie GOULEMOT (éd.), *Dialogisme culturel au XVIIIᵉ siècle*, Université de Tours, UFR de Lettres, *Cahiers d'histoire culturelle*, n° 4 (1997), p. 31-36.

Suzanne PUCCI, « Orientalism and representations of

exteriority in Montesquieu's *Lettres persanes* », *The Eighteenth Century*, n° 26 (1985), p. 263-279.

Alan SINGERMAN, « Réflexions sur une métaphore : le sérail dans les *Lettres persanes* », *Studies on Voltaire*, n° 185 (1980), p. 181-198.

Philip STEWART, « Toujours Usbek », *Eighteenth-Century Fiction*, n° 11 (1999), p. 141-150.

Table

LETTRES PERSANES

Table 435

Table 437

Table 439

Table 441

Table 443

DOSSIER

Le Livre de Poche s'engage pour
l'environnement en réduisant
l'empreinte carbone de ses livres.
Celle de cet exemplaire est de :
450 g éq. CO$_2$
Rendez-vous sur
www.livredepoche-durable.fr

PAPIER À BASE DE
FIBRES CERTIFIÉES

Composition réalisée par IGS

―――――――――

Achevé d'imprimer en janvier 2014, en France sur Presse Offset par
Maury Imprimeur - 45330 Malesherbes
N° d'imprimeur : 186993
Dépôt légal 1ʳᵉ publication : juin 2006
Édition 10 - janvier 2014
LIBRAIRIE GÉNÉRALE FRANÇAISE - 31, rue de Fleurus - 75278 Paris Cedex 06